Mathilde

Une pomme oubliée
Le tilleul du soir

Les Éditions Retrouvées, 2015
avec l'autorisation des Éditions Bartillat
ISBN : 978-2-36559-102-7

JEAN ANGLADE

Mathilde

Une pomme oubliée
Le tilleul du soir

Romans

Les Éditions Retrouvées

Mes romans fétiches

Comme Picasso, j'ai eu ma période bleue. Je n'étais pas encore devenu ce que je devais être. Je prétendais emmener mes lecteurs dans l'Allemagne démolie, aux Philippines où les cochons sont noirs et guère plus gros que des cochons d'Inde, au Viêt Nam où je ne suis jamais allé, dans une prison pour criminels de guerre. Peu de lecteurs me suivaient. Paris ne s'intéressait guère à mes ouvrages parce que j'habitais obstinément l'Auvergne. L'Auvergne ne s'y intéressait pas davantage parce que je ne parlais ni du puy de Dôme, ni du Cantal, ni du Montoncel, ni du Mézenc. Il est bien vrai que je regardais ailleurs ; que je me sentais aussi peu auteur régional que possible. Plutôt citoyen du monde, de même que le poisson est citoyen de la mer.

D'aventure, inspiré par le destin de ma tante Mathilde, j'écrivis d'abord *Une pomme oubliée.* Puis son prolongement, *Le Tilleul du soir.* Le succès de ces deux romans, aussi bien dans ma province que dans la France entière, fut tel que je sortis de ma période bleue. Pour entrer dans le vert-jaune-rouge, ou herbe-blé-vin, qui colore ma terre natale. Pour découvrir que j'étais, sans m'en être aperçu, auvergnat de sang, d'hérédité, de passé, de nourritures, de sentiments. Grâce à la télévision, Mathilde fit la conquête de l'Europe. Un lecteur tchèque m'écrivit que ses compatriotes faisaient la queue devant les librairies de Prague pour acheter sa traduction, *Zapomenuté jablko.*

À ce jour, alors que j'ai publié près de quatre-vingts autres titres, romans, essais historiques ou ethnologiques, nouvelles, divertissements, recueils poétiques, albums, traductions, beaucoup de mes lecteurs m'avouent que ma *Pomme* et mon *Tilleul* sont encore leurs livres préférés. À travers eux, j'ai l'impression que l'Auvergne m'adresse un sourire et un clin d'œil :

— Tu m'avais négligée. Tu allais chercher très loin de ton arbre mille situations, mille personnages, mille problèmes dont il fourmille autant que de feuilles. J'ai payé en bien ton indifférence première.

J'ai si bien entendu cette douce remontrance que, depuis la parution en 1969 et 1975 chez Julliard de ces deux romans fétiches, je n'ai cessé de raconter l'Auvergne, dans son corps et dans son âme. Conscient toutefois que cette âme n'est pas limitée par ses frontières officielles, mais qu'elle est commune à bien d'autres provinces. Qu'en partant de mon modeste lopin je remonte à mon initial souci d'universalité. Qu'il ne faut pas confondre le cadre avec le tableau. Que l'amitié, l'amour, le goût du travail bien fait, l'affection familiale, l'ingratitude, l'ambition, le rêve, la maladie, la mort ne sont pas des spécialités auvergnates au même titre que le jambon sec ou les tripoux. J'ajoute que ces thèmes, l'abandon des campagnes, la vieillesse, la solitude restent, malheureusement, d'une triste actualité.

Ils ont connu bien des avatars éditoriaux : tirages reliés, brochés, feuilletons, éditions de poche, compilations. Il leur manquait une belle présentation qui les réunît, puisqu'ils sont conçus pour aller ensemble et d'un bon pas, sans addition ni soustraction, tels un sabot droit avec un sabot gauche.

La voici. Solide et joyeuse.

Grâces en soient rendues à Constance de Bartillat.

Je la dédie à mon inspiratrice, ma chère tante Mathilde Anglade, née Saint-André, qui, après soixante-dix ans de fidélité, a rejoint son tout jeune mari Claude, tombé en septembre 1914 dans la Marne, pour une cause que lui non plus, peut-être, ne soupçonnait pas.

J. A.

UNE POMME OUBLIÉE

À vous toutes
qui fûtes
la pauvre Mathilde.

... cette terre que Dieu t'a donnée comme la pomme dans le paradis pour que tu la prennes entre tes doigts, c'est cela qui est ton père et ta mère.

Paul Claudel.

I

Il portait un nom honnête, ce vieux-là, comme tous les chrétiens de la terre. Mathilde était une des rares personnes qui s'en souvenaient encore : Joannès Plandieu. Mais tout le monde lui disait Vatelequerre. Drôle de sobriquet, Vatelequerre. Un jour qu'elle l'interrogeait là-dessus, pourquoi qu'on vous appelle comme ça, il répondit :

« Dans le temps, avant mon service, je répétais ça cinquante fois du jour : va-te-lequerre, va-te-lequerre, va-te-lequerre...

— Qu'est-ce que ça veut dire ?

— Va-t'en le chercher. Une manière de dire : tu me racontes des croqueberles, j'en avale pas une miette.

— Jamais entendu ce mot dans votre bouche.

— Non, après, l'habitude m'a passé, quand j'ai vu qu'on me marquait avec, comme on fait aux moutons. N'empêche qu'il m'est resté.

— Il vous chagrine ou il vous fait plaisir ?

— Je m'en fous. Un sobriquet, c'est moins lourd à porter qu'une jambe de bois. »

Trente ans, trente-cinq ans qu'ils voisinaient et ils n'avaient jamais pu se tutoyer. Lui était né au Peyroux, elle venait d'ailleurs, de l'autre côté du département, du pays des « mange-chèvres ». Son mariage l'avait conduite au château de Barante. Cuisinière et femme de chambre, son homme jardinier, chauffeur et un peu tout. La baronne et le baron les traitaient comme leurs enfants et ils avaient pleuré à la mort du pauvre Pierre, elle l'avait vu de ses yeux. Ensuite, pour élever son fils, elle avait trouvé au Peyroux cette bicoquette, avec le jardin et toute l'herbe gratuite au bord des chemins et sur les communaux ; un peu sa pension et un peu son travail, ils n'avaient jamais eu faim.

« Avec vous, Mathilde, disait Vatelequerre, ce qui m'embête, c'est que je dois parler français. Vous êtes une mange-chèvre et votre patois, je l'entends que d'une oreille. »

Il se rattrapait avec le cheptel de sa voisine. La rue les séparait, mais la volaille venait le narguer jusque devant sa marche, alors qu'il fumait sa pipe. Y avait toujours ce grand dépenaillé de coq.

« Coqueléqué ! lui criait-il sous les moustaches.

— Je t'en foutrai du Vatelequerre », répondait l'autre entre ses dents.

Son surnom, dans le bec de cet oiseau, ça l'horripilait. Mais il se gardait de faire de grands gestes de menace qui auraient effrayé et mis en fuite le volatile ; il préférait l'insulter en patois, tout son saoul.

« Coqueléqué ! disait le coq.

— Vatelequerre ! Vatelequerre ! Qu'est-ce que tu lui veux, à Vatelequerre ?

— Coqueléqué !

— Est-ce que je te donne des noms, moi, saloperie ? Est-ce que je t'appelle Trente-Centimes, depuis qu'on t'a mis sur un timbre-poste ? Est-ce que je t'appelle Plumeau-Cul, maintenant qu'il t'en reste à peu près rien qu'une ?

— Coqueléqué !

— Vatelequerre ! Dis toujours ! Ah ! Tu en as de jolis mollets ! Tu peux en être fier ! Tes poules t'arrachent tout ce qui te reste, parce que tu les contentes point. Bientôt, elles te foutront à poil : un peu de lard autour et tu seras prêt pour la casserole... »

Ils s'injuriaient ainsi de longs moments, face à face, sans gestes inutiles. Depuis des années, Vatelequerre n'avait plus l'occasion de s'engueuler avec qui que ce fût. C'est une chose qui lui manquait. Il avait le tort de lire chaque jour le journal que le facteur lui apportait : à cause de toutes ces choses qui vont mal dans le monde, à cause de sa solitude, de sa vieillesse, des rhumatismes qui lui tordaient les doigts, il avait un alambic intérieur distillant jour et nuit les jurons et les gros mots. Alors, depuis que le Peyroux ne comptait plus que deux habitants, Mathilde et lui, ça le soulageait d'en déverser une partie sur les bestiaux de la « mange-chèvre ».

C'est comme pour l'oie. Avec elle, il avait des manières encore plus humiliantes. Primo, il l'avait baptisée Margarette, ce qui ne plaisait pas du tout à Mathilde, parce que c'est là un nom de princesse à ne pas donner à une oie. Ensuite, il lui cassait les palmes vingt-quatre heures sur vingt-quatre. Et voici comment il procédait. Sitôt qu'il la voyait se balancer dans la cour, il l'aguichait de loin avec quelque chose de verdâtre, un trognon de chou, une poignée d'herbe et quelquefois une boîte à sardines ou un tesson de bouteille. Et elle, andouillette comme elle était, se précipitait en ouvrant son bec jaune. Quand c'était un détritus inconsommable qu'il lui avait tendu, elle le regardait longtemps de ses petits yeux fixes et ronds, semblant se demander comment un homme de cet âge pouvait commettre de pareilles bévues. Ça le faisait rigoler, l'homme de cet âge. Alors, il commençait de l'appeler, d'une voix toute douce, toute fluette :

« Margarette... Margarette... »

Et elle : « Ha-ha... » qu'elle cacardait sur le même ton. Ensuite, il mettait un peu de gaz : « Margarette ! Margarette ! »

« Ha-ha ! Ha-ha ! » qu'elle lui répondait en forçant un peu de son côté.

Et ainsi, de crescendo en crescendo, il montait jusqu'à des cris de fauve : « Margarette, nom de Dieu !!! Margarette, sacré bon Dieu !!! » tandis que la malheureuse, pour rester au même diapason, s'arrachait du ventre d'épouvantables « Ha-ha !!! Ha-ha !!! Ha-ha !!! » qui faisaient accourir une Mathilde tout échevelée :

« Qu'est-ce que vous avez à tourmenter mon oie, vieux couillon que vous êtes ! Vous êtes plus jars qu'elle et on devrait vous enfermer dans le poulailler ! »

Elle s'emparait de la blanche innocente et l'emportait dans ses bras comme un petit enfant.

À cinq heures, les poules ronflaient sur leur perchoir. Mais Margarette souffrait d'insomnies ; c'est un point qu'elle partageait avec Vatelequerre. Vers le milieu de la nuit, il sortait sur le pas de sa porte pour fumer une dernière pipe en plein air, pour consommer en même temps que son tabac la senteur lointaine des foins coupés ; alors, fréquemment, il distinguait la pâle rondeur de Margarette dans la cour de sa voisine. Et leur dialogue s'établissait, comme ça, sans considération du lieu ni du moment :

« Margarette !

— Ha-ha !

— Margarette !!

— Ha-ha !!

— Margarette !!!

— Ha-ha !!! »

Ils pouvaient bien s'en dire dans ce genre toute la nuit : Mathilde avait le sommeil profond, la Grosse Bertha ne l'aurait pas réveillée ; quant aux autres maisons du village, elles ne comptaient pour locataires que leurs souris, leurs puces, leurs araignées. Il avait beau tourner la tête, partout il ne voyait que des vitres noires, luisant faiblement sous la lune.

Des voitures s'étaient remisées dans tous les coins, dans les cours envahies de chiendent, sous les escaliers de pierre, à l'entrée des granges. Des gens venus pour l'occasion en profitaient pour ouvrir des portes et des fenêtres et constater les dégâts de la moisissure, des pluies, de la vermine.

« Putain, si ça sent le caveau, là-dedans !

— Chaque coup, je trouve de nouvelles gouttières... »

Ils visitaient les remises, les celliers, sortaient au soleil des outils, du matériel qui pouvait encore servir et qu'ils venaient de découvrir. C'était leur héritage, personne n'avait rien à dire à ça. Antoine Maibert, tout content, exhibait une sulfateuse de cuivre qui avait répandu trente ans le vitriol bleu sur les vignes de son père :

« Vingt dieux, on en fait plus des comme ça... Pas de raison que je la laisse pourrir ici : je l'attache sur ma bécane et je l'emporte. »

Les autres approuvaient du front ou des moustaches : on sait ce que valent ces étartuelles, le quincaillier ne les donne pas pour rien, hé là !

Ils étaient arrivés largement avant la cérémonie, vu qu'ils avaient tous un peu de bien au Peyroux, qui leur venait d'un père, d'un beau-père, d'un ancêtre. Ils grattouillaient de droite et de gauche, redressant un volet, arrachant des poignées d'orties avec leurs mains insensibles ; certains, en bras de chemise, étaient grimpés sur des toits, d'autres inspectaient les jardins où fleurissaient encore les panaches blancs des rhubarbes. Avec regret, ils contemplaient cette terre inactive, qui avait jadis produit des choux comme ça ; des melons comme ça, des tomates comme ça ; et maintenant, sous les herbes sauvages, le sol des allées ne s'y distinguait même plus de la surface légumière, on pouvait y envoyer paître les moutons. Le dernier potager survivant était celui de Vatelequerre ; la veille, sa fille et sa bru y avaient cueilli trois paniers de haricots qu'elles se partageaient équitablement, comme tout le reste. Dans la justice. Dans l'amitié. Elles ne s'étaient jamais fait de misère l'une à l'autre, ni à personne. Elles n'allaient pas commencer le jour où elles enterraient le pauvre vieux. Elles ramasseraient peut-être encore deux ou trois bricoles, les choux-fleurs, quelques salades (il avait un secret pour les conduire à des grosseurs pareilles, les salades ; mais jamais personne n'avait pu le lui arracher ; ceux qui l'interrogeaient sur ce point s'attiraient invariablement cette réponse : « C'est bien simple, tous les matins je leur pisse dessus ! ») ; le reste, qui n'était pas mûr, elles l'abandonneraient à quelqu'un, afin que ça ne soit pas perdu. Par exemple à la Mathilde. Il est vrai qu'elle resterait seule, de tout ce monde qu'il y eut jadis. On n'avait pas le choix. Mais autant elle qu'une autre. Ils étaient en bons termes, la Mathilde et le vieux Vatelequerre, tout le monde savait ça. Ils auraient même pu finir leurs vies ensemble, les enfants n'y étaient pas opposés, au contraire ; ils se seraient soutenus l'un l'autre, au lieu de vivre seuls comme des hiboux, chacun de son côté. Mais ils n'avaient pas pu se mettre d'accord là-dessus : elle voulait rester directrice de ses poules, de ses lapins, de ses oies ; lui rester maître de sa *boutique*, où il montait des couteaux, l'hiver, de sa cave où il descendait se saouler, quand ça le prenait, assis par terre, le dos contre un baril, comme dans la chanson. Pas question de déménager pour aller chez l'autre, en invité, en domestique. Ils n'avaient pu s'entendre. Dommage, grand dommage. Il y aurait gagné dix ans de vie, au lieu de s'abrutir avec son *pouzin*, son *direct* et son *gamay*.

Quant aux secrets, il les emportait avec lui. Pas seulement celui des salades : il en possédait bien d'autres. Par exemple, il coupait le feu. Si quelqu'un s'était brûlé, avec de l'huile, de l'eau, un fer rouge ou autrement, il venait apporter son membre à Vatelequerre ; celui-ci promenait sa main droite sur la partie atteinte, sans y toucher, et aussitôt la douleur s'en allait : il ne soignait point les plaies, ça c'était l'affaire de plus savant que lui, mais il arrêtait la souffrance, on pouvait ensuite patienter, attendre la guérison. De tous les coins du département, et même de l'Allier et de la Loire, des brûlés venaient se faire couper le feu ; il aurait pu gagner une fortune avec ça. Sa fille lui disait : « Tu devrais établir un tarif : tant pour un doigt, tant pour une main, tant pour un bras, tant pour une jambe... » Mais il se contentait de ce qu'on lui donnait, même quand ça n'était que des bénédictions. Jamais il n'avait voulu entendre parler du tarif.

Il connaissait aussi toutes sortes d'herbes : celles qui suppriment le cours de ventre ; celles qui font pousser les moustaches aux jeunes mâles ; celles qui éclaircissent le teint des noiraudes ; celles qui rendent le sang aux filles qui l'ont perdu par accident, pourvu qu'elles n'attendent pas trop ; celles qui donnent de l'esprit et celles qui l'enlèvent ; celles qui coupent le lait et celles qui le renforcent.

Quand son fils et sa fille lui demandaient :

« Alors, ces secrets, quand donc que tu nous les dis ?

— J'ai le temps, j'ai le temps qu'il répondait. Est-ce que vous croyez que j'ai idée de mourir demain ?

— C'est bien ça qui te ferait mourir !

— Je vous promets d'y penser au bon moment. Ça sera votre héritage. Vous ferez fortune avec, vous. Moi j'ai pas su. Vous appliquerez le tarif. »

Et voilà qu'il était parti sans rien dire à personne, ce vieux cornichon. Un matin, il s'était levé comme les autres jours, et la mort était là, dans sa cuisine, qui l'attendait. Dans sa longue chemise flottante, il était passé tout près d'elle sans la voir. Avant d'enfiler son pantalon, il avait eu envie de fumer sa pipe. Il l'avait remplie soigneusement de tabac et, pour l'allumer avec plus de commodité, il avait voulu s'asseoir. La mort avait tiré la chaise sous lui, vicieusement, comme elle seule sait le faire. Il s'était étalé sur le plancher. C'est Mathilde qui l'avait trouvé dans cette position, lorsqu'elle était venue lui rendre visite, l'après-midi du même jour, la chemise relevée sur le ventre, comme s'il avait voulu lui faire une vilaine farce. La pipe et le briquet avaient roulé loin de lui. Son premier geste avait été de lui rabattre sa chemise ; et, comme il continuait de la regarder en silence, de ses yeux fixes et troubles, elle lui avait baissé aussi les paupières. C'est un homme qui ne fermait jamais sa porte à clé ; tous ceux qui le voulaient pouvaient entrer chez lui, de nuit comme de jour. Mais l'eût-il fermée qu'il ne se fût point protégé de cette visite.

Depuis longtemps elle était prête. Elle avait fermé ses volets comme si le mort avait attendu chez elle ces messieurs. Elle examinait entre les fentes à quel point en était la cérémonie. Quand elle vit arriver le fourgon des Pompes funèbres, elle sortit, tourna la clé, la glissa derrière le bout de tuile qui était censé la dissimuler et se dirigea vers le groupe des noir-vêtus. Ceux qui avaient raclé, vissé ou charpenté se lavaient les mains dans le lavoir et renfilaient leur veste.

Ils se tournèrent vers elle et la regardèrent venir comme si elle avait marché sur les eaux. Un moment elle se demanda ce qu'ils lui voulaient. Puis, il lui sembla voir dans les yeux de plusieurs comme une excuse, une sorte de honte. Elle distingua très bien ce que cela voulait dire : nous sommes d'ici, nés au Peyroux, et vous êtes d'ailleurs, du pays des « mange-chèvres » ; notre place devrait être dans ces maisons, que chaque hiver grignote un peu plus ; que voulez-vous, nous sommes partis pour mieux vivre ; tâchez de nous comprendre.

Oui, voilà ce qu'elle portait sur elle d'extraordinaire : elle était seule désormais au Peyroux ; personne devant, personne derrière, personne à droite, personne à gauche. Fallait bien croire que ça se voyait sur sa figure. Quand elle fut tout près, bonjour Mathilde, bonjour Mathilde, qu'ils lui dirent tous. Même deux ou trois gamins qu'elle n'avait jamais vus et qui répétèrent, bonjour Mathilde, après leurs parents. Le fils et la fille de Joannès tinrent à lui dire quelques mots :

« Merci de vous être dérangée... de nous avoir prévenus. »

Elle fit un geste de la main pour signifier que c'était la moindre des choses. C'était une femme qui n'aimait pas gaspiller ses paroles.

« Croyez-vous qu'il ait souffert ? » demanda la bru.

Elle haussa les épaules : qu'est-ce qu'elle en savait, s'il avait souffert ou non ? Peut-on le dire ? Qui a jamais raconté le mal que donne la mort lorsqu'elle tire la chaise sous vos fesses, lorsqu'elle vous entre brusquement dans le cœur ? La bru, d'ailleurs, s'en foutait complètement ; l'instant d'après, elle expliquait à sa voisine que les brusques nouvelles — bonnes ou mauvaises — lui donnaient des palpitations ; elle avait cru mourir elle-même en apprenant le décès de son beau-père ; c'était un jour où elle faisait sa lessive ; son mari lui criait quelque chose d'en haut et elle n'entendait rien à cause du ronron de sa machine ; quand elle avait compris, elle était presque tombée dans le baquet ; le docteur lui faisait prendre des gouttes de *décasserpine*, c'est très bon pour la tension ; mais faut pas dépasser la dose ; elle savait bien qu'un jour ça lui jouerait un tour.

Ernest, le fils, qui travaillait à Thiers dans une entreprise de plâtrerie, demanda, d'un ton hésitant :

« Est-ce que... est-ce qu'il a pu parler ? Est-ce qu'il vous a dit quelque chose ? »

Il pensait aux secrets : son vieux aurait pu les confier à la voisine, avant d'avaler sa langue. Mais elle secoua la tête : non, il n'avait pas pipé mot, il ne lui restait plus de souffle lorsqu'elle avait poussé la porte et l'avait trouvé tout vautré sur le plancher, la chemise retroussée jusqu'au menton. Elle n'avait pas eu besoin de l'interroger pour comprendre que personne ne pouvait plus rien pour lui, sauf le parer, l'empaqueter en vue de la livraison. Ernest eut un haussement d'épaules agacé : voilà ce que c'est que de ne pas prendre ses précautions au bon moment ; qu'est-ce que ça pouvait lui faire, à ce vieil entêté, de parler un peu plus tôt ou un peu plus tard ? Ils ne lui auraient pas fait concurrence. Maintenant, adieu l'héritage ! Tout ce qui leur revenait, c'était cette baraque qui déjà menaçait ruine et que personne ne voudrait jamais acheter, la vigne, le jardin et un ou deux tonneaux remplis d'un vin violet comme l'encre de l'école.

Les croque-morts descendirent le cercueil. Antoinette, la fille, commença de pleurer. Les hommes se découvrirent, Mathilde regardait fixement cette boîte vernie, la croix d'aluminium poli qui brillait dessus ; elle s'imaginait à l'intérieur Joannès Plandieu, les mains maladroitement jointes sur la poitrine (il avait fallu lui forcer les doigts déjà tout raides), dans son habit noir, acheté en 1925 pour le jour de ses noces, à Thiers, rue Conchette, chez Bourdillon, marchand d'habits et de chapeaux.

Plusieurs fois, Vatelequerre lui avait dit :

« Savez-vous, Mathilde, vous êtes seule et je suis seul. Nous devrions nous marier ensemble.

— Pourquoi donc qu'on se marierait ?

— Nous sommes veufs tous les deux.

— Ça me paraît pas un motif suffisant.

— Vous me plaisez bien, Mathilde. Je pourrais vous donner du bon temps encore, vous m'en donneriez aussi. On habiterait la même maison, ça ferait des économies de chauffage, d'assurances, de nourriture. Je produis mon vin et mes légumes...

— Quelle maison ?

— La mienne, pardi. C'est la plus grande... »

Ils n'avaient pas pu se mettre d'accord là-dessus. Et même s'ils étaient tombés d'accord, elle ne se serait pas remariée. Elle n'avait jamais eu l'idée de donner un successeur au pauvre Pierre. Alors, pour la tenter, il lui faisait visiter sa cambuse. Il exhibait les saucissons et les jambons dans le saloir, son carnet de Caisse d'épargne et même — ça la faisait bien rire — ses médailles gagnées en 14-18, sa Croix de guerre, sa décoration des poilus d'Orient, avec un diplôme écrit dans une langue incompréhensible qu'il disait être du serbe. Je vous demande un peu quelle tentation c'était pour elle, la pauvre Mathilde, d'épouser un homme si bien breloqué !

Une autre fois, il lui ouvrit ses armoires pour lui montrer son linge : des draps qui n'avaient plus vu l'eau depuis la mort de sa pauvre femme et qui avaient pris la couleur du tabac, des caleçons, des chemises et trois costumes saupoudrés de naphtaline.

« Celui-ci pour quand je me mets propre, si je veux aller à la ville, par exemple au moment des élections... Celui-là pour les cérémonies, quand on m'invite au baptême de mes petits-enfants... Et cet autre, oh ! cet autre, c'est celui de mes noces. Je l'ai enfilé qu'une seule fois. Si jamais vous vous décidez à m'accepter, Mathilde, je le prendrai encore. Vous verrez qu'il m'ira toujours, j'ai pas gonflé d'un centimètre depuis 1925. Mais si c'est non, alors je l'userai autrement ; je veux qu'on me le mette sur le dos quand j'irai chez les taupes. »

Elle avait rapporté ce désir à Antoinette, il avait eu satisfaction, il arriverait à destination, tout puant de naphtaline, dans l'habit que lui avait vendu Bourdillon de la rue Conchette.

C'est alors que l'on vit le curé de Puy-Guillaume descendre de sa deux-chevaux, tout équipé, avec son aide et ses outils. Il s'avança d'autorité vers le corbillard, longues enjambées d'arpenteur. Mathilde regarda avec stupeur autour d'elle :

« Qui l'a appelé ? Vous savez bien que Joannès ne croyait ni Dieu ni diable ! Il serait pas content, s'il savait ça ! Pour sûr !

— C'est moi, dit la bru, à travers ses voiles. Est-ce qu'il fallait l'emporter directement au cimetière, le jeter dans un trou comme un tombereau de betteraves ?

— Ernest, voyons, tu connaissais ton père ! Tu savais ses idées ! On respecte la volonté des morts.

— Oh ! vous savez, Mathilde, où qu'il aille à présent, ça l'empêchera pas d'arriver ! »

Elle fit pfu ! de la bouche et cessa de discuter.

Le fourgon se mit doucement en route, le curé et son enfant de chœur remontèrent dans leur petite Citron.

Elle s'approcha de Jolivet qui travaillait à la verrerie de Puy-Guillaume :

« Est-ce que vous auriez une place pour moi ? J'ai pas d'automobile, moi.

— Mais bien sûr, Mathilde. Et je vous ramènerai aussi, si vous voulez.

— Vous me faites grand plaisir. »

Ils rattrapèrent le vélo de Maibert, qui trimbalait sa sulfateuse sur le porte-bagages. Et juste comme ils allaient le dépasser, la sulfateuse se cassa la gueule et roula sur la route, la bicyclette fit un écart et il s'en fallut d'un demi-poil que la voiture ne leur passât sur le ventre à tous les trois.

« Hé ! cria Jolivet, qui avait quand même pu freiner à temps, t'as donc envie d'aller tenir compagnie à Vatelequerre ?

— C'est c'te garce de sulfateuse, s'excusa l'autre, et la putain de ficelle et le fumier de porte-bagages.

— Ben, je te conseille... » fit le verrier.

Il calcula un moment, pour savoir au juste ce qu'il lui conseillait.

« Qu'est-ce tu me conseilles ?

— T'as qu'une chose à faire : tu te la colles sur le dos, carrément. Comme ça t'es tranquille. T'es sûr qu'elle se foutra plus en l'air. »

Maibert pensa à son tour ; puis il jugea que l'avis était bon. Il ramassa son gadget, enfila les bretelles et remonta sur la bécane.

« Bon voyage ! » fit Jolivet.

Mathilde songeait à Joannès Plandieu ; le cœur lui pinçait un peu. Elle aurait peut-être dû l'épouser, puisque cette idée semblait lui faire tant plaisir. Après quarante ans de fidélité, le pauvre Pierre n'aurait pu lui en vouloir. Mais l'avait-elle refusé par fidélité vraiment ? L'aurait-elle accepté si, quittant sa baraque à lui, il était venu habiter sa bicoque à elle ? Maîtresse de son bien, de ses chèvres, de sa volaille, de son lit, de son toit, oui, pour sûr, elle avait voulu le rester. Mais elle voulait aussi rester maîtresse de son corps, de ses habitudes, de son sommeil, de sa façon de travailler, de manger et de boire. Introduire un homme dans sa maison, autant y introduire le diable, se disait-elle. Elle n'avait pas voulu changer large comme l'ongle de ce qu'elle était, de ce qu'elle faisait. Elle l'avait laissé mourir sans connaître cette joie qu'il espérait malgré tout. Peut-être bien que c'est de ça qu'il était crevé.

Elle ruminait ces choses en roulant. Pourtant, elle dut bientôt renoncer à sa tristesse, le mouvement de la voiture l'incommodait, les tournants particulièrement lui chaviraient l'estomac. Elle sortit son mouchoir et se le mit sous le nez. Du Peyroux à Puy-Guillaume, il n'y avait que cinq kilomètres ; pourrait-elle résister jusque-là sans vomir ?

« Oh ! Francis, gémit-elle, s'il vous plaît, allez doucement !

— D'accord, Mathilde, je ralentis. Tournez cette poignée, ouvrez un peu la vitre, ça vous donnera de l'air. »

Elle ferma les yeux pour ne pas percevoir le défilé des arbres et des poteaux télégraphiques. Tu ne vas pas te faire remarquer, se morigénait-elle intérieurement, tu ne vas pas salir son automobile, prends patience un moment.

« On arrive ! » l'encourageait Francis Jolivet. « Nous y voici. »

Mais on roulait toujours. Enfin, les freins couinèrent, la voiture s'immobilisa. Elle put descendre. La terre tanguait sous ses pieds. T'aurais dû apporter tes pastilles de Vichy, qu'elle se dit encore.

Le fourgon s'était arrêté à l'entrée du bourg et attendait le rassemblement des accompagnateurs. C'était la tradition : fallait se grouper derrière lui et faire un brin de conduite au défunt.

On vit sortir la casquette du chauffeur :

« Tout le monde est là ? »

Les noir-vêtus se regardèrent, perplexes.

« Manque Antoine Maibert, cria Jolivet. Il est en bécane. »

On surveilla l'horizon. On le vit arriver, bien à l'aise sur sa machine, roulant en roue libre entre deux coups de pédale pour ne pas forcer plus qu'il ne fallait. Le cortège commença de se former, la famille devant, les autres derrière, en petite pagaye. Maibert mit pied à terre, chercha un coin propice pour appuyer son vélo, bloqua une roue avec l'antivol. Le fourgon avait démarré, des nouveaux venus s'ajoutaient au cortège, le porte-drapeau des anciens combattants, six pompiers en tenue, des vieux et des vieilles qui venaient dire au revoir, à bientôt, à Vatelequerre. Maibert eut un moment de désarroi : s'il abandonnait sa sulfateuse à côté de la bicyclette, il était sûr de ne pas la retrouver en revenant, avec tous les ganguesters qui peuplent Puy-Guillaume ; elle n'était pas pourvue d'un antivol, elle. Il l'aurait bien confiée à quelqu'un de connaissance, pour qu'il la loge dans le coffre de sa bagnole. Mais ils étaient tous là-bas, ces charognes-là, derrière la saloperie de corbillard, pas un qui l'avait attendu. Il essaya de soulever un ou deux couvercles de malle : rien à faire, verrouillés comme la prison. Et le cortège prenait de plus en plus d'avance. Alors, merde, tant pis, il laissait la sulfateuse là où elle était, sur son échine ; personne ne viendrait l'y prendre. Il s'élança au petit trot pour rejoindre le troupeau qui atteignait déjà le Pont-des-Feignants.

Les volées des cloches coururent à leur rencontre. Le curé attendait devant l'église, la tête penchée sur l'épaule droite, à cause de ce torticolis chronique qu'il avait. Le cercueil grinça sur les ferrures du fourgon, les croque-morts eux-mêmes ôtèrent leur casquette. Antoinette pleura un autre coup, Ernest serra les mâchoires, tout le monde s'engouffra sous le porche. L'église était fraîche, ça vous ravigotait après la longue attente du matin et la chaleur de la route.

Dehors, Antoine Maibert hésitait : pouvait-il entrer avec son ustensile ? Devait-il rester dehors parmi les libres penseurs, ceux qui refusaient farouchement de se salir les semelles sur les dalles d'une église ?

« Où que tu vas ? demanda l'un d'eux. Hé ! Tu vas sulfater ? »

Tous les libres penseurs crevèrent de rire.

« Vous pourriez pas me la garder ? qu'il proposa.

— Te la garder ? Et si on nous la barbote ? C'est une responsabilité, ça ! Est-ce que tu peux pas te passer d'eau bénite ?

— Entre donc, suggéra un autre. Tu leur souffleras au cul pendant qu'ils seront agenouillés. »

Il préféra ne pas répondre à ces dérisions qui faisaient insulte au défunt et resta sur le seuil des portes grandes ouvertes, solennel, avec son réservoir dans le dos, comme ces hommes-grenouilles qu'on voit à la télévision.

« Mon Dieu, ayez pitié du pauvre Joannès qui est là-dedans, sous ce drap noir. Il avait pas l'intention de vous rendre visite, mais ça pouvait pas être par méchanceté, c'était parce qu'il savait pas. Ses péchés, il les a jamais confessés à personne, probablement, et il doit en avoir un joli paquet sur la conscience ; mais vous les savez aussi bien que s'il les avait racontés en détail, puisque rien vous échappe de ce que nous faisons et même de ce qui nous court par la tête. Et vos balances à vous sont justes, pas comme les nôtres qui penchent toujours d'un côté, et vous savez mesurer le léger et le lourd à son poids véritable. Sans vous commander, mon Dieu, n'accablez pas trop le pauvre Joannès Plandieu qui vient de finir ses peines sur cette terre et il en a eu sa grande part aussi. Cette guerre qu'il a faite contre les Serbes, ces coups de baïonnette qu'il a attrapés, cette petite qu'il a perdue à l'âge de trois ans, elle était sa préférée — et pourtant il aimait bien les autres aussi, personne peut prétendre le contraire — sans doute parce qu'elle était la plus gringalette et qu'il savait qu'il la garderait pas longtemps, trente ans après, si on venait à lui en parler, il en avait encore les larmes aux yeux, ma brebis, qu'il l'appelait, mon agnelette. Et puis sa femme, malade si longtemps, faut voir comme il l'a soignée, je peux le dire, moi qui l'ai vu de mes yeux, mais vous y étiez aussi, bien sûr, vous êtes au courant. Et ses dernières années, seul comme un loup, il serait parti bien volontiers chez son fils ou chez sa fille s'ils le lui avaient proposé sérieusement, s'ils avaient insisté un peu. Mais ils disaient : le vieux, il se plaît mieux dans sa baraque, ça se comprend, à son âge, ça serait dur de s'habituer à la ville ; et lui, il faisait semblant de dire comme eux : à mon âge, ça serait dur de m'habituer à la ville, je me plais mieux dans ma baraque. Seulement, moi, je savais bien le fond de sa pensée, bien qu'il me l'ait jamais fait connaître clairement. Alors eux, les jeunes, ils essayaient de me le coller dans les pattes : Mathilde, vous devriez épouser Vatelequerre, ça vous ferait une compagnie, cétéra. S'il s'est mis à boire, le pauvre homme, c'est point par gourmandise, je vous le jure ; c'est pour mettre un peu de brouillard dans sa vie : voilà ce qu'il disait, lorsqu'il avait bu, Mathilde, je suis dans le brouillard, ça lui permettait de plus voir les choses tristes. Je sais pas pourquoi, mon Dieu, je vous raconte toutes ces histoires que vous connaissez mieux que moi, bien sûr. Peut-être j'aurais pas dû le refuser, je sais bien ce que j'aurais dû faire. Y a douze ou treize ans, après qu'il m'eut fait sa première demande — parce qu'il y en a eu beaucoup d'autres par la suite — j'ai consulté le curé de Puy-Guillaume — pas celui-ci, l'autre, le vieux qui y était avant — et il m'a dit : Mais Madame, interrogez vos sentiments. Et mes sentiments étaient encore trop pleins de la pensée du pauvre Pierre, il aurait pas été honnête, qu'il m'a semblé, d'épouser quelqu'un et d'avoir un autre homme dans le cœur. Alors, je crois pas réellement que vous puissiez me faire de reproches. Pourtant, si je me trompe, que votre volonté soit faite.

« À cause de tout ça, puisqu'il est là, le pauvre Joannès Plandieu, puisqu'il est entré quand même dans votre église, essayez de pas trop lui en vouloir. Bien sûr, toutes ces choses, il aurait mieux valu qu'il les dise lui-même, moi, ça peut pas vous faire le même effet, je le comprends. Il s'était mis dans la tête que vous existiez pas, que vous pouviez pas exister à cause que vous lui aviez pris sa fille, son agnelette. C'est une raison bête, je le sais, le vieux curé avait bien essayé de le lui faire comprendre, mais il avait pas réussi. Ou bien votre Dieu est une invention des prêtres, qu'il répondait, pour escroquer l'argent des imbéciles ; ou bien, s'il existe, c'est un fameux... Et là il employait un mot que j'oserais pas répéter. C'est un fameux... de m'avoir pris mon agnelette. Mais puisque c'est pour son bien, que répondait le curé, puisqu'elle est heureuse au Paradis ! Et moi, alors, qu'il disait, je compte pour des prunes ? J'en avais besoin pour vivre, moi, de mon agnelette, et je l'aurais pas rendue malheureuse, vous pouvez croire... Ça discutait comme ça pendant des heures. Le pauvre Vatelequerre, il tapait sur la table et il pleurait toutes les larmes de son corps.

« C'est pourquoi, Seigneur, vous devriez essayer de pas trop lui en vouloir. Envoyez-le dans votre Purgatoire, bien sûr, à cause de ses fautes et de ses erreurs. Mais l'y laissez pas trop longtemps, pour qu'il puisse retrouver, si vous voulez bien, sa pauvre femme et sa pauvre brebis... »

On se dirigea vers le cimetière, à toute petite allure. C'est un coin ombragé de beaux arbres noirs, en été, on y viendrait presque par plaisir. La terre y est sablonneuse et saine, la bêche des fossoyeurs s'y enfonce comme dans du beurre. Sur certaines tombes fraîches, de la doucette avait poussé, les plants étaient d'une taille phénoménale ;

visiblement, le sol leur convenait ; ils faisaient loucher d'envie les noir-vêtus qui se les montraient du doigt :

« Vingt dieux, les belles pipes ! »

Car *pipes* est le terme local qui les désigne.

On arriva au trou. Avec une curiosité trouble, plus d'un se pencha pour en distinguer le fond. Ils y virent le couvercle d'un autre cercueil, quelque peu raboté par la pioche : celui de Maria, la femme à Vatelequerre, décédée en 1950.

« Vous voilà réunis pour l'éternité, dit le curé en français, puisque à présent ils ont renoncé au latin, Maria Provenchère et Joannès Plandieu, réunis pour des noces éternelles dans le sein du Tout-Puissant, et si Dieu veut, plus rien ne vous séparera désormais... »

Antoinette pleura son troisième coup et Ernest serra les mâchoires. Mathilde se dit que c'était bien mieux ainsi, que si elle avait épousé son voisin il y aurait eu quelqu'un de trop dans la fosse.

Chacun jeta sa poignée de terre. Même Antoine Maibert qui vint à la fin, toujours traînant sa sulfateuse ; les autres détournaient la figure afin de rire en cachette. Ensuite, beaucoup s'égaillèrent vers d'autres tombes, profitant de leur venue pour stationner un moment devant, tête basse, un peu honteux de vivre, songeant déjà au repas qu'ils allaient faire à l'*Hôtel des Voyageurs.*

Mathilde n'avait aucune tombe à qui rendre visite. Son père et sa mère, enterrés à Escoutoux, avaient depuis longtemps été relevés et jetés au dépotoir. Les os de son mari : perdus quelque part, dans le département de la Somme, du côté de Cléry, peut-être dans un cimetière inconnu, peut-être mêlés à la terre des champs. Nul mort ne l'attendait.

« Vous viendrez bien prendre un bouillon avec nous, dit Ernest Plandieu. Vos enfants ne pleurent pas.

— Tout de même. »

Dans la grand-salle de l'hôtel, une longue table attendait les noir-vêtus avec des litres, au milieu, en sentinelles. On prit un bol de bouillon gras, rafraîchi d'un peu de vin. Puis il y eut les pommes de terre, le ragoût de mouton et le fromage. C'était le menu décent qu'on sert, après l'enterrement, à ceux qui sont venus de loin. On parla des fauchaisons, de la TVA qui allait prochainement frapper le pays et qui signifiait *Tout-va-augmenter*, des routes pourries du département. Vatelequerre était vraiment sorti des esprits.

Comme il l'avait promis, Francis Jolivet ramena Mathilde au Peyroux, il la déposa devant sa porte. Et quand elle eut mis pied à terre, il hésitait à repartir, il avait l'impression qu'il l'abandonnait, toute vieille, toute menue dans sa robe noire.

« Alors, vous allez rester seule, comme ça ?

— Faut bien, mon pauvre Francis, puisqu'y a personne d'autre.

— Et vous aurez pas peur ?

— Peur de quoi ? Peur de qui ?

— Je sais pas : les voleurs, les ganguesters...

— S'ils viennent me voler, ils feront pas un gros coup, pour sûr. Et s'ils viennent m'assassiner, ils me prendront pas beaucoup de vie non plus.

— Vous croyez pas que vous seriez mieux dans quelque maison, à Puy-Guillaume, à Thiers ou ailleurs ?

— Tant que je pourrai me suffire, j'aime mieux rester dans la mienne. L'hospice, j'irai juste pour y crever.

— Alors, bien vrai, je vous laisse ?
— Mais oui, laissez-moi, mon pauvre Francis. Vous avez bien assez à faire vous aussi... »
Quand elle eut remis ses vêtements quotidiens, elle alla ouvrir à la volaille qui s'impatientait et qui s'élança, le bec ouvert.
« Coqueléqué ! » cria ce putain de coq.
Et Mathilde demeura toute songeuse.

II

C'étaient les meilleurs jours de l'année. Chaque après-dîner, elle emmenait ses deux chèvres vers les chemins tout bordés de ronces et de robiniers. Les chèvres se remplissaient le ventre de feuilles et d'épines, en égrenant de temps en temps leurs crottes noires rondelettes. Mathilde se rappelait une devinette que lui posait sa mère :

« Quelle différence vois-tu entre le curé et nos chèvres ? ... Lui, il dit son chapelet par-devant et elles par-derrière. »

Sa mère était gardeuse de chèvres comme elle, et gardeuse d'un porc ou deux dans les saisons d'opulence. Elle avait élevé une fille, trois garçons qui vivaient encore et un quatrième mort en Allemagne on ne sait pas trop de quoi, pendant sa captivité, en 1918. Celui-ci, le pauvre Maurice, leur avait causé bien du tourment à tous, spécialement à celle qui l'avait mis au monde, et nourri, et éduqué comme elle avait su, elle qui ne savait pas grand-chose. À peine si elle connaissait sa langue, qu'elle employait en y mélangeant une moitié de patois. Quand on avait appris que son fils cadet était prisonnier des Prussiens, tous ceux de la commune qui étaient restés là à cultiver leurs patates, à traire leurs vaches, à caresser leurs femmes et celles des autres, tous s'étaient mis à répéter : « Il s'est rendu !... Il s'est rendu à l'ennemi !... » Et elle en avait éprouvé une honte comme si on lui avait dit que son fils n'était qu'un bâtard. Et l'année d'après, au déshonneur s'était ajouté le chagrin de le perdre, là-bas, dans une terre inconnue, d'où il ne reviendrait jamais pour se justifier.

Que d'histoires, que d'histoires il y a par le monde, songeait Mathilde en gardant les chèvres à son tour. Les enfants naissent, ils grandissent, ils se cabossent mille fois le front, ils s'arrachent les genoux, les mères leur donnent leur lait, leur pain, leurs jours et leurs nuits. Ensuite, ils s'en vont on ne sait où, emportés par les guerres ou par leur ambition. C'était exactement ce qui lui était arrivé à elle aussi. Son fils était quelque part, à la surface de la terre. Sa dernière lettre datait de six mois ; mais il ne donnait pas son adresse. Le cachet de la poste disait : *Carnaval de Nice : 16-26 février !*

Elle restait de longues heures assise sur son pliant au bord du chemin. Elle tricotait des bas avec de la laine obtenue en détricotant d'autres bas plus anciens. Quand ce travail la fatiguait, elle regardait les fourmis courir sur la route en de longues files noires. Ou bien elle se levait. C'était pour couper un fagot de genêts secs qui lui serviraient à allumer son feu, une brassée de jeunes pousses de robinier dont les lapins sont si friands. À ses chèvres, elle parlait comme à des personnes :

« Vous feriez mieux de manger quand c'est le moment, au lieu de vous battre, galapiasses... Et n'allez pas dans la luzerne à Baliveau, y a bien assez de ce côté. Vous savez bien que la luzerne vous donne la chiasse... Qu'as-tu à me regarder, toi, Bourrette, nom de gueux ? Ton cabri ? Hé ! Tu en feras d'autres ! Ton ventre en est plein, de cabris ! Je te conduirai au bouc un de ces jours.

— Mêêêê... » répondaient les chèvres qui étaient les seules par ici à comprendre son patois.

Quand elle était en colère ou faisait semblant, Mathilde disait « nom de gueux » ; ce qui était une façon de jurer sans offenser personne.

Les chèvres la considéraient de leurs yeux jaunes et secouaient leur barbe en parlant. Les fourmis continuaient leur procession sur la route. Mathilde se demandait si les fourmis, comme le monde, ont des curés et une religion et quelqu'un qui les commande et des gendarmes pour assurer la police, car il y a sans doute des voleurs et des criminels chez les fourmis, pareil que chez les hommes.

Le soleil se faisait rouge et glissait vers l'horizon. Elle attendait qu'il fût descendu derrière le puy de Dôme qu'on voyait là-bas, plus gros que ses collègues, comme un chapelet de taupinières bien alignées. Elle se demandait quelles taupes avaient réellement pu les faire sortir de terre, pourquoi il y avait des montagnes et pourquoi il y avait des plaines. C'est une question à laquelle elle ne savait pas répondre. Elle souriait intérieurement à son ignorance. « Y en a-t-il, nom de gueux, des questions auxquelles je sais pas répondre ! Quels gros livres on pourrait écrire avec tout ce qui me manque ! » Mais elle était contente d'être ainsi. « J'ai remarqué, qu'elle se disait, que les gens instruits sont jamais contents de ce qu'ils ont. Ils forment des syndicats, ils lancent des grèves, des révolutions. Si c'était aujourd'hui, j'enverrais pas mon garçon à l'école ; peut-être qu'il me serait resté. Moi, je me contente, je me contente. Faut bien que je me contente. Qu'est-ce que je pourrais faire d'autre ? »

Elle appelait ses chèvres et redescendait lentement vers le village silencieux, d'où aucune fumée ne montait. Plus triste qu'un cimetière, où il y a toujours du monde, sur la terre et dessous, et les premiers s'occupent des seconds, et leur parlent, leur racontent leurs misères et leurs plaisirs. Tandis qu'ici, nom de gueux, c'était le vide, le vide complet, le vide irremplissable.

Les poules étaient déjà couchées. Seule Margarette arpentait la cour, en lorgnant vainement la maison d'en face et ses volets clos. Mathilde distribuait le robinier aux lapins qui se jetaient dessus comme des bêtes fauves ; ils s'enfonçaient dans les profondeurs des feuilles verdelettes, dans leur désir de tout manger à la fois.

Ensuite, elle allait traire les chèvres. Ses mains pétrissaient les tétines pleines et tendues comme du caoutchouc. Elle remplissait un bol de leur lait avec son écume pétillante. Elle y émiettait du pain et c'était là tout son souper, à part un peu de fruitage qu'elle mangeait derrière, quand elle en avait, fraises, cerises, pomme, poire, ou une poignée de noix. Le reste de la traite, elle le versait dans un pot de grès et y ajoutait une cuillerée de présure pour en faire du fromage.

Comme on était en juillet, elle profitait de la transparence du soir pour aller marcher un peu avant de se coucher : elle trouvait que ça lui faisait du bien au corps. Sur ses épaules, elle plaçait son fichu de dentelle et partait doucement, en s'appuyant à son bâton. Des chauves-souris tournoyaient autour d'elle et, suivant une superstition de son pays, elle croyait que chacune était l'âme d'un mort qui lui rendait visite. « Tiens, qu'elle se disait, c'est peut-être Vatelequerre qui vient voir comment je me débrouille sans lui... Ou ma pauvre mère... Ou le pauvre Pierre... Ou quelqu'un que je connais pas... » Elle ne s'attardait pas à cette pensée qui l'effrayait, craignant de recevoir de cette façon l'âme de son fils Louis, car la mort aurait expliqué un si long silence. Mon Dieu, faites que ça ne soit pas, protégez mon garçon Louis. Elle prononçait Louis et donnait deux syllabes à ce nom.

Elle errait comme une ombre entre des ombres plus épaisses, dans le village abandonné : celles des maisons vides. Elle faisait ce qu'elle appelait « la tournée des fantômes ».

En 1922, quand elle était venue s'établir au Peyroux avec son gars, âgé de cinq ans, douze familles vivaient dans le village. Elle avait oublié quelques noms ; mais les figures de tout ce monde, elle les voyait encore et elle aurait pu parler longtemps sur chacun, si on l'avait interrogée. Les Maibert, les Jolivet, les Colombin, les Baudiment, les Plandieu, les Dozolme, les Dassaud. Et les sobriquets qu'on leur donnait, plus ou moins inexplicables : les Tourons, les Évêques, les Sabots, les Cheveux-Rouges, les Tricots. Certaines familles n'en avaient pas collectivement ; mais tel ou tel de leurs membres en portait un à titre personnel, comme Pinasse, qui était Joseph Jolivet ou Vatelequerre, qui était Joannès Plandieu. Tous les vieux étaient morts. Les jeunes avaient quitté cette terre difficile ; ils étaient allés s'installer dans les villes afin de profiter des Assurances sociales et des Congés payés. Alors, tout doucement, les maisons s'écroulaient, la terre redevenait garenne, broussailles, ronciers, ce qui était sa façon à elle de mourir aussi.

À petits pas, Mathilde suivait la rue Plate. C'est elle qui avait baptisé comme ça les trois rues du village : la rue Plate, la rue Qui-Monte et la rue Qui-Descend. Elle regardait les portes et les fenêtres, comme si elle avait été chargée d'en passer l'inspection. En vérité, maintenant qu'elle était la seule survivante des douze familles, elle avait réellement l'impression que toutes ces pierres lui étaient confiées. Elle prenait note des lézardes nouvelles qui apparaissaient, des toits qui menaçaient écroulement ; et elle les signalait à l'occasion aux héritiers, quand il leur arrivait de revenir au Peyroux pour une courte visite. En général, ils levaient les bras au ciel :

« Qu'est-ce que vous croyez que je vais faire, ma pauvre Mathilde ? Vendre ma chemise pour sauver cette baraque qui intéresse personne ?

— Et pourquoi qu'elle intéresse personne ? Elle pourrait bien t'intéresser, toi ! C'est bien la maison de ton père et de ton grand-père !

— Parce que je suis pas assez fou pour revenir habiter dans ce village de crève-la-faim. Et les autres sont comme moi.

— Les autres sont pas comme toi : ils y sont pas nés. Ils y ont pas leurs souvenirs.

— Les souvenirs, ça remplit peut-être la tête. Mais le ventre — hé là ! — ça le remplit guère !... »

Rien à faire. Ce coin maudit (il portait dans son nom même la preuve de sa malédiction, puisque Peyroux veut dire pierreux), ils le vomissaient tous. Bon. D'accord. Qu'ils aillent tous à leurs foutus cinémas, à leurs foutus bistrots, à leurs foutues Assurances sociales, elle, elle restait. Elle qui n'était qu'une « mange-chèvre ». Transplantée ici en 1922, elle y avait pris racine, dans ce sol pierreux, plus profondément qu'eux tous qui y étaient nés. Non, ils n'y étaient pas nés. Ils y étaient tombés du ciel comme des grêlons, ils avaient roulé le long de la rue Qui-Descend. Ils n'étaient pas du Peyroux : ils étaient des Congés-Payés.

En partant de chez elle, par la rue Plate, la première maison qu'elle trouvait à droite était celle des Maibert. Le vieux Maibert et sa femme vivaient déjà seuls lorsqu'il avait eu cette idée imbécile de grimper sur un poirier où il y avait des poires qui seraient bien tombées toutes seules. Mathilde, qui était baissée dans son jardin, avait entendu un craquement et un grand cri :

« *Djeü !* »

C'était une branche qui avait cassé et Maibert qui tombait à la renverse. On l'avait ramassé, emporté, mais il était mort dans son lit deux jours après, les reins brisés. Ainsi, le dernier mot qu'il avait prononcé avant de quitter ce monde avait été pour jurer le nom du Seigneur. Car ce grand cri : « Dieu ! » elle l'avait bien compris à son ton, il ne le poussait point pour appeler à son aide, mais pour injurier le Ciel.

Mathilde cognait de son bâton contre la porte du cellier, en criant :

« Ho ! Maibert !... Ho ! Maibert !... Si tu voyais dans quel état est ta maison, tu en dirais des *Djeü !...* »

Ces mots, elle ne les prononçait pas dans sa tête ; elle les disait réellement, d'une voix forte, au milieu du village qui l'écoutait. Sous son bâton, la porte grondait comme un tonneau vide.

« Ton feignant de fils, Antoine, ne vient ici que pour emporter. Même le jour où on a enterré Vatelequerre, il a trouvé moyen d'emporter ta sulfateuse. Même que tout le monde le regardait à l'église et au cimetière et que j'avais honte pour lui. Un jour, il viendra avec un tombereau et il emportera le bois, les poutres, les portes, les volets, car il est pire qu'un rat... »

Ensuite, y avait la maison des Jolivet. Eugène Jolivet était le plus grand putassier de la commune, et on pouvait aller loin pour en trouver le pareil. Pas pour rien qu'on l'avait baptisé Pinasse, un mot qui dit bien ce qu'il veut dire. Il courait derrière toutes les femmes, comme un chien derrière les chiennes en chaleur. Un jour que Mathilde moissonnait avec lui et d'autres chez quelqu'un, Pinasse était en train de porter à boire aux moissonneurs. Tout par un coup, le voilà qui pose par terre le bousset et s'élance vers le chemin en courant comme un mamelouk. Il y avait vu passer un cotillon. Et on pouvait l'imaginer de loin en train de faire son boniment et de débiter ses mensonges pour essayer de séduire la particulière si elle voulait bien.

Sa maison n'avait plus de toit. À travers les fenêtres, on pouvait compter les étoiles. Dans la grange, il restait une vis de pressoir et une cuve. La cuve. La fameuse cuve. Un jour que les circonstances s'y prêtaient, Pinasse avait attiré chez lui la Colombine, la femme de Jean Colombin. Et pour ne pas être dérangé, avec une échelle, il l'avait fait descendre dans la cuve et c'est là-dedans qu'ils avaient fait leurs manigances. Pensez si ça devait être confortable ! Les conséquences, tout le monde les savait, excepté probablement Jean Colombin lui-même : sa fille Hortense, qui travaille à présent à Puy-Guillaume à l'*Hôtel Beau-Rivage*, était le portrait de Pinasse tout craché. Lui, ça ne l'avait pas empêché d'aller sous terre, et sa femme non plus, et la Colombine avec. Mathilde se disait que les pécheurs s'en vont, mais les péchés ne meurent pas. Ils sont expiés dans le Purgatoire ou dans l'Enfer. Francis Jolivet avait une sœur non reconnue. Mais il devait être au courant de l'affaire, car il n'avait jamais voulu emporter la cuve salopiaude. De toutes les maisons du Peyroux, celle de Pinasse était la plus délabrée, la plus honteuse.

« Ho ! Pinasse ! Ho ! Pinasse ! demandait Mathilde en cognant contre la porte de la grange. Là où tu es, est-ce qu'il y a des cuves et des échelles ? »

Un peu plus loin, se trouvait le four communal. Pendant plus d'un siècle, tout le pain du village en était sorti. Les jours de cuisson, les hommes y faisaient brûler dix fagots de genêts bien secs ; c'était une dose établie par l'expérience. Puis, quand ils en avaient balayé la cendre et la braise, les femmes accouraient. Chacune portait trois paillons remplis de pâte l'un sur la tête, les deux autres appuyés aux hanches. On y mettait aussi des pâtisseries rustiques, des tourtes aux raisins, des fouaces, des galettes aux pommes de terre. Nom de gueux ! quelle fête c'était ! Plus encensée par le bois brûlé et la pâte cuite qu'aucune messe musquée !... À présent, le four est éteint depuis si longtemps qu'il ne se rappelle plus sa dernière fournée. Les boulangers de Puy-Guillaume et de Châteldon apportent à domicile leurs pains qui ressemblent à des clarinettes. Mathilde a perdu le goût du bon pain, comme elle a perdu le goût des bavardages, et celui des chansons, et celui du rire. On a rempli l'ancien fournil d'un tas de saloperies qu'on ne savait où caser : un rouleau du tuyau à incendie, des roues de charrette, des pelles, des pioches, des balais qui ont perdu leurs propriétaires.

Ah ! Victor Dassaud ne voulait pas déserter, lui ! Et pourtant, il a fini par prendre le même chemin que les autres.

Il avait quatre vaches, dont deux de timon. Il produisait ses patates, son blé, son vin, ses châtaignes, son fruitage. Il vivait avec son père qui était si vieux qu'il avait oublié son âge. Quand on le lui demandait, il se tournait vers son fils :

« Quel âge que j'ai, Victor ? »

Et le fils répondait, sans sourire, avec une belle indulgence, parce qu'il savait qu'il était à présent la mémoire de son père. Il était aussi un peu la mère de son père : il lui préparait ses soupes, lui cousait ses boutons et soignait ses maladies. Il le faisait sans peine, le vieux bonhomme n'était pas une charge pour lui, au contraire, Victor ne demandait qu'à le garder longtemps. D'ailleurs, le père Dassaud gagnait bien le pain qu'il mangeait, même s'il avait renoncé à travailler sur les terres : il montait dans sa boutique des douzaines et des douzaines de couteaux ; c'est un travail qui paye peu, mais quand on en fait beaucoup, il finit quand même par rapporter. Et le vieux ne perdait pas une minute de jour. Deux fois par mois, Victor enfilait son complet marron, chaussait ses pantoufles les plus neuves et il descendait prendre l'autobus qui le transportait jusqu'à Thiers. À la fabrique, on lui prenait ses couteaux montés et on lui donnait un paquet de pièces nouvelles. Sur l'argent du montage, il prélevait de quoi acheter du sucre, de l'huile, deux biftecks et un paquet de tabac à priser, qui mettrait son vieux en joie.

Un jour que Mathilde leur rendait visite, elle trouva Victor occupé à sagouiller des nippes dans un baquet.
« Qu'est-ce que tu fais ?

— Ben... la lessive. Faut bien qu'on se tienne un peu propre.

— Mon pauvre petit, c'est pas le travail d'un homme, ça ! »

Elle retroussa ses manches et prit sa place. En passant entre ses mains, ces pauvres hardes d'Arlequin, maladroitement rapetassées avec des pièces de toutes les couleurs, des points qui se couraient derrière sans arriver à se joindre, elle en eut le cœur serré. Ce jour-là, elle lava, raccommoda jusqu'à la nuit. Les Dassaud ne savaient comment la remercier.

« Dommage que vous soyez un peu vieille pour moi, dit Victor en riant autant qu'il en avait envie, sinon, je vous épouserais.

— Tu as raison, mille fois raison, fit-elle : il te faut une femme. Pas moi, bien sûr : une femme de ton âge. Ou à peu près.

— Ah ! Mathilde ! appuya le vieux. Vous parlez comme un ange. Faites-le-lui comprendre, à ce grand barnaud, qu'il lui faut une femme. Y a quinze ans que je le répète. Tant que je serai là, il se tiendra encore. Tous les deux, on se fait compagnie. Mais quand je serai sous terre, qu'est-ce qu'il deviendra ? Dites, quand il sera tout seul, qu'est-ce qu'il deviendra ? »

Et ce vieux, qui avait soixante-quinze ans ou peut-être plus, se mit à pleurer comme une fillette. C'était vraiment une chose terrible, de voir les larmes déborder de ses paupières rouges, lui couler le long du nez et s'enfoncer dans sa barbe.

« Trouve-moi-z'en une, toi, de femme, cré bon Dieu ! protesta le fils. Y a bien assez le temps que j'en cherche !

— Y avait la fille à Colombin, tu l'as laissé partir.

— Hé, la fille à Colombin avait envie d'aller remuer son derrière à la ville. Ça l'intéressait pas de traire les vaches.

— Y en avait une aussi au Grand-Bois, tu l'as laissé prendre par un autre, cet arcandier de Chambriard.

— Cet arcandier de Chambriard a une auto et tout ce qu'il faut avec. Moi, j'ai que ma brouette. Ça l'aurait pas contentée.

— Quel malheur, quel malheur ! gémissait le vieux en se trempant la barbe. Vous, Mathilde, est-ce que vous pourriez pas lui trouver une femme ?

— Moi ? Une femme ?

— Vous avez bien quelque parente, quelque connaissance...

— J'ai personne, mon pauvre Adrien.

— Quel malheur, quel malheur ! »

Et ils vécurent encore plusieurs années comme ça, tous les deux, le père à ses couteaux, le fils à ses vaches et à ses terres. Mathilde les aidait de son mieux, ils la payaient en beurre, en châtaignes, en menus services.

Victor sciait son bois, ramonait son fourneau.

Un soir il vint la chercher, souriant de toute sa figure :

« Ça y est, qu'il dit : j'ai une femme.

— Hé là !

— Une femme, je vous jure : venez la voir !

— Attends que je me peigne...

— Non, non, venez comme vous êtes. Vous lui ferez pas peur ! »

Dans la cuisine, sous la cheminée, ils trouvèrent le vieux à genoux devant une boîte brillante : une machine à laver. Adrien s'était accroupi pour mieux la voir.

« C'est ma femme, fit Victor en rigolant. Est-ce qu'elle vous plaît ? »

Mathilde prit le temps de penser.

« Et qui la mettra en marche ?

— Moi. On appuie sur ce bouton et elle fait la besogne sans qu'on s'occupe d'elle.

— Sa femme, sa femme, dit le vieux. Et elle lui fera pas porter les cornes ! » Il y avait mis le temps, mais il avait trouvé celle-là tout seul. Et ça lui faisait tellement plaisir qu'il en pissait dans ses culottes.

« Une vraie femme ferait mieux ton affaire », dit la Mathilde.

Les hommes redevinrent sérieux.

« Et vous croyez, demanda le père, qu'une vraie femme serait malheureuse avec lui ? Est-ce que c'est pas un bon ménager ?

— Il lui ferait pas de tort, pour sûr. Brave comme il est, pas buveur, et tout.

— S'il pouvait en trouver une, je crèverais content. Mais je sais bien... je sais bien que je la verrai pas... que j'aurai pas d'autre gendresse qu'une gendresse en fer-blanc... »

La paralysie le frappa l'automne qui suivit, juste après les vendanges. Plus question de monter des couteaux. Il restait dans sa chaise, aussi immobile que le puy de Dôme ; fallait le nourrir à la cuiller comme un nouveau-né et, toutes les heures, lui déboutonner la braguette et faire tremper sa zizette dans un bocal. Mais ses yeux parlaient ! Nom de gueux, que de choses ils racontaient à Mathilde, ses yeux rouges, toujours suintants ! Et elle comprenait bien leur langage : trouvez-lui une femme, pauvre Mathilde ! Une vraie femme avant que je crève ! Une parente ou une connaissance ! Faites ça pour que je crève tranquille !

Elle y pensa toute une nuit.

Et au matin, elle dit à Victor :

« Est-ce que tu peux emprunter un cheval ? Un cheval et une charrette ?

— Un cheval et une charrette ? Pour quoi faire ?

— Procure-toi une charrette et un cheval et moi j'essaierai de te procurer une femme. »

Il alla les emprunter dans un village voisin.

« Rase-toi, mets-toi propre et on s'en va. »

Il enfila son complet marron et ses pantoufles neuves. Le père Dassaud fut confié à sa voisine, l'Ernestine Maibert, qui avait du temps de reste depuis que son homme s'était cassé le cou. Mathilde pansa son cheptel et lui dit au revoir pour la journée. Elle craignait l'auto, mais point la voiture à cheval qui roule sans violence et que la bête parfume avec la bonne odeur de sa sueur et de son crottin. Victor tenait les guides, mais il ne pipait pas mot, car il broyait des idées noires comme la suie. Mathilde regardait avec tendresse sa tête grise, sous la casquette de cuir.

« Quand tu leur parleras, recommandait-elle, garde donc ta casquette. Elles ont pas besoin de savoir que sur la cime il te reste pas beaucoup de cheveux. Et puis tiens-toi droit, t'as comme une tendance à te courber ; si tu continues, dans dix ans, tu seras plus crochu que ton père. »

Elle l'examinait tout de long et cherchait ce qui pourrait le mettre en valeur :

« Si tu fais risette, présente plutôt le côté gauche, vu qu'à droite tu as une dent noire.

— J'ai guère envie de faire risette, ma pauvre Mathilde ! »

Visiblement, il n'avait pas confiance en l'issue du voyage. Et puis, ça l'embêtait d'avoir à déguiser de la sorte les défauts de la bête, comme lorsqu'on mène à la foire une vache tarée.

Il ne valait pas la peine de s'arrêter dans les hameaux les plus proches : Victor y connaissait tout le monde, il aimait mieux aller plus loin. C'est ainsi qu'à dix heures ils arrivèrent au village de Chautard, où peut-être il y avait de la ressource. Ils arrêtèrent le cheval près de la fontaine.

« Reste ici, dit Mathilde, fais semblant de le bouchonner. »

Elle se dirigea vers la première maison qui lui parut habitée. Un vieux cassait du bois devant la porte, tout pareil au père Dassaud.

« Eh bonjour, dit Mathilde.

— Eh bonjour, répondit le vieux en la regardant, mais toujours courbé sur son billot.

— Je vais vous faire une question qui va bien vous surprendre. Est-ce que vous avez une fille à marier ? »

Cette fois, le vieux se redressa :

« Une fille à marier ? qu'il répéta, les yeux ronds sous la bordure de son chapeau.

— Oui, une fille à marier. Vous comprenez ce que ça veut dire ?

— Je comprends bien, mon argue, je comprends bien.

— Si vous en avez une, même si elle a passé fleur, j'ai un gars à lui proposer et vous en trouverez pas de meilleur au monde.

— J'en ai pas. C'est tout le contraire.

— Qu'est-ce que vous voulez dire, c'est tout le contraire ?

— Au lieu d'une fille, j'ai deux garçons, moi aussi, qui trouvent pas de femme. Un de quarante-deux ans et un de quarante-cinq. C'est vous dire...

— Je vois que je suis pas venue à la bonne porte... Et... est-ce que vous en savez pas une, dans ce village, qui voudrait se marier ?

— Y en a pas, y en a plus. Elles sont toutes parties. Vous pensez bien que s'il en restait une, elle serait pour un de mes drôles, mon argue ! »

Elle revint vers la fontaine. Victor frottait toujours le ventre du cheval avec une poignée d'herbe.

« Allons plus loin », dit-elle.

Ils marchèrent encore. Chaque fois qu'ils rencontraient un village, un hameau ou même une maison isolée, Mathilde descendait de voiture et répétait sa question :

« Vous auriez pas par hasard une fille à marier ? »

Certains lui riaient au nez, d'autres l'insultaient et la traitaient de bourrique, quelques-uns lui parlaient sérieusement. Les filles à marier qu'elle rencontrait étaient des tendrelettes qu'elle n'envisageait pas de présenter à son fiancé à cheveux gris.

Au village de Gautichard, on lui signala enfin une gaillarde qui habitait derrière l'école et qui ferait peut-être son affaire. Elle gagnait sa vie en tenant le ménage de l'institutrice.

« Comment ça se fait qu'elle ait point trouvé d'homme ? demanda-t-elle, prudente.

— Ah bien, répondirent les gens, pas eu d'occasion.

— Est-ce qu'elle est vilaine ?

— Non, non. Elle est tout à fait buvable. Y a mieux, pour sûr, mais y a aussi plus mal.

— Peut-être qu'elle voulait pas quitter sa maison ?

— Non, non, c'est pas ça. »

Les gens se consultèrent : on lui dit ? oui, faut lui dire. « On va vous dire, firent les gens. Elle a commis un péché de jeunesse, y a... combien qu'y a ? ... y a dix ans.

— Un péché de jeunesse ?

— Oui. Elle est pas tout à fait seule. Elle vit avec son drôlet. C'est sans doute pour ça qu'elle a pas trouvé d'occasion. Vous pouvez bien aller la voir. »

Elle y alla. Pendant ce temps, Victor frottait le ventre du cheval. Derrière l'école, elle vit une femme devant sa porte occupée à plumer une poule. Trente trente-cinq ans, grande, un peu osseuse, mais quand même supportable à la vue. Mathilde la regarda longtemps plumer sa poule, la fille finit par s'en apercevoir et elle se demanda qui était cette particulière et ce qu'elle voulait à la regarder plumer sa poule de cette façon.

« Eh bonjour, dit Mathilde. Est-ce que je pourrais vous parler un moment ?

— Qu'est-ce que vous me voulez ? demanda l'autre. Vous êtes une bohémienne ?

— Mais non, je suis pas une bohémienne. N'ayez pas peur. Je veux juste vous parler.

— Si vous voulez me vendre quelque chose, j'ai pas d'argent.

— Je veux rien vous vendre. Écoutez un moment. »

Elle finit par se lever, posa sa volaille sur la chaise et s'avança jusqu'au portillon. Mathilde lui expliqua qu'elle était du Peyroux, qu'elle venait lui faire une proposition qui allait lui sembler drôle mais que, de toute manière, il ne s'agissait pas de répondre oui ou non tout de suite, fallait voir, fallait discuter, on verrait si ça pourrait se faire. Quand elle eut enfin découvert le pot aux roses, la fille se mit à rire, avec des dents bien plantées, ma foi, quoique un peu jaunes.

« On vous a dit sûrement que j'avais un drôlet ?

— Oh ! vous savez, je crois pas que ça retienne mon garçon. Il est pas bien jeune, ni bien beau, ni bien riche. Faut bien qu'il y ait quelque compensation. Pourquoi vous avez pas épousé le père ?

— Parce qu'il m'a abandonnée, une fois qu'il a eu ce qu'il voulait. C'était pas un joli merle. Mais si votre garçon me prend, il peut être sûr de mon honnêteté. »

Elle alla répéter ces paroles à Victor Dassaud. Il hocha la tête :

« Non, le petit me retient pas. Au contraire. Ça sera une compagnie de plus dans ma maison. Allons les voir. »

La fille avait eu le temps de faire disparaître la poule et les plumes, d'enlever son tablier, de s'arranger les cheveux.

Victor la regardait fixement et elle devint rouge comme une carotte.

« Entrez donc, dit-elle quand même, en désignant le portillon.

— Eh bonjour, fit-il.

— Eh bonjour », répondit-elle.

Ils restaient là, dans la cour, à se dévisager. Mathilde lisait sur leurs figures que ce mariage n'était pas si mal emmanché.

« Je m'appelle Augusta, dit-elle.

— Et moi Victor. »

Il sourit, leva sa casquette :

« J'ai plus beaucoup de cheveux, dit-il en baissant le front en avant, comme pour donner un coup de corne, afin qu'elle vît bien sa tonsure.

— Oh ! Il vous en reste encore. Et ça compte guère. Seulement... »

Elle se tut et son visage changea d'expression. Il comprit ce qui la troublait :

« Vous voulez parler du petit ? Vous voyez : ça m'a pas empêché de venir. Quel âge qu'il a ?

— Dix ans.

— On peut le voir ? Il est ici ?

— Oui, oui, il est ici. »

Pourtant elle ne bougeait point et continuait de serrer les lèvres. Sans doute n'osait-elle pas leur montrer la pauvreté de sa maison.

« Allez donc le chercher, suggéra Mathilde, qu'on l'embrasse. »

La fille se décida : « Entrez, vous allez le voir. »

Ils entrèrent derrière elle. Ils ne regardèrent point les murs, ni les meubles, ni le plancher. Car ce qu'ils eurent tout de suite devant les yeux leur suffit. Attaché dans une chaise roulante, un horrible petit singe, chauve et baveur, la bouche tordue, les regardait par-dessous des paupières bridées, à peine entrouvertes.

« Merde ! » cria Victor.

Et il se sauva, courant comme un forcené, en perdant sa casquette derrière lui.

Tout le long du trajet de retour, Mathilde ne cessa de pleurer dans son mouchoir. Et Victor de répéter, sans qu'on sût au juste ce qu'il se reprochait :

« Je suis le roi des cons ! Je suis le roi des cons !... »

Quelques jours plus tard, le vieux Dassaud mourut, sans avoir la consolation d'une gendresse.

L'hiver arriva, Victor crevait d'ennui dans sa maison déserte. Au printemps, il vendit ses vaches : Bouche, le chevillard de Puy-Guillaume, vint les charger toutes quatre dans sa bétaillère.

« Elles iront nourrir les Parisiens ! » fit-il, comme si c'était une consolation. Il y a des gens qui ont le sens de ce qu'il faut dire.

Victor mangea ses poules et ses lapins. Quand il eut tout liquidé :

« Je m'en vais moi aussi, dit-il un jour à la Mathilde.

— Et où tu vas ?

— À Clermont. Je trouverai bien une place chez Michelin. J'ai pas peur du travail. »

Et il alla prendre l'autobus, avec sa valise de bois, son complet marron et ses meilleures pantoufles.

Et voilà. En passant devant la maison vide des Dassaud, Mathilde à présent cognait de son bâton.

« Alors, Adrien, qu'elle criait, toujours pas de gendresse ? Est-ce que ça te gêne pour dormir ? »

Au bout de la rue Plate, elle s'arrêtait. Elle regardait par-dessus la haie vers la plaine parsemée de points lumineux, vers Clermont qui formait là-bas, au pied du puy de Dôme, comme une brume rousse. Des hommes et des filles du Peyroux s'étaient établis dans cette ville, qui ne les rendait pas. Ils disaient qu'ils y vivaient mieux. Mais comment pouvait-on vivre mieux qu'au Peyroux ? Y avait-il à Clermont des coins soleilleux où les violettes annonçaient la fin de l'hiver ? Un peu plus tard, tous ces cerisiers en fleur, les sauvages et les greffés, et les pêchers, et les amandiers qui faisaient sentir bon la colline pire qu'une boutique de coiffeur ? Et toutes ces bestioles qui y peuplaient le ciel et la terre, les hirondelles, les picverts, les hannetons, les cancailles bleues, les processions de fourmis, les bêtes à bon Dieu, les écureuils, les belettes, les musaraignes, les hiboux qui vous tiennent compagnie la nuit quand vous ne dormez pas ? Sans parler de ses chèvres, de son oie, de ses poules, de ses lapins : ah ! elle pouvait le remercier, son petit cheptel, elle lui parlait, il lui répondait, grâce à lui elle ne se sentait pas tout à fait seule. Y avait quelque chose qui ne marchait pas, car personne ne lui ferait croire qu'on pouvait vivre plus doucement, plus tranquillement qu'au Peyroux. Et pourtant, ils étaient tous partis.

Ça s'était fait en plusieurs fois. Les premiers à disparaître avaient été les enfants. Et c'est ceux qui lui manquaient le plus. Nom de gueux que c'est triste, un village sans cris d'enfants, sans rires d'enfants ! Comment qu'ils disparaissaient ? Tout simplement en grandissant, en se faisant hommes. Personne derrière pour les remplacer. Alors, depuis plus de dix ans, aucun enfant ne vivait plus au Peyroux. Quand par hasard il en passait un, le dimanche, en promenade, accompagné de ses parents, Mathilde se précipitait vers la rue pour voir comment c'était fait.

Pendant ces dix ans, le Peyroux avait donc vieilli sans se renouveler. Ensuite, les jeunes étaient partis, de vingt à quarante ans. En commençant par les filles. Elles allaient se placer en ville comme bonniches, commises de magasin ; elles finissaient par y épouser un ouvrier ; elles portaient des toilettes, des souliers à talons hauts, elles se faisaient friser. Quand il leur arrivait de revenir pour la journée, on ne les reconnaissait plus. Les garçons suivaient s'ils ne voulaient pas rester célibataires toute leur vie. Et aussi parce que la terre est basse. Parce qu'elle est trop exiguë, trop sèche, trop caillouteuse. Sur leurs six ou huit hectares de colline, ils prétendaient ne pouvoir vivre. Ils prétendaient ne pouvoir circuler sur leurs chemins défoncés. Parce que le lait et la viande qu'ils produisaient ne servaient qu'à enrichir les ramasseurs, les laitiers, les bouchers, leurs cochons ne payaient pas la farine qu'ils avaient mangée. Parce qu'ils étaient liés à la glèbe comme au temps des seigneurs : le dimanche était pour eux un jour comme les autres. Parce qu'ils s'ennuyaient. Et si leur vieux avait l'idée d'acheter un poste de radio, ils s'ennuyaient davantage, en apprenant tout ce qu'on peut faire ailleurs qui leur était interdit. Parce qu'ils avaient beau se débarbouiller, ils sentaient quand même le purin lorsqu'ils allaient en ville ; les gens s'écartaient d'eux ou fronçaient le nez. Parce que, dans ce pays où nous vivons, le mot de *paysan* est une injure ; nul n'aurait idée de vous traiter d'*ouvrier* ni de *cantonnier* ; mais on vous traite de *paysan* comme ailleurs on doit vous traiter de brute, de bâtard ou de malappris, et ils finissaient par avoir honte d'être paysans.

Le troisième départ était celui des vieux. Le seul départ qui fût naturel. Personne ne pouvait les retenir, et eux-mêmes ne cherchaient pas. Ils savaient s'en aller sans histoire. Comme le Peyroux est trop petit pour avoir son propre cimetière, fallait les transporter à Puy-Guillaume, ou à Paslières, ou à Châteldon, suivant leur désir. Au temps des corbillards à chevaux, c'était un long voyage pour leur carcasse ; les gens suivaient à pied et ils arrivaient fourbus au champ du repos ; si bien qu'ils en voulaient un peu au défunt lorsqu'il avait mal choisi son temps pour passer, au plus chaud de l'été, par exemple, ou au plus froid de l'hiver. Maintenant, avec le fourgon automobile et les taxis, les choses sont bien plus agréables. Le progrès est une bonne chose.

Après eux, il ne restait que quelques demi-vieux, de cinquante, soixante ans. Seuls, dans la maison désertée, ils ne se sentaient plus bons à rien. Les uns se vouaient au gamay ; ils gonflaient comme des bibendums, ça les conduisait à leur fin en quelques années ; alors, ils se dégonflaient et devenaient maigres comme un cent de clous. D'autres allaient vivre chez un frère ou une sœur établis dans un village étranger.

Voici comment le Peyroux, le Pierreux avait perdu tout son monde et n'avait gardé que ses pierres. Elle-même, Mathilde, n'avait pas su retenir son garçon : il avait été un des premiers à partir, il avait donné le mauvais exemple aux autres et elle se tenait pour un peu responsable de toutes ces désertions. C'est pourquoi elle ne s'en irait que lorsque le bon Dieu la rappellerait dans son royaume.

Ayant suffisamment contemplé la plaine et ses feux, elle faisait demi-tour. En revenant vers sa bicoquette, elle cognait du bâton aux portes des Colombin, des Baudiment, des Dozolme... et elle avait pour chacune un mot de salutation :

« Alors, Colombine, planteuse de cornes, là où tu es, je pense que le derrière doit te cuire joliment... Et toi, Alexis, qui as tant souffert de l'estomac pour mourir, si bien que pendant six mois tu t'es presque nourri de l'air du temps, tu dois être à présent richement servi et tu l'as bien mérité, pauvre Alexis... Et toi, Joannès Plandieu, je suis sûre que tu te trouves maintenant en compagnie de ton agnelette et que tu regrettes pas le Peyroux ni la pauvre Mathilde... »

C'est ainsi qu'elle terminait la tournée des fantômes.

Elle rentrait chez elle, l'estomac bien dégagé, les jambes lasses. La fraîcheur de la nuit la faisait frissonner. Elle montait lourdement l'escalier de sa chambre, tournait le bouton, fermait les volets. Tout en se déshabillant, elle essayait de marmonner sa prière : Mon Dieu, j'ai un très grand regret de vous avoir offensé... Elle ne se demandait pas quelles offenses elle avait commises ; elle était sûre d'en avoir commis des tas. Ne fût-ce que cette manie qu'elle avait de répéter toujours : Nom de gueux, nom de gueux...

Elle nouait sa coiffe de nuit sous son menton. Enfoncée douillettement sous ses couvertures, elle continuait de prier : Mon Dieu, faites que mon garçon m'écrive... Faites qu'il vienne me voir avant que je m'en aille... Et pour se faire plus persuasive, elle récitait des tas de *Notre Père* et de *Je vous salue.*

Alors, souvent, le diable lui rendait visite. Il se penchait sur elle pour dire :

« Voilà une prière bien confortable, Mathilde. Une prière qui te fait pas mal aux genoux. Mathilde, ta prière est chaude ! ta prière est chaude !

— Eh bien ! qu'elle répliquait, si elle est chaude, souffle-la ! »

III

Le lundi qui suivit l'enterrement de Vatelequerre, Mathilde entendit des pas dans sa cour. C'était Clémençon, le facteur, avec ses jambières qui le protégeaient des chiens. Elle en eut un coup au cœur. Peut-être lui apportait-il une lettre... Elle n'avait l'habitude de le voir qu'aux échéances de sa pension. Autrement, personne ne lui écrivait. Car elle ne comptait pas pour lettres ces billets de jour de l'An qu'elle recevait de ses lointains neveux et nièces, avec des nouvelles de toute l'année écoulée et des vœux de cérémonie.

Elle regarda ses mains, pour deviner ce qu'il apportait.

« Eh bonjour ! » fit-il.

Elle sentait sa gorge sèche et n'eut pas même assez de salive pour répondre.

« Y a un cas, qu'il dit.

— Un cas ?

— Oui. Votre voisin, Joannès Plandieu, était abonné au journal. Ça veut dire qu'il recevait *La Montagne* tous les jours. Et même, il venait juste de renouveler l'abonnement, c'est moi que j'avais expédié le mandat. Vous voyez ? »

Il lui montra le journal, enveloppé de sa bande, avec le nom imprimé du destinataire : *Monsieur Joannès Plandieu, le Peyroux, par Puy-Guillaume.*

« Alors, continua le facteur, qu'est-ce que j'en fais ?

— C'est pas moi qui vais vous le dire, mon pauvre Clémençon.

— Théoriquement, je devrais le renvoyer à l'expéditeur, avec la mention *décédé*. Mais ça me paraît grand dommage. Voilà un abonnement qui a été payé par Joannès Plandieu, et son argent sera un cadeau aux messieurs de *La Montagne*. Qu'est-ce que vous en pensez ?

— J'en pense ce que vous voulez.

— Et si je vous le laissais, à vous, ce journal ?

— À moi ? Et qu'est-ce que j'en ferai ?

— Vous le lirez. Ça vous passera un moment. Et puis, ça vous fournira du papier.

— Tous les jours ?

— Oui, tous les jours.

— Ça fera beaucoup à lire. Je sais pas si j'aurai le temps.

— Oh ! Vous vous habituerez. Moi qui vous cause, je lis plusieurs journaux chaque jour. Ceux de mes clients. J'enlève la bande, délicatement, et je les lis en marchant par les chemins. Ça vous renseigne sur ce qui se passe dans le monde et ça développe votre instruction.

— Je crois bien que j'ai assez d'instruction pour aller jusqu'à la fin de mon rouleau.

— Écoutez : faisons un essai. Je vous les apporte cette semaine. Si ça vous plaît, je continue. Sinon, je les retourne à l'expéditeur.

— Vous êtes sûr que ça me causera pas d'ennuis ?

— Si quelqu'un devait être ennuyé, c'est Clémençon, pas vous, hé là ! Alors, c'est dit : commencez par celui-ci. »

Il lui remit le journal. Ça valait bien un verre de vin.

Elle mit la bouteille devant lui :

« Servez-vous. »

Il se servit généreusement.

« C'est Vatelequerre qui me le fournissait, justement, qu'elle dit avec regret.

— À sa santé ! » dit Clémençon.

Il s'en alla. Elle ouvrit le journal et trouva qu'il puait : il sentait le goudron ou le hareng saur. Ce devait être l'encre.

Elle n'avait pas appris à lire à l'école, n'y étant jamais allée. L'école la plus proche du village où elle était née se trouvait au couvent d'Escoutoux, à cinq kilomètres, ce qui représentait une bien longue marche pour de courtes jambes. Alors, le dimanche, quand elles avaient fait toutes deux le déplacement pour entendre la messe, sa mère l'envoyait chez les bonnes sœurs. Pendant une heure, elle y avalait tout ce qu'on lui donnait à ingurgiter, acte de contrition, qu'est-ce que Dieu, trois fois quatre, b a ba. Elle en sortait avec la tête comme un potiron. Elle retrouvait sa mère à l'église, souvent endormie dans ses prières, et devait lui taper sur l'épaule pour la réveiller. À ce régime, elle ne retint pas grand-chose. Elle filait la laine et gardait les moutons comme sainte Jeanne d'Arc.

Il fallut la guerre pour qu'elle sortît de son ignorance. Le pauvre Pierre était parti dès le premier jour, le 2 août, qui était un dimanche, pour les chasseurs alpins de Grenoble. Il lui écrivait des lettres et des cartes militaires, avec les petits drapeaux croisés et pas de timbre. Elle était en service chez le baron de Barante. Alors, pour lui permettre de les lire et de leur répondre, Madame la Baronne lui avait appris l'écriture manuscrite et imprimée. Elle disait qu'elle devait bien ça à ce pauvre Pierre qui l'avait si bien servie et qui, à présent, servait la France. En se rappelant ce passé, Mathilde pensait avec fierté que bien peu de personnes au monde peuvent se vanter d'avoir eu pour institutrice une baronne.

Elle se mit donc à lire le journal de Joannès Plandieu. Elle sut ainsi qu'il y avait plusieurs guerres de par le monde, dans des pays aux noms bizarres, mais sans comprendre pourquoi ces guerres s'étaient déclenchées. Les deux guerres qu'elle avait vécues, elle en comprenait la raison : celle de 14 contre les Prussiens, celle de 39 contre les Allemands, et toutes deux pour l'Alsace-Lorraine. Fallait croire que ces provinces étaient bien précieuses et qu'elles devaient bien nous aimer, après tant et tant d'hommes qui les avaient rachetées avec leur vie. Pour sa part, elle y avait perdu son mari, un frère, un beau-frère et un neveu. Mais ces guerres lointaines d'aujourd'hui, elle ne les comprenait pas. En ouvrant le journal, elle avait l'impression d'écouter une histoire dont elle avait manqué le commencement.

Elle s'intéressa davantage aux petites nouvelles, à celles de gendarmes et de voleurs, aux accidents, aux noyades, aux mariages et aux naissances. Les petites annonces et la publicité la remplirent de surprise. Elle y vit qu'on y faisait de la réclame pour les hémorroïdes, pour la constipation, pour les varices, pour les ulcères d'estomac. Des gens cherchaient des poupées d'avant 1900, avec tête en porcelaine et bouche fermée ; d'autres proposaient de vendre un taureau hollandais, des timbres-poste, du fumier de cheval ; des messieurs de cinquante-sept ans désiraient une compagne de quarante au maximum pour sorties. On imprimait donc n'importe quoi, dans les journaux ?

Au fond d'une des pages, il y avait une histoire intitulée *Raz de marée.* Mathilde comprit que là aussi elle avait manqué le commencement, car le texte débutait par ce sous-titre : *Chapitre V.* Elle s'y enfonça comme dans un bois inconnu. Les personnages portaient des noms étrangers. Il y était question d'une femme qui avait eu cinq enfants de cinq pères différents. On y parlait de passion sensuelle. Elle se demanda ce que ça voulait dire.

Clémençon lui apporta le numéro suivant :

« Je le renvoie, ou vous le prenez ?

— Tout de même. »

Elle le mit sous son bras en allant garder ses chèvres. Bien assise sur son pliant, il lui sembla qu'elle comprenait mieux ces histoires sans tête, les guerres, les feuilletons.

Les pages sportives étaient du chinois pour elle. On y employait le même langage qu'en première page, victoire, défaite, offensive, bombardiers, troupes, capitaines... Mais les ennemis s'appelaient Thiers, Pont-du-Château, Cournon, Toulouse, Perpignan et même Lourdes, le pays de Bernadette. Elle voyait bien que ça ne pouvait pas être sérieux.

Le journal devint une douce habitude. Elle le lisait au bord des chemins et elle le reprenait le soir un moment dans son lit, avant de tourner le bouton et de réciter son *Notre Père.* Le diable avait beau jeu de lui dire : « Mathilde, ta prière est chaude ! »

Ce qui provoquait sa plus grande stupeur, ce n'étaient pas les crimes, les accidents, les batailles ; c'était cet amour infernal que décrivaient les feuilletons et qui conduisait les hommes et les femmes aux pires infamies. Elle essaya de se rappeler ce qu'avaient été ses sentiments pour le pauvre Pierre. Jamais il ne l'avait appelée mon amour, ma bien-aimée, ma vie, comme se disaient les personnages. Ni même ma chérie. À vrai dire, il ne lui donnait aucun nom. À part ce diminutif de Mathilde qu'il employait quelquefois : Thildoune. Ça ne lui paraissait pas bien joli, à elle, en ce temps-là ; mais elle l'acceptait comme un témoignage de son amitié. De son côté, elle ne l'appelait jamais autrement que Pierre. Elle ne comprenait pas non plus tout ce cancan que faisait le journal sur l'accouplement des hommes et des femmes. Y a du monde, nom de gueux, qui ne semble vivre que pour ça. Et elle se représentait les héros du feuilleton comme ces chattes et ces chats qui hurlent la nuit sur les toits et font savoir à tout l'univers qu'ils ont le feu au cul :

« Miaouououououououououou !

— Viens faire l'amouououououououour !... »

Quant à elle, ces choses-là s'étaient faites dans le calme et la rapidité, elle n'en gardait pas un souvenir extraordinaire. Elle avait passé tout son veuvage sans connaître d'autre homme, et n'avait point souffert de cette privation. Elle n'avait donc nul mérite d'être restée vertueuse.

Tous les fantômes n'étaient pas dans les rues du Peyroux. Mathilde avait les siens, qu'elle appelait à volonté.

Sa boîte à malices était un coffret métallique qui avait jadis contenu des gâteaux secs ; on pouvait encore en lire la marque sur les flancs : *Biscuiterie Caïffa* ; sur le couvercle, un joueur de galoubet charmait un serpent à lunettes. Quand on l'ouvrait, il s'en dégageait une odeur fadasse qui était celle du papier confiné, mêlé au relent de l'antique sucrerie. C'est là que Mathilde conservait les lettres personnelles qu'elle avait reçues de son mari, de ses frères et belles-sœurs, de ses neveux, de son fils. Cinquante ans de correspondance, qui ne faisaient pas dix centimètres d'épaisseur. Encore le plus gros était-il fait de cartes de vœux, *Bonne année, Joyeuses Pâques*, avec au derrière quelques mots qui se contentaient de répéter le devant : *Nous te souhaitons une bonne année, nous te souhaitons de joyeuses Pâques...* Y avait aussi cette carte venue d'Afrique, expédiée par un missionnaire à qui elle avait donné cinq francs ; elle représentait un homme noir presque nu, le coup percé d'une flèche ; il avait l'air de supporter très bien ça, car il souriait en regardant le ciel ; son nom était au-dessous : Bienheureux Denis Sebugwau, martyr de l'Ouganda. Mais au milieu de tous ces fantômes, deux seuls comptaient.

Le pauvre Pierre avait une très jolie écriture. Il écrivait parfois au dos d'une carte postale où l'on voyait des chefs militaires en train d'inspecter les troupes, des villes dévastées, des soldats occupés à casser la croûte. L'explication était donnée dessous : *Le président Poincaré et le général Joffre sur le front* ; et pour les Anglais qui ne comprennent pas notre langue, on avait également imprimé : *President Poincaré and general Joffre on the front.* Mais le plus souvent il écrivait au crayon sur les cartes en franchise, modèle A' pour les troupes en opération. Elles avertissaient d'abord, en caractères gras : *Cette carte doit être remise au vaguemestre. Elle ne doit porter aucune indication sur les opérations militaires passées ou futures. S'il en était autrement, elle ne serait pas transmise.*

Que de fois elle avait relu ces lignes à demi effacées ! Particulièrement la dernière, reçue le 10 octobre 1916. Elle en connaissait les termes par cœur, comme son *Je crois en Dieu.*

Mardi, le 26 septembre 1916. Ma bien chère femme, je fais réponse à ta lettre qui m'a bien fait plaisir de savoir que tu es en bonne santé soigne-toi bien et nourris-toi bien à présent que tu dois manger pour deux à la naissance de l'enfant j'aurai peut-être quelques jours de permission je suis aux tranchées depuis avant-hier tout se passe bien pour le moment dans quelques jours je te ferai une lettre plus détaillée quand je serai au repos je te quitte ma bien chère épouse en t'embrassant des mille de fois sur ton joli cœur que j'aime et que je n'oublierai jamais de ma vie. Pierre Dutheil.

Il avait souligné *jamais* et *vie.* C'était la relique des reliques.

Le 12 octobre, elle cueillait des pommes au verger de Barante quand le baron était venu l'appeler lui-même : « Mathilde, mon enfant, Madame veut vous parler. »

Ce « mon enfant » l'inquiéta ; jamais il ne l'appelait « mon enfant », d'habitude, bien qu'il fût doux avec elle. Elle était enceinte, depuis la dernière permission de son mari (deux permissions de huit jours en deux ans de guerre, ce n'était pas trop !), mais ça ne se connaissait pas beaucoup encore, elle marchait d'un bon pas. La baronne l'attendait sur le perron ; et tout de suite ce fut :

« Oh ! Mathilde ! Mathilde ! »

Et elle fondit en larmes. Et elle la prit dans ses bras, elle lui mouilla les joues. Elle, il lui semblait bien qu'elle comprenait, qu'elle avait compris tout de suite ; mais la baronne pleurait tellement qu'elle se demandait si elle avait bien compris, et si ça n'était pas elle, pauvre servante, qui devait la consoler. Et elle restait dans cet état, paralysée par la peur, espérant contre toute espérance que ce n'était pas ce qu'elle avait cru comprendre, et ne demandant aucune explication de crainte d'en avoir.

« Oh ! Mathilde ! Mathilde ! » répétait la baronne, tout échevelée. On ne l'avait jamais vue dans cet état.

« Venez, dit-elle à la fin. Venez vous asseoir. »

Elle l'entraîna dans le petit salon. Elle ouvrit un placard, sortit une bouteille, en remplit un verre d'une main grelottante.

« Tenez, buvez, buvez, ça vous soutiendra.

— Non, merci Madame. J'ai pas soif. »

Alors, c'est elle qui le but. C'était fort, ça faillit l'étouffer, elle toussa dix minutes dans son mouchoir avant de pouvoir ajouter un mot, Mathilde lui tapait dans l'échine. La baronne se remit enfin, elle se moucha, s'essuya les yeux. Elle s'expliqua, avec de longs arrêts :

« J'ai reçu... il y a un instant... la visite d'un gendarme... un retraité rappelé au service... les jeunes sont sur le front eux aussi... ils font leur devoir comme les autres... Un vieux gendarme donc... un papier à la main... pour vous... le voici... »

Elle tendait une feuille.

« Non, Madame, cria Mathilde, je le prendrai pas, j'en veux pas, de son papier, je le prendrai pas ! »

À présent, elle était sûre d'avoir bien compris. Elle savait que plus personne, jamais plus personne ne l'appellerait Thildoune. Thildoune. Ce nom lui semblait maintenant infiniment précieux. Elle ne l'aimait qu'à moitié dans la bouche vivante de Pierre Dutheil ; mais à présent que cette bouche était morte, elle trouvait qu'il n'y avait rien de plus doux.

« ... caporal au 54e bataillon de Chasseurs à pied... le jeudi vingt-huit septembre 1916, à trois heures de l'après-midi... au sud-est du village de Cléry, Somme...

Nous, capitaine Jonas, faisant fonction d'officier d'état civil... »

La baronne lisait à voix haute le papier du vieux gendarme, Mathilde avait ailleurs sa pensée, mais elle en entendait suffisamment pour comprendre.

« Mais non ! qu'elle cria tout d'un coup. C'est pas possible ! C'est tout des mensonges ! »

Elle grimpa en courant jusqu'à sa chambre, qui était juste sous le toit, éclairé par un œil-de-bœuf. Elle redescendit hors de souffle, tendit à la baronne la carte au crayon :

... en t'embrassant des mille de fois sur ton joli cœur que j'aime et que je n'oublierai jamais *de ma* vie...

La baronne l'étudia soigneusement.

« Regardez les dates, ma pauvre Mathilde. La carte est du 26 ; il a été tué deux jours plus tard... Il n'y a aucun espoir, malheureusement... Mais nous ne vous abandonnerons pas, mon enfant... Nous vous aiderons à élever votre petit... Ce sera le fils d'un glorieux martyr... »

Au Peyroux, la Mathilde évoquait à volonté le fantôme du pauvre Pierre. Elle fermait les yeux et elle le voyait tel qu'il était en 1913, avec ses moustaches pointues, son habit noir et sa casquette de chauffeur. Il conduisait la voiture du baron et de la baronne, mais il grimpait sur les toits, rajustait le paratonnerre, revissait dans la chapelle le bras de la Sainte Vierge ; c'était un homme qui savait tout faire. Elle, elle était devenue une vieille guenon toute ratatinée, avec des pieds toujours froids qui l'obligeaient à porter même au mois d'août des bas de laine. Lui était resté jeune, sans une ride, sans un poil blanc, avec ses yeux bleus et sa fossette au menton. Elle revoyait le geste des doigts dont il roulait le bout de ses moustaches pour les effiler. Une autre chose de lui qu'elle portait en elle : sa voix. Malgré tant d'années, elle ne s'était jamais éteinte. Pourtant, à présent, elle l'entendait de loin, de très loin, quand il lui disait Thildoune.

L'autre fantôme était celui de son fils Louis. Elle l'avait élevé seule, aussi bien qu'elle avait pu. Chaque matin, il partait pour l'école à Paslières, deux musettes dans le dos : une avec les cahiers et les livres, l'autre avec le casse-croûte. Il avait fait sa première communion et obtenu son certificat.

Et voilà comment les choses se passent. Le gouvernement un beau jour convoque tous les hommes du pays et les envoie combattre les Prussiens ; mais il prend soin de leur accorder de temps en temps une permission de huit jours. De cette façon, les soldats retournent chez eux, ils voient leur femme et en profitent pour lui mettre un gosse dans le ventre. Le gouvernement a compté là-dessus, parce qu'il aura besoin de ce gosse à la guerre suivante. Tout est parfaitement organisé.

Louis, le fils du martyr glorieux, était donc, le jour venu, parti combattre les Allemands. Résultat, les Allemands l'avaient capturé et gardé dans leur pays cinq années de suite. Et pendant qu'il était chez eux, ils l'avaient transformé entièrement. Lorsqu'il était rentré, il disait *chaïze*, et *fertiche*, et *doubiste*, et un tas de mots auxquels elle ne comprenait rien. Mais le plus grave c'est que lui, autrefois si tranquille, était revenu avec le derrière qui lui démangeait, il ne tenait pas en place, il disait qu'il ne pouvait plus vivre au Peyroux, que de monter les côtes ça lui fatiguait le cœur, qu'il ne voulait pas rester un crève-la-faim jusqu'au bout de ses jours, qu'il ne pouvait plus supporter l'odeur du purin.

Et c'est ainsi qu'il était parti, en disant : j'écrirai. Deux paires de bœufs ne l'auraient pas retenu. Et ça, c'était dix ans en arrière. Il était revenu deux ou trois fois, avec une cravate et des lunettes noires. Elle lui demanda avec inquiétude s'il souffrait des yeux.

« C'est à cause du soleil, qu'il avait répondu. Merde ! Ce qu'on peut être con dans ce pays ! »

Pour ce qui est des écritures, il avait envoyé — elle pouvait les compter dans la boîte de biscuits Caïffa — six lettres ou cartes postales en dix ans. Et dire qu'il avait obtenu son certificat !

Lui aussi elle l'évoquait à volonté. Non comme il était devenu à la fin, fier de sa cravate et de ses lunettes d'aveugle, mais comme il était à deux ans, à trois ans, à cinq ans, à dix ans. Elle le revoyait avec ses deux musettes croisées sur le dos.

« Hé ! lui criait Vatelequerre. Tu vas faire tes vingt-huit jours ? »

Il marchait bravement ses six kilomètres, aller et retour, jusqu'à l'école de Paslières. L'instituteur était content de lui, le curé le citait en exemple, s'il avait habité plus près de l'église, il en faisait un enfant de chœur. Comment peut-on, nom de gueux, changer de cette façon ?

Y a des gens qui gagnent les guerres et y en a qui les perdent. Elle, elle les avait perdues toutes deux. Elle se rappelait la fin de la première comme si c'eût été la veille. Le château en fête, le baron qui distribuait à boire à tout le monde, les cloches qui sonnaient, les drapeaux, les *Marseillaise*, les officiers américains qu'on avait invités et qui s'étaient saoulés comme des porcs ; et elle dans la chambre à l'œil-de-bœuf, à plat ventre sur son lit, épuisée de larmes, gémissant dans l'oreiller : Thildoune, Thildoune, Thildoune... La seconde lui avait pris son fils, un gentil garçon qui avait failli être enfant de chœur, et elle lui avait rendu un vaurien.

Ma chère mère, disait sa dernière lettre, *je te souhaite une bonne et heureuse année, la santé et la prospérité. Je ne me fais pas de mouron pour toi, parce que je sais que tu as une bonne pension et que s'il t'arrivait de tomber malade tu as de quoi te faire soigner. Et puis tu as tes frères, tes neveux et tes nièces qui n'habitent pas bien loin, et je suis sûr qu'ils ne refuseraient pas de te soigner, ou même de te prendre chez eux si nécessaire. Une vieille avec une bonne pension, c'est toujours intéressant, et quand on les a on tâche de les faire durer. Pour moi, je te demande rien, je me débrouille comme je peux, c'est pas l'initiative qui me manque. J'aurais aimé t'envoyer des étrennes, mais je suis un peu juste en ce moment. Ce sera pour l'année prochaine si les affaires vont mieux. Je ne t'envoie pas mon adresse, car je pense ne pas rester longtemps où je suis. Mais dès que je serai quelque peu fixé, je ne manquerai pas de te le faire savoir.*

Porte-toi bien. Je t'embrasse affectueusement, Louis.

Elle se disait que les enfants conçus pendant les périodes de méchanceté sont peut-être condamnés à être plus méchants que les autres.

IV

Pendant quelque temps, elle eut l'impression de n'être pas encore tout à fait seule au Peyroux : Vatelequerre vivait toujours un peu. D'abord, elle recevait quotidiennement son journal et lisait son nom sur la bande : *Monsieur Joannès Plandieu, Le Peyroux...* Exactement comme s'il eût été encore là pour le recevoir et qu'il se fût contenté de le lui prêter, comme il faisait jadis, de loin en loin, à l'occasion de quelque fait divers qui devait, pensait-il, l'intéresser :

« Tenez, qu'il disait, je vous ai apporté *La Montagne.* On y parle de mon fils qui a eu un accident d'auto, mais rien de grave... Y a eu un incendie à Puy-Guillaume... On a cambriolé le château de Barante... »

Ensuite, elle buvait son vin. Un demi-verre à chaque repas, dosé comme une médecine. Mais la provision tirait à sa fin. Le tonneau ne lui parlerait plus bien longtemps de celui qui l'avait rempli.

Et puis, y avait les légumes du jardin. Antoinette et la bru lui avaient recommandé :

« Profitez-en. Les laissez pas pourrir, ça serait un péché. Nous, on habite trop loin pour faire le déplacement, ça payerait pas l'essence. »

Alors, elle en profitait. Mais chaque fois qu'elle entrait dans l'enclos, c'était pour elle une chose bien triste. Elle ne pouvait s'empêcher de penser aux mains qui avaient semé ces haricots, planté ces tomates, repiqué ces salades. Toutes ces végétations poussaient imperturbablement, sans se soucier de celui à qui elles devaient la vie. Elle châtra les deux lignes de vigne, débordantes de feuilles ; des grappes se formaient ; il aurait fallu les soufrer, les sulfater ; mais elle n'entendait rien aux travaux de vigneron, et le regretta.

Elle arrosait les plants, binait et désherbait ; elle en était venue à négliger son propre potager en faveur de celui de Plandieu. Il lui sembla qu'ainsi elle le prolongerait un peu en faisant durer les fruits de son travail. « J'aurai bien le temps, qu'elle se dit, de retourner au mien quand tout ici sera sec. »

Il y avait aussi le chat de Vatelequerre. Un chat couleur de suie, avec des yeux qui la nuit brillaient comme des braises vertes. Les héritiers ne s'étaient pas souciés de lui. Le jour de l'enterrement, y avait d'ailleurs bien trop de monde pour qu'il montre seulement le bout de queue qui lui restait. Le reste, c'est Joannès lui-même qui l'avait retranché. Il prétendait que la queue est le point faible des chats, ils la laissent traîner dans les pires ordures, c'est un ramasse-microbes ; souvent, ils se la font coincer dans des pièges à renard ; même sans le vouloir on pose le pied dessus et ils poussent des bramées qui vous font sauter au plafond et jurer le sacré nom de Dieu. Une opinion à lui. Le chat ne lui en voulait pas de cette mutilation. Il restait de longues heures sur les genoux de son maître qui le caressait sous le menton, dans le bon sens des poils ; la bestiole allongeait le cou et fermait les yeux pour montrer le plaisir qu'on lui faisait.

Après les obsèques, elle resta deux jours absente. Puis, un matin, Mathilde la vit qui flairait sous la porte de son voisin.

« Courtaud ! Courtaud ! » qu'elle appela.

Le chat ne daigna pas même tourner la tête vers cette voix étrangère. Il se coucha sur le seuil chaud, que les Plandieu avaient creusé de leurs pieds et de leurs fesses.

Elle traversa la rue en lui tenant des discours gentils : « Tu ne me reconnais pas, petit couillon ? Courtaud, Courtaud, nous sommes plus que tous les deux au Peyroux, nous avons intérêt à nous entendre... » Il la regardait venir, avec insolence, l'air de dire : « Me casse pas les pantoufles. Tu m'intéresses pas... » Quand elle fut trop près, il se leva et s'écarta autant qu'il convenait pour garder ses distances. Puis, il s'assit sur sa queue guillotinée et de nouveau tourna vers la vieille ses prunelles éloquentes : « Me casse pas les pantoufles... Me casse pas les pantoufles... »

Alors, elle tenta une autre expérience. De loin, elle lui montra une soucoupe et la casserole de lait froid. « C'est du lait de chèvre », qu'elle précisa. Elle déposa la soucoupe près du seuil, la remplit jusqu'au bord. « Courtaud ! Courtaud ! » Mais le type faisait semblant d'être sourd.

Elle revint sur ses pas, toute tristouillette. Le chat la vit s'éloigner avec satisfaction. Après avoir attendu un bon moment pour être sûr qu'elle ne recommencerait pas ses avances, il se dirigea de nouveau vers le seuil des Plandieu, avec l'espoir de retrouver les bons pantalons chauds, sur les genoux de Vatelequerre. Le lait fut une surprise complète. Il y trempa une langue prudente, il le trouva crémeux et frais. Mathilde, de loin, le regardait boire. Elle se disait que ce chat avait perdu son maître, mais qu'une soucoupe de lait l'avait consolé. Que ce serait bien commode si quelqu'un — un médecin par exemple, ou un pharmacien — inventait pour les hommes un breuvage qui les consolerait lorsqu'ils auraient perdu un ami ou un parent. Qu'elle en achèterait bien un litre.

Par la suite, elle apporta à cette bestiole des croûtes de fromage, des soupes de pain, des purées. Il acceptait ses offrandes, mais il refusait toujours le contact de sa main.

« C'est bien, qu'elle lui disait. Tu es une bête fidèle. Moi pareillement, j'ai été une bête fidèle. Je sais pas si j'ai bien fait. »

Elle était satisfaite quand même de leurs distantes relations. Elle ne se sentait plus tout à fait seule au Peyroux, elle avait un voisin.

Puis, le chat disparut. Elle eut beau l'appeler à tous les vents, pas de Courtaud. Elle le chercha dans les maisons vides, ouvrit toutes les portes qui se laissaient pousser, battit les chemins et la campagne. Le soir, elle disposa de la nourriture à l'endroit coutumier, pour le cas où il serait revenu pendant la nuit ; mais au matin, les soucoupes étaient entières. La nuit venue, elle fit une longue tournée des fantômes, cherchant à distinguer dans le noir les prunelles émeraude. Et, le jour suivant, il en fut de même. « Voilà comment je suis, qu'elle se dit avec chagrin. Je suis faite pour être quittée. Je dois avoir un secret pour que tout le monde me quitte comme ça. » Cette fois, elle se trouvait vraiment seule, dans ce putain de village.

Or, le troisième jour, Courtaud ressuscita des morts. Mathilde n'en croyait pas ses yeux quand elle le vit faire les cent pas devant la maison des Plandieu, plus froissé, plus dégoûtant que la serpillière du four communal. Et il regarda la Mathilde avec une tranquillité formidable, comme si ç'avait été la chose la plus naturelle du monde de se trouver à cet endroit-là, à cette heure-là, dans cet état-là. Bien sûr, elle ne fit semblant de rien et lui apporta à manger et à boire. Il s'écarta un peu, suivant son habitude, mais il revint tout de suite et se jeta sur la nourriture. Ça l'avait creusé. Profitant des circonstances favorables, Mathilde allongea le bras et posa la main sur son échine répugnante. Il continua son goulp-goulp-goulp sans se déranger. « Tu t'appelles Courtaud Vatelequerre, qu'elle dit. Et moi Mathilde Dutheil. »

Dans le jardin de Joannès, y avait un prunier de reines-claudes que Mathilde tenait à l'œil. Il ne portait pas beaucoup de fruits, mais tous beaux, bien ronds et qui promettaient une agréable saveur. Ça ferait peut-être une petite panerée. Elle y allait souvent et les tâtait entre le pouce et l'index pour savoir s'ils s'amollissaient. Mais y avait des gaillardes qui avaient le même goût qu'elle pour les reines-claudes : les grives, et Mathilde n'était pas sûre de pouvoir défendre ses prunes jusqu'au bout. Chaque fois qu'elle y retournait, elle en trouvait une nouvelle, percée jusqu'au noyau, toute saccagée par ces salopiaudes. Il ne lui restait plus qu'à décrocher le fruit commencé, et à manger leurs restes si ça lui disait.

« Si vous attendiez au moins qu'elles soient mûres, grandes voraces ! » qu'elle leur criait. Les grives en rigolaient jusqu'au milieu du ciel.

Rien n'est plus joli qu'une reine-claude bien à point, avec ses taches de rousseur qui lui couvrent la moitié de la figure. Rien n'est plus vilain que la même éventrée par le bec des vendangettes. Alors, Mathilde décida de ramasser les dernières prunes qui lui restaient avant leur parfaite maturation. Et elle en mangea. Elles étaient quand même bien douces. On les aurait crues remplies de miel, d'un miel à peine, à peine acidulé. Et après en avoir mangé dix, elle en mangea vingt. Si bien qu'en deux jours elle vint à bout de sa petite panerée.

Naturellement, elle attrapa le cours de ventre. Et elle fut très en rogne contre elle-même. Elle s'en dit de toutes les couleurs. « Si c'est Dieu permis d'être encore une pareille gourmande, à ton âge ! Tu devrais avoir honte, grande fadasse que tu es ! Ah ! les prunes étaient bonnes ? Eh bien, cours, à présent ! Je voudrais qu'une fois le temps te manque et que tu t'embrennes les cotillons ! Ça t'apprendrait à modérer tes appétits. Heureusement que tu as tout ce papier que Joannès t'a laissé en héritage ; sinon comment que tu ferais ? Tu en as le trou de balle plus enflammé qu'une allumette !... » À chaque instant, en effet, elle devait abandonner son travail pour filer au fond du jardin, vers la guérite-commodité. « Vatelequerre me voit, qu'elle se dit, il doit se payer sur mon dos un joli jeu de rire ! »

Puis, les coliques s'atténuèrent. Elle put vaquer à ses besognes sans devoir s'interrompre quinze fois du jour. Mais elle gardait le ventre douloureux, rempli de contractions, comme s'il eût été habité de serpents qui se nouaient et se dénouaient. Elle se faisait des tisanes de mélisse et de bourdaine.

Ça ne la brouilla pas avec les prunes. Pendant que ses chèvres mordaient les feuilles, Mathilde cueillait les prunes sauvages qui parsemaient les haies de leurs petits œufs noirs ; elle avait l'intention d'en remplir un baril où elles fermenteraient une partie de l'hiver ; quand l'alambic s'installerait au carrefour de l'Abbaye, elle y ferait descendre son tonneau, qui lui donnerait plusieurs litres d'eau-de-vie dont elle trouverait bien l'usage.

Des gens de la Grande-Goutte passèrent sur le chemin et ils échangèrent quelques mots aimables.

« Alors, vous montez ?

— Oh bien », qu'ils répondirent.

Et ils donnèrent ce minimum d'explications qui convenait :

« On est allé voir ma sœur qui a eu ses couches la semaine dernière.

— Tout s'est passé comme il faut ?

— Faut pas se plaindre, on est bien content. »

Et comme elle voyait qu'ils n'avaient pas envie de s'attarder, elle conclut :

« Bonne continuation ! » et retourna à ses prunes.

Puis, c'en fut d'autres de Moussanges qui allaient en sens inverse :

« Alors, vous descendez ?

— Oh bien. On va attendre la fille qui prend ses vacances, pour lui porter sa valise... »

Le Peyroux était un lieu de transit : les gens passaient mais ne s'arrêtaient point.

Quand elle fut fatiguée, Mathilde s'assit sur son pliant et ouvrit le journal de Vatelequerre. Il ne racontait que des histoires abominables : les Américains et les Vietnamiens s'entre-tuaient en Asie ; on se fusillait en Afrique ; deux familles de nomades s'étaient attaquées au couteau ; un fils avait tué son père pendant son sommeil... « La guerre partout, qu'elle se dit. Toujours la guerre. Les hommes peuvent pas s'entendre, même quand ils sont du même sang. » Puis elle pensa aux convulsions de ses intestins. « Ça m'étonne pas, conclut-elle, qu'il y ait partout des batailles : mes boyaux même se battent dans mon ventre ! »

Le mois d'août se termina et Clémençon lui apporta son trimestre de pension. Elle lui laissa la menue monnaie et lui offrit un peu d'eau de coing : une liqueur qu'elle faisait elle-même chaque automne. Vous râpez les coings, vous placez cette purée dans un vieux bas de coton pour qu'elle s'écoule ; vous mélangez le jus recueilli avec du sucre et de l'eau-de-vie. Clémençon aurait préféré une goutte d'eau-de-vie toute pure ; mais Mathilde ne lui en proposait point ; c'était contraire à ses principes ; elle estimait que l'eau-de-vie pure est un médicament ; on s'en frotte l'estomac en cas de fluxion de poitrine, ou les coups qu'on se donne sur le corps ; elle est bonne aussi contre le mal de dents, et dans de l'eau chaude, en hiver, contre la grippe, et contre les croûtes de lait des nouveau-nés ; mais la boire sans raison est un péché qu'elle n'avait pas l'intention d'encourager. Alors, le facteur se contentait du pus jaunâtre qu'elle lui servait.

En même temps, il lui faisait la conversation :

« Vous devez être contente d'avoir quelqu'un, de temps en temps, pour bavarder avec vous ?

— Oh, qu'elle répondait, ça me déplaît point, pour sûr, mais vous savez, j'ai jamais été bien causante. »

Il est curieux comme les gens supposent tous les autres pareils à eux-mêmes ; les cancaniers vous plaignent si vous manquez de cancans ; les ivrognes, si vous manquez de vin ; les fumeurs si vous manquez de tabac. Elle avait vécu si longtemps seule, au cours de sa longue existence, qu'elle avait perdu depuis longtemps l'habitude de raconter ses ennuis. Elle était un peu comme ce charbonnier de la Muratte ; il vivait avec les loups et les écureuils, coupait ses branches, liait ses fagots, cuisait son charbon de bois, le mettait en sacs, les empilait au bord du chemin ; un transporteur venait les prendre et lui tendait l'argent dans une bourse, sans desserrer les dents. Tout le monde le croyait muet. Et voilà qu'un jour, le marchand, après la bourse, lui tend un flacon :

« Goûte-moi ça, qu'il lui dit, j'ai fait de l'hydromel avec le miel de mes abeilles. Tu m'en donneras des nouvelles. »

Le charbonnier porte la chopine à ses lèvres, en avale une goulée ; puis il la recrache en hurlant :

« Mais sacré bon Dieu, c'est de la pisse ! »

Et en effet, le marchand apportait l'urine de sa femme au pharmacien pour la faire analyser, et il s'était trompé de bouteille.

« Dis donc, qu'il fit au charbonnier, je croyais que tu parlais pas ?

— Beuh, fait l'autre, j'avais rien à dire. »

La Mathilde lui ressemblait donc un peu. Mais la conversation des autres ne lui manquait guère. Ça ne l'empêchait pas de parler. Elle se parlait à elle-même, d'abord ; se complimentait, s'injuriait, se donnait des noms suivant les circonstances, vieille crapaude, vieille calamastre, vieille renarde, vieille endormie, vieille ramasseuse ; elle se consultait dans les situations embarrassantes et ne se marchandait pas les conseils. Tu devrais faire comme ça, mais en seras-tu capable ? Faut que tu passes une nuit là-dessus, tu y réfléchiras sur l'oreiller. Elle parlait à ses lapins : Petitous, voyez ce que je vous apporte, tâchez de pas le gaspiller. À son oie Margarette : Ça te plairait que je te fasse chanter comme le pauvre Vatelequerre, mais j'ai autre chose en train. À ses poules qui venaient, lorsqu'elle bêchait au jardin, picorer les asticots tout tortillants jusque sous la bêche : Ôtez-vous de là, gourmandasses, si vous voulez pas que je vous décapite.

Elle parlait encore aux objets qui l'entouraient. Au fourneau qui ne tirait pas et l'enfumait comme un hareng :

Saloperie, tu aimes ça, qu'on te souffle au cul ! Au lit qu'elle retrouvait le soir comme elle l'avait laissé le matin : Tu t'es pas fait tout seul ! Elle parlait à la porte, à ses sabots, à son ombre, à la lune, au puy de Dôme.

Par-là, elle était donc différente du charbonnier de la Muratte : les occasions de parler ne lui manquaient point. Avant de s'endormir, elle parlait longuement à Dieu dans ses prières. Elle lui demandait toujours la même chose : « Faites, mon Dieu, que je revoie mon fils Louis avant de mourir. Y a huit mois qu'il m'a plus écrit et deux ans que j'ai plus vu sa figure. Si c'est pas possible tout de suite, faites qu'il m'envoie au moins sa photographie, ça me permettra de patienter. » Et elle priait la Sainte Vierge et sainte Mathilde sa patronne d'appuyer sa demande auprès de Qui-de-Droit. Et, pour ne négliger aucun soutien, elle invoquait aussi sa mère et son père, morts depuis si longtemps qu'elle avait presque oublié leur figure, et son mari le pauvre Pierre, et elle leur demandait leur aide à tous trois, si toutefois ils pouvaient faire quelque chose pour elle.

Dès le matin, elle vit ce jour-là qu'avant la nuit il y aurait du nouveau : là-bas, du côté des montagnes, le ciel était garni de nuages noirs tout écharpillés indiquant que ça devait souffler sacrément, au-dessus. Et, en effet, le rassemblement se poursuivit, la lumière s'affaiblit comme s'il y avait eu une panne de soleil. Puis, vers onze heures, tout à coup, le vent descendit sur la terre. Affolement général. Courtaud disparut de la circulation, la volaille rentra au poulailler, les volets claquèrent. Les arbres s'arrachaient les cheveux. Ça promettait une fameuse dégelée.

Quand elle sentit l'orage dans ses membres, Mathilde se hâta de barricader portes et fenêtres. Ensuite, elle courut passer l'inspection du village. Tout ce qui lui semblait branler, elle s'efforça de le caler, de le fixer avec des bouts de fils de fer, elle enfonça de vieux sacs dans les vitres éborgnées. Nom de gueux de nom de gueux ! Elle se sentait comme qui dirait responsable des dégâts qu'allaient causer la pluie et le vent. En elle-même, elle tempêtait contre la négligence des héritiers qui, malgré ses avertissements, ne faisaient rien pour préserver ces vieilles maisons, qui était cependant les membres du Peyroux, comme ses bras et ses jambes les membres de son corps à elle. Elle ne pouvait pas s'en laver les mains, à la façon de Ponce Pilate, et regarder ces portes, ces volets, ces murailles souffrir seuls sans un geste pour les secourir. Alors, elle étayait de son mieux, elle colmatait les fissures avec des poignées de foin, elle obstruait les chatières. Elle n'abandonna que lorsqu'elle sentit les premières gouttes l'atteindre, mêlées de grêlons qui la piquaient comme des coups d'aiguillon. Elle courut jusque chez elle.

Comme elle avait fermé ses volets, elle resta dans l'obscurité, écoutant le bombardement de l'orage sur le pauvre Peyroux. Les pétées du tonnerre secouaient la maison, l'averse mitraillait sauvagement le toit. Elle songea qu'il manquait un tas de tuiles chez les Maibert, les Jolivet, les Dassaud, mais qu'elle n'était plus assez leste, elle, pour grimper là-haut et réparer tout ça.

Alors, de se sentir le seul ange gardien du village abandonné, de se sentir si petite, si faible et si vieille contre les méchancetés du ciel, elle pleura. Ce qui ne lui était pas arrivé depuis bien longtemps.

V

Au début du mois de septembre, elle reçut une autre visite. Elle battait sa lessive au lavoir. Ce lavoir avait été autrefois un sujet de querelle entre les femmes du village qui se bousculaient un peu pour s'en servir, particulièrement les jours où il avait été vidangé et rempli d'eau fraîche ; car au Peyroux, l'eau était rare, mais la crasse des hommes abondante ; à présent, Mathilde se trouvait seule à en disposer et elle regrettait bien les bisbilles d'autrefois :

« Mais tu étais là avant-hier ; est-ce que tu l'as acheté, ce lavoir ?

— Tais-toi donc, grande blagande ! Ça fait une semaine que je suis plus venue, sauf pour rincer une peille qui vaut pas même la peine d'en parler.

— Chez nous, on est six et chez vous, deux. Ça me ressemble qu'on a droit à plus de temps que vous sur le lavoir, non ? ... »

Ah ! il était bien calme, bien silencieux, le lavoir, à présent ! Elle était donc en train d'y rincer ses quatre guenilles, quand elle vit monter une espèce de fantôme blanc qui se balançait et s'arrêtait de temps en temps à cause de la raideur de la côte. « Tiens, qu'elle se dit, voilà le Charolais ! » Elle l'avait vu plusieurs fois dans les rues de

Paslières, mais c'était bien la première qu'il transportait ici sa soutane blanche et ses gros souliers.

La paroisse de Paslières était desservie par un moine dominicain, enfant du pays, qui, vu son grand âge, avait quitté le couvent pour passer ses dernières années dans son village natal. À cause de la couleur de sa robe, à cause aussi sans doute qu'il n'avait pas bien su gagner leur sympathie, les paysans lui avaient collé le nom de cette race bovine. À la messe, il avait coutume d'engueuler tout le monde : les enfants qui manquaient le catéchisme sous prétexte du foin à râteler ; les filles qui se mettaient du rouge ; les femmes qui arrivaient en retard ; les hommes qui étaient plus assidus au *Relais fleuri* qu'à l'église ; et toute l'assistance parce que les offrandes étaient trop maigriottes. Le Charolais, ça lui allait bien.

Mathilde le reconnut donc dans sa robe blanche, mais elle continua de battre sa lessive. Elle n'allait pas se déranger pour un homme qui passait, même s'il logeait dans une soutane. « Peut-être, se dit-elle, qu'il va porter les sacrements à un malade, à la Pique ou à la Grande-Goutte. » Quand il fut tout près d'elle, elle leva les yeux. Il soufflait et s'essuyait les joues de son mouchoir ; il n'avait pas l'air de quelqu'un qui porte le Christ.

« Eh bonsoir, qu'il dit.

— Eh bonsoir, Monsieur le curé. »

Qui sait, se demanda-t-elle, s'il est au courant qu'on l'appelle le Charolais ?

« Je ne vous remets pas, vous ne venez pas souvent à la messe. Mais peut-être que vous allez à Puy-Guillaume ?

— Oh ! Je vais pas plus à un endroit qu'à l'autre. Je suis vieille, les kilomètres me portent peine.

— Vous n'êtes quand même pas une païenne ? Vous croyez au bon Dieu ?

— Pour sûr que j'y crois, Monsieur le curé. Seulement, il connaît mes jambes patraques. Alors, c'est lui qui fait le déplacement.

— Le déplacement ? Que voulez-vous dire ?

— Je peux pas aller prier dans sa maison ; alors, je le prie dans la mienne.

— Si vous croyez que mes jambes sont bonnes, à moi ! Et voyez : je marche quand même. Et si un mourant m'appelle, il faut que j'y aille, même si c'est au milieu de la nuit.

— Vous avez raison. Peut-être que je suis un peu paresseuse.

— J'ai plaisir à vous l'entendre dire. Aimeriez-vous que je vous entende en confession ?

— En confession ? À Paslières ?

— Non, ici, chez vous. Dans la cuisine, dans le jardin, où vous voudrez. Vous avez lessivé votre linge. C'est bien. Mais votre conscience, vous y pensez à la lessiver aussi ? Peut-être croyez-vous que vous ne commettez pas de péchés ?

— Oh si, que j'en commets ! Je le sais bien ! Et des gros !

— Alors ! Voilà une bonne occasion ! Puisque le bon Dieu se rend à votre domicile ! »

Elle le fit entrer et lui proposa, avant de commencer, un peu d'eau de coing.

« J'aimerais mieux un café, qu'il dit. La marche m'a fatigué, ça me reposerait. Mais peut-être que vous n'en avez pas ?

— Oh ! Il sera bien vite fait ! Mon feu est allumé ! »

Pendant qu'elle tournait la manivelle du moulin, il s'informait de sa situation : comment vous appelez-vous ? avez-vous des enfants ? de quoi vivez-vous ? ah ! vous avez une retraite ! elle est de combien ? par mois ou par trimestre ? ça fait quand même une jolie somme ; j'espère que vous ne gardez pas tout cet argent chez vous ? oui, la Caisse d'épargne est une bonne invention ; et puis, ça rapporte trois du cent ; et que faites-vous comme travail ? en somme, vous faites venir assez de produits pour vous nourrir, vos chèvres, votre volaille, vos lapins, vos légumes ; oui, il y a l'huile, le sucre et le café, bien sûr ; vous devez quand même avoir un joli magot à la Caisse d'épargne ; oh ! ce n'est pas pour vous interroger, ça ne me regarde pas... Elle avait l'impression qu'il la déshabillait.

Quand il eut bu son café et refusé la goutte de gnole qu'elle lui proposait :

« Alors, cette confession ? qu'il dit.

— Je sais pas où nous allons nous installer.

— Là, là, ça ira très bien. Mettez un petit coussin par terre pour vous agenouiller, si vous en avez un. »

Elle s'était confessée plus d'une fois dans sa vie ; mais de se sentir regardée, comme ça, en pleine figure, par ce moine blanc à figure rouge, ça la rendait toute honteuse. Si bien qu'elle ne trouvait plus les mots des prières et qu'il devait les lui souffler :

« ... par pensée, par paroles, par actions... c'est ma faute, c'est ma faute, c'est ma très grande faute... »

« Depuis quand ne vous êtes-vous plus confessée ?

— Ça fait deux ans aux dernières Pâques.

— Bon. Y a de quoi faire. Voyons les Commandements de Dieu. Avez-vous juré le nom du Seigneur ?

— Oui et non.

— Comment ça, oui et non ? On jure ou on ne jure pas.

— Je dis souvent : nom de gueux.

— Je sais. Les gens se croient malins. Ils jouent avec le feu. Le feu de l'enfer. Nom de gueux, ça n'est pas réellement un juron, mais ça y ressemble un peu trop. Combien de fois par jour le dites-vous ?

— Au moins cinquante fois. Des jours, peut-être cent.

— Est-ce que vous ne pourriez pas dire autre chose ? Nom du diable, par exemple ? C'est permis, nom du diable.

— J'essaierai.

— Combien de fois par an allez-vous à la messe ?

— Cinq ou six fois : à Pâques, à Noël...

— Donc, déficit : quarante-six fois au moins. Je suppose que vous n'avez point tué ni commis d'impureté depuis votre dernière confession. À votre âge, ça me surprendrait. Si je me trompe, arrêtez-moi. Avez-vous pris des choses qui ne vous appartenaient pas ?

— Je prends des prunes dans les haies, des champignons dans les bois, des pissenlits dans les prés. Mais je crois pas que je vole, puisque personne en veut, sauf les oiseaux.

— Ne me faites pas perdre mon temps sur de la gnognotte. Avez-vous été envieuse ?

— Je crois pas, je me contente.

— Coléreuse ?

— Oh oui, bien souvent.

— Contre qui, puisque vous m'avez dit que vous restiez seule au Peyroux ?

— Contre mes poules, mes chèvres, mes outils...

— C'est encore de la gnognotte. Avez-vous été avare ?

— Ça se pourrait bien. Je suis contente d'avoir de l'argent à la Caisse d'épargne. Je suis pas si donnante que ça.

— Êtes-vous gourmande ?

— Comme une chèvre blanche. Quelquefois j'en suis punie, comme le jour des reines-claudes.

— Et paresseuse ?

— De temps en temps. Je ferai un effort pour aller à la messe plus souvent.

— Vous ferez bien. Vous savez ce qu'il leur fait, Satan aux paresseux dans son enfer ? Courir à coups de fouet, comme les chevaux dans un cirque. Est-ce que vous avez envie de ça ?

— Oh non, bien sûr.

— Voyons les Commandements de l'Église... »

Quand elle eut tout dit, il lui donna une pénitence et lui recommanda, puisqu'elle avait une tendance à l'avarice, de faire la charité dès qu'elle en aurait l'occasion. Et il termina par *Ego absolvo te...*

Ils se levèrent tous les deux, elle en se frottant les genoux.

« Je suis contente que vous soyez venu me voir, Monsieur le curé...

— C'est mon habitude de me rendre comme ça par les villages, pour faire la connaissance de ceux qui ne mettent jamais les pieds dans mon église. Alors vous vivez seule ici ? Et vous n'avez pas peur ? »

Encore un qui trouvait qu'elle aurait dû avoir peur.

Il sortit son mouchoir de sa manche et s'en frotta de nouveau la figure. On voyait qu'il se préparait à partir. Il se renseigna sur les hameaux voisins, sur les gens qui les habitaient.

« On ne pratique pas beaucoup par ici, soupira-t-il. Tous des païens.

— Que voulez-vous, Monsieur le curé, l'église est comme les autres bonnes choses : elle est si loin !

— Il y en a bien qui ont des autos, des bicyclettes, des chevaux ! N'essayez pas de les excuser ! Leurs jambes, ils aiment mieux les user pour aller à la chasse ou à la fête ! Quand Satan les aura au bout de son fouet, vous verrez comme il les fera danser ! »

Il soupira encore, renfonça son mouchoir dans sa manche et rouvrit la bouche :

« Pendant que je suis ici, est-ce que vous n'avez pas envie de faire dire un certain nombre de messes ? C'est quinze francs la messe, tarif fixé par Monseigneur l'évêque de Clermont. Quinze nouveaux francs, bien sûr. »

Il la regardait en coin, d'un certain air qui voulait dire : « Voilà une bonne occasion de faire pénitence. Inutile de me raconter des boniments. »

Elle approuva.

« Combien en voulez-vous ? »

Elle fit le compte dans sa tête : sa mère, son père, son frère Maurice, le pauvre Pierre ; et elle pensa à son fils, se demanda si une ou deux messes pourraient le faire revenir.

« Quatre pour mes défunts, qu'elle dit. Et deux autres dans une intention particulière.

— À la bonne heure, s'écria-t-il. Que voilà une bonne chrétienne ! Ça fait quatre-vingt-dix francs. Nouveaux, naturellement. »

Elle avait touché sa pension quelques jours auparavant. On aurait dit que le Charolais s'était renseigné. Par-dessus le marché, il lui donna une dernière bénédiction et s'en alla en promettant de revenir.

Elle l'accompagna jusqu'au portillon. Courtaud, qui faisait la sieste devant la maison d'en face, prit une grande peur en le voyant, et s'enfuit au triple galop.

En revenant vers sa maison, Mathilde se demandait ce que pouvait bien être toute cette gnognotte qu'elle avait commise sans le savoir.

Les jours qui suivirent, en faisant son traintrain, il lui arriva souvent de dire ou de penser des Nom de gueux. Et chaque fois elle se mordait la langue et se corrigeait en disant : Nom du diable... Mais c'est seulement avec un effort de l'esprit qu'elle parvenait à prononcer cette parole. Elle ne lui venait pas toute seule sur les lèvres, tant s'en faut, comme ses Nom de gueux. Alors, non seulement ça ne lui procurait aucun soulagement, aucune détente des nerfs, mais ça la crispait davantage. Brusquement, sa cervelle s'interrompait dans son fonctionnement naturel pour se contenter sur ce Nom du diable qui ne voulait pas sortir. C'était comme son moulin à café quand il rencontre un grain de sable.

Les bêtes — qui ne sont pas si bêtes que le nom qu'elles portent — y trouvaient aussi du changement. Lorsqu'elle s'élançait, les bras ouverts, derrière Margarette, ou les poules, ou le coq qui se préparaient à becqueter sa salade, en commençant un « Nom de... », pour finir par un « ... du diable », tout honteux, tout péteux, son cheptel la regardait avec surprise : il s'apercevait qu'il y avait quelque chose qui ne marchait plus.

On ne change pas une habitude de cinquante ans en une semaine. Quand elle en eut assez de ses corrections et de ses bafouillages, elle se remit à parler et à jurer comme elle l'avait toujours fait. « Ça me fera des péchés à lui dire la prochaine fois. Faut bien que j'aie quelque chose à me faire pardonner. »

Georges Frompy, de chez Chautard, descendait avec sa camionnette. Il s'arrêta et vint crier au portillon :

« Hé ! Mathilde ! Je vais à Puy-Guillaume, j'emmène mon veau à Bouche. Est-ce que vous avez besoin de quelque chose ? »

Tous ceux des environs savaient qu'elle restait seule au Peyroux, sans voiture, sans téléphone, sans radio, sans télévision, seule avec son ombre et son bétail. Et quand quelqu'un passait devant sa maison, il lui faisait fréquemment la même proposition.

Frompy était une espèce d'homme des bois qui vivait là-haut, avec son père, un autre sauvage comme lui, et une gaillarde qui leur servait à tous deux de servante et de maîtresse. Allez donc voir ce qui se passait dans cette maison qui sentait le bouc et les choses sales. Mais à part ça, le Georges n'était pas plus mauvais qu'un autre et il rendait des services. C'est lui qui fournissait Mathilde en bois de chauffage ; il le lui déversait tout scié dans sa cour. Il ne voulait pas de paiement. Elle allait lui donner un coup de main au temps des battages et des cochonnailles. Ça ne lui plaisait guère, ces jours-là, d'avoir à fréquenter cette bougresse, qui avait des yeux effrontés, plus de plis sur la figure qu'une chaise de paille et qui trouvait quand même le moyen de contenter plusieurs hommes ; mais elle se bornait à regarder le moins possible de son côté et à faire le travail qu'on lui confiait. Frompy venait la prendre et la ramenait dans sa voiture.

« C'est vous, Georges ? qu'elle répondit. Je vous accompagnerais bien, si vous pouviez attendre que je me change.

— Je peux bien. »

Elle se lava les mains, se frotta un peu le museau à l'eau de Cologne, renoua son chignon qui s'effilochait, changea de robe et de bas. Elle n'avait pas le temps de faire mieux. Si elle avait été avertie, elle aurait pris du linge de corps tout propre. Elle n'aimait pas voyager en se sentant sur le dos une camisole défraîchie ; elle pensait toujours à l'accident, au malaise qui aurait pu la surprendre en route ; elle se voyait ramassée par des inconnus, on la transportait à l'hôpital, on la déshabillait, on remarquait ses dessous crasseux ; elle imaginait sa honte et la moquerie des gens. Mais elle ne pouvait faire mieux, pour ne pas garder trop longtemps Frompy en attente.

Elle n'oublia pas ses pastilles de Vichy et le mouchoir qu'elle se tiendrait sous le nez tout le temps du voyage. Elle emportait un sac de moleskine qu'elle ne prenait qu'à des occasions exceptionnelles : un des rares cadeaux de son fils, et qui avait bien quinze ans d'ancienneté.

Ils partirent. Chaque tournant renversait le pauvre veau dans sa cage de bois ; la terreur lui avait fait lâcher toute son urine ; quand il essayait de se relever, il glissait dessus et tombait encore. Et tout ça sans un grognement. Y a des races, se disait Mathilde, qui savent souffrir en silence.

À Puy-Guillaume, elle se dirigea tout droit vers le bureau de la Caisse d'épargne, son sac bien serré sous son aisselle. Elle présenta son livret et dit qu'elle voulait déposer cent mille francs.

« Anciens ?

— Oui, bien sûr. Je m'habituerai jamais aux nouveaux. »

C'était le plus clair de ce que lui avait apporté Clémençon. Elle n'aimait pas garder chez elle l'argent dont elle n'avait pas besoin. Non seulement pour ne pas tenter les voleurs, mais pour ne pas se tenter elle-même. Une fois l'argent inscrit dans les registres, transformé en signes noirs sur papier blanc, elle savait qu'il lui en coûterait de le ressusciter, d'en faire de nouveau des billets et des pièces : fallait faire une nouvelle toilette, entreprendre un nouveau déplacement, remplir un formulaire, montrer un livret de famille : tout un bataclan qui lui portait peine, et qui préservait l'argent soigneusement engrangé à la Caisse d'épargne. Elle ne se croyait, au fond, pas tellement avare ; mais elle vivait de peu et elle accumulait de cette façon pour se soigner, quand elle serait malade. Car la maladie n'est pas une chose incertaine, comme la grêle, qui peut tomber sur vous ou sur le voisin ; elle finit toujours par vous tomber dessus, si ce n'est pas aujourd'hui, c'est demain. C'était sa chance d'avoir encore une bonne santé. Elle connaissait parfaitement son corps, elle savait ce qui lui faisait du bien et ce qui lui faisait du mal et le soignait elle-même. Elle employait des herbes pour toutes les maladies. Une chose aussi la gênait : l'idée d'avoir à se déshabiller devant un médecin. On sait comment ils sont ; la première chose qu'ils vous commandent, c'est de vous mettre à poil. Et elle, ça ne lui plaisait guère d'avoir à montrer sa vieille peau, toute jaune, toute ridée, toute tavelée. Alors, elle aurait recours à eux le plus tard possible ; mais faudrait quand même, un jour, sûrement en passer par-là.

« Hé, hé ! lui dit l'employé de la Caisse d'épargne. Votre livret est presque plein !

— Combien donc que j'ai !

— Quatorze mille. C'est-à-dire un million et quatre cent mille anciens. Encore un versement comme aujourd'hui et il sera complet ! »

Elle partit contente. « Un million et quatre cent mille anciens ! Me voilà donc millionnaire, qu'elle se dit. Qui aurait jamais cru ça, que je serais millionnaire un jour, nom de gueux ? Il est vrai que ça fait que quatorze mille, en francs nouveaux. Mais pour moi, y a que les anciens francs qui comptent ; les autres, je veux pas les connaître.

C'est pas étonnant, après tout, que j'aie toute cette somme, depuis le temps que je fais des versements et que je retire rien. Et les intérêts ? Savoir si les intérêts sont compris là-dedans, ou si c'est en plus ? » Elle fut tentée de faire demi-tour pour aller se renseigner. Puis, elle se dit qu'elle le demanderait la prochaine fois.

Dans une épicerie, elle fit quelques emplettes : du café, du sucre, du chocolat, des pastilles de Vichy. Et chez un charcutier un morceau de cervelas qui lui avait fait très envie à travers la vitrine. Oh ! gourmandasse ! qu'elle se disait intérieurement ; mais elle achetait quand même.

Frompy lui avait donné rendez-vous à onze heures pour le retour ; elle avait une heure encore devant elle, elle décida de se rendre au cimetière, rendre une petite visite au pauvre Joannès Plandieu.

Il dormait sous un arbre noir. Il avait encore sur le ventre les fleurs de son enterrement, à présent toutes fanées. Le fossoyeur avait remis en place l'entourage précédent, celui de sa femme ; mais ce fer était passablement rouillé et aurait été bien content d'un coup de peinture. La prochaine fois, se dit Mathilde, j'apporterai un pot de couleur et un pinceau ; les héritiers sont aussi négligents pour la tombe de leurs parents que pour leur maison. Elle arracha des chardons qui avaient poussé.

« Voilà que tu te reposes, pauvre Joannès. Tu es bien comme moi : tu dois pas recevoir souvent des visites. Il est vrai que là où tu te trouves maintenant, ça manque pas de monde. Je te regrette bien. Tu étais un bon voisin, même si tu buvais trop souvent un peu plus que ta soif. Tu te rappelles comme tu pleurais, quand t'étais saoul ? Mathilde, que tu me disais dans ces moments-là, pourquoi que vous voulez pas de moi comme mari ? J'ai de l'amitié pour vous, Mathilde, autant que j'en avais pour ma pauvre femme. Épousez-moi, s'il vous plaît, vous verrez comme on sera heureux ensemble... Moi, j'y prêtais pas attention, parce que je savais qu'alors c'était le vin qui parlait. Je sais pas pourquoi je te tutoie, à présent que tu es mort, quand j'ai jamais osé le faire durant ta vie. Peut-être que ça te fait plaisir. Peut-être que tu t'en fous. Ça fait rien, je te regrette bien. Tu sais, je m'occupe de ton Courtaud. Avec moi, il est pas malheureux. Et il serait plus gras s'il courait pas tant les chattes. Y en a une à la Pique, une autre à la Grande-Goutte, il fait des kilomètres pour aller les voir. Ah ! c'est une belle canaille ! Tout comme toi, tiens, d'après ce que tu me racontais... »

Elle se surprit à rire, en pensant aux gaudrioles que lui débitait Vatelequerre. Puis elle regarda autour d'elle et vit toutes ces autres tombes. Qui sait où on m'enterrera ? Elle aurait aimé aller à Escoutoux, dans la terre où avaient dormi ses parents. Mais à qui le dire ? Les neveux et nièces se moquaient bien de ce qu'elle pouvait désirer ou non. Alors, elle se résigna : ils me mettront où ils voudront, au fond, ça n'a aucune importance ; s'ils ont peur des frais et d'attaquer mon héritage, ils me jetteront dans l'Allier, je nourrirai les poissons.

Et de nouveau sa pensée revint au pauvre Pierre. Après 18, beaucoup de familles avaient fait revenir leurs morts. Un beau jour, ils recevaient un cercueil avec quelque chose de lourd dedans. Ils n'osaient pas regarder, par peur d'y trouver seulement un peu de terre, ou des restes qu'ils ne reconnaîtraient pas. Elle aussi avait fait sa demande ; mais à elle, le gouvernement avait refusé cette charité. La « dépouille », comme ils disaient, du caporal Dutheil n'avait pas été retrouvée, à cause des combats qui avaient suivi son décès. Le sol était dans cet endroit-là tellement remué qu'on y distinguait à peine les cailloux des ossements.

Elle ressentit amèrement l'injustice dont souffrait la dépouille de son mari. Pourquoi les uns dormaient-ils tranquillement dans un cimetière, sous les fleurs et les couronnes, tandis que d'autres se trouvaient dispersés dans une campagne, et nourrissaient de leur sève les pommes de terre et les betteraves ? Et ceux-ci c'étaient justement les plus glorieux, ceux qui avaient donné à la patrie leur vie et leur cadavre, et que la guerre, en somme, avait tués deux fois ! Et elle, qui restait vivante, elle se trouvait obligée d'aller se recueillir sur la tombe d'un étranger ; alors que Pierre Dutheil, là-haut, dans le Nord, au sud de Cléry, ne pouvait converser qu'avec les taupes et les courtilières.

Elle repartit en s'essuyant les yeux, oubliant même de dire au revoir au pauvre Vatelequerre.

VI

Le Peyroux demeurait vide des jours et des jours, des semaines et des semaines ; et puis voici que tout à coup il se remplissait d'un monde tapageur qui se répandait dans ses trois rues. C'étaient des héritiers qui profitaient d'un dimanche de soleil pour venir, avec leur marmaille, passer la journée à la campagne. Ils ouvraient portes et fenêtres pour faire aérer les vieux intérieurs. En revoyant ces sombres masures, ces rues sans pavés ni goudron, la fontaine pleurarde, l'unique lampe chargée d'éclairer la nuit tout le village, le chiendent qui poussait partout, le salpêtre qui grimpait le long des murs, la moisissure, les papiers décollés, ils se rappelaient leur HLM, la cuisine à gaz, la télé, le bistrot du coin où ils allaient chaque samedi composer leur tiercé, les pétanqueurs sur la place publique, le stade avec les matches de foot ; et ils soupiraient de satisfaction en retrouvant la galère dont ils avaient eu la bonne idée de s'enfuir. Comment avaient-ils pu, comment pouvait-on vivre dans un bled pareil, dans un coin aussi visiblement sous-développé ! Ils étaient sortis de leur ancienne peau, comme font les couleuvres au printemps, et de la retrouver à présent, au milieu des pierres, un frisson leur traversait le corps : créputain ! dire que leur père, leur mère et d'autres avant eux avaient usé ici toute leur existence ; sans rien connaître d'autre que la rue Plate, la rue Qui-Monte et la rue Qui-Descend ; sans distinguer le week-end du reste de la semaine et pas beaucoup la nuit du jour : fallait souvent veiller pour aider la vache à faire son veau, ou empêcher la truie de dévorer ses porcelets, ou pour promener le cheval qui avait des coliques, les hommes étaient les serviteurs des bêtes. Ah ! Ils pouvaient dire, eux, les jeunes, qu'ils l'avaient échappé belle !

Les femmes se dispersaient dans les jardins ensauvagés, ramassant, cueillant ce qui avait bien voulu pousser tout seul et qui était encore bon à manger : raisins, noix, rhubarbe, pêches de vigne.

Les gosses jouaient à cache-cache dans ce décor inhabituel, qui leur offrait de formidables encoignures, des soupentes inouïes, des souterrains inexpugnables. Ou bien, pour le simple plaisir, ils faisaient l'ascension des ruines, malgré les vaines semonces des maternelles :

« Descends de là-haut, salopard ! Tu vas voir si j'y monte ! »

Mathilde se réjouissait de tout ce remue-ménage. La présence des enfants surtout la comblait d'aise. Elle se disait que si les jeunes ne l'avaient pas déserté, s'ils l'avaient rempli de cette joyeuse gaminaille, le Peyroux aurait pu durer lui aussi, se moderniser, goudronner ses rues, planter des antennes de télévision, installer l'eau sur les éviers et les égouts, des cabinets à chasse, recrépir ses façades, s'astiquer dedans et dehors. Elle sortait de chez elle et bavardait avec l'un avec l'autre. On lui donnait des nouvelles : Ernest Plandieu avait commandé un autre rejeton ; Francis Jolivet avait acheté une 403, une bonne occasion ; Hortense Colombin, la fille de la cuve, avait enfin trouvé à Puy-Guillaume chaussure à son pied, à trente-cinq ans, c'était bien le moment ; Marie-Louise Baudiment, qui avait épousé un Dumousset de Saint-Victor, avait un cancer et se préparait à mourir... Tous ces événements, bons et mauvais, s'étaient passés loin du Peyroux, et ils auraient pu se passer dedans, alors qu'il ne s'y passait maintenant plus rien du tout. Car pouvait-on compter pour quelque chose ce qui lui arrivait à elle, pauvre Mathilde, qui ne faisait pas plus de bruit à vivoter dans un coin qu'une ortie blanche ?

Et puis, à un moment donné, ils en venaient toujours à lui poser les mêmes questions : Est-ce que vous vous ennuyez pas ? Bien sûr que je m'ennuie... puisque j'ai pas les moyens de me payer une dame de compagnie. Est-ce que vous avez pas peur des ganguesters ? Quand ils me verront, si vieille et vilaine, c'est eux qui auront peur de moi. Est-ce que vous aimeriez pas mieux... ? Non, j'aimerais pas mieux.

Elle aussi, quelquefois, histoire de voir ce qu'ils répondraient, elle leur posait sa question : Et vous, est-ce que vous aimeriez pas mieux revenir ici, respirer le bon air et boire le lait de mes chèvres ? Alors là, ça les faisait éclater de rire, péter de rire, mourir de rire. Valait mieux ne pas insister.

Le soir venait vite. Ils remplissaient la malle de la voiture du produit de leurs razzias.

« Faut qu'on se dépêche, disait le chauffeur ; j'aime pas conduire la nuit ; et puis, c'est une nouvelle bagnole, j'ai pas encore l'habitude. »

Changer de bagnole semblait pour tous un événement de première grandeur ; leur vie devait être jalonnée comme ça par les bagnoles qu'ils avaient changées.

Ils partaient en criant :

« Au revoir, Mathilde ! Portez-vous bien ! Écrivez-nous s'y a quelque chose de travers ! »

Dans un petit calepin aux couvertures de toile noire, elle avait toutes les adresses des héritiers. Sauf celle de Victor Dassaud, parti pour travailler chez Michelin, et qui n'était plus jamais revenu, n'avait plus jamais écrit. Comme s'il gardait rancune à ce putain de village, et à elle qui en était un peu l'âme, de n'avoir pas su le retenir, lui qui voulait tant rester. Elle se rappelait la tournée qu'ils avaient faite ensemble pour lui dénicher une femme, allant de porte en porte se proposer comme ces commis voyageurs qui proposent leurs appareils. Bien sûr, ces démarches étaient pénibles et la déception avait été forte ; mais ils auraient pu repartir, chercher ailleurs et plus loin ; il n'y avait pas consenti. Alors, que pouvait-elle de plus, elle, la pauvre vieille ? Elle ne pouvait pas, comme le Dieu du catéchisme, lui enlever une côtelette pour lui fabriquer une femme sur mesure. Elle était bien chagrinée de ce qui était arrivé.

Les héritiers s'en allaient donc en criant : « À une autre fois ! » Le dimanche d'après, il ne venait personne. Et le dimanche suivant non plus. Et ça durait comme ça plusieurs dimanches. Et puis, tout par un coup, il arrivait trois, quatre familles en même temps. Tous contents de se retrouver. Ça riait, ça vidait des litres, les gosses faisaient les cent coups, on aurait dit un 14-Juillet.

Tous ces gens de passage rendaient encore plus tristes les jours de solitude. On était maintenant en automne. Chaque jour, Mathilde regardait vers le bas de la rue Qui-Descend avec l'espérance de voir quelqu'un, à pied ou en voiture. Mais les jours de semaine, y avait pratiquement jamais personne. Elle ne pouvait attendre que Clémençon, le facteur. Encore, lunatique comme il était, n'était-il pas toujours disposé à commencer une conversation. Quand ça ne lui chantait pas, il coinçait le journal entre les baguettes du portillon et repartait sans s'arrêter.

Le dimanche, pas de facteur. Elle entendait au loin sonner les cloches de Paslières. Elle aurait bien aimé aller à la messe, écouter le sermon du Charolais, rencontrer des gens. Mais y avait ces quatre kilomètres qui d'avance lui faisaient mal aux genoux. Elle s'habillait quand même, hésitait jusqu'au dernier moment. Si quelqu'un passe, qu'elle se disait, tu feras signe, ils te prendront bien dans leur auto. Et quand effectivement se présentait un transporteur :

« Hop ! Hop ! Mathilde ! Dépêchez-vous ! On est déjà pas en avance ! »

Elle ne discutait pas sur la destination. Puy-Guillaume, Paslières, Châteldon, elle n'avait pas de préférence, une messe est une messe, un curé est un curé, et il n'y a qu'un seul Dieu créateur du ciel et de la terre. Et même si elle arrivait au milieu de l'office, c'était mieux que rien : elle restait debout, au fond, derrière le bénitier, pour ne déranger personne. En sortant, elle se promenait un peu, regardait les boutiques et entrait toujours chez le pâtissier — en se traitant de vieille goulue, de gourmandasse, de chèvre blanche — acheter son gâteau de prédilection : deux allumettes, qu'elle rapportait avec mille précautions dans leur papier de soie, et qu'elle se distribuait ensuite par petites portions pour en sucrer une partie de la semaine.

Mais le plus souvent il ne passait personne. Alors quand elle avait suffisamment surveillé l'horizon d'en haut et l'horizon d'en bas, elle renonçait aux cloches et à tout ; elle remettait sa robe noire dans l'armoire et reprenait ses vêtements de tous les jours.

Les héritiers avaient vendangé dans les vignes ce qu'ils avaient voulu. Elle y alla grappiller, non sans une certaine inquiétude de conscience, se rappelant que ce qu'elle faisait là, c'était de la « gnognotte ». Elle suspendit les belles grappes dans son grenier, deux par deux, à des ficelles, afin de les conserver aussi longtemps que possible. Elle cueillit des mûres pour en composer un sirop noir, qui est bon contre la toux. Elle continua de ramasser les prunes et les prunelles, et de les entasser dans son tonneau. Elle alla chercher dans les ronces et les orties les noix égarées, celles dont personne ne s'était soucié.

Puis vint la période des châtaignes. Elles pleuvaient sur les chemins et c'était pour elle une tentation quotidienne de les voir bien pleines, bien astiquées, luire devant elle, sous ses pieds. Elle devait faire des écarts pour ne pas marcher dessus. Pourtant, elle ne les ramassait point, car elles appartenaient aux héritiers par droit naturel ; elle s'était toujours contentée, dans ses glanes, de ce que les propriétaires dédaignaient. Or, un jour, il arriva une voiture pleine de monde, le père, la mère, les enfants et ils entreprirent de rafler toutes les châtaignes qu'elle avait si bien respectées.

« Qui vous a donné la permission ? qu'elle leur demanda.

— La permission de quoi ?

— De ramasser ces châtaignes qui vous appartiennent point.

— Ces châtaignes sont sur la route. Elles sont tombées toutes seules. Alors, on n'a pas besoin de permission pour les ramasser, elles sont à celui qui les veut.

— Et si je perdais mon portefeuille sur la route, est-ce qu'il serait à vous ?

— Vous avez bien une tête à perdre un portefeuille ! »

Et ils éclatèrent de rire et se moquèrent d'elle. Elle comprit qu'elle ne pouvait pas discuter avec des gens qui raisonnaient si bien. Ceux de la ville se croient tout permis, puisque ça pousse tout seul ! Et merde pour les péquenots qui ne sont pas contents ! Elle s'éloigna à petits pas et, quand elle fut un peu loin, sûre qu'ils ne pouvaient réagir avec violence, elle leur cria furieusement :

« C'est de la gnognotte ! C'est de la gnognotte ! »

Après tout, qu'elle se dit, les héritiers n'ont qu'à venir les ramasser quand c'est le moment, leurs châtaignes ; j'ai pas envie de me faire battre pour les défendre. Elle cessa donc de jouer au chien de garde. Cependant, elle attendit, pour faire sa provision à elle, que le premier frimas eût blanchi la terre. Gnognotte ou pas gnognotte, sa conscience ne pouvait désormais plus rien lui reprocher : à la gelée suivante, toutes les châtaignes seraient cuites, les asticots eux-mêmes n'en voudraient plus.

Elle arracha ses pommes de terre, sans se presser. Elle avait la chance de ne pas être grosse, comme sont beaucoup de vieilles femmes, et de pouvoir encore se courber sans trop de peine. Les rhumatismes logeaient principalement dans les genoux. Certains jours, en marchant, elle entendait le gauche faire cric cric cric, comme une charnière mal huilée. Elle transporta sa récolte dans la cave, près du puisard, à un endroit frais l'été et chaud l'hiver.

Des carottes et des betteraves à lapins, elle fit deux beaux silos au milieu de son jardin, qu'elle recouvrit de paille, de fougères et de terre ; elle ménagea une petite cheminée pour la respiration. Là-dessous, les carottes seraient au chaud comme des cailles, quels que soient les gels et la neige, tout en conservant leur peau fraîche et tendue.

Naturellement, fallait pas oublier les chèvres. Elle fit des fagots de frêne, de chêne et d'ormeau, avec des branchettes riches de feuilles et pauvres de bois et les empila proprement dans son hangar ; mais elle savait que ces grandes voraces engloutiraient aussi bien le dur que le tendre.

Elle aimait aussi partir le long des chemins en poussant sa brouette. Avec sa serpette, elle fauchait les orties dont le pays était si prodigue ; elle râtelait les feuilles mortes, les fruits pourris ; si l'occasion se présentait, elle recueillait précieusement le crottin que les chevaux de passage répandaient derrière eux, et même les dragées noires de ses chèvres. Tout ça, elle l'entassait au fond de son jardin ; c'était l'aliment dont elle nourrirait au printemps sa terre épuisée par six mois de maigre et d'abstinence.

Alors, quand elle eut pris toutes ses précautions, elle attendit l'hiver avec sérénité.

Elle sortait encore ses chèvres pour qu'elles profitent des derniers rayons de soleil : il leur faudrait ensuite toute la mauvaise saison se contenter de l'ombre et des feuilles sèches. Mais voici qu'un matin Mathilde s'aperçut qu'elles sentaient fort ; puis elles commencèrent à se taquiner, à se chevaucher, fallait les séparer comme des gamins batailleurs. « Je sais ce qu'il vous faut. C'est une chance que ça vous prenne ensemble, ça m'économisera un voyage. Demain, je vous emmène chez Jouquet. »

Jouquet habitait la Pique avec sa femme. Ils étaient encore plus vieux que Mathilde Dutheil, ce qui est difficile à croire. Et leur gagne-pain était leur bouc. Celui-là ne manquait pas de clientèle : on lui amenait des demoiselles de plusieurs lieues à la ronde. C'était une bête courtaude, avec des poils épais qui lui pendaient sous le ventre presque jusqu'à terre, des poils si longs qu'on aurait dit des cheveux. De figure, il avait des yeux tristes, une barbe touffue, accrochée au menton ; avec des lunettes, on aurait juré Chadeyras, le notaire de Puy-Guillaume. Plus d'un l'avait remarqué et s'amusait à l'appeler : « Maître... » Le bouc tournait vers eux ses yeux tristes, il ne comprenait pas la plaisanterie. Quand Mathilde approcha de la Pique, traînant derrière elle ses chèvres par leurs cordes, elle commença par renifler l'odeur. « Y a pas de doute qu'elle se dit, il est bien là. » Plus un bouc pue, paraît-il, plus il est fort pour la reproduction. Celui-ci était un champion toutes catégories. Le Jouquet et sa femme la Jouquette y étaient accoutumés ; ils vivaient avec le parfum de leur bouc comme d'autres vivent avec leur méchanceté, sans s'en rendre compte. Mathilde les trouva devant leur porte.

« Vous arrivez, fit la Jouquette.

— Hé ! commença de protester Jouquet. Y en a deux !

— Et alors ? dit Mathilde. Est-ce que votre bouc est pas capable... ?

— Ces femmes, elles se rendent pas compte. Vous croyez peut-être que mon bouc, c'est une machine ? Que c'est une seringue ? Qu'y a qu'à appuyer sur le piston pour que la mayonnaise sorte ?

— J'aurais jamais cru, avec la barbe qu'il a, que deux chèvres lui feraient peur !

— S'agit pas de lui faire peur ! Vous vous ramenez à trois heures de l'après-midi. Et vous savez combien qu'il a eu de visites aujourd'hui ? Deux ce matin, et encore y a une heure. Est-ce que vous croyez que c'est une seringue, mon bouc ? Quand votre homme vous faisait ses politesses, est-ce que vous aviez qu'à appuyer sur le piston...

— Taisez-vous vieux verrat que vous êtes ! Vous en dites des si grosses, qu'elles passeraient pas sous le pont de Limons !

— Combien de fois qu'il faudra que je vous répète la même chose ! C'est pourtant pas difficile, surtout quand on habite pas loin, comme vous. Vous faites un voyage le jour avant, et vous prenez un rendez-vous.

— Un rendez-vous pour votre bouc ! Mais pour qui que vous le prenez, votre bouc ? Pour un député ?

— Et vous, pour qui vous le prenez, pour une seringue ?

— Finissez-en avec votre seringue !

— S'il arrive pas à faire sa façon, vous serez bien obligée de vous taper un second voyage. »

La Jouquette écoutait toute cette discussion sans intervenir, occupée qu'elle était à écharpiller la laine d'un vieux matelas. Bourrette et Blandine, attachées à des piquets placés ici en prévision, tiraient sur leur corde sans savoir qu'on s'occupait d'elles et de leur problème. Le bouc était encore invisible, mais non pas inodore. Jouquet regardait la Mathilde par-dessus les verres de ses lunettes. C'était un homme habitué aux longues négociations, à cause de tout le monde qu'il recevait ; avec son bagou, il vous aurait bien vendu un âne dans un sac.

« Allez le chercher, ce monsieur, et on verra bien s'il y arrive ou non. Si c'est un vrai bouc ou si c'est une couille de bois.

— Couille de bois, mon bouc ? qu'il répliqua, piqué au vif dans son amour-propre. Vous pouvez courir loin pour en trouver le pareil. Si j'avais voulu l'emmener dans les concours agricoles, on y aurait donné toutes les médailles.

— Le vantez pas tant, Jouquet. Mettez-le à l'œuvre. »

Il poussa le vantail de l'abri où le bouc distillait son odeur. Il l'amena au bout de sa corde, lui tapotant l'échine de l'autre main, affectueusement. Mathilde le regarda : c'était vraiment le notaire Chadeyras tout craché. Mais en plus sérieux, en plus réfléchi. Le vieux le tira doucement vers les chèvres. Elles le sentirent et commencèrent à faire des manières, à se tortiller, à s'accroupir pour mettre leur arrière-train à sa portée.

« Fais ton choix, et démerde-toi », conseilla Jouquet en abandonnant la laisse et en s'écartant.

Mathilde se sentit un peu nerveuse. Elle n'aimait pas assister à ce genre d'opération. Non que sa pudeur en fût offensée : sa vie était depuis trop longtemps mêlée à celle des animaux pour qu'elle en éprouvât la moindre gêne. Mais elle était témoin, une fois encore, du piège que la nature tend à tout ce qui vit et dont elle, Mathilde, se faisait ici la complice. La Jouquette écharpillait sa laine avec indifférence.

Le vieux monsieur barbu rôda un moment autour des deux fiancées consentantes, dans la plus parfaite dignité. Jouquet secouait la tête de loin, d'un air sceptique, l'air de dire : « Ça sera pas pour aujourd'hui. Faut le comprendre, ce gars. » Mathilde lui répondait, d'un haussement d'épaules : « Foutez-lui la paix, donnez-lui le temps de réfléchir. » Et tout par un coup, voilà le bouc qui saute sur Blandine et qui lui fait son affaire sans lui laisser le temps de respirer.

« Oh ! *Djeü !* crie de loin le Jouquet avec admiration. Vous croyez pas que ça vaudrait une médaille, ça ? Vous avez vu si c'est une couille de bois ? Trouvez-en le pareil dans tout le département ! »

Et il s'élance vers sa bête qui, pendant ce temps, a déjà remis tranquillement les pieds par terre. Et il l'embrasse sur le front, à la racine des cornes, pour exprimer son orgueil.

« Vous êtes sûr que ça y est ? demande la Mathilde, un peu abasourdie par tant de rapidité.

— Qu'est-ce que vous croyez ? s'indigne Jouquet. Qu'il fait semblant ? Ou si vous cherchez une excuse pour pas payer la façon ?

— Je cherche pas d'excuse, je me méfie, voilà tout.

— Vous en faites pas, elle en a eu pour son argent. Au printemps, vous m'en direz des nouvelles. »

Faut dire que la Mathilde n'avait jamais eu à se plaindre des services du bouc ; en mars-avril, les cabris arrivaient aussi sûrement que les hirondelles. Pendant ce temps, sans se soucier de la pauvre Bourrette qui restait bredouille, maître Chadeyras s'éloignait et retournait tranquillement vers son abri, pour se reposer de ses travaux.

« Arrêtez-le ! qu'elle cria. Y a l'autre. Il peut bien se forcer, puisqu'il est si fort ! Quand y en a pour quatre, y en a pour cinq.

— Est-ce que vous le prenez pour...

— La plus belle seringue, c'est bien vous !

— Vous me manquez de respect, pétard de Dieu ! »

À cause de tout le vacarme qu'ils faisaient, la Jouquette se décida à intervenir :

« Écoutez pas ses foutreries, à ce vieil essargaillé, pauvre Mathilde. Et venez vous asseoir un peu. Le bouc, laissez-le faire un moment, attendez que l'appétit lui revienne. »

Elles bavardèrent toutes deux, tandis que Jouquet s'en allait bouder du côté des chèvres. Blandine, qui avait eu son compte, s'était couchée dans l'herbe et mastiquait de petites choses. L'autre continuait de bêler plaintivement, de se tortiller, de danser le rigodon. « Les fumelles, marmonna le vieux, c'est tout des bougresses. »

Mathilde, pour ne pas laisser ses mains oisives, s'était mise à écharpiller aussi. « Faut bien attendre une heure », dit la Jouquette. Elles parlèrent du matelas, qui avait quinze années d'usage ; de la toile d'à présent et de la toile d'autrefois ; des lits de plume ; des paillasses remplies de feuilles de hêtre ; du sommeil d'avant guerre et du sommeil d'aujourd'hui. De loin, le vieux les regardait et les insultait entre ses dents.

Ensuite, il pénétra dans l'abri et ramena le notaire au bout de sa corde.

« C'est trop tôt, dit la Jouquette. Laisse-lui le temps. »

Sans vouloir l'entendre, il tira le mâle vers la chèvre affolée. Le bouc se laissa traîner, mais ne manifesta pas le moindre intérêt pour elle. « Allons, l'encourageait l'homme, allons, fais ton travail, montre-lui, à cette langue de peille, montre-lui si tu es une couille de bois ! » Rien à faire, maître Chadeyras faisait le sourd. Les tortillements de Bourrette ne lui produisaient aucun effet.

« Finissez d'agacer ma chèvre, cria la Mathilde, puisque votre bouc veut rien lui faire.

— Vous savez ce qui l'échaufferait ? ricana le vieux. C'est que vous veniez lui secouer vos cotillons sous le nez, je suis sûr que ça l'exciterait. Essayez donc !

— Vous êtes un vieux verrat ! »

À force de patience, cependant, à force de le promener autour de la pauvre torturée, le barbu finit par remarquer sa présence. Il fit quelques pas vers elle, les deux femmes cessèrent d'écharpiller et, au moment où elles allaient ouvrir la bouche pour dire quelque chose, hop ! le bouc accomplit sa cabriole, en moins de temps qu'il n'en faut pour dire amen. Et comme ça, en l'espace d'une heure, il avait fait, peut-on dire, six contents : les deux chèvres, les deux femmes, l'homme et lui-même.

« Combien que je vous dois ? demanda la Mathilde.

— C'est mille francs la façon. Donc, deux mille pour les deux.

— Je trouve que vous avez bien augmenté, depuis l'année dernière.

— Hé ! Vous vous rendez compte, nous avons des frais.

— Des frais ? Quels frais ? Le foin que vous lui donnez ? Est-ce que vous le payez plus cher ?

— Et l'épicerie, est-ce qu'elle a pas augmenté ? Et le pinard ? Et le tabac ?

— Vous lui faites consommer de l'épicerie, du pinard et du tabac, à votre bouc ?

— Non, mais nous, on en consomme. »

Elle sortit quand même les deux billets de son boursicot.

« Enfin, voilà deux mille francs qui vous auront pas coûté beaucoup de peine à gagner ! qu'elle dit en soupirant. Est-ce que vous me garantissez, au moins, le travail de votre bouc ?

— Écoutez. Si vous vous apercevez que vos chèvres ont pas pris, c'est bien simple, vous les ramenez et je leur fais la façon moi-même. »

Elle dénoua les cordes de ses bêtes et les emmena, toutes sages à présent. « Les cabris seront pour le début d'avril », calculait-elle en chemin.

Pour la première fois depuis qu'il était Peyroux, le Peyroux avait passé un automne sans vraies vendanges. Personne, cette année-là, n'avait apporté à Mathilde la traditionnelle bouteille de vin doux. Le tonneau de Vatelequerre en était arrivé à sa dernière goutte et elle devait boire de l'eau. Ça lui punissait moins le ventre que les yeux. Elle trouvait que de l'eau claire dans un verre est une chose bien triste ; elle avait toujours aimé boire coloré. Y avait un épicier de Châteldon qui faisait la tournée des villages avec sa camionnette ; mais comme il savait qu'elle restait seule au Peyroux et qu'elle n'était pas bonne cliente, il ne montait guère jusqu'à elle qu'une fois par mois ; le reste du temps, elle devait descendre jusqu'au carrefour de l'Abbaye si elle voulait de sa marchandise. Alors, quand il passa, elle lui prit trois bouteilles, ça durerait ce que ça durerait.

Puis le froid vint, la terre dure sonnait sous les sabots comme une cloche. Et ce fut un hiver sans cochonnailles. Naguère, chaque famille élevait et sacrifiait, le temps venu, son habillé de soie. Les gosses accouraient aux couinements des assassinés et faisaient cercle autour de la victime et de l'officiant. Les entrailles chaudes et luisantes fumaient. Vatelequerre était souvent requis pour cette besogne : c'était un champion du coutelas et du tranchoir. Venaient ensuite les cadeaux de voisinage, rond de boudin, tranche de grillade sous un pudique voile de crépine. En même temps que ces charcuteries, Mathilde avait l'impression de manger l'amitié de ceux qui les lui avaient offertes. La viande qu'on achète ne peut avoir la même saveur. Elle devait donc oublier désormais les grillades, aussi bien que le vin doux. Que les châtaignes rôties et consommées en compagnie. Que la veillée de Noël et le voyage à Paslières pour la messe de minuit, tous serrés les uns contre les autres, garçons, filles, jeunes, vieux, dans la même voiture, et au retour les saucisses chaudes et le vin blanc sucré, qui descendait comme du sirop. Que les embrassades du jour de l'An, accompagnées d'un verre de goutte et de grands rires joyeux.

Un matin, elle trouva la neige devant sa porte. Les trois rues couvertes de la même blancheur. Une blancheur intacte, dans laquelle la première elle enfonçait le pied. Pendant la nuit, les fils électriques s'étaient transformés en gros câbles d'un chanvre éclatant. Les poules, l'oie, le coq renoncèrent à sortir et demeurèrent frileusement pelotonnés dans le poulailler. Les bicoques avaient pris une apparence confortable et douillette, sous l'épaisseur de ce chaume. Le Peyroux ressemblait à un village de carte postale, ces cartes pailletées qu'on reçoit au temps des étrennes. Sauf qu'aucune fumée ne s'élevait dans le ciel.

Mathilde s'ouvrit un passage à la pelle pour aller commodément jusqu'à la fontaine. Puis elle vint allumer son feu. La neige avait dû obstruer quelque peu la cheminée, car le fourneau ne tirait pas. Elle resta un long moment agenouillée devant lui, à lui souffler au derrière et à l'injurier de tout son répertoire :

« Prendras-tu, saleté de vieillerie de ferraille !... Est-ce que tu vas m'obliger à t'adorer comme ça toute la matinée ? Si j'avais un marteau, je te mettrais en pièces... »

Enfin, le foyer se décida à avaler sa flamme. Ensuite, elle mit chauffer sa soupe, faite de la veille. Par habitude, elle allait de temps en temps jeter un coup d'œil à la fenêtre. C'est ainsi qu'elle s'aperçut qu'il neigeait de nouveau. Et il en tomba toute la journée, à peu près sans entracte. Sa tranchée du matin fut rapidement comblée.

Elle attendit vainement ce jour-là la tournée du facteur. Et elle se trouva toute désemparée de ne pas recevoir son journal comme à l'accoutumée. Elle en avait pris l'habitude, comme d'autres personnes de leur chopine ou de leur tabac à priser, et sa feuille lui manquait.

Les menues besognes habituelles l'occupèrent tant bien que mal : les bêtes, la vaisselle, son peu de cuisine. L'après-midi, elle prit le porte-plume pour écrire à sa belle-sœur et à sa nièce et les remercier de leurs vœux. Elle hésitait longtemps avant chaque mot, se disant qu'elle devait commettre des fautes abominables. Ce jour-là, les heures lui semblèrent bien longues.

Avant la nuit, elle alla traire ses chèvres et leur fit un moment la conversation. Au sortir de la bergerie, elle fut surprise par cette lumière qui venait du sol et de toutes les surfaces planes. Il ne neigeait plus, mais le ciel restait bouché, sans une étoile.

Elle soupa de deux pommes de terre qu'elle avait mises à cuire au four et qu'elle mangea dans leur peau, en se brûlant la langue. Puis elle remplit d'eau chaude sa bouillotte de grès et monta se coucher.

La neige résista plus de deux semaines. Quand un habitant des hameaux environnants traversait le Peyroux, il ne manquait guère de venir cogner à la porte de Mathilde Dutheil, pour s'informer si elle était morte ou vivante. Visiblement, ça les impressionnait de la savoir ensevelie, toute seule, sous ce grand tas de neige. Certains lui offraient même de la recevoir chez eux jusqu'au printemps, elle et toute sa ménagerie.

« Et Courtaud ? qu'elle répondait.

— Vous l'amènerez aussi.

— Non, non, il s'habituerait jamais. Ou alors faudrait également emporter la maison Plandieu. »

Mais ils n'avaient pas à se faire du mauvais sang pour elle. Elle avait pris ses précautions, elle était une bonne fourmi. Seulement, elle ne refusait sa porte à personne ; elle était contente quand on venait lui dire bonjour. Et elle leur faisait avaler une goutte de son eau de coing.

Tout de même, lorsque la neige se mit à fondre et qu'elle put revoir la terre, elle en eut une belle satisfaction. Ça lui fit grand plaisir d'émerger de sa bicoquette et de marcher un peu dans le village et ses alentours. Le soleil reparut, sécha les rues et les maisons. Il lui semblait que sa chaleur pénétrait en elle et la rajeunissait, comme la Quintonine.

On était cependant bien loin encore des hirondelles. Le Peyroux connut une Chandeleur sans bugnes ni crêpes.

Elle leva les yeux et vit dans le ciel une traînée blanche qui s'allongeait, s'allongeait, s'allongeait. On aurait dit un fil de laine étiré là-haut par un fuseau invisible. Et au bout de ce fil, une minuscule croix brillante, beaucoup plus petite que celle de son chapelet. Elle devina qu'il s'agissait d'un avion. Et elle trouva que les avions d'aujourd'hui savent faire de bien jolies choses. Puis elle baissa la tête de nouveau pour revenir à son travail qui était d'étendre sa lessive sur le fil de fer.

Comme elle retournait chez elle, sa bassine sous le bras, il y eut une explosion terrible qui la fit tomber sur le derrière. « Mon Dieu ! qu'elle se dit. Le monde a éclaté ! »

Et l'instant d'après, il y eut derrière elle un autre fracas, dans le milieu du village. Elle demeura par terre toute palpitante, se demandant si le Jour du Jugement dernier était venu. Puis, peu à peu, elle se remit de son émotion et constata que tout était à la même place autour d'elle, sa maison, son poulailler, son hangar, le tilleul de la cour...

Une fumée pourtant s'élevait au-dessus de la rue Plate. Elle y courut. Et que vit-elle ?

« Mon Dieu, mon Dieu, mon Dieu, mon Dieu !... »

La maison des Dassaud était par terre ! Pas tout entière, à vrai dire : une seule muraille s'était écroulée, laissant des planchers suspendus, et aussi le toit, là-haut, qui tenait encore par trois côtés. Un tas de tuiles, des meubles s'étaient écrasés en méli-mélo au milieu des décombres, d'où montait ce nuage de poussière. Mathilde reconnut la chambre où le pauvre Adrien était mort ; son lit pliant émergeait des gravats au rez-de-chaussée.

« Mon Dieu, mon Dieu, mon Dieu !... »

Alors elle se rappela dans le ciel la petite croix brillante qui étirait son fil de laine. Elle avait lu dans *La Montagne* que les avions modernes étaient responsables de ces explosions qu'on entendait quelquefois, mais jamais aussi violentes que celle d'aujourd'hui.

« Que faire à présent ? »

Allez donc rattraper le responsable qui vole là-haut et lui dire : Venez voir ce que vous avez fait ! On ne pouvait cependant laisser ce péché impuni, renoncer à demander des réparations. Elle eut la présence d'esprit d'aller voir l'heure de l'accident : trois heures de l'après- midi. Mais elle n'était pas très sûre de l'exactitude de son réveil.

La malchance poursuivait donc les pauvres Dassaud même au-delà de la mort et de l'exil. Encore une méchanceté du ciel.

Elle écrivit.

Mon cher Victor, tu vas être surpris de recevoir cette lettre de ton ancienne voisine et la surprise ne sera pas agréable quand tu sauras que c'est pour te dire qu'un avion est passé hier après-midi

14 février au-dessus du Peyroux il a fait une pétée comme tu peux pas croire et une grande partie de ta pauvre maison s'est effondrée c'est à cause de cette pétée il y a aucun doute j'ai lu dans La Montagne *qu'on peut obtenir une indemnité faut s'adresser aux autorités militaires compétentes mais il me semble que la première chose à faire est de venir voir les dégâts toi-même en même temps tu passeras me dire bonjour depuis le temps que tu es parti sans plus donner de tes nouvelles je serai bien contente de te revoir n'attends pas trop longtemps car je me fais vieille et on sait jamais ce qui peut arriver autre chose j'ai regardé l'heure au moment de l'accident tu pourras le mettre dans ta réclamation il était juste quinze heures mais mon réveil n'est jamais très juste peut-être bien qu'il était un peu plus ou un peu moins en attendant de te revoir je t'envoie mon affectueux souvenir Mathilde Dutheil.*

Elle n'avait aucune adresse de Victor. Elle écrivit sur son enveloppe : *Monsieur Victor Dassaud, employé chez Michelin Clermont-Ferrand Puy-de-Dôme.*

Quand vint Clémençon le facteur, elle lui confia sa lettre. Elle avait l'impression de jeter une bouteille à la mer.

VII

Il y avait plus d'un an qu'elle était sans nouvelles de son fils. Ses nièces, ses neveux avaient envoyé leurs vœux de bonne année. Et lui rien. Était-elle donc pour lui moins qu'une tante, qu'une tante lointaine dont on convoite vaguement l'héritage ? Ou fallait-il supposer qu'il lui était arrivé malheur ?

Sur la carte de France qui se trouve derrière le calendrier des postes, elle cherchait la ville de Nice et vit toute cette distance, ces rivières, ces montagnes qui les séparaient. Si elle avait été moins vieille, si elle avait moins craint d'être secouée dans les voitures et les trains, elle n'aurait pas hésité : elle aurait transporté son cheptel chez les Terrasse de la Pique ou les Dumousset de la Grande-Goutte, et elle serait partie à sa recherche. Mais avec l'estomac qu'elle se connaissait, elle savait qu'avant Vichy elle aurait vomi tripes et boyaux, qu'elle arriverait à Nice juste à temps pour être enterrée. Alors, elle se contentait de ruminer sa douleur qui, certains soirs, lui servait de seul aliment : elle allait se coucher sans avaler une miette, toute gonflée qu'elle était. Dans son lit, elle se tournait d'un côté, puis de l'autre. Elle se représentait le Louis à l'hôpital ou en prison, ou crevant de misère, sans même avoir de quoi acheter un timbre-poste pour lui écrire. Sa peine refusait de descendre ; la peine, c'est terriblement indigeste, au matin elle se la sentait encore sur la poitrine, elle était contente de voir poindre le matin, de pouvoir en travaillant penser à autre chose.

Et voici qu'un jour, en lisant les petites annonces de *La Montagne*, elle fut frappée par de grosses majuscules : POLICE PRIVÉE, *ttes enqu., rech., const. adult. Bureau agréé Conseil nat., 21, av. Albert-Élisabeth, Clermont-Fd.* Elle avait maintenant suffisamment l'habitude des abréviations pour comprendre que ces gens-là s'offraient à effectuer « toutes enquêtes et recherches ». Elle ne put cependant déchiffrer « const. adult. », mais se persuada que cela ne la concernait point. « Eh bien ! qu'elle se dit, voilà le monde qu'il me faut : eux, ils ne vomissent sûrement pas dans les trains ou les voitures ; ils doivent pouvoir retrouver mon Louis ; Nice est sûrement plus grand que Puy-Guillaume ; mais doit pas y avoir là-bas des tas de gens qui s'appellent Louis Dutheil. » Elle se posa une question : ces policiers travaillaient-ils gratuitement ou fallait-il les payer ? Personne ne paye les gendarmes, les policiers des villes, les gardes champêtres, qui sont des fonctionnaires. De toute façon, elle accepta le risque. Elle avait un million et demi d'anciens francs sur son livret de Caisse d'épargne ; elle n'hésiterait pas à prendre dedans ce qu'il faudrait et elle le donnerait joyeusement si on pouvait lui ramener son fils.

Monsieur, écrivit-elle, *je sais pas s'il serait dans votre pouvoir de retrouver mon fils Louis qui doit habiter Nice mais je n'ai pas son adresse il ne m'écrit plus et j'ai bien peur qu'il lui soit arrivé malheur vous pouvez pas croire ce que je vous serais reconnaissante si vous pouviez me rendre ce grand service je vous adresse mes salutations distinguées Mathilde Dutheil Le Peyroux par Puy-Guillaume P. de D.*

Exprès, elle avait passé sous silence la question du paiement, pour le cas où les policiers auraient été des fonctionnaires que le gouvernement entretient et à qui il fait des pensions. Payer et mourir, on a toujours le temps, comme dit l'autre. Mais cela ne voulait pas dire qu'elle n'était pas disposée à le faire, en cas de nécessité.

La réponse ne se fit pas attendre. Quatre jours plus tard, elle était là, entre les doigts de Clémençon, qui avait lu l'en-tête de l'enveloppe et demanda d'une façon soupçonneuse :

« Alors, Mathilde, vous entretenez des relations avec la police, à présent ?

— Oh ! j'ai répondu à une annonce. Mais peut-être que nous ferons pas affaire.

— Rien de grave, j'espère ?

— Faudra voir, faudra voir. »

Il repartit en fronçant les sourcils, mécontent d'avoir obtenu si peu de renseignements.

Madame, disait la lettre, *en réponse à votre honorée du 12 courant, nous vous informons que nous sommes tout disposés à nous occuper de votre affaire avec notre célérité et notre sérieux habituels. Auriez-vous la possibilité de nous rendre visite à nos bureaux ? Sinon, veuillez nous fixer un rendez-vous : un de nos inspecteurs se rendra à votre domicile au jour et à l'heure de votre choix...*

Monsieur, qu'elle répondit, *en réponse à votre honorée du 15 courant, je vous informe que je suis trop vieille pour me déplacer je crains l'autobus et le train qui me font vomir tripes et boyaux je peux vous recevoir le jour qui vous plaira car je bouge pas de chez moi sauf pour aller garder mes chèvres mais n'importe comment je vais jamais bien loin puisque vous voulez quand même que je vous dise une date tâchez moyen de venir samedi prochain après-midi à partir de deux heures je sortirai pas de chez moi tant que vous serez pas arrivé je vous adresse mes salutations distinguées Mathilde Dutheil.*

Elle donna cette lettre à Georges Frompy qui se trouva, par coup de chance, à passer ce jour-là.

« Oublie pas de la mettre à Puy-Guillaume ! » qu'elle lui recommanda.

De cette manière, elle coupait court à la curiosité de Clémençon, à ses questions, à ses haussements d'épaules. Ce qu'elle faisait ne regardait qu'elle-même. Ce facteur fourrait vraiment un peu trop son nez rouge dans la correspondance de ses clients, hé là !

Le jour convenu, elle dîna un peu plus tôt que d'habitude, pour se préserver de tout retard. Quand elle eut lavé son peu de vaisselle et rangé sa maison, elle ôta son tablier, mit une robe propre et refit son chignon. Y avait plus qu'à attendre l'arrivée de l'inspecteur. Pour dissimuler sa hâte, elle installa devant sa porte un billot et entreprit de fendre quelques bûchettes qui n'en avaient guère besoin. De temps en temps, elle allait vers le lavoir jeter un regard jusqu'au fond de la rue Qui-Descend. Lorsqu'elle entendit un moteur de voiture, puis un coup de klaxon, elle se dit : les voici. Et elle se précipita vers son billot et ses bûchettes. Ils s'arrêtèrent juste devant sa porte, comme s'ils avaient habité le Peyroux toute leur vie. En fait, y en avait qu'un dans l'automobile. Assez jeune, bien habillé, une serviette sous le bras.

« Est-ce que vous êtes madame Dutheil ? qu'il demanda du portillon.

— Oui, oui, c'est bien moi. Mais je vous attendais pas si tôt. »

Faut bien montrer aux gens qu'ils ne sont pas indispensables. Elle s'avança quand même vers l'inspecteur : « Finissez d'entrer. »

Il la suivit dans sa cuisine ; elle y avait reçu le Charolais, un prêtre, elle pouvait bien y recevoir un policier. Sans faire semblant de rien, elle l'observait : il était brun de poil et de peau, avec une figure ronde qui inspirait confiance. Tout de suite, il commença son enquête : avec qui vivez-vous ? quel âge avez-vous ? ... Il faisait des remarques agréables à entendre : on ne vous donnerait pas votre âge, votre ménage est bien tenu, vous êtes sûrement une femme active et économe... Elle lui offrit un verre d'eau de coing qu'il but en manifestant du plaisir.

De son côté, elle se permit quelques questions, pour savoir à qui elle avait affaire : est-ce que vous êtes marié ? et avez-vous des enfants ? Ça la contenta qu'il eût une famille, il la comprendrait, il savait ce que sont les sentiments familiaux, elle pourrait lui confier son problème en toute tranquillité. Elle lui fit avaler un second verre d'eau de coing.

Ils en arrivèrent enfin au but de leur rencontre.

« Je vous ai écrit, dit-elle, parce que j'ai un cas... »

Et elle lui raconta toute la vie de son fils, sa naissance pendant la première guerre, son école, ses deux musettes, l'enfant de chœur qu'il avait failli être, l'autre guerre, la captivité en Allemagne, son retour, et *Chaïze* et *doubiste*, les côtes qui lui fatiguaient le cœur, son départ enfin. Et aussi son silence, les deux ou trois fois qu'il était venu en dix ans, et maintenant plus rien depuis cette dernière carte qu'elle lui montra, avec le cachet de la poste, *Carnaval de Nice, 16-26 février.*

L'inspecteur écouta ce discours sans l'interrompre, se contentant lorsqu'elle reprenait son souffle de dire :

« Et après ? »

Quand elle eut fini, il réfléchit un moment, examina la carte de bonne année par-devant et par-derrière, et demanda :

« Alors, qu'est-ce que vous voudriez au juste ?

— Que vous le retrouviez, d'abord.

— Ça doit pas être impossible. Ensuite ?

— Ensuite... »

Elle eut un moment de faiblesse. Elle se prit la tête dans les mains, elle sentit des larmes sourdre de son corps, lui piquer les yeux, lui couler le long du nez. L'homme attendit patiemment que ça lui passe. Elle chercha son mouchoir dans la poche de son tablier, s'aperçut qu'elle avait quitté le tablier pour être plus présentable, se leva pour aller le prendre dans le couloir où il se trouvait suspendu.

« Excusez-moi, dit-elle en revenant, je suis une vieille bête. Mais c'est une chose tellement triste de penser que depuis quinze mois il n'a pas envoyé deux lignes d'écriture. Vous lui expliquerez, monsieur, que je vis toute seule dans ce village, tous les autres sont partis, à la ville ou au cimetière. Qu'il y a quatre ans qu'il est plus venu me voir. Que je peux mourir demain, à l'âge que j'ai, et qu'il doit revenir le plus tôt possible. Oh ! Je chercherai pas à le retenir. Je sais qu'il a des fourmis dans les jambes. Il restera juste le temps qu'il voudra. Mais dites-lui, monsieur, qu'il faut qu'il vienne.

— Je le lui dirai, madame, je le lui dirai.

— Maintenant, il se pourrait qu'il soit empêché.

— Empêché de quoi ?

— Je sais pas, moi, la maladie, le travail, peut-être autre chose. Dans ce cas, naturellement, il pourrait pas venir... Vous me le diriez. Mais faites votre possible pour qu'il vienne me voir. Et demain sera mieux qu'après-demain.

— Comptez sur moi, madame Dutheil. Avez-vous quelque photo de votre fils ? »

Elle alla chercher ce qu'elle possédait, c'est-à-dire pas grand-chose. Il élimina tout de suite les photos de groupes faites à l'école de Paslières, quand Louis avait neuf ou dix ans. Et c'était dommage, car il se trouvait placé au premier rang, juste à côté de l'instituteur, M. Cussac, qui avait posé une main sur son épaule, comme pour dire : « Voilà ma gloire. » Il s'intéressa davantage au portrait en pied qu'avait tiré de lui Marcel Gauvin, photographe à Montluçon ; on l'y voyait dans son uniforme kaki, son calot à deux pointes enfoncé sur une oreille, une cigarette entre les doigts, l'air dégourdi comme pas un. Et aussi à ce cliché d'amateur fait en Allemagne : il se trouvait dans une vigne avec deux lettres noires sur l'estomac, KG, et à côté d'une fille qu'il tenait par la taille et qui riait de toutes ses dents.

« Vous n'avez rien de plus récent ?

— Non, c'est la dernière.

— Est-ce qu'il a bien changé depuis ?

— Pas tellement. Sauf que, la dernière fois que je l'ai vu, je l'ai trouvé engraissé et il portait des lunettes noires. À cause du soleil, qu'il disait.

— Je peux garder ces deux ?

— Oui, oui. Vous me les rendrez quand vous l'aurez retrouvé. »

Il n'avait pas encore parlé du paiement. Elle espérait de plus en plus qu'il était fonctionnaire. Mais il y vint tout de suite après :

« Vous imaginez, naturellement, que pour faire toutes ces recherches, nous aurons de grands frais : voyage à Nice, séjour à l'hôtel, enquêtes, pourboires et tout ce qui s'ensuit. Nice, c'est sur la Côte d'Azur, et là-bas, tout est cher.

— Que voulez-vous... » fit-elle simplement. Ce n'était pas une question, ça n'était qu'un soupir.

« Alors, poursuivit l'inspecteur, je dois vous dire à peu près ce que ça vous coûtera.

— Je croyais que vous étiez fonctionnaire.

— Non, non. Nous sommes une police privée, ce sont les clients qui nous payent. La police officielle ne s'occupe pas de ce genre de recherches. Du moins, pas sérieusement.

— Dites votre chiffre.

— Je ne sais pas si vous serez en mesure de faire face...

— Dites toujours.

— Voilà comment nous procédons. À la signature de notre accord, vous me versez une provision de deux mille francs. Deux cent mille anciens.

— Ça fait beaucoup, en effet.

— Attendez, cette somme vous donne droit à une semaine de recherches. Si au bout de ces sept jours notre mission est accomplie, vous ne nous devez plus rien. Mais si nous n'avons pas encore abouti, vous nous versez une nouvelle provision de mille francs, cent mille anciens, par nouvelle semaine. Je dois dire qu'en général une semaine nous suffit.

— Vous êtes gourmand, ne put-elle s'empêcher de remarquer.

— Ah ! Vous n'imaginez pas, madame, les dépenses que nous avons ! Par exemple, tout l'argent que nous devons glisser aux gens pour les faire parler... Mais faites vos comptes vous-même. Si vos moyens ne vous permettent pas de signer, tant pis. Nous nous disons au revoir, amis comme avant.

— Laissez-moi réfléchir. »

Elle se rappela le million et demi de son carnet ; elle calcula ce qui resterait si elle enlevait deux cent mille francs, et encore cent mille, et peut-être encore cent mille, et peut-être encore cent mille. Cet argent était destiné à protéger ses derniers jours, ceux du médecin, de la maladie, de l'hôpital. Mais s'il lui permettait de ramener son Louis au bercail, elle était prête à le dépenser jusqu'au dernier centime. Elle, la vieille avare, qui économisait sur son vin et ses allumettes. Oui, oui, jusqu'au dernier liard. S'il le fallait, elle agoniserait toute seule comme elle avait vécu le plus clair de sa vie, sans médecin, sans remèdes, sans hôpital ; elle ne laisserait rien aux héritiers pour payer son enterrement ; ils pourraient la jeter dans l'Allier.

Le policier sourit et sortit de sa serviette des feuilles en plusieurs exemplaires. Elle essaya de lire... *je m'engage à payer... je renonce à tout recours...* Elle ne comprenait rien à ces lettres que lui brouillaient ses larmes. Elle signa.

« Seulement, avertit-elle, je peux pas vous payer tout de suite. Je garde pas l'argent à la maison, à cause des gangesters.

— Vous l'avez à la banque, sans doute ?

— Pas confiance dans les banques. À la Caisse d'épargne.

— Alors, vous nous expédiez un mandat de la somme convenue. De toute manière, les recherches ne commenceront que du jour où nous aurons reçu l'argent, et nous vous en avertirons par lettre. »

Il remit les papiers dans sa serviette et repartit. Elle le raccompagna jusqu'à la barrière et lui recommanda encore :

« Surtout, dites-lui que je demande pas son argent. Je peux me suffire toute seule. J'ai besoin seulement de le revoir avant de mourir. Vous lui rappellerez que j'ai soixante-quatorze ans. »

Elle passa la veillée toute contente au coin de son fourneau. Cette maison de police était vraiment bien organisée, tout était prévu, on voyait qu'elle n'en était pas à sa première affaire de ce genre, Mathilde fut certaine qu'elle retrouverait son fils. Elle imagina le retour de l'enfant prodigue, comme disent les curés ; elle ne tuerait pas le veau gras, bien sûr, qui est une bête trop grosse pour deux personnes ; mais une de ses poules y passerait, la Roussette, par exemple, qui n'avait pas encore repris sa ponte ; et aussi un lapin, deux lapins, trois lapins ; elle lui préparerait de ce fromage de chèvre tout frais, dont il se régalait jadis ; elle lui ferait des bugnes, qu'on appelle dans la région des *guenilles*, et qu'il aimait manger brûlantes au sortir de la poêle, enneigées de sucre-semoule. Elle le soignerait si bien qu'il prolongerait son séjour plus qu'il ne l'avait prévu. Qui sait même si... Mais non, il ne fallait pas espérer le retenir éternellement. Trois ou quatre semaines, peut-être. Les jeunes n'ont pas une longue patience.

Le lendemain, une voiture descendit. Elle accepta le voyage qu'on lui offrait et se rendit à Puy-Guillaume, où elle entendit la messe et remercia le Seigneur de lui avoir envoyé ces gens de la police. Mais elle ne put entrer à la Caisse d'épargne qui est fermée le dimanche.

« Vous n'avez pas l'occasion de revenir, demain ou un de ces jours ? demanda-t-elle à ses transporteurs.

— La semaine prochaine.

— Oh ! je trouverai bien quelqu'un d'autre. »

Mais le lundi il ne passa personne. Elle s'impatienta. L'enquête dépendait du mandat qu'elle devait envoyer, elle n'allait pas attendre cent sept ans. Personne non plus le mardi. Alors, l'après-midi, elle enfila sa robe noire, prit son sac de moleskine et la voilà partie, malgré ses rhumatismes. Elle ne voulait pas perdre davantage de temps. « Peut-être que quelqu'un te ramassera en chemin, qu'ils auront pitié d'une pauvre vieille couraude. » Cinq kilomètres, ça n'est pas la mer à boire pour ceux qui ont encore de bonnes jambes ; mais pour elle ça l'était. En poussant un pied devant l'autre, elle s'appuyait sur sa canne. Et aussi sur l'idée que chaque pas la rapprochait de son fils. Il passa plusieurs voitures, mais aucune n'eut l'idée de s'arrêter pour la prendre. « Si j'étais une de ces jeunes qui montrent leurs jambes, ils s'arrêteraient bien, pour sûr. Allons, te plains pas. Tu l'as voulu. Marche ou crève. » À mesure qu'elle avançait, ses pieds se faisaient aussi lourds que si elle avait traîné des boulets de galérien.

À chaque borne kilométrique rencontrée, elle s'arrêtait un moment et s'asseyait sur la pierre. « Contente-toi, qu'elle se disait encore, y aura pas de retour. Quand tu seras là-bas, tu prendras un taxi. » C'est du moins une idée qu'elle essayait de faire croire à son corps. Car elle n'avait pas réellement l'intention de gaspiller son argent à se payer un chauffeur. Elle espérait bien trouver un transporteur de connaissance ; même s'il était de la Chauprillade ou de Paslières, elle lui ferait tellement de baratin qu'il n'oserait pas lui refuser de faire un détour par le Peyroux. « Bon, qu'elle pensait, je lui vanterai mon eau de coing. Ça le décidera. »

Enfin, elle vit les premières maisons de Puy-Guillaume. Ça lui rendit un peu de nerf. Si elle trébuchait sur un caillou : « Lève donc les pieds, bourrique ! » se conseillait-elle. Elle traversa le Pont-des-Feignants, comme une somnambule ; si aucune auto ne l'écrasa, c'est qu'il n'en passait point en ce moment ; elle ne comprenait rien à leurs lumières vertes et rouges. Elle eut à peine assez de force pour grimper les quatre marches et pousser la porte : elle se laissa tomber sur le banc ; mais enfin, elle était arrivée, elle se trouvait dans le bureau de la Caisse d'épargne.

Elle laissa passer plusieurs fois son tour. Les gens lui disaient :

« C'est à vous, madame.

— Non, non, j'ai pas de presse », qu'elle répondait. Enfin, elle put se lever, signer le papier que lui présentait l'encaisseur.

« Comptez-les bien, recommanda-t-elle. Je vous fais confiance. »

Elle enfonça les deux liasses dans son sac de moleskine et dit au revoir. Ses deux pieds lui cuisaient comme s'ils avaient été enveloppés de braises. Il lui fallut pourtant marcher encore jusqu'à la poste, remplir un autre imprimé, expédier son mandat. Elle tendit les deux liasses à la postière. Le compte y était bien, l'encaisseur avait été honnête. À présent, y avait plus qu'à laisser les choses suivre leur chemin. Le mécanisme était déclenché : les deux mille francs voyageaient jusqu'à la maison de police, l'inspecteur se mettait aussitôt en route, il retrouverait son drôle. Tout ça valait bien la peine qu'elle s'était donnée.

Cependant, elle ne se sentait pas encore d'aplomb pour repartir tout de suite. Elle poussa la porte du café Larivaud, s'installa commodément sur la banquette rembourrée, qui était bien douce à ses fesses et à son échine. Une jeune femme vint lui demander ce qu'elle désirait :

« Est-ce que vous pourriez me donner une tisane ?

— Une tisane ? Quel genre de tisane ?

— Oh ! N'importe. Je suis pas difficile. Une camomille, un tilleul, une menthe, une mélisse. »

On lui apporta un tilleul et elle dit :

« Merci, ma mignonne. Ça me fera du bien. Si j'avais une allumette, je serais heureuse comme une reine.

— Une allumette ? Vous voulez une allumette ?

— Je parle d'une allumette de pâtissier. Par hasard, vous auriez pas ça ?

— Non. Mais il y a une pâtisserie pas bien loin. Si vous voulez, je peux aller vous en chercher une.

— Vous feriez ça ? »

Et quand elle l'eut entre les mains, avec sa croûte fragile, elle se répandit en bénédictions :

« Vous êtes un ange, ma mignonne, un ange du ciel. »

Elle se trouvait dans un coin de la salle chaude. Les glaces multipliaient à l'infini le nombre des occupants. Dans sa bouche aux trois quarts édentée, la pâte de l'allumette cédait facilement et fondait ; elle avait soin de recueillir les miettes, parce qu'elle ne voulait pas laisser un mauvais souvenir de son passage et parce qu'elles étaient bonnes. Sa fatigue montait des pieds à travers son corps comme une sève. Elle logea sa tête dans l'encoignure, là où les deux murs se soudaient, et ferma les yeux, pour mieux sentir en elle la douceur du sucre, de la farine, de la meringue. Le brouhaha des voix l'atteignait à peine, elle ne comprenait rien de ce qui se disait, le bruit restait à sa surface à elle au lieu de pénétrer à l'intérieur. Dieu sait combien de temps elle demeura ainsi.

Tout par un coup, elle eut un sursaut. Nom de gueux de nom de gueux, je me demande bien... Elle retrouva les glaces, plus éblouissantes encore, car toutes les lampes avaient été allumées. La jeune mignonne vint à son secours :

« Eh bien, grand-mère, vous avez fait un bon somme !
— Pourquoi vous m'avez pas réveillée ?
— Vous aviez l'air tellement fatiguée, et vous dormiez si bien !
— Quelle heure qu'il est ?
— Huit heures et demie.
— Huit heures et demie, et je me trouve à cette heure-ci à Puy-Guillaume ! Et comment que je vais rentrer au Peyroux, moi ? Je suis sûre qu'il fait noir comme le putois.
— Vous prendrez un taxi, tiens ! »

Et c'est comme ça qu'elle revint en effet. Elle avait raconté cette attrape pour le faire croire à son corps qui n'en avait pas envie, et c'est elle à présent qui se trouvait attrapée.

VIII

En mars, vinrent des pluies abondantes. Elles ravinèrent un peu plus la rue Qui-Monte et la rue Qui-Descend. La municipalité de Puy-Guillaume ne s'intéressait pas à ces chemins qui ne voyaient passer quasiment personne. « Bientôt, se disait Mathilde, y aura des trous si profonds qu'on pourra y enterrer un âne la queue levée. » La rue Plate, elle, se transformait plutôt en marécage. De toute façon, la terre s'en allait aussi, comme si ça n'eût pas été assez des hommes, irrémédiablement. Les orages la lavaient et l'entraînaient vers les fonds, vers les flots de la rivière qui à leur tour l'emporteraient, pour enrichir des plaines lointaines qui n'en avaient aucun besoin. Car, comme disent les proverbes, il pleut toujours sur ceux qui sont déjà mouillés, si tu es riche on te donnera, et si tu es misérable on t'enlèvera.

Elle allait voir la pluie tomber sur les pauvres affaires que l'écroulement du mur avait découvertes chez les Dassaud. Ce sommier, ce matelas crevé qui recevaient l'eau du ciel, y avait-il une chose plus triste au monde ? Elle en avait le cœur tout serré. Victor n'avait pas répondu à sa lettre ; peut-être ne l'avait-il pas reçue ; ou peut-être que toutes ces vieilles étartuelles lui étaient aussi indifférentes à présent que ses dents de lait. Elle aurait aimé pouvoir retirer ces reliques des décombres, les loger dans quelque abri ; mais elle craignait qu'un pan de mur ne lui dégringolât sur le croupion ; elle ne se sentait plus ni assez forte ni assez leste pour entreprendre le sauvetage.

Puis le ciel s'éclaircit, la terre sécha et Mathilde pensa à d'autres choses.

Elle reçut de la maison de police une courte lettre disant :

Madame, nous vous accusons réception de votre mandat de 2 000 F représentant la provision prévue par notre contrat du 28 février écoulé. Nous vous informons que nous commençons ce jour même l'enquête qui en fait l'objet. Veuillez croire, Madame, à nos sentiments très dévoués...

« Dévoués, nom de gueux, ils peuvent l'être, qu'elle se dit, après avoir touché un mandat de deux cent mille francs ! » Mais elle ne regrettait rien de ce qu'elle avait fait. Excepté de s'être endormie au café Larivaud, ce qui l'avait obligée à payer un chauffeur pour la ramener au Peyroux. De toute manière, ce reçu était la preuve que les policiers avaient bien touché l'argent ; faudrait bien qu'ils lui donnent quelque chose en échange. C'est ainsi que se traitent les affaires. Sinon, il n'y aurait pas de commerce possible. En plus, cette maison était agréée par le Bureau national ; preuve qu'il s'agissait d'une entreprise sérieuse. Elle attendit avec confiance les événements.

Et le premier qui se produisit fut qu'un soir, alors qu'elle avait déjà fermé ses volets pour la nuit, boum, boum, boum, quelqu'un vint cogner à sa porte. Elle sauta sur sa chaise comme une folle. Qui ça pouvait-il être, à une heure aussi tardive ? Aussitôt, sa tête fit une supposition, une seule, une seule, qu'elle osa à peine considérer en face, qu'elle s'efforça de repousser aussi fort qu'elle put : est-ce que l'enquête des policiers avait déjà abouti ? Est-ce que... est-ce que... Non, faut pas croire trop vite aux joies, ça les fait fuir, non, non, ça ne pouvait pas être lui.

« Mathilde ! » cria dehors une voix d'homme.

Ça n'était pas lui. Il ne l'aurait pas appelée Mathilde. Il ne l'avait jamais appelée Mathilde. Depuis son retour d'Allemagne, il disait : Eh ! la vieille ! Elle trouvait ça gentil. Elle non plus ne l'appelait jamais par son prénom. Elle lui disait *m'ami*. Ou simplement *mi*, qui était un tout petit mot très tendre.

« Qui est-ce ? » demanda-t-elle, haletante, derrière la porte.

« Est-ce que vous ne reconnaissez pas ma voix ?

— Je reconnais rien du tout. Vous avez bien un nom comme tout le monde !

— Victor, Victor Dassaud ! »

C'était ce brave Victor qui revenait ; il avait reçu sa lettre, il venait sauver ce qui pouvait l'être encore et faire sa réclamation aux autorités ; elle fut bien déçue, mais un peu contente quand même. Elle ouvrit sa porte toute grande et reconnut sa bonne figure, ses cheveux gris, son sourire large comme un parapluie.

« En voilà une heure pour arriver de voyage !

— Qu'est-ce que vous voulez ! Je suis parti après ma journée, faut le temps.

— Alors, tu as reçu ma lettre ?

— Oui... »

Il lui raconta en long et en large comment la chose s'était faite. Bien qu'il ne travaillât plus chez Michelin, la missive l'avait atteint quand même, grâce au flair des postiers, qui sont pires que des chiens de chasse. Il lui apportait des souvenirs de Clermont : des pâtes de fruits (« Ah !

tu le savais, que je suis une grande goulue ! »), un pâté en croûte, des oranges, une bouteille de vin vieux.

« On va bouffer tout ça, qu'il dit joyeusement.

— Mais j'ai déjà soupé ! Je t'ai pas attendu !

— Ça fait rien, vous vous remettrez à table. Juste pour me tenir compagnie. J'ai plus rien dans le coco depuis midi, moi. Mais, avant, faut que je rentre ma Mobylette.

— Tu es venu en bobinette ? » (Elle déformait souvent les mots d'aujourd'hui, avec lesquels elle n'était point familière.)

« À présent, c'est comme ça que je me déplace », qu'il expliqua, non sans une certaine fierté.

On rangea la bobinette sous le hangar ; le guidon s'enfonça dans un fagot de feuilles, comme si elle avait voulu goûter à cette nourriture nouvelle.

« Sacrée Mathilde ! qu'il disait à tout bout de champ, pour exprimer sa satisfaction. Sacrée Mathilde ! »

Et ces paroles leur suffisaient ; le contentement qu'ils éprouvaient d'être ensemble de nouveau après une si longue séparation, ils n'avaient pas besoin de le dire. C'était une chose évidente.

Ils retournèrent dans la cuisine, il étala les provisions sur la table, elle ne sortit qu'une assiette.

« Et vous ? Si vous mangez pas avec moi, je remets tout ça dans la musette. »

Pour lui faire ce plaisir, elle en sortit une seconde. Il se servit bien et la servit de même, malgré ses protestations. Tout d'abord, elle voulait juste goûter, voire grignoter. Ensuite, le voyant travailler si gaillardement des mâchoires, elle retrouva de l'appétit et ne fut pas bien en retard derrière lui.

« Ça va te rendre malade, pour sûr ! qu'elle s'avertissait de temps en temps. Ça va te rendre malade ! »

Mais elle trouva le moyen de sortir encore autre chose : du fromage de ses chèvres, de la confiture de ses fraises. Et Victor essayait de lui faire avaler des rasades de son vin vieux ; mais son verre restait plein, elle y trempait les lèvres de temps en temps, juste pour une courte bénédiction.

Quand ils se furent rassasiés, elle enleva la vaisselle sale. Il raconta sa vie à Clermont. Chez Michelin, il n'avait travaillé que six mois. On l'avait mis aux presses. Ça gagnait bien, mais c'était trop dur. À présent, il était avec les maçons, ça lui plaisait davantage, du moins, il avait de l'air, il pouvait respirer tout son saoul. Les jours de gel, on se repose, y a une assurance qui vous paye votre journée.

« Et tu regrettes pas le Peyroux ?

— Qu'est-ce que vous voulez ? Ici, tout le temps que j'ai eu mon père, je me plaisais bien. Mais ensuite, après sa mort, de me voir tout seul, avec cette femme en fer-blanc, de ne pas pouvoir en trouver une vraie, je me suis senti malheureux à pas le dire. Malheureux comme un crapaud sous une herse. Si j'étais resté, je crois bien que je me serais pendu. »

Elle eut envie de répliquer : « Et moi alors, est-ce qu'il faut aussi que je me pende ? Je suis bien plus seule que tu l'étais, et tu vois : je résiste. » Mais elle se tut pour ne pas l'attrister.

« Ça m'a fait quand même quelque chose, ajouta-t-il, quand vous m'avez parlé de cet avion et du mur qui s'est écroulé. La mère partie, le père parti, le fils parti, et voilà que c'est le tour de la maison. Oui, ça m'a fait quelque chose.

— Est-ce que tu es allé la voir ?

— Non, non. Demain, il fera soleil. »

Elle hésita un bon moment avant de lui poser une question. Mais elle finit par se décider :

« À Clermont, est-ce que tu en as trouvé une, de femme ?

— Non. Pas encore.

— C'était pas la peine de partir, alors, puisque tu es pareil qu'avant !

— Si, si, c'était la peine. Là-bas, je vois du monde, beaucoup de monde. On a jamais le temps d'avoir le cafard. Tandis qu'au Peyroux... »

C'était toujours l'habituelle chanson. Ils étaient tous les mêmes. Tous à accuser le Peyroux. Le Peyroux, c'était leur père et leur mère, et ils aimaient mieux vivre dans des endroits où personne ne portait leur nom. Pour le faire rire quand même, elle fit une réflexion :

« Peut-être que les femmes, au fond... tu y as pas tellement le goût !

— Sacrée Mathilde ! Sacrée Mathilde !

— Je me demande même...

— Qu'est-ce que vous vous demandez ?

— Je me demande si tu y as jamais goûté. »

Elle avait bien réussi son coup : quel jeu de rire elle lui fit passer ! Elle crut qu'il s'étouffait.

« Sacré Mathilde ! Vous vous rendez compte de ce que vous dites ? À mon âge ? Et quand j'étais au régiment, donc, au 92, à quoi que vous croyez qu'on passait le temps, les jours de sortie ? Vous pouvez croire que nous allions plus souvent dans la rue des Trois-Raisins qu'à la messe ! Et même à présent, si le cœur m'en disait, les dames manquent pas. Suffit de passer le soir rue du Cheval-Blanc ou rue des Minimes. On a que l'embarras du choix.

— Bon, bon, ça me regarde pas », ajouta-t-elle, un peu confuse de tous ces détails.

Mais ils continuèrent ainsi leurs bavardages. Et tout à coup, elle regarda son réveil. Et elle s'aperçut qu'il marquait midi moins dix. « Il s'est encore arrêté, cette saloperie », qu'elle pensa. Elle avança la main pour le remonter ; alors, elle s'aperçut qu'il marchait bel et bien et qu'en réalité il indiquait minuit moins dix. Elle en fut presque effrayée. Jamais elle ne se couchait aussi tard, elle était convaincue que si les gens des villes se portent plus mal que ceux des campagnes, c'est à cause de leurs couchers tardifs.

« Où c'est que je vais te mettre ? qu'elle demanda.

— Si vous avez pas d'autre place, mettez-moi avec vos chèvres.

— Voilà. J'ai qu'une chambre et j'ai qu'un lit. Mais y a deux matelas l'un sur l'autre. Je peux en mettre un par terre, si tu veux t'en contenter.

— Que demande le peuple ?

— Comment ?

— Je dis d'accord : que demande le peuple ? »

Il avait comme ça tout un troupeau d'expressions qu'il avait attrapées à la ville, mais qu'elle n'avait jamais entendues au Peyroux ni à Puy-Guillaume. Il disait : « Je m'en balance... Faut se le farcir... Déconnons pas... » Ça lui rappelait Louis, au retour de sa captivité en Allemagne : et *Chaïze* et *doubiste.* Elle ne comprenait que la moitié de ce qu'il lui racontait.

Tout de même, cette obligation qu'ils avaient de dormir dans la même chambre, elle et lui, lui paraissait singulière, mais quand elle fit une réflexion là-dessus, il éclata encore de rire et répéta :

« Sacrée Mathilde ! Sacrée Mathilde !

— Il est vrai que je pourrais être ta mère, se rassura-t-elle. Largement. Si tu avais besoin d'une femme, je pense que tu en choisirais plutôt une qui aurait encore toutes ses dents ! »

Elle finit par rire aussi de ses scrupules. Elle alla préparer la literie. Il entendait sur sa tête son pas lourd, les meubles qu'elle déplaçait. Il finit la bouteille de vin vieux. Ensuite, elle redescendit lentement l'escalier de bois.

« Voilà, qu'elle dit. Tout est prêt. Si tu veux, monte le premier. Tu te coucheras et moi je viendrai après.

— C'est pas de refus, j'en ai plein les bottes, qu'il dit dans son langage mystérieux.

— Bonne nuit, Victor.

— Bonne nuit, Mathilde. »

Un moment après, quand elle remonta, elle le trouva déjà endormi et ronflant, la tête renversée dans l'oreiller trop plat, la bouche ouverte, ses grosses, ses dures mains de maçon posées devant lui, sur le drap blanc, mais tout arrondies, comme si elles tenaient encore le manche de la pelle ou du marteau. Sa poitrine velue se soulevait régulièrement. Elle éteignit la lumière et se déshabilla dans l'obscurité. Ses pieds froids furent heureux de rencontrer dans le lit la chaleur de la bouillotte qu'elle y avait déposée à l'avance. Elle avait oublié d'en offrir une à Victor. Mais lui était encore jeune, quarante-cinq ans, les jeunes ont le sang chaud.

Dans l'ombre, elle resta longtemps les yeux ouverts. Elle se sentait encore sur l'estomac le souper un peu trop lourd qu'elle avait fait. Et puis, le bruit de cette respiration bruyante, près d'elle, dérangeait ses habitudes. Elle se dit qu'il y avait bien cinquante ans, un demi-siècle, qu'elle n'avait plus partagé le sommeil d'un homme. Depuis la seconde et dernière permission du pauvre Pierre. Cinquante ans de nuits solitaires. Et, pourtant, elle avait toujours bien dormi. De ce côté-là, son corps n'avait jamais eu la moindre exigence, à l'opposé de certaines femmes. « Et voilà que Victor Dassaud vient te rendre visite, et ça t'empêche de fermer les yeux, grande bourrique. Qu'est-ce que tu as à ruminer comme ça ? Dors donc, et fous-nous la paix. » Devant des témoins, elle disait *je*. Mais dès qu'elle n'avait en face d'elle qu'elle-même, elle reprenait le tutoiement familier et les engueulades à répétition. « Heureusement, qu'elle se fit encore remarquer, que t'as pas accepté le mariage que te proposait Joannès Plandieu ; parce que, alors, t'avais plus qu'à te nourrir de somifer. » Le ronflement de son voisin changea de registre ; de grave qu'il était, il devint plus flûté. « Il a dû, qu'elle s'expliqua, prendre une autre position. »

Entre deux envolées de ronflement, elle percevait tous les bruits de la maison : le craquement des planchers et des meubles, le trottinement des souris au grenier, le chuchotement du vent sous les tuiles. Et même, quand elle plaçait sa tête d'une certaine façon sur le traversin, le battement du sang dans ses artères. Elle avait beau se tourner et se retourner, le sommeil ne venait pas. « T'étais vraiment faite pour vivre seule, ma pauvre Mathilde », conclut-elle.

Le lendemain matin, ils traînèrent dans la cuisine, à souffler sur leur soupe, à séparer les cuillerées par de longs bavardages. On aurait dit que Victor n'avait aucune hâte d'aller voir ce qui restait de sa maison, et même qu'il en reculait le plus possible le moment. Elle avait ouvert la fenêtre, car le temps était doux ; on entendait piailler déjà des ribambelles d'oiseaux. Au loin, des cloches sonnèrent.

« C'est la première messe à Paslières, dit Mathilde. Est-ce que tu vas quelquefois à la messe à Clermont ?

— Moi ? Pour quoi faire ? Le bon Dieu s'occupe pas de moi ; alors je m'occupe pas de lui. »

Elle sentit qu'il y avait dans ce qu'il disait un gros blasphème ; mais elle ne sut ni ne voulut lui répondre. « Ainsi, se fit-elle remarquer, eux qui ont les églises devant leur porte, ils y entrent pas ; et moi qui voudrais y entrer, me faut courir aux cinq cents diables. » Et elle se rappela encore ce proverbe qu'employait sa mère : celui qui a des dents n'a pas de pain, et celui qui a du pain n'a pas de dents. Les choses sont bien mal faites en ce monde.

Il l'accompagna dans ses fonctions de fermière : elle lui présenta ses poules, son coq dépenaillé, son oie Margarette, ses lapins, ses deux chèvres, Bourrette et Blandine. « J'ai aussi un chat dont je m'occupe. Tu te rappelles, le Courtaud de Vatelequerre. Mais il sent que j'ai du monde. Il reviendra pas tant que tu seras pas parti. Il aime pas les étrangers.

— Alors, dit Victor, il est xénophone.

— Quoi ?

— Celui qui aime pas les étrangers, c'est un xénophone. Vous avez pas lu ça dans votre journal ?

— Non. Il est xénophone ?

— Oui. Comme beaucoup de Français. Les Français sont xénophones. Ils aiment pas les étrangers. Et ça c'est bien vrai, je l'ai constaté souvent sur les chantiers. Ils les traitent de bougnouls, de bicots, de ratons, de macaronis, de youpins, de merlocs, de je ne sais pas quoi. »

Elle soupira : « Je comprends pas de quoi tu parles. »

Ça l'affligeait d'avoir un chat xénophone. Mais chacun a le caractère que le ciel lui a donné, les hommes comme les bêtes. On ne peut pas plus le changer qu'on ne peut changer son nez ou ses oreilles. Voilà ce qu'elle pensait.

Elle lui montra aussi son jardin, qui commençait à peine à sortir de son engourdissement hivernal.

« J'ai pas encore touché la bêche, qu'elle dit. Faudra bien que je m'y mette. Cette année je suis en retard.

— Vingt dieux, qu'il s'écria, donnez-la-moi, cette bêche.

— Tu veux bêcher maintenant ? Allons voir d'abord ta maison...

— Non, non, après. Y a pas de presse. On a toute la journée. »

Elle le contenta. Il enleva sa veste, retroussa ses manches, se cracha dans les mains, et hardi que je te fourgonne ! Son fer s'enfonçait dans la terre fraîche et sablonneuse comme dans du beurre. Visiblement, il faisait ce travail avec grand plaisir, car c'était une chose à laquelle il n'était plus habitué. Derrière lui, il rejetait les racines, les herbes tenaces, et aussi, dans un coin, les pierres dures qui n'ont aucune chance de se dissoudre avant cinq cent mille ans ; si bien que le carré ainsi retourné se trouvait aussi propre, aussi moelleux que le lit de la Mathilde. Elle le laissa et partit s'occuper de son dîner.

Au bout d'un moment, elle revint avec une bouteille de vin et un verre.

« Tu as soif. »

Elle fut émerveillée de constater la grande surface qu'il avait déjà produite. Avant de boire, il garda un moment le verre dans sa main arrondie qui le protégeait comme une chose précieuse. Il parla du temps qu'il ferait, de ce que serait sans doute la saison prochaine. Puis il avala son vin en renversant son visage vers le ciel ; et il secoua vers la terre les dernières gouttes du fond ; on aurait dit un rite religieux. Et il reprit sa bêche. Elle se dit qu'un homme dans la maison, ça n'est pas seulement ce ronflement, la nuit, à côté de vous, qui vous empêche de dormir ; mais c'est aussi une force près de votre faiblesse, une assurance près de votre incertitude, une voix qui vous répond, un rire qui provoque le vôtre, un appétit qui donne du goût à votre pain. Pour le simple plaisir, sans penser au service qu'il lui rendait, elle le regarda travailler, enfoncer la lame du talon, retourner la motte devant lui, la briser, l'éparpiller, recommencer sans fin, comme une belle et intelligente mécanique. Elle laissa la bouteille à sa portée, pour qu'il y puise selon sa soif.

Victor Dassaud bêchait, écartait les racines et les cailloux stériles, s'épongeait le front, se redressait de temps en temps pour soulager ses reins et s'appuyait sur le manche de son outil ; son regard alors dépassait la cime de la haie et filait là-bas vers l'horizon gibbeux, puis revenait à la terre que sa peine avait régénérée, il ne pensait pas beaucoup plus que les choux et les pissenlits. Il avait tout naturellement retrouvé les gestes anciens, il se sentait d'ici, ce sol et lui avaient été créés l'un pour l'autre. S'il était parti — en s'arrachant le cœur — c'est que le ciel lui avait témoigné une aversion assidue, allant jusqu'à démolir sa maison derrière lui, pour être sûr qu'il ne reviendrait pas. Fallait pas chercher à contrarier le ciel.

« T'en as bien assez fait, dit la Mathilde. À la soupe ! »

Il alla se laver les mains à la fontaine, sans tourner la tête vers la rue Plate.

« Tu te décides pas à aller voir les dégâts ?

— Tout à l'heure, tout à l'heure. Y a pas de presse. »

Son obstination à vouloir fermer les yeux était singulière. Mathilde finit par se demander s'il était réellement venu pour la baraque. Elle le fit asseoir au bout de la table, là où autrefois elle plaçait le Louis. Elle mit l'omelette aux pommes de terre au milieu, moulée comme un fromage.

« Sacrée Mathilde ! Sacrée Mathilde ! »

Ils mangèrent ensemble.

« Heureusement, qu'elle dit, j'avais renouvelé ma provision de vin juste ces derniers jours, je sentais dans mes membres que je recevrais une visite. »

À la fin, elle versa le café dans son verre, il le remua avec le manche de sa fourchette, refusant d'un geste la petite cuiller qu'elle lui tendait :

« Bois-le bien chaud, recommanda-t-elle, ça te reposera. »

Ensuite, il appuya sa tête au mur, croisa les doigts sur son ventre et fit un petit somme. Elle se déplaçait autour de lui en évitant de cogner les objets, en posant les pieds doucement sur le plancher. Elle eut le temps de laver sa vaisselle et de tricoter un peu. Quand il se réveilla, il se frotta les yeux et regarda autour de lui avec surprise.

« Est-ce que tu couches aussi ce soir ? qu'elle demanda.

— Hé non. Faut que je parte avant la nuit. Demain matin, y a le patron qui m'attend.

— Alors, va voir ta maison, pendant que je sortirai un moment mes chèvres.

— Venez avec moi.

— Comme tu veux. »

Il se leva lentement, étira ses grands bras qui touchèrent presque les poutres, bâilla en rugissant comme un lion :

« Hâââââ ! »

Elle admirait la vigueur qu'il mettait jusque dans les choses les plus insignifiantes. Il sortit lentement, en se grattant le crâne. Ils traversèrent la cour, franchirent la barrière, enfilèrent la rue Plate, elle devant et lui derrière, comme si elle craignait qu'il eût oublié le chemin. Quand ils furent devant la maison des Dassaud, ils la regardèrent longtemps, sans mot dire. On aurait cru qu'ils se trouvaient au cimetière devant une tombe. Elle tourna la tête vers lui : son visage immobile n'exprimait rien. Sans doute que le désastre était trop grand, ça lui coupait à la fois le sentiment et la parole.

« Peut-être, qu'elle osa suggérer, on pourrait y récupérer des bricoles... »

Et lui, aussi muet qu'une saucisse. Un moment après :

« Est-ce que tu crois qu'on pourrait la reconstruire ? »

Même réponse. Et elle, sans se décourager :

« De toute manière, l'État doit te verser une indemnité, puisqu'il est responsable. J'ai été témoin de la catastrophe. »

Et plus tard encore :

« Heureusement que tu avais liquidé ta machine à laver avant de partir, sans ça, elle aurait été écrasée avec le reste. »

Et comme il ne se décidait pas à desserrer les dents, elle ne put s'empêcher de s'adresser à elle-même : « Parle à mon derrière, ma tête est malade. » Quand ils revinrent, il se contenta de proposer :

« Allons garder les chèvres, à présent. »

Il ne fut plus question de réclamation, de témoignage, de rien du tout.

Les chèvres étaient toutes contentes de se dégourdir les pattes. Mathilde les poussa, par la rue Qui-Descend, vers les ruines du Chiffonnier. C'était un amas de pierres et de décombres que Mathilde ni personne de vivant n'avaient jamais connu debout ; les ronces, les buissons, les arbres sauvages y poussaient dans l'abondance, elle pouvait y lâcher ses deux voraces sans scrupule. Elle attendait que Victor dît un mot sur ce qu'il comptait faire ; mais il n'en fut pas même question. C'est d'autre chose qu'ils parlèrent.

« Que devient votre fils Louis ? demanda-t-il.

— Il vit à Nice, sur la Côte d'Azur. Oh ! il a la vie belle ! Je porte pas peine pour lui. C'est un garçon plein d'initiative, il saura toujours se débrouiller, là où les autres crèveront de faim.

— Bien sûr, bien sûr, qu'il fit.

— Il m'écrit pas très souvent, mais régulièrement. Un de ces jours, je vais le voir arriver, et ça sera une belle surprise ! Tiens, tu veux savoir ? Quand tu as cogné à ma porte, hier soir, eh bien, j'ai cru que c'était lui !

— En me voyant, vous avez dû être bien camuse !

— Oh ! non. J'étais contente quand même. Lui, ça sera pour une autre fois. Je sens dans mes membres que j'aurai bientôt de ses nouvelles. »

Ses membres lui parlaient beaucoup et ne la trompaient guère. Elle avait grande confiance en ses membres. Mais elle ne fit aucune allusion à la maison de police.

Vers quatre heures, il commença de s'agiter :

« Faudra que je me prépare. Clermont, c'est pas Puy-Guillaume.

— Attends, on va rentrer, tu mangeras un morceau avant de partir ; en arrivant, tu pourras aller te coucher directement. »

Ils terminèrent le pâté en croûte, et le râble du lapin, et les patates en salade. Elle lui apporta sa musette qu'elle avait garnie de fromages et d'une boîte à sucre remplie d'œufs frais soigneusement empaquetés. Et puis elle lui mit entre les mains un petit papier sur lequel elle avait griffonné quelque chose :

« Voilà, si tu te décides à faire ta réclamation aux autorités, je t'ai écrit ici la date et l'heure de l'accident, 14 février, à quinze heures. Ils pourront vérifier dans leurs registres que juste à ce moment un avion est passé sur le Peyroux et a produit cette affreuse pétée qui a démoli ta maison. Ne leur fais pas ce cadeau, car eux ils ont pas l'habitude d'en faire aux autres. »

Il la regarda sans répondre, et elle vit que son menton tremblait un peu ; et elle se dit qu'il était peut-être moins fort que ce qu'elle avait cru ; ou du moins que lui aussi avait sa faiblesse. Il lui serra les mains, il l'embrassa et partit sans souffler mot.

« Et reviens aussi souvent que tu voudras, cria-t-elle. Tu me feras grand plaisir. »

Il lui dit au revoir du bras.

Puis il s'en alla sur sa bobinette.

IX

Une lettre arriva de Nice. Et ça lui aurait fait une émotion nouvelle si l'adresse n'avait été écrite à la machine. Le cachet de la poste disait : *Nice-aérodrome de la Côte d'Azur.* Et y avait un joli petit dessin montrant la mer, le soleil derrière des montagnes, des plantes de là-bas. Tandis qu'elle courait vers sa cuisine pour y prendre un couteau, l'émotion la saisit quand même, à retardement : après tout, pourquoi son gars n'aurait-il pas écrit à la machine maintenant ? Il en était bien capable.

Mais à l'intérieur, elle reconnut le papier de la maison de police.

Chère madame. Comme vous voyez par la présente, je suis sur place pour assurer l'enquête dont vous avez chargé notre maison. Et j'ai le plaisir de vous faire connaître que mes recherches sont en bonne voie et que je pense les voir aboutir prochainement suivant vos désirs. Toutefois, je ne pense pas pouvoir en terminer avant la fin de la semaine prochaine. Vous devez vous rendre compte que nous sommes à peu près partis de zéro puisque le seul renseignement que vous nous ayez fourni était le nom de la personne recherchée.

Nous nous trouvons donc dans la nécessité de vous demander la seconde provision prévue par notre contrat si vous désirez que notre enquête soit conduite jusqu'à son terme. Nous touchons au but, et il serait grand dommage, à mon avis, que vous renonciez à faire l'effort nécessaire qui nous permettra de vous satisfaire complètement.

Si vous partagez cet avis, veuillez donc faire parvenir la somme de 1 000 (Mille) francs à nos services de Clermont-Ferrand dès réception de cette lettre ; faute de quoi, nous devrons interrompre nos travaux.

Espérant que nous n'en serons pas réduits à cette extrémité, nous vous prions de croire, chère Madame, à nos sentiments dévoués...

« Nom de gueux de nom de gueux, qu'elle se dit, il me reviendra cher, leur dévouement. » Mais elle avait accepté d'avance tous les sacrifices. Il ne restait plus qu'à les contenter. Et comme ils voulaient leur argent sans délai, elle ne pouvait se permettre d'attendre un transporteur occasionnel. Alors, elle descendit jusqu'au carrefour de l'Abbaye et se rendit au café Cisternes où il y a un téléphone à la disposition du public.

« Demandez donc, qu'elle dit à la Philomène, à Garmy de venir me prendre cet après-dîner à deux heures avec son taxi. »

La Philomène fit la commission et à deux heures le taxi était devant sa porte.

« J'ai juste deux courses à faire à Puy-Guillaume, vous me ramènerez ensuite », expliqua-t-elle.

Garmy ne demandait pas mieux. Les gens se laissent volontiers commander, pourvu qu'on les paye. À la Caisse d'épargne, elle retira donc ses mille francs et les transporta au bureau de poste. À présent, elle savait remplir toute seule les formulaires. Ce que c'est que l'habitude. Avant quatre heures elle était de retour au Peyroux, assez tôt pour pouvoir encore sortir ses chèvres et leur faire profiter du soleil. Elles avaient à présent le ventre rond, car elles approchaient de leur terme. Ça les retenait de gambader selon leur nature.

Elles n'avaient encore tari ni l'une ni l'autre, voyez quelles bonnes laitières c'étaient.

L'alambic s'installa au carrefour de l'Abbaye. Quand le vent soufflait du bon côté, on sentait jusqu'au Peyroux l'odeur de sa distillation. Les vignerons lui apportaient leur marc dont il tirait la transparente eau-de-vie, plus limpide que l'eau des sources, mais plus brûlante que les tisons.

Un jour que Georges Frompy passait, Mathilde l'arrêta :

« J'ai là un tonneau plein de prunelles. Faudra bien que tu me le descendes. Seulement, vous vous mettrez à deux pour le charger, il doit être lourd. »

Frompy alla chercher de l'aide au carrefour. Il ramena un des fils Castaldi, du domaine de Souriau. Quand ils eurent hissé péniblement le baril dans le tombereau :

« Cré vingt dieux, qu'ils dirent, vous allez en faire au moins quinze litres !

— Il m'en reste encore deux de la dernière fois, qu'elle précisa.

— Vous pourrez vous chauffer sacrément les boyaux ! »

Mathilde Dutheil se servait de son eau-de-vie surtout en usage externe, comme révulsif. Mais c'était aussi pour elle une monnaie d'échange, plus convaincante que celle du gouvernement, dans certaines situations difficiles. C'est en eau-de-vie qu'elle avait, deux hivers plus tôt, payé le maçon qui était venu rafistoler son toit. Autrement, ou bien cet arcandier de Mourillat ne se serait pas dérangé, ou bien il se serait fait verser la valeur d'une couverture neuve. Son eau-de-vie lui permettait de récompenser ceux qui lui rendaient service et refusaient, au contraire, tout payement ; elle, sa *blanche*, personne ne la refusait.

Le tracteur de Frompy était parti depuis un bon moment lorsqu'à son tour elle se mit en route. « Secoue-toi un peu, qu'elle s'encourageait, profites-en pendant qu'y a de la pente, tu prendras mieux ton temps au retour. » Elle voulait contrôler la distillation. Elle n'avait pas envie qu'on lui livre de l'alcool de pommes de terre ou de n'importe quelle saloperie, et que sa belle liqueur de prunelle aille régaler des ventres qui ne l'avaient point méritée. C'est qu'elle le connaissait, Rambouille, le distillateur, et ses copains toujours à rôder autour de l'alambic, du matin avant le jour jusque tard dans la nuit, à l'heure choisie pour rouler la clientèle innocente et les représentants des Indirectes. Elle avait bien recommandé à Frompy :

« Dis à Rambouille qu'il commence pas avant que j'arrive ! »

Alors, elle se dépêchait de faire fonctionner ses vieilles pattes. À mesure qu'elle descendait, l'émanation du marc se faisait plus insistante. « Ça pue la saoulerie, qu'elle se disait. J'aime pas ça. Dire qu'y en a qui l'aiment tant ! »

Et, en effet, la viande saoule ne manquait pas autour de la grande machine noire et rouge, pareille aux locomotives de l'ancien temps. Et on entendait de loin gicler au ciel les éclats de rire, et les vingt dieux, les cent dieux, les mille dieux, les pétards de dieux. Au milieu de tous ces ivrognes, seul Rambouille restait sérieux, avec le tablier de cuir sur son ventre de vache ; peut-être qu'il se préservait de boire, ou peut-être qu'il supportait mieux l'alcool que les autres.

« Tiens, qu'il dit, voilà Madame Mathilde. Comment ça va, Madame Mathilde ? Vous changez pas. Vous êtes pareille au clocher de Paslières. Vous durerez autant que lui. »

Elle n'aimait pas ce genre de flatteries ; elle savait bien, hé là ! qu'elle changeait comme tout le monde et que le clocher de Paslières l'enterrerait et bien d'autres après elle, et Rambouille le premier. C'était sa manière de faire avec sa clientèle, pour inspirer confiance et essayer, ensuite, de la mettre dans sa poche si la chose se pouvait. Quant aux gourles qui l'entouraient ils ne la saluèrent pas ; imbibés de gnole chaude jusqu'aux yeux, ils n'étaient plus même capables de distinguer leurs genoux de leurs oreilles. De temps en temps, y en avait un qui criait :

« Fais-moi tâter de la dernière coulée. Putain de Rambouille, t'es bien avare de notre *blanche* ! »

Le gros ne se faisait pas prier, prenait un verre et laissait descendre du serpentin une jolie pissée de liquide.

« Trinque avec nous, putain de Rambouille, sinon je croirai que tu m'as donné de l'empoison. »

Alors, Mathilde comprit sa manœuvre. Rambouille se servait également à l'alambic, mais tandis que l'autre papillotait des yeux et reniflait la dernière coulée, lui, discrètement, échangeait son verre contre un autre qu'il tenait en réserve, à l'écart, rempli, elle en était sûre comme si elle y avait goûté, de simple eau innocente. Et eux ne se rendaient compte de rien, les pauvres gourles. Seuls les derniers arrivés voyaient encore clair. À cause d'eux, le distillateur ne faisait pas ce qu'il voulait. Elle se rendait compte de toutes ces choses ; mais elle n'en faisait part qu'à son chignon. Ce qui l'intéressait, c'était d'avoir l'honnête produit de ses prunes. Tant de jours et tant de fois elle s'était piqué les doigts pour les ramasser ! Elle n'allait pas se laisser duper par un de Paslières ! Elle l'observait qui buvait à petits coups sa liqueur à grenouilles, qui se léchait les moustaches le plus sérieusement du monde.

« Goûtez-nous ça vous aussi, Madame Mathilde ! » qu'il offrit en lui tendant un verre propre.

Elle eut l'idée de dire : « Non, je boirai seulement de l'autre, celle que vous tétez en ce moment ! » Ça aurait fait une drôle de complication. Mais elle se contenta de refuser :

« Rien que l'odeur, dit-elle, ça me saoule assez. » Georges Frompy commençait lui aussi à prendre la crête rouge.

« Après cette coulée, qu'il expliqua, c'est la vôtre qui commence. »

Bientôt, le robinet de sortie ne produisit plus qu'un suintement de rien du tout. Un pipi d'araignée. « Des volontaires pour enlever le marc ! » appela le gros moustachu.

Il s'en présenta cinq ou six, tous plus ou moins intoxiqués. Rambouille choisit les moins branlants, les munit de fourches à manche court, et ils se mirent à vidanger la chaudière. D'autres allaient déverser le marc fumant sur le tas violet, où les poules de la Philomène grattouillaient à la recherche des pépins. À bout de bras, on éleva le tonneau de Mathilde, on le vida dans la cucurbite. Le moustachu ne se fatiguait pas trop ; il se contentait d'entretenir le feu, de donner des ordres, d'écrire sur son petit calepin le chiffre de ses livraisons, de faire payer aux saoulards le travail de son alambic. C'était un peu comme Jouquet avec son bouc. « Ils ont de la chance, qu'elle se dit, ceux qui peuvent faire travailler les autres et encaisser le prix de leur façon. »

« Si vous voulez, dit Rambouille à Mathilde, votre eau-de-vie, je l'achète.

— Vous avez pas assez d'argent ! qu'elle répondit.

— Pas assez d'argent ? Vous en voulez donc si cher ?

— J'en veux rien du tout. Elle est pas à vendre.

— Vendez-moi-z'en seulement quelques litres, quatre ou cinq.

— Pas une goutte. Elle est toute promise. »

S'il avait insisté, ce gros Paslièrois, elle serait devenue malhonnête. Mais il n'insista point. Il vit qu'il avait affaire à une entêtée.

Quand le serpentin commença de pisser, elle n'empêcha pas d'y goûter ceux qui en avaient envie ; elle se contenta de renifler la vapeur du liquide chaud. On y sentait un tout petit peu les prunes, et beaucoup la saoulographie.

« Cré bon Dieu, cré putain ! » s'exclamaient les ivrognes. Ils ne pouvaient pas aller au-delà de ces paroles admiratives. À mesure que le seau gradué se remplissait, elle le faisait vider dans sa bonbonne, dans ses bouteilles.

« Treize litres ! fit encore le distillateur. C'est un mauvais nombre. Vendez-m'en un, sinon, ça vous portera malchance.

— J'aurais pensé que ça rendait un peu plus, fit-elle, sans répondre à sa proposition.

— Les femmes sont jamais contentes. »

Elle paya ce qu'elle devait. Frompy les logea tous dans son tombereau, elle, ses récipients et le tonneau vide.

« Va doucement, qu'elle recommanda. Tu transportes des marchandises précieuses ! »

Elle aimait bien se moquer d'elle-même.

Elle reprit la bêche abandonnée par Victor et retourna un peu plus de terre. Puis elle sema des radis, des ails, des carottes et de la salade. « À présent, petites, qu'elle conseilla à ces semences, priez le bon Dieu qu'il vous envoie de l'eau ; car si vous comptez sur la Mathilde, vous avez pas fini de tirer la langue. » Elle ne se sentait plus la force de transporter les arrosoirs. C'est pourquoi beaucoup de graines qu'elle confiait au sol refusaient de germer, elle devait recommencer les semis deux ou trois fois.

Pendant que ses bras, ses jambes, son échine s'occupaient ainsi, sa tête était ailleurs. Elle voyageait, là-bas, sur la Côte d'Azur, là où poussent ces plantes aux feuilles ébréchées comme des lames de scie. Elle voyait un homme porteur d'une serviette, un policier, frapper de porte en porte et demander : « Vous ne connaîtriez pas, par hasard, un homme fait comme ci et comme ça, nommé Louis Dutheil ? » Et il sortait les photographies anciennes, le militaire avec le calot à cornes, il les plaçait sous les yeux des gens. Eux se grattaient la coucourle, ils se parlaient un moment entre eux, puis ils finissaient par dire : « Allez donc questionner l'épicière du coin, ou le bistrot d'en face ; ils voient beaucoup plus de monde que nous, ils pourront peut-être vous renseigner. » Et le policier allait au bistrot ou à l'épicerie. Et comme ça du matin au soir. Que de portes, mais que de portes doit y avoir dans une ville comme Nice ! Jamais il n'arriverait à les faire toutes en quinze jours ni en trente. D'ailleurs, était-il bien certain que Louis Dutheil fût encore au même endroit ? Le dégoût de cette ville l'avait peut-être pris depuis longtemps ; à présent, il se trouvait à Lyon, ou à Marseille, ou à Paris, le diable sait où. Pourtant, le policier écrivait que ses recherches étaient en bonne voie ; est-ce qu'il écrivait ça uniquement pour lui soutirer cent mille francs de plus ? Allez donc savoir, avec le monde ! Comment lire ce qui se cache derrière leur figure ? Dans *La Montagne*, quelquefois, elle trouvait des portraits à faire peur. « Celui-là, qu'elle se disait, j'aimerais pas le rencontrer la nuit au coin de ma grange ! » Et voilà que dessous on avait imprimé : *M. Untel Ministre de Ceci ou de Cela...* Et pour d'autres c'était tout le contraire ; ils avaient des visages d'anges et ils venaient d'étrangler leur grand-mère pour lui voler ses économies. À présent, elle ne savait plus si elle devait ou non se fier à cette maison de police. « Supposons qu'ils le découvrent, ruminait-elle... Non, ça serait trop beau... Bon, mais supposons quand même. Qu'ils le ramènent ici. Est-ce qu'il aurait pas pitié de toi, ton Louis, de te voir semer comme ça des légumes que peut-être tu récolteras pas ? Toute seule, au milieu de ce village abandonné de tous ? S'il a pas pitié de toi, alors, il a jamais pitié de personne. Mais qui c'est qui lui aurait fait un cœur pareil ? Où qu'il l'aurait pris ? Pas chez toi, pour sûr, ni chez son père. Faudrait qu'il descende d'une race de tigres, d'une race d'assassins... Tu peux plus rester comme ça dans le désert. Je reste avec toi. Ou bien : je t'emmène à Nice, tu feras ma popote, tu coudras mes boutons, et on habitera ensemble... »

Les idées qui lui trottaient sous le chignon étaient si jolies que quelquefois elle en riait à voix haute. Pendant ce temps, la besogne se faisait sans qu'elle eût besoin d'y porter sa pensée, tellement elle avait bien dressé ses mains à remplir d'elles-mêmes les tâches nécessaires, comme de bonnes servantes qu'elles étaient. Les fines semences tombaient dans les raies justement espacées, les gousses s'enfonçaient à la profondeur favorable, un voile de terre les recouvrait, exactement dosé.

Clémençon apporta une seconde enveloppe tamponnée de Nice. « C'est la bonne ou c'est la mauvaise ? S'ils me demandent encore des sous, je prends ma plume et je leur écris : *Messieurs, en réponse à votre honorée, je vous informe que je vous dis merde et que je vais m'adresser à du monde plus sérieux que vous... J'ai pas l'intention de me laisser plumer pour des promesses de polichinelle.* » Cependant, la lettre lui semblait plus lourde que la précédente, ce qui lui sembla de bon augure. Ses doigts tremblaient lorsqu'elle poussa la lame du couteau pour l'ouvrir. Elle eut quelque peine à en extraire le contenu. Il y avait une feuille et deux photographies. C'est celles-ci qu'elle examina d'abord.

Sur l'une, on voyait deux hommes attablés à la terrasse d'un café, l'un était demi-chauve, l'autre l'était entièrement. Ils se parlaient entre eux et ne semblaient guère regarder vers celui qui les prenait dans son appareil. Mathilde tourna longtemps entre ses doigts ces deux gaillards en train de boire, se demandant pourquoi la maison de police lui envoyait une telle carte postale.

Sur la seconde, un homme marchait dans un endroit où se trouvait beaucoup de monde. C'était le milieu d'une rue, ou peut-être un trottoir. Il portait un chapeau et des lunettes noires. « C'est lui ! qu'elle s'écria, folle de bonheur. C'est mon fils ! c'est mon Louis ! » Elle avait très bien reconnu le chapeau, les lunettes d'aveugle, la mâchoire carrée, la fossette du menton, et ce sourire un peu tordu qu'il avait déjà dans son enfance. « Ils l'ont retrouvé ! Oh ! les braves personnes ! Les braves personnes ! » Elle couvrit de baisers le visage de carton.

Chère Madame. Nos recherches se poursuivent activement et nous croyons être sur la bonne piste. Veuillez examiner les clichés ci-joints, qui ont été pris à l'insu de ceux qu'ils représentent, et nous dire si vous reconnaissez votre fils sur l'une et sur l'autre ; je veux dire l'homme au chapeau et aux lunettes noires, d'une part, de l'autre le buveur de droite, sans chapeau, qui tient un verre dans la main gauche. Nous avons de fortes raisons de penser que cet homme est bien M. Louis Dutheil...

Mathilde reprit la carte postale et concentra ses regards sur le buveur de droite. « Nom de gueux, qu'elle se dit après l'avoir dévisagé un long moment, après tout, c'est peut-être bien lui aussi. Mon argue, je l'avais pas reconnu la première fois. Mais oui, c'est lui, pour sûr. Mais qu'est-ce qu'il a fait de ses cheveux ? Lui qui en avait tant et qui en était si fier ! Celle-là, elle est forte ! Plus forte que de jouer au bouchon ! Plus de cheveux, mon Louis ! Mais qu'est-ce qu'il a bien pu en faire ? Baste pour ça. Avec ou sans cheveux, c'est toujours lui. Pourvu qu'il vienne vite, je lui demanderai pas de se mettre une fausse perruque. »

... Comme vous voyez, nous n'avons pas perdu notre temps et vous estimerez, nous en sommes sûrs, que jusqu'à ce jour, nous avons bien rempli les termes de notre contrat. Veuillez nous dire, par retour du courrier, si le personnage en question est oui ou non votre fils...

« Mais, nom de gueux, qu'elle se dit encore, pourquoi donc qu'ils le lui ont pas demandé à lui, s'il était ou non mon fils, s'il s'appelait ou non Louis Dutheil ? Ils ont bien une langue, comme tout le monde ! À moins qu'ils craignent... Qu'est-ce qu'ils peuvent craindre, au juste ? Une ressemblance ? Ça empêche pas de causer ! »

... Au terme de cette deuxième semaine d'enquête, nous nous voyons obligés de vous demander une nouvelle provision, de valeur égale à la précédente. Nous vous garantissons toutefois que ce sera la dernière, étant donné l'état avancé de nos recherches. Je n'ai pas besoin de vous dire qu'il nous paraîtrait bien absurde de devoir arrêter nos travaux, alors que nous sommes certains de toucher au port.

Dans l'espoir que vous partagerez ce point de vue et nous adresserez sans retard la somme en question par le moyen habituel, nous vous prions de croire, chère Madame, à notre plus entier dévouement...

« Que le diable les encorne par-devant et par-derrière, eux et leur dévouement ! Oh ! les saletés de voleurs ! Et dire qu'ils font partie de la police ! Mais alors, les policiers sont plus canailles que les brigands !... » Quand elle les eut injuriés tout son saoul, elle enfila une fois de plus sa robe noire pour retourner comme elle pourrait à la Caisse d'épargne et à la poste de Puy-Guillaume.

« Et si je portais plainte ? qu'elle se demandait dans le taxi de Garmy. Mais non !... Les gendarmes aussi, c'est des policiers ! Les loups attaquent pas les loups. Ça servirait de rien. Faut que j'y passe. »

Elle expédia son troisième mandat. Du moins, elle avait la satisfaction de posséder à présent deux visages de son fils, même s'il avait perdu ses cheveux, et même si c'était en miniature. Dix fois par jour, elle les couvrait de baisers.

« Ils m'ont promis qu'y aurait pas d'autre provision. Ce qui m'embête, c'est pas de verser l'argent, c'est de pas être certaine qu'il est bien employé, qu'il est bien nécessaire, que c'est pas du vol de grand chemin. Allons, prends patience, vieille énervée ! Encore quelques jours, encore une semaine, et tout s'arrangera. »

La semaine fut longue à passer. Chaque fois qu'elle entendait un ronflement, elle se précipitait vers la barrière ; mais ce n'était le plus souvent que ses oreilles qui bourdonnaient. Tous les matins, elle voyait Clémençon monter la pente, occupé quelquefois à lire le journal d'un de ses clients, s'arrêtant en chemin quand le texte lui semblait obscur ou plus absorbant, les jambes ouvertes au milieu de la rue, puis repartant à petits pas, point pressés. Arrivé au portillon, il lui tendait *La Montagne* toujours adressée à *M. Joannès Plandieu*...

« Aujourd'hui, qu'il commentait, vous pourrez voir l'arrestation du chauffard de Saint-Galmier.

— Ah ! on l'a trouvé ?

— Oui. Et c'est tant mieux.

— Pas de lettre ?

— Pas encore. Peut-être demain. »

Demain venait, mais pas la lettre espérée. D'une façon ou d'une autre, fallait pourtant bien que quelqu'un lui écrive, ou son fils, ou la maison de police. Lundi, mardi, mercredi, jeudi... Elle continuait de suivre, dans le journal, l'évolution des guerres, des discussions diplomatiques, des grèves, des affaires mystérieuses ; elle ne manquait aucun feuilleton ; mais elle devait lire et relire les mêmes paragraphes, car sa tête était ailleurs. « Au fond, tous ces gens, les Américains, les Chinois, le Viêt Nam, de Gaulle et compagnie, tu t'en fous bien. Qu'est-ce que leurs histoires changent à la tienne ? Et même si une guerre éclatait, est-ce qu'elle te rendrait plus malheureuse que ce que tu es ? La jeunesse, la jeunesse, toujours la jeunesse. Y a que ça qui compte, pour eux. Et la vieillesse, alors, qui c'est qui y pense ? » Ces réflexions imbéciles écartaient sa pensée des problèmes de l'heure, des situations tragiques et de tout ce qui s'ensuit.

Vendredi... « Si demain y a encore pas de lettre, te faudra attendre deux jours avant de revoir Clémençon. » Et le samedi, elle n'eut toujours que cette maudite feuille imprimée.

Le dimanche, elle accepta l'invitation d'un transporteur, Dumousset de la Grande-Goutte, et s'en alla entendre la messe à Paslières. Le Charolais prêcha sur l'éternité. « Ceux d'entre vous, mes frères, s'il y en a, qui iront en enfer, connaîtront une éternité de souffrance. Et ceux d'entre vous, s'il y en a, qui iront au Paradis, connaîtront une éternité de bonheur. Mais savez-vous ce que c'est que l'éternité ? En avez-vous une pâle notion ? Imaginez une sphère de bronze immense, une sphère aussi grosse que notre globe. Et imaginez aussi une hirondelle, une bestiole microscopique à côté de cette masse formidable. Et l'hirondelle chaque printemps vient frôler la sphère de bronze et lui donne un seul coup d'aile. Un seul, mes frères. Et cherchez à imaginer le temps qu'il faudra pour que cette sphère soit usée, complètement usée par l'unique coup d'aile que lui donne cet oiseau chaque année. Eh bien, ce temps immense qui aura été nécessaire n'est qu'une seconde auprès de l'éternité... »

Mathilde essayait de se représenter en quel état serait son âme après un quart d'éternité de bonheur ou de souffrance ; après une demi-éternité ; après une éternité entière, qui d'ailleurs n'est jamais entière, sinon ça ne serait pas l'éternité. Une âme qui aurait vu tant de choses se dérouler sur la terre et ailleurs, car faut bien que les âmes soient au courant de ce qui se passe, puisque nous les prions, leur demandons de nous aider, d'intercéder auprès de l'administration céleste ; à moins que certaines choses leur soient cachées, qu'il y ait un mur entre elles et les vivants. Non, elle n'arrivait pas à entendre ces choses compliquées, elle était la dernière des bourriques.

Après la messe, elle resta un moment dans l'église. Elle fit brûler un cierge devant la statue de la Sainte Vierge. Elle aurait aimé s'agenouiller, mais son genou lui faisait si mal, lorsqu'elle le pliait, qu'elle dut y renoncer et demeurer debout.

« Vous savez ce que c'est, vous, Sainte Mère que d'avoir un seul garçon et de le perdre ; c'est pas à vous qu'on l'apprendra. Rappelez-vous si vous étiez contente quand il vous a été rendu, le troisième jour, même si c'était pour qu'il parte de nouveau, puisque, en fin de compte, les enfants on les a jamais que pour les perdre. Alors, Sainte Mère, essayez voir de parler pour moi à votre fils, afin que lui il essaye de me rendre le mien avant qu'on m'emporte au cimetière... »

Quand Dumousset la ramena au Peyroux, elle se sentait plus vaillante ; son voyage à Paslières lui avait donné l'occasion de parler et d'entendre parler.

Une autre semaine commença. « Y a quinze jours que tu leur as envoyé la troisième provision. Qu'est-ce qu'ils attendent, ces saletés de policiers, pour te donner des nouvelles ? À moins qu'ils estiment que ça vaut pas la peine, qu'il arrivera avant la lettre ? Tout de même, un timbre coûte pas bien cher. Et quatre lignes d'écriture sont bien vite tracées, surtout quand on a tout le dévouement qu'ils promettent ! »

Lundi, rien. Mardi, rien. Mercredi, rien.

Le jeudi, enfin, il y eut quelque chose. Un ronflement, une voiture, et l'inspecteur, le même, celui qui était si foncé de peau et de poil qu'on aurait dit un Africain. Il sortit du véhicule avec sa serviette, poussa le portillon, traversa la cour et marcha tout droit vers Mathilde qui l'attendait devant sa porte. Il avait aussi les yeux noirs et noire l'expression du visage.

« Bonjour, Madame Dutheil, qu'il dit, me voilà.

— C'est pas trop tôt, qu'elle répondit sèchement. J'ai bien cru que je reverrais plus votre figure.

— Il y a des fois qu'il vaut mieux ne pas être trop pressé.

— Qu'est-ce que ça veut dire, ça ? Est-ce que vous m'apportez de mauvaises nouvelles ?

— Pas réellement mauvaises, mais pas de bonnes non plus.

— Mon fils, vous l'avez retrouvé ? Il est vivant ?

— Nous l'avons trouvé et il est vivant. »

Elle poussa un soupir et s'apaisa.

« C'est le principal. Entrez donc, vous vous expliquerez. »

Ils reprirent leur place du premier jour. Et aussitôt, il commença d'ouvrir sa serviette et poussa vers elle des photos :

« Regardez. Est-ce bien lui ? »

Elle n'eut pas besoin de les examiner longtemps :

« Oui, oui, c'est lui, c'est bien lui. Y a pas de doute. »

Et elle baisait chaque cliché qu'il lui tendait. Et aussitôt, elle se perdit dans les détails :

« Il a engraissé, et vieilli un peu. Mais c'est bien mon fils tout de même. Mais qu'est-ce qu'il a donc fait de ses cheveux ?

— Ma foi, il a dû les perdre en route. Il y a longtemps que vous ne l'aviez plus vu ?

— Quatre ans, cinq ans, je me rappelle plus au juste. Et en si peu de temps il est devenu comme ça ! Probable qu'il réfléchit trop, qu'il travaille trop de sa tête.

— C'est bien possible. »

L'inspecteur eut un sourire étroit dont elle ne comprit pas le sens.

« Et bien habillé, en tout cas ! s'extasia-t-elle. Quels beaux costumes, mon argue ! Il doit occuper une bonne position.

— Sans doute, il fait de bonnes affaires.

— Il est commerçant ?

— Commerçant n'est pas le mot. Disons qu'il est *dans* les affaires.

— Mais... les affaires, c'est le commerce ?

— Oh ! Il n'y a pas que le commerce ! » Et lui toujours avec son sourire étroit.

« Expliquez-vous, nom de gueux ! Est-ce qu'on joue aux devinettes ?

— Voyez-vous, Madame, nous ne sommes pas la police officielle et personne ne nous avait chargés de savoir exactement à quel genre d'affaires s'adonne votre fils. C'est pourquoi nous n'avons pas cherché à approfondir ce chapitre. Il nous est apparu cependant que le commerce de M. Louis Dutheil est trop vague, trop imprécis pour ne pas être du côté de l'illégalité. Autrement dit... »

Il s'interrompit pour observer sur elle l'effet de ses paroles. Et cet effet lui parut moins foudroyant que ce qu'il avait redouté. Un peu comme si elle s'était attendue à ce genre de révélation.

« Autrement dit, il nous a semblé qu'il se livre à la contrebande.

— La contrebande ? Il est contrebandier ? De quoi ?

— Que sais-je ? La drogue, les cigarettes, les devises, l'or. Je suppose qu'il n'a pas de spécialité. Semblable en cela à tant de personnes qui vivent à proximité des frontières. Sur la Côte d'Azur, ils sont des milliers comme lui. »

C'était un homme très habile : il essayait de diminuer la faute en la montrant répandue. Mais il ne diminua point la honte de Mathilde qui se mit à pleurer.

« Je m'en doutais... je m'en doutais... gémit-elle, d'une voix qui était devenue soudain très vieille, toute chevrotante.

Le pauvre petit ! C'est en Allemagne qu'il a appris la paresse. C'est les Allemands qui lui ont enseigné à mal faire... Et maintenant, il est sur le chemin de l'échafaud ; c'est sûr : sur le chemin de l'échafaud.

— N'exagérons pas, protestait-il mollement. Il ne m'a pas semblé qu'il en était déjà là...

— Vous lui avez dit, n'est-ce pas, de venir ? Moi je le ramènerai dans le droit chemin. Y a pas de frontière ici, je le sauverai.

— Oui, oui, je le lui ai dit. » Il toussa et se tut.

« Et qu'est-ce qu'il a répondu, quand vous le lui avez dit ?

— Il a répondu non.

— Qui ?

— Votre fils, Louis Dutheil.

— Il a répondu non ? Quoi non ?

— Qu'il ne voulait pas venir.

— Ça alors... ça alors, c'est fort... »

Elle répétait mécaniquement en regardant du côté de la porte, comme pour éviter les yeux de l'homme qui lui apportait cette nouvelle : « Ça alors, c'est fort... c'est fort... c'est plus fort que de jouer au bouchon... il a répondu non ! Il veut pas venir ! Pas venir voir sa mère ! C'est plus fort que de jouer au bouchon. Quatre cent mille francs pour m'entendre répondre ça : il veut pas venir me voir. C'est un peu fort, ça !... C'est plus fort que tout !... »

Puis elle se tourna de nouveau vers l'inspecteur et questionna furieusement :

« Mais il a bien dû vous donner des raisons, pour dire non ! Quelles raisons il vous a données ?

— Madame, voulez-vous que je vous dise le fond de ma pensée ? Et je le fais avec grand regret, croyez-moi. Votre fils est un mauvais sujet, un égoïste qui...

— Je vous demande pas si c'est un mauvais sujet ou un bon. Je vous demande quelles raisons il vous a données ?

— Quelles raisons voulez-vous qu'il me donne ? Il m'a dit à peu près : "C'est la vieille qui vous a lancé à mes trousses ? Ah ! la vieille taupe ! Et combien elle vous a payé pour ça ?" (J'ai pas voulu lui donner de chiffre, vous pensez bien ! Ça n'aurait servi qu'à l'exciter davantage contre vous.) "Aller la voir, moi ? Elle ferait des pieds et des mains pour que je reste. Pour que je m'enterre de nouveau dans ce patelin de merde. Dites-lui que je me porte bien, si ça l'intéresse de le savoir, et qu'elle me casse plus les pompons, c'est tout ce que je lui demande. Et si elle a envie de crever, c'est pas ma présence qui l'empêchera. Et si je vous retrouve de nouveau dans mes pattes, je vous préviens que je serai pas gentil." Pardonnez ce langage grossier, Madame, mais c'est le sien. »

Cette fois, elle ne pleura pas. Mais elle sentit ses joues devenir froides comme glace.

« Vous... ces photos... balbutia-t-elle... Il a quand même accepté que vous les fassiez... pour que je les voie ?

— Mais non, Madame. Je les ai faites à son insu, avec un appareil secret. »

Il lui montra cet appareil : un faux porte-plume à réservoir comme en ont les espions. Tous ces détails, et ceux de la drogue, des cigarettes, des devises, elle les comprenait, pour les avoir lus dans *La Montagne.*

« Je suis désolé, poursuivait l'inspecteur, je sais combien tout cela est cruel, mais je devais vous rendre compte de tout, j'aurais préféré vous apporter d'autres nouvelles... »

Elle ne posait plus de questions. Elle avait tout avalé. Elle croyait tout. Elle se leva, il comprit qu'il pouvait s'en aller et se mit à ranger ses feuilles.

« Je vous laisse les photos, si vous voulez, et je vous rends celles que vous m'aviez confiées... »

Elle approuva de la tête. Elle lui montra la porte avec un pauvre geste de la main, qui voulait dire : excusez-moi si je vous accompagne pas, vous savez bien le chemin.

Le froid de ses joues l'avait gagnée tout entière. « Tu vas tomber, qu'elle se dit. Faut pas que tu tombes. Monte te coucher. Non, ferme pas ta porte à clé, si quelqu'un vient te voir, il pourra entrer. Monte te coucher. Cramponne-toi. C'est rien, c'est rien, cramponne-toi. Ce qui compte, c'est que tu puisses atteindre ton lit. Faut pas que tu tombes... »

X

Elle avait dix ans, elle cueillait des cerises. C'était à Escoutoux, dans le grand pré qui s'étendait derrière la maison de sa mère et de son père. Les cerises étaient à portée de ses doigts. Elle tendait les mains et désirait ces cerises comme elle n'avait jamais rien désiré d'autre. Et voilà que les cerises fuyaient. Elles fuyaient. Aussitôt que ses mains s'approchaient d'elles, les cerises s'écartaient et les mains ne serraient que le vide. Mon Dieu ! comme elle avait envie de ces cerises si près de ses mains ! De leur rougeur, de leur peau tendue, de leur jus noir, de leur noyau qu'elle lancerait au loin avec l'air de ses joues ! A-t-on idée de fuir comme ça, lorsqu'on n'est qu'une cerise ! Qu'une chose ronde et sans volonté. Sa mère Mariette lui avait recommandé : « Mange pas trop de cerises, et surtout avale pas les noyaux. Sinon, après, ils te bouchent le pétard. » Pas de danger : elle n'arrivait pas à en saisir une seule.

En juillet, son cousin Vincent était venu en vacances. Il habitait Thiers et allait à l'école régulièrement. À l'école, on l'avait vacciné au bras. Et ça formait une belle croûte. Et il était sacrément orgueilleux de son vaccin. Alors, elle avait pris une grosse aiguille à tricoter de sa mère Mariette. Elle l'avait enfoncée dans la croûte de son cousin. Ensuite, elle s'était piquée elle-même au bras. Et ça avait fait une magnifique croûte. Elle s'était vaccinée elle-même. « Tu vois, qu'elle lui disait, tu peux plus mourir, mais je mourirai pas non plus. Je me suis vaccinée avec ta croûte. Tu seras plus le seul vacciné de la famille. » Son cousin la regardait, puis il s'en allait en rigolant. D'après lui, sans doute, un vaccin fait comme ça, ça ne pouvait pas compter. Et il s'en allait sans répondre. Elle l'appelait : « Vincent ! Vincent ! » Mais plus elle l'appelait, plus il s'éloignait d'elle. « Vincent ! Vincent ! » qu'elle criait.

Le Charolais se penchait sur elle et disait : « Mathilde, vous avez commis de bien vilains péchés. Finissez de dire Nom de gueux à tout instant. Dites Nom du diable. Vous avez été coléreuse, paresseuse, avaricieuse, gourmande, blagande, léchante, saoulante, couraude, ribaude. Vous irez en enfer, Mathilde Dutheil, aussi vrai que je m'appelle le Charolais. Et le diable vous fera galoper à grands coups de fouet dans les jarrets, comme jamais vous n'avez galopé de votre vie terrestre. » Elle le suppliait de lui donner l'absolution. Mais le Charolais ne voulait rien entendre. Et c'est lui qui courait en se sauvant. Qu'elle lui voyait ses culottes noires sous sa soutane blanche.

Et toujours ces cerises revenaient à portée de sa main et de sa bouche. Un grand feu brûlait en elle. À croire qu'elle avait mangé le soleil. Ses doigts et ses lèvres se tendaient vers les cerises gonflées de suc. Mais elle ne saisissait que le vide. Et son feu intérieur la rongeait jusqu'à l'extrémité de ses membres. D'ailleurs, que lui importaient quelques grappes de cerises. Ce qu'il lui fallait, pour étancher sa soif, c'était l'Allier tout entière passant dans son ventre. Mais l'Allier non plus n'était pas consentante. Ses eaux coulaient, coulaient. Aucune goutte n'était pour elle.

Sa mère avait coutume de lui dire : « Pauvre Mathilde ! Ô pauvre Mathilde ! Tu es bien comme moi. Tu es née pour en voir. Et quand moi j'aurai fini depuis longtemps, tu en verras encore, ma pauvre Mathilde. J'ai eu tort, grand tort de te mettre au monde. Quel vilain cadeau on fait aux enfants en leur donnant la vie dont ils ont pas besoin. Si on les aimait, on les laisserait où ils étaient. Leurs petites âmes connaîtraient que les pâquerettes du Paradis. Pauvre Mathilde ! Ô ma pauvre Mathilde ! »

Qui donc lui parlait ? Par moments, il lui semblait que des voix venaient jusqu'à elle. Des voix du ciel, peut-être. De toute manière, leur langage n'était pas le sien. Ce petit bruit des mots tournait autour de sa tête comme des guêpes parties en chasse et qui, à leur retour, trouvent obstruée la porte de leur nid. Quelqu'un a bouché l'orifice. Et les guêpes tournent et tournent pour entrer quand même. Mais elles ne trouvent aucun passage, elles poussent de leur front têtu l'obstacle qui les arrête. Elles voudraient bien passer mais y a plus de passage. Ainsi, les mots tournaient et bourdonnaient. Mais pas un, pas un seul ne trouvait l'entrée qui les aurait conduits jusqu'à sa comprenotte.

Après la messe, elle allait à l'école des sœurs. Elles étaient douze ou quinze dans cette salle blanche et nue qu'habitait seul, au fond, un crucifix noir. Toutes plus avancées, plus intelligentes, plus savantes que la pauvre Mathilde. Elle était la plus bête de toutes, pour sûr. Les autres savaient lire, écrire et compter, et elle ne savait rien. La sœur lui demandait : « Mathilde, combien as-tu de doigts ? » Et elle ne savait pas même combien elle avait de doigts. Il lui semblait bien qu'elle en avait dix, cinq de chaque côté ; mais elle n'osait pas le dire ; elle n'en était pas sûre. Alors, elle se taisait, et toutes les autres rigolaient, y compris la sœur. Elle ne savait pas distinguer un triangle d'un rectangle, ni le a du b, ni le diable du démon. Elle était bête à ne pas croire. Alors, elle n'aimait guère fréquenter la classe des sœurs, où toutes les autres étaient si savantes. Aurait fallu avec elle tout lui expliquer du commencement. On lui racontait l'histoire du petit garçon qui s'était perdu et ne savait pas déchiffrer les écriteaux ; et du paysan qui lui avait dit : « Suis donc mon âne, il te ramènera dans ton chemin. » Ça la faisait mourir de honte.

Son père jouait du violon dans sa boutique. Le câble de son archet s'enroulait autour d'une bobine que traversait une mèche d'acier. Il appuyait le talon de la mèche contre une plaque de fer qu'il portait sur le ventre, et manœuvrait son archet. La mèche tournait très vite. Elle perçait les côtes de corne et de bois qui lui servaient à monter ses couteaux. Il avait des mains toujours noires, une figure piquante comme un hérisson, des cheveux gris qui lui tombaient dans les yeux, une moustache raide comme un peigne. Il sentait la corne, la limaille, l'huile rance. Il marchait avec ses pieds nus sur les clous et les débris pointus, parce qu'il avait la peau plus épaisse qu'une semelle. Pour la faire rire, il se cognait la tête contre les portes en criant : « Cent dieux ! Cent dieux ! » Et de vraies grimaces de singe. Et elle riait, riait, à en avoir la colique. Il n'essayait pas de l'embrasser, car il savait qu'il puait et qu'il piquait. Mais il lui posait parfois une main sur sa tête, doucement.

C'était un homme qui buvait. Quand il avait gagné cinq sous avec ses couteaux, il allait jusqu'au village et passait l'après-midi au café. Ensuite, il rentrait à quatre pattes. Lorsqu'il était revenu dans cet état-là, tout le monde, femme, enfants, le fuyait comme une bête fauve. Il les injuriait et les menaçait avec son archet. « Surtout, lui répondez pas ! » recommandait la mère. Le lendemain, il avait honte de ce qu'il avait fait la veille et leur demandait pardon à tous. Une fois, il se cogna en route et revint la figure toute meurtrie. Une fois dessoûlé, quand il vit dans une glace ses joues et ses yeux noirs, il dit à sa femme : « Donne-moi un peu de farine. » Et trois semaines de suite, il se poudra ainsi, comme font les jolies dames, pour dissimuler les traces de sa débauche. Sa tête de boulanger était si bouffonne que les gamins allaient se cacher dans la grange pour pouvoir rigoler à leur aise.

Son frère Maurice l'avait entraînée dans le ruisseau. S'agissait d'attraper les poissons qu'on voit se faufiler entre les pierres. Lui, il y parvenait facilement, il en pêcha plusieurs en rien de temps. On les mit dans un vieux panier, sur un peu d'herbe. Mais elle n'attrapait rien du tout. Les poissons étaient plus lestes que ses mains. Pourquoi était-il, lui, si adroit, et elle si malhabile ? Il surprenait les oisillons au nid, empoignait les écureuils par la queue, capturait des vipères avec une branchette fourchue, sentait en automne la poussée des champignons sous les feuilles, au printemps celle des artichauts sauvages. La nature le comblait de ses dons, il n'avait qu'à tendre les bras, comme si elle avait voulu le rassasier dans le peu de temps qu'elle lui avait imparti. Une seule chose le décevait : la lenteur que mettait sa moustache à pousser. Pour l'aider, il se tartinait la lèvre supérieure avec de la fiente de poule, qui est le meilleur des engrais.

À elle, tout lui échappait. Les poissons, les cerises, l'eau, son cousin Vincent, la lecture et l'écriture, les mots qui bourdonnent comme des guêpes. Elle était de celles qui ne peuvent rien atteindre, ou, quand elles atteignent, qui ne peuvent rien garder. Son mari et son fils.

Elle l'allaitait, dans sa chambre du château de Barante. Près de l'œil-de-bœuf. Elle sentait le fleuve du lait se former en elle, des gouttes naître dans les parties de son corps les plus éloignées, puis se rassembler en fines rigoles, qui à leur tour se joignaient et se gonflaient. Ainsi, sa substance à elle passait dans sa substance à lui. Elle fut une bonne laitière. À quatorze mois, il la tétait encore. La baronne décida qu'elle devait le sevrer. Et pour faciliter la rupture, on emmena Mathilde dans une ferme où elle demeura quatre jours, le temps nécessaire pour qu'elle se tarît. Lorsqu'elle revint, sèche comme un caillou, il tendit vers elle en même temps ses mains et sa bouche goulues en faisant *hian... hian... hian...* Alors, la source du lait qu'elle croyait définitivement coupée rejaillit de toutes ses fibres. Et elle l'abreuva. Et elle le nourrit plusieurs mois encore.

Qui l'abreuverait, elle, maintenant, lorsqu'elle aurait soif ? Et elle *avait* soif. Elle se sentait capable d'avaler toute la pluie du ciel, toutes les vagues de la mer et des lacs. Il existe des terres que l'eau n'atteint que tous les deux ou trois ans. Elle était un désert. Une région maudite grouillante de scorpions et de serpents. Des nuages la balayaient de son ombre ; mais ils allaient porter plus loin leur charge de fraîcheur et de vie ; les nuages lui échappaient avec le reste. Elle se consumait comme une bûche au feu. Bientôt, elle ne serait plus que cendre.

Ensuite, la pluie vint, inattendue. Elle put boire. Une pluie qui avait une saveur déplaisante. Mais fallait pas faire la difficile : c'était ça ou rien. Elle but donc. L'eau ne lui manqua point, elle put se satisfaire. Les serpents et les scorpions s'enterrèrent pour fuir le déluge. Elle crut qu'elle allait arriver à la fin de ses peines. Elle le croyait encore en buvant. Seulement, lorsqu'elle eut avalé tout ce liquide, les vagues de la mer et des lacs, elle s'aperçut qu'elle n'était point rassasiée. Point du tout. Et qu'elle portait en elle une autre soif.

Elle n'était jamais sortie du département. Escoutoux et Puy-Guillaume étaient les deux pôles de son monde. Une seule fois elle était allée à Clermont, en voyage de noces avec le pauvre Pierre. Ils avaient pris le train à Courty, où le baron avait consenti à les transporter dans sa limousine, en prenant la place qu'occupait habituellement son chauffeur. À chaque gare, elle s'inquiétait : « Est-ce là qu'on doit descendre ? » Elle avait tellement peur que ce train les emportât plus loin qu'elle ne voulait. Ils arrivèrent à la nuit et restèrent un peu éberlués devant la ville tout éclairée qui s'offrait à eux. Elle n'en demandait pas tant. Un homme barbu sortit de l'ombre et leur demanda : « Vous cherchez un bon hôtel, pas trop cher ? Je peux vous conduire. » Il voulut porter leur sac de voyage, malgré les protestations de Mathilde. « Laisse faire, chuchota le pauvre Pierre, j'ai de bonnes jambes et de bons poings. » Elle se sentit protégée. Quand ils furent dans l'hôtel, il demanda au barbu ce qu'il lui devait. « Donnez ce que vous voudrez. » Pierre lui tendit une pièce d'argent de dix sous. « Ah ! non ! protesta le barbu. M'en faut au moins deux comme ça ! »

Et la voilà maintenant qui se mettait en route pour un autre voyage. Il n'était pas juste, non, il n'était pas juste que les os du pauvre Pierre soient enfouis dans une terre étrangère. Elle possédait toujours ce sac de voyage qui avait si peu servi. Lui n'avait pas voulu l'emporter le 2 août 1914 : « Une musette fera bien. » Et son fils, plus tard, n'en avait jamais voulu, parce qu'il le trouvait trop moche. Elle le remplissait de nourritures, de mouchoirs, de serviettes et de pastilles de Vichy. Et elle allait prendre le train à

Puy-Guillaume. Et le train lui faisait traverser la France, où les Auvergnats ont le droit de voyager sans passeport, même si tout le monde se moque d'eux parce qu'ils sont avares, parce qu'ils dansent la bourrée avec leurs sabots et parce qu'ils abîment le français en parlant. Mais tout le monde accepte leur argent quand ils en ont, aussi bien que s'ils étaient des Parisiens. Le train l'emportait à travers la France et lui montrait un tas de villes dont elle ignorait le nom et l'industrie, et qui ne l'intéressaient pas. Et elle voyageait ainsi des jours et des jours. Peut-être des semaines. Peut-être même qu'il lui fallait changer de train. Elle portait sur un petit papier le nom de sa destination : *Cléry, Somme.*

Elle y arrivait après avoir vomi plusieurs fois tripes et boyaux. C'est incroyable ce qu'elle pouvait avoir comme tripes et comme boyaux à vomir. Elle se trouvait à Cléry, Somme. Un village tout neuf, puisqu'il avait été détruit et reconstruit. Les toits étaient encore aussi rouges que si on les avait refaits la veille. Son idée était de retrouver les os du pauvre Pierre, et de les ramener, de les transporter au cimetière de Puy-Guillaume, en Auvergne, où elle pourrait aller lui rendre visite aussi souvent qu'elle le voudrait. Que le lui permettraient ses jambes. Elle s'installait dans un hôtel où les gens souriaient en voyant débarquer une voyageuse solitaire de son âge. On l'appelait *grand-mère,* ce qui ne lui faisait point plaisir.

Et elle entreprenait de visiter les cimetières. Cléry qui est un village tout petit a un nombre formidable de cimetières, tous pleins à ras bord. Rien que des croix blanches, scrupuleusement pareilles, avec le nom du soldat qui dort dessous, son âge, la date de sa mort. Elle cherchait le caporal Pierre Dutheil, trente-deux ans. Elle interrogeait le gardien du cimetière qui consultait de gros registres. Pas trace nulle part du caporal Dutheil. « Vous êtes sûre… ? — Oui, oui, à Cléry, Somme. — Il n'est pas chez nous. » Elle allait voir ailleurs. Elle les suivait tous, les uns après les autres. « Vous n'auriez pas un mort comme ci et comme ça ? — Nous allons voir. » Ils prenaient leur gros registre. Personne ne l'avait.

Quand elle les eut tous faits, elle comprit qu'elle avait voyagé pour rien. Qu'elle avait répandu pour rien, à travers la France, ses tripes et ses boyaux. Les os du caporal Dutheil, comme elle le craignait, se trouvaient dispersés dans la campagne. Alors, elle se mettait à chercher dans la campagne. On distinguait encore le creux des anciennes tranchées, recouvertes d'herbes, de débris de fer et de bois à travers les champs. Allez donc trouver au milieu de tout ça les os du caporal Dutheil ! Elle se mit à chercher des os : elle prendrait n'importe lesquels, ce serait toujours des os abandonnés qu'elle aurait recueillis. Elle ne trouvait pas même d'os. À croire qu'ils avaient fondu comme du sucre. Depuis tant d'années qu'ils étaient là.

Il lui fallait revenir bredouille. Elle avait rempli son sac de voyage avec d'autres provisions et d'autres mouchoirs. Il lui restait encore des pastilles de Vichy. Des jours encore il lui fallait traverser la France. Et tout le monde reconnaissait qu'elle était auvergnate et se moquait d'elle, parce qu'elle abîmait le français. Et elle rentrait au Peyroux, où elle retrouvait ses fantômes. Mais fatiguée, fatiguée… Et seule, seule…

Autour de son lit, elle sentait leurs présences à tous. Maurice qui se tartinait la lèvre avec la fiente de poule. Vincent qui avait une si belle croûte de vaccin. Sa mère qui riait sous son petit chapeau de paille ronde ; et son visage se plissait de mille rides. Son père qui se cognait la tête contre les portes : « Cent dieux ! Cent dieux ! » Ou qui jouait du violon dans sa boutique. La sœur qui lui apprenait *qu'est-ce que Dieu* et lui cognait sur le front de sa baguette : « Mais qu'est-ce que tu as donc là ? Ce n'est pas une tête, ma pauvre Mathilde, c'est une calebasse ! » Elle n'avait jamais su ce qu'était une calebasse. Le pauvre Pierre, venu pour sa dernière permission, et qui sur le quai de la gare n'arrivait pas à se détacher d'elle ; et le train qui l'emportait, et son bras à la portière, jusqu'à ce qu'il disparaisse au tournant de la voie. Et la baronne en pleurs : « Oh ! Mathilde ! Mathilde ! » Et Louis avec ses deux musettes sur le dos, lorsqu'il partait pour l'école à Paslières, chez M. Cussac. Et Joannès Plandieu qui la demandait en mariage et qu'elle refusait, et qui se vengeait en insultant son coq et son oie. Et le vieux Dassaud qui répétait : « Trouvez-lui une femme ! Trouvez-lui une femme ! » en s'inondant la barbe. Et Victor qui s'en allait sur sa bobinette. Tout ce monde parlait autour de son lit. Et leurs voix faisaient comme des bourdonnements de guêpes qui ont trouvé bouché le trou de leur arbre.

Un autre cas étrange qui lui arrivait. En gardant ses chèvres, sa mère allumait un feu de branches, et mettait cuire dans la cendre des pommes de terre. Et toutes deux les mangeaient. Et Mathilde apportait d'autres branches pour alimenter le feu. Et à force de tourner autour, et de sautiller sur une seule jambe, elle tombait dans le feu, le derrière dans les tisons. Et les tisons lui mordaient âprement le derrière. « Ça t'apprendra à marcher sur une seule jambe, disait sa mère. On dirait que tu cherches à défaire ce que le bon Dieu a fait. Ça t'apprendra à vouloir en savoir plus long que lui. » Et les tisons lui aiguillonnaient les fesses. « Si les fesses te cuisent, va les tremper dans la serve. »

« Où allez-vous ?

— À la serve.

— Pour quoi faire, à la serve ?

— Pour m'y tremper les fesses. Les fesses me cuisent.

— C'est rien, ça va passer. Restez tranquille, c'est la piqûre.

— C'est les tisons, nom de gueux. Faut que je me trempe le derrière dans l'eau de la serve. Ça éteindra le feu.

— Y a pas le feu. Ça va s'éteindre tout seul. »

Et ce furent les premiers mots qui réussirent à traverser l'écorce de sa tête. Mathilde était au terme d'un long, long voyage. Et la première image que ses yeux lui donnèrent fut celle d'une femme échevelée qui l'écrasait de son ombre et qui ne sentait pas très bon.

« Qu'est-ce qui pue comme ça ? demanda Mathilde.

— Y a quelque chose qui pue ? s'étonna l'autre. Probable que c'est les remèdes.

— Quels remèdes ?

— Ceux que je vous fourre dans tous les trous, jusque dans le trou de balle. Et sous la peau avec ma seringue. Je suis l'Annette du Grand-Bois, la servante de chez les Frompy. J'ai appris à faire des piqûres. C'est moi qui pique toutes les fesses de là-haut.

— L'Annette de chez Frompy ?

— Oui. Vous me connaissez bien. Vous m'y avez bien vue, quand vous veniez pour les cochonnailles.

— Ah ! vous êtes cette gaillarde qui...

— Qui quoi ?

— ... Qui couche avec le fils et le père ?

— Je vois que votre tête va mieux, puisque vous avez retrouvé la médisance.

— Je répète seulement ce que j'ai entendu dire.

— Ceux qui le disent ne sont pas venus tenir la chandelle. »

L'ombre s'écarta du lit, et Mathilde Dutheil regarda autour d'elle. Les volets étaient clos à demi ; mais elle reconnut les grappes de bois qui entouraient la porte de son armoire. Puis, accroché au mur, le visage du pauvre Pierre avec ses moustaches si fines et si pointues : une photo de lui qu'elle avait fait agrandir en 1928. Puis son édredon rouge, gonflé comme un ballon, et bien à sa place sur ses pieds, au fond du lit. Elle tourna la tête de droite et de gauche. Elle reconnut les taches du plafond, les pierres des murs, les dessins des rideaux. Elle était dans sa chambre.

« Pourquoi que vous êtes ici ? » demanda-t-elle.

Mais personne ne répondit. La gaillarde du Grand-Bois n'avait peut-être été aussi qu'un fantôme.

Mathilde entreprit de se reconnaître elle-même. Elle fit fonctionner d'abord ses doigts de la main gauche, puis ceux de la droite. Les doigts obéirent à ses injonctions. Puis elle joignit les mains sur son ventre, ce qui lui demanda un certain effort ; elle finit quand même par obtenir ce qu'elle voulait. Ce ventre, elle le palpa doucement à travers sa grosse chemise de finette, et le trouva bien creux. Puis, elle chercha ses cuisses, qui avant n'étaient déjà pas volumineuses ; elles lui semblèrent grosses comme des cierges. Elle éleva lentement ses genoux vers le plafond, et eux aussi obéirent ; le gauche produisit même une craquée, qui lui fit penser : « Aïe ! c'est bien toujours le même ! » Mais au fond cette douleur lui causa un peu de plaisir.

Ensuite, elle chercha son visage. Ses mains le parcoururent soigneusement sur toute sa surface. Et lui aussi elle le reconnut avec satisfaction, malgré cette peau sèche et tous ces plis qui le recouvraient comme un vêtement qui n'est pas à votre forme.

De nouveau, une ombre lui cacha le soleil.

« Buvez ça ! »

C'était l'odeur de la gaillarde. Elle lui tendait un verre à demi plein d'un liquide laiteux.

« Pourquoi que je dois le boire ? gémit Mathilde.

— Parce que vous êtes malade, et que ça vous fera du bien.

— Je suis malade ? Qu'est-ce que j'ai ?

— Le médecin a dit : une fièvre cérébrale.

— Et c'est vous qui me soignez ?

— Faut croire. Pas tant de langue. Buvez ça. »

Elle l'avala, avec beaucoup de grimaces et de pauses. Elle devait tenir le verre à deux mains, pour l'empêcher de trembler. Quand il fut vide, Annette le reprit d'un geste brusque, en grommelant :

« Vieille blagande !

— Pourquoi que vous m'appelez blagande ?

— Oui, c'est moi qui vous soigne depuis trois semaines, je vous démerde, je lave votre linge, je vous pique les fesses. Et votre première récompense, c'est de m'insolentir ! Vieille malapprise !

— Pardonnez-moi, ma mignonne, j'étais encore un peu dans le coma.

— Le coma ! Vieille renarde ! Un joli coma ! Et maintenant, je suis votre mignonne !

— Mais... même si c'est vrai...

— Qu'est-ce qui est vrai ?

— Ce qu'on raconte de vous et des Frompy, même si c'est vrai, ça diminue pas du tout votre mérite, quand vous me soignez.

— Si y avait pas eu l'Annette du Grand-Bois, vous seriez à l'hôpital, et sans doute morte à l'heure qu'il est.

— Vous pouvez être sûre que je vous récompenserai de mon mieux...

— J'ai pas fait ça pour la récompense. Je suis payée. Les Frompy me payent. » Et elle ajouta avec un ricanement triste : « En nature ! »

« Nom de gueux de nom de gueux, gémit la malade, qu'est-ce que j'ai dit ! J'avais pas du tout idée de vous insolentir ! Et je vous en demande encore pardon comme au bon Dieu...

— Oh ! pas de bon Dieu entre nous ! coupa cette bougresse. Parce qu'au bon Dieu, moi, j'y crois autant qu'à la poule noire ! »

L'Annette du Grand-Bois était une païenne du même calibre que Vatelequerre. Lui non plus n'y croyait pas, à la poule noire. Et pourtant, un jour, il l'avait vue. Il pouvait avoir quinze ans et il était allé attendre avec une lanterne, sur la route de Paslières, le curé qui devait venir aider son grand-père à passer la frontière des morts. Ce n'était pas le Charolais, naturellement, mais un autre avant lui, car l'histoire est ancienne. Et tandis qu'ils marchaient côte à côte en direction du Peyroux, et de l'ancêtre Plandieu qui se préparait à avaler sa langue, ils avaient remarqué derrière eux une chose ronde et foncée qui les suivait en sautillant. Et aussi en poussant des sortes de petits rires qui les glaçaient tous deux jusqu'aux moelles. Aussitôt, Joannès avait compris qu'il s'agissait de la poule noire qui cherchait à les égarer ou à les rendre mabouls. Et le curé avait plus peur encore que le gamin. Et le voilà qui marche en tournant la tête à chaque pas vers la boule foncée et ricanante, pour lui jeter des exorcismes. Et *dominus* par-ci, et *satanas* par-là, *seculorum* et *pronobis* et *ave Maria.* Mais la bestiole continuait de les suivre, et buvait tout ce latin comme du sirop. Alors, quand le drôle en eut assez, il s'arrêta brusquement au milieu du chemin. Il fait face à la poule noire et se met à battre des mains trois fois en criant de toutes ses forces :

« Bra !... Bra !... Bra !... »

Et la poule noire s'envole dans les haies sans demander la suite. Quand Vatelequerre racontait ça, il ne manquait pas d'ajouter :

« Un seul de mes *bra-bra-bra* avait eu plus d'effet que tous les *dominus !* »

Tout ça provient de ce que les païens ne croient pas à la poule noire.

« Faut croire à la poule noire, dit Mathilde.

— Ben, moi, j'y crois pas », dit Annette.

Petit à petit, elle fut mise au courant de toutes les choses. Un lundi matin, Clémençon avait trouvé accroché au portillon le journal du samedi précédent. Alors, il avait compris que quelque chose n'allait pas chez Mathilde Dutheil. Il était entré et l'avait trouvée agonisante dans son lit. Elle avait quand même eu la force de s'y mettre. Un peu plus haut, en poursuivant sa tournée, il avait rencontré Georges Frompy et lui avait raconté sa découverte. Georges avait fait le reste : le médecin, les remèdes, sa servante et tout.

Elle eut soudain une angoisse :

« Et mes chèvres ? Et mes poules ? Et mes lapins ?

— Je me suis occupée d'eux aussi. Qu'est-ce que vous croyez ? Que j'allais les laisser crever ? Les bêtes valent bien le monde.

— Mais vous êtes un ange du bon Dieu !

— Je vous ai dit que le bon Dieu... »

Elle arrangea les oreillers dans le dos de la malade.

« Y a d'ailleurs du nouveau, qu'elle ajouta ensuite. Vos chèvres ont chevreté.

— C'est vrai, bonnes gens ? Et elles ont fait ça sans moi ?

— Elles ont pas voulu attendre ! dit cette gaillarde qui avait aussi la langue coupante. Et vous avez deux beaux cabris, un noir et un bigarré.

— Deux chevreaux ! Oh ! bonnes gens ! Un noir et un bigarré ! Oh ! bonnes gens !... »

Annette de chez Frompy était une grande bougresse échevelée, avec des yeux qui vous regardaient en face, charpentée comme un gendarme. Elle sentait la chèvre, le fromage, la bouse, le purin, la paille, ce qui formait avec son émanation personnelle une odeur sauvage, une odeur qui devait plaire à certains hommes. Elle y tenait sans doute beaucoup, car elle ne se lavait pas souvent. Elle n'avait que deux parties de sa personne à peu près propres, se disait Mathilde en la regardant, les dents et les yeux. Encore les dents n'étaient-elles pas, comme elles auraient pu, d'une blancheur irréprochable. Georges Frompy lui avait descendu un petit lit pliant qu'elle avait installé comme elle avait pu dans la cuisine de sa malade.

Quand celle-ci commença de manger, rien ne lui fut ménagé : ni le lait, ni les œufs, ni les farines pour convalescents, ni la viande hachée. Pendant quelques semaines encore, Mathilde se crut en paradis. Elle se leva pour essayer ses jambes. Et petit à petit, elle retrouva l'usage de son corps engourdi. Le printemps était venu, pour faciliter les choses. Le soir, des hannetons lourdauds tournaient autour de la lampe et s'y cassaient le nez.

Georges Frompy passait quelquefois prendre des nouvelles.

« Tu as été un fils pour moi, mon mignon ! » gémissait Mathilde, tout humide de reconnaissance.

Lui, ça le gênait un peu, qu'on l'appelle mon mignon, avec ce gros ventre et ce gros derrière qui toujours le précédait et le suivait.

« Est-ce que je pourrai jamais te rendre ce que je te dois ? » qu'elle poursuivait.

Et lui : « Pourquoi pas ? Quand vous irez tout à fait bien, nous ferons nos comptes. Jusque-là, rien ne presse. »

Le dévouement, la solidarité sont une chose ; les additions en sont une autre. Les médecins font payer leurs soins, les curés leurs messes. Georges Frompy savait que Mathilde avait de l'argent à la Caisse d'épargne, il n'avait pas l'intention de lui faire cadeau de tout ce qu'il avait avancé pour elle. Est-ce qu'on lui faisait des cadeaux, à lui ? Est-ce qu'il touchait une pension, lui ? Le gouvernement ne le connaissait que pour lui arracher de l'argent : celui de la Familiale, celui des Assurances, de la cotisation à la Sécurité qu'il devait verser pour Annette, celui de la TVA, des droits par-ci, des taxes par-là, sans parler du remembrement dont ces fumiers-là le menaçaient ; ni de tout ce qu'il casquait sans même s'en rendre compte, sur l'essence, le tabac, le permis de chasse, les allumettes, le sucre, l'huile, la farine et les supports-chaussettes.

Mathilde put mettre les pieds dehors. L'Annette la soutenait d'un côté, et de l'autre sa canne. Qu'elle fut contente, nom de gueux, de revoir sa cour, son tilleul, son cheptel ! La campagne était devenue toute verte, les pêchers, les cerisiers avaient fleuri. Elle fit la connaissance des deux chevreaux, qui lui parurent bien vigoureux. Ses chèvres la reconnurent et bêlèrent de contentement. Les poules, l'oie, le coq ne firent aucun cas d'elle, ce qui la chagrina un peu.

« La feuille est à peu près finie, avertit l'Annette. Les chèvres, fait grand besoin qu'on les sorte.

— Eh bien ! Cet après-dîner, on les sortira ! »

Elle se sentait toutes les audaces. Et elles sortirent toutes quatre en effet, les deux bêtes devant, les deux femmes derrière. Elles suivirent la rue Plate, dépassèrent à peine les dernières maisons : tout était bon à manger à ces voraces. Elles avaient apporté une vieille couverture et s'assirent au revers d'un talus.

« Laissez-moi vous regarder, ma mignonne, dit la vieille.

— Me regarder ? Pourquoi faire ? Je suis tellement laide !

— Vous êtes pas laide. Vous êtes sale et ébourrée. Si vous vous ajustiez un peu, vous en vaudriez bien une autre.

— M'ajuster ? À quoi ça me servirait ? Vous croyez que, telle que je suis, je suffis pas pour les Frompy ?

— Qui vous parle des Frompy ?

— Personne d'autre me regarde. Et si par hasard ça m'arrive, c'est pour me rire au nez.

— Chacun a ses misères, ma pauvre mignonne, allez. Ainsi moi... »

Et elle lui raconta doucement tout le mal que la vie lui avait fait. Des choses qu'elle avait soigneusement cachées, et qu'elle lui déballait maintenant sous les yeux, pour lui exprimer sa gratitude.

« C'est peut-être ça qui vous a donné votre fièvre cérébrale ! conclut la gaillarde.

— C'est sûrement ça. »

Quelques jours plus tard, Georges Frompy revint ; il trouva la Mathilde occupée à fricoter sur son fourneau comme si elle n'avait jamais été malade.

« Ça me fait sacrément plaisir de vous voir si bien remise, qu'il dit.

— Tu es un brave drôle.

— Surtout qu'à présent je vais avoir besoin de l'Annette. Y a les patates à planter et une montagne de linge sale qui l'attend, là-haut. »

Elle emballa les quatre étartuelles qu'elle avait apportées.

« Si ça vous reprend, qu'elle précisa, faites-le-moi savoir, je tâcherai de revenir.

— Espérons que ça me reprendra pas de si tôt », dit Mathilde en souriant pauvrement.

Frompy apporta sa facture. Il y avait mis les trois visites du médecin, les remèdes, la nourriture qu'il avait achetée ou fournie directement, et un mois et demi de gages pour l'Annette.

« Total, qu'il dit, 196 700 francs. Disons 195 000. Vous recompterez.

— Faudra que tu attendes que j'aille chercher l'argent à Puy-Guillaume, mon pauvre. Mais sois tranquille, je te payerai.

— Je suis pas inquiet. »

Avant qu'ils se séparent, Mathilde voulut faire encore un cadeau à sa garde-malade :

« Prenez un des deux cabris, celui que vous voulez, en souvenir de la vieille renarde que vous avez si bien soignée.

— Non, non, protesta l'autre. Si vous me donnez un cabri, je l'élèverai pas, je sais ce qui lui arrivera : on le bouffera. Les Frompy et moi. »

Elle finit quand même par l'emporter. Le chevreau bêlait de terreur dans ses bras, comme s'il avait su ce qui l'attendait.

XI

Pendant des semaines, elle eut un grand souci d'elle-même. « Faut, se disait-elle, que je me reconstruise. » Sa carcasse était pareille à une de ces baraques croulantes dont le Peyroux était composé ; si elle ne colmatait point les premières fissures, bientôt tout partirait en ruine. Alors, elle colmatait, elle colmatait. Elle se savait gourmande ; mais depuis longtemps la solitude lui coupait l'appétit ; elle ne le retrouvait un peu que lorsqu'elle se rendait à la ville et voyait du monde ; elle se plaisait à entrer avec les autres dans les pâtisseries, dans les charcuteries. Maintenant, s'agissait d'utiliser cette gourmandise au mieux de son intérêt. Elle se préparait des potages à la semoule qu'elle laissait mijoter à feu très doux au coin de son fourneau ; des laits de poule ; des flans ; des crèmes pâtissières ; des gâteaux de Savoie.

Quand passaient le boucher ou l'épicier avec leur fourgonnette, elle faisait provision de viandes, de sucreries, de conserves, sans oublier quelques bouteilles de bon vin. À la Caisse d'épargne, elle possédait encore près d'un million. « Je le laisserai pas à mes héritiers, pour sûr. Je veux l'employer à me faire du bien. Suffira que je leur lègue pas de dettes. » Toutes ces nourritures l'épaissirent en effet et lui rendirent des forces.

Elle s'employait aussi à éloigner d'elle les pensées qui naguère la consumaient. Aussitôt que lui revenait une image du passé, son fils, son mari, sa mère, mais surtout son fils, c'était l'image la plus têtue, aussitôt elle se levait, se mettait à marcher, à commencer un travail, à chantonner s'il le fallait, de sa voix fluette et grelottante. Elle se serinait la *Complainte du Juif errant :*

... Le Dernier Jugement
Finira ton tourment...

Pendant sa maladie, Clémençon avait continué de lui apporter chaque jour *La Montagne.* À présent, elle en avait trois panerées, pleines jusqu'à l'anse. Tout ce papier lui était d'un grand secours pour éloigner d'elle-même son esprit. Quand l'abonnement vint à échéance, elle le renouvela à son nom. Et elle fut toute contente de lire sur la bande, en jolies lettres d'imprimerie, *Madame Mathilde Dutheil, le Peyroux, par Puy-Guillaume...* Cette inscription confirmait son existence à ses propres yeux : elle prouvait que quelqu'un s'occupait d'elle, là-bas, à Clermont, chaque matin.

Elle vendit son second cabri au boucher de Châteldon. C'était une cruelle nécessité qu'elle avait, de donner à ses chèvres un petit et de le leur reprendre ensuite, pour qu'elles pussent la fournir en lait. Mais les chèvres ne sont pas comme les femmes ; elles oublient très vite l'enfant qu'on leur a enlevé ; ça ne les empêche pas de brouter, de sauter, de se battre à coups de cornes. « Je crois, se disait-elle, que ça m'aurait bien plu d'être une chèvre. »

Un dimanche de mai, il y eut un débarquement d'héritiers : c'était Ernest Plandieu, sa femme et ses moutards. Mathilde ne les avait plus vus depuis les obsèques de Joannès.

« Comment ça va, Mathilde ? fit Ernest. Vous avez bonne mine. »

Elle ne prit pas la peine de lui raconter sa maladie, qui ne le regardait ni ne l'intéressait.

« C'est parce que j'habite la campagne, qu'elle expliqua. Et si vous l'habitiez, vous auriez aussi bonne mine que moi. »

Il comprit la musique qu'elle était en train de lui jouer, et se contenta d'en sourire.

« Envoie-moi donc tes gamins, ajouta-t-elle. Ils viendront garder les chèvres avec moi, ça leur fera du bien. »

Et, en effet, à l'heure convenue, les deux petits étaient là, le garçon et la fille, ravis de pouvoir caresser le dos effilé des deux bêtes et de leur empoigner les cornes. Ils couraient dans les friches et les haies, désignaient à Bourrette et à Blandine des touffes qui leur semblaient spécialement bonnes à manger. Les chèvres secouaient les oreilles, l'air de dire : « À Thiers, vous nous montreriez peut-être le chemin ; mais ici, mes drôles, nous en savons plus long que vous. »

Mathilde fit manger à ses invités du chèvreton et de la confiture de pommes qu'elle avait faite elle-même.

« Est-ce que vous aimez ça, drôlets ?

— Pour sûr, Mathilde.

— Si vous habitiez ici, vous pourriez en manger tous les jours. Et aussi des fraises, des cerises, des poires, des pommes, des pêches, des mûres, des prunes, des châtaignes, des noix, des noisettes.

— À Thiers, on en mange aussi, qu'on achète.

— Ici, on les a pour rien. Et tous les jours. »

Le petit et la petite se regardaient avec ébahissement. L'eau leur en montait à la bouche.

« Et puis, ajouta la fillette, ici y a pas d'école.

— C'est vrai, confirma la vieille, y a pas d'école ici. »

Dans sa propagande, elle agissait comme tous les propagandistes : elle disait la vérité, mais non toute la vérité. Elle ne disait pas que l'école se trouvait à Paslières ; qu'il fallait faire quatre kilomètres pour y aller et quatre pour en revenir ; elle laissait croire que les enfants du Peyroux se trouvaient dispensés d'école par l'éloignement. Voilà comment on construit de faux paradis.

« Alors, qu'elle poursuivait, quand vous serez à Thiers de nouveau, essayez donc de faire comprendre à vos parents qu'ils seraient mieux ici que dans leur ville de couteliers où toutes les rues sont pires que des échelles. Dites-leur chaque matin : on veut aller s'installer au Peyroux, on veut aller au Peyroux. Peut-être qu'à la fin ils vous obéiront. »

Le soir, les Plandieu repartirent. Pendant quinze jours, Mathilde ne vit pas d'autre figure humaine que celle de Clémençon, le facteur. Depuis qu'il avait touché son argent, Frompy ne se montrait plus. Il avait assez à faire sur ses terres et dans sa maison ; sans doute estimait-il aussi avoir bien rempli son devoir envers la solitaire du Peyroux ; il appartenait aux autres d'en faire autant. Puis vint un dimanche qui amena de nouveaux héritiers. Et tout l'été il en fut de même : une fois ils débarquaient dans une maison, la fois suivante dans une autre.

La Mathilde attirait les enfants avec des bonbons, du chocolat, ou tout simplement la séduction de ses chèvres, de ses poules, de ses lapins. Et à tous elle répétait son éternelle tirade :

« Pourquoi vous venez pas vous établir ici où vous avez une jolie maison ? Vous devriez en parler à vos parents chaque matin, jusqu'à ce qu'ils reviennent. Et rappelez-vous, drôlets, qu'ici y a pas d'école ni d'instituteur ! Est-ce que vous vous rendez compte ? »

Elle allait même jusqu'à leur faire des promesses que ni elle ni personne ne pourraient jamais tenir : des pêches toute l'année, des fraises pour tout le monde, du lait de chèvre aussi abondant que l'eau de la fontaine, l'ignorance gratuite et obligatoire. Les drôlets, eux, s'enthousiasmaient tout de suite. Et eux aussi faisaient des promesses qu'ils ne pourraient tenir : oui, ils persuaderaient leurs parents ; oui, oui, ils reviendraient occuper la maison des ancêtres, manger le fromage de chèvre, les fraises, les pêches, l'ignorance.

Mais rien ne changeait. Sauf la face de la terre qui, autour du village, se faisait de plus en plus sauvage. Et celle de Mathilde de plus en plus plissée.

Et ainsi, après le printemps passa l'été. Et après l'été vint l'automne, suivant une ancienne habitude qui noircit les raisins et rougit les feuilles. Elle reconstitua ses provisions pour l'hiver inéluctable. Beaucoup de signes annonçaient qu'il serait rude et précoce : les grues qui traversaient le ciel avant la date coutumière, la peau des oignons particulièrement épaisse, les mulots qui se réfugiaient dans les maisons.

Avec la fin des beaux jours, les héritiers renoncèrent à leurs courtes visites. De nouveau et pour longtemps, Mathilde Dutheil se trouva seule au milieu du Peyroux. Chaque jour, le matin ou l'après-midi, elle ne manquait pas de répéter sa tournée des fantômes. Ça lui faisait du bien aux jambes. Et puis, elle avait l'impression en se promenant dans les rues vides, en cognant aux portes, en parlant aux absents, que le village n'était pas, à une habitante près, un désert absolu. En somme, elle se multipliait. Elle agissait comme ce bandit enfermé dans son repaire qui avait disposé des fusils à toutes les fenêtres, et qui courait de l'une à l'autre, montant et descendant les étages, pour faire croire aux gendarmes à une douzaine d'assiégés. Elle aussi essayait de faire croire au ciel, aux pierres, à elle-même qu'il restait dans le Peyroux une douzaine de survivants. À quoi servait ce simulacre, elle n'aurait su l'expliquer, mais ça lui paraissait une chose indispensable.

Un matin, en ouvrant sa fenêtre, elle reçut deux surprises en même temps. La première n'était pas bien forte : pendant la nuit, un voile de neige très léger s'était posé sur la terre, bien qu'on ne fût qu'aux derniers jours d'octobre. Mais la seconde lui coupa le souffle : au-dessus du village, vers le milieu de la rue Plate, une cheminée fumait. À cette heure du jour et ce moment de l'année, une fumée à cet endroit était aussi incroyable que si elle avait entendu son oie Margarette lui parler anglais. « Ça y est, nom de gueux, qu'elle se dit. J'ai tellement monté le coup à la gaminaille que quelques-uns auront gagné la partie. » Elle se précipita pour savoir quelle famille avait eu le courage de revenir. S'agissait de la maison des Dozolme, qui poussait gentiment son filet de fumée ; mais portes et fenêtres demeuraient closes. « Ils doivent dormir encore, faut pas les réveiller. » Elle craignait de les effrayer par son indiscrétion et de leur couper l'envie de rester.

Elle revint sur ses pas et regretta sa démarche car elle avait laissé des traces dans la couche de neige. « Grande curieuse, qu'elle se dit, tu pouvais pas attendre un peu ? Tu es comme cet homme du catéchisme qui se retourna et fut changé en statue de sel. Tu mériterais bien qu'il t'arrive la même chose. »

Elle ne sortit plus de sa cour ; mais cent fois durant la journée, pour reconnaître ses nouveaux voisins, elle s'avança jusqu'à la fontaine ou regarda derrière ses carreaux. Elle connaissait bien les héritiers des Dozolme : Albert était agent de police à Clermont, métier aussi honorable qu'un autre ; Marie-Louise avait épousé à Thiers un mécanicien dont elle avait trois enfants ; Henri, le plus jeune, travaillait dans un manège de chevaux de bois, ce qui le faisait voyager à travers toute la France. Lequel des trois avait bien pu revenir ? Mais après tout, ils pouvaient bien avoir loué leur maison à quelqu'un d'autre. Des étrangers au pays, c'était quand même du monde, et mieux que personne.

Vers dix heures, il tomba quelques autres flocons de neige qui dissimulèrent ses pas du matin ; elle en fut toute satisfaite.

Elle eut beau se crever les yeux à guetter, à midi encore elle n'avait vu âme qui vive. De sa barrière, elle constata que rien n'avait été ouvert chez les Dozolme. Clémençon passa et lui remit son journal.

« Vous n'avez rien d'autre ? qu'elle demanda.

— Si j'avais quelque chose d'autre, vous croyez que je le garderais pour moi ? répondit-il, offensé.

— Je veux dire : pour d'autres personnes du village ? »

Il la considéra avec inquiétude :

« Hé là ! Est-ce que ça vous reprend, votre fièvre cérébrale ?

— Peut-être bien », qu'elle fit. Mais elle n'en dit pas davantage. Et le facteur s'en alla vexé comme une poule qui a trouvé un couteau.

La fumée cependant sortait toujours de la cheminée. S'il y avait de la fumée, c'est qu'il y avait du feu. Et s'il y avait du feu, c'est qu'il y avait des mains pour l'alimenter. En continuant son raisonnement, elle se dit encore que si les gens qui se trouvaient chez les Dozolme n'avaient encore ni mis le nez dehors ni ouvert leurs volets, c'est qu'ils ne tenaient pas à être vus.

Au fur et à mesure que les heures passaient, Mathilde sentit naître en elle une angoisse qui lui tordit les entrailles d'une manière de plus en plus douloureuse. Si bien qu'elle se rendit au fond du jardin, dans la cabine-commodité, avec l'espérance que ça la soulagerait. Elle avait réellement une colique de tous les diables, comme lui en donnaient les émotions trop vives. Elle en sortit les boyaux vides, mais pareillement torturés. « De quoi as-tu peur, grande trouillarde ? Que ça soit des ganguesters ? qu'ils t'assassinent ? Faut vraiment qu'ils soient dans le besoin pour s'attaquer à une vieille misérable de ton espèce ! Ils sont pas censés savoir que tu es encore quasi millionnaire ! Et les sous de ton carnet, personne d'autre que toi peut les toucher. Alors... »

Alors, elle tremblait quand même. La journée s'acheva, et la cheminée des Dozolme fumait toujours.

Elle attendit que la nuit fût bien noire ; cette ombre qui l'enveloppait lui parut une protection suffisante : elle osa sortir de sa cour et s'approcher de la maison. À travers les volets, elle distingua nettement de la lumière qui remplissait les fentes. Elle revint épouvantée. Tandis qu'elle essayait dans son fauteuil en rotin de reprendre son souffle, une autre idée la traversa, qui la fit rire : « Mais... au lieu de bandits, si c'était... des amoureux ? Les amoureux aussi ont besoin quelquefois de se cacher. Surtout quand ils sont pas en règle avec la loi. Suppose un peu, vieille bourrique, que quelqu'un des Dozolme se soit enfermé là-dedans avec une bougresse qui lui appartient pas. Hein ? Ça serait-y pas une bonne raison ça, de laisser les volets fermés ? On verra bien ce que durera leur manège. »

Le lendemain était un samedi. Quand Clémençon repassa, Mathilde sentit sa langue lui démanger si fort qu'elle dut la mordre pour l'empêcher de parler. « On peut pas alerter les gendarmes pour des amoureux qui sont pas en règle. Quand ils seront rassasiés, ils finiront bien par s'en aller. » Elle ne chargea donc le facteur d'aucune commission. Tout de même, le soir, étant donné que la situation durait sans le moindre changement, elle verrouilla sa porte plus soigneusement que d'habitude, et l'étaya par une chaise dont elle coinça le dossier sous la serrure.

Elle ne pouvait s'endormir. Plusieurs fois, elle se leva et regarda à travers les fissures des volets : elle apercevait la rue Plate déserte et blanche, l'escalier des Dozolme bordé de sa grille ; puis elle se recouchait, le cœur aussi glacé que les pieds.

Et voici qu'à la deuxième ou troisième séance de guet, elle vit le palier des Dozolme éclairé ! La porte devait être grande ouverte et toute la lumière en sortait ! Mathilde sentit son cœur danser sous ses côtes comme un écureuil. Une forme sortit de la porte, noire par-devant et blanche par-derrière. Une forme d'homme. Il était tête nue. Il resta un moment immobile sur le palier sans se soucier de l'éclairage, sûr qu'il se croyait de n'être vu de personne.

Puis, tout à coup, il porta la main à sa braguette et se mit à pisser, tranquillement, sur la neige de la rue. Quand il eut terminé, il se reboutonna, écarta les bras vers le ciel pour les étirer, puis fit demi-tour et rentra chez les Dozolme ; la porte se referma, la lumière disparut.

Mathilde affolée sauta dans son lit, enfonça la tête sous les couvertures. Ça n'était pas des amoureux, ça ne pouvait pas en être, l'homme ne se serait pas comporté de cette façon. Visiblement, il se trouvait seul dans la baraque. Donc, c'était un bandit. Il fallait avertir les gendarmes de Puy-Guillaume. Ah ! elle faisait la brave quand elle ne croyait pas à la venue des ganguesters ! Mais à présent qu'il y en avait un à deux pas de chez elle, toute sa vieille peau grelottait de frayeur. Elle passa le reste de la nuit à ruminer et à prier le bon Dieu et la Sainte Vierge.

Seulement, le lendemain était dimanche, Clémençon ne passa point. Et elle se trouva si faible, après sa nuit blanche et tant d'inquiétudes, qu'elle ne se sentit pas le courage de sortir. D'un autre côté, lorsque le malfaiteur verrait arriver les porteurs de képi, il comprendrait tout de suite qui l'avait dénoncé, puisqu'elle était la seule habitante du Peyroux ; alors, il n'aurait qu'une idée, en sortant de prison, se venger de la vieille blagande. C'est ainsi que pratiquent ce genre de gaillards, elle l'avait lu maintes fois dans son journal. « Ah ! mon Dieu, mon Dieu ! Dites-moi ce que je dois faire ! »

Elle espéra que du monde passerait, Frompy, ou Dumousset, ou quelqu'un d'autre ; elle leur raconterait l'affaire, elle suivrait leur conseil. Mais, comme par un fait exprès, il n'y eut ni allée ni venue ce dimanche-là. Seule la neige revint sur le Peyroux.

Elle sortit à peine, juste pour aller chercher de l'eau à la fontaine et rentra aussi vite qu'elle pouvait. À la tombée de la nuit seulement elle entreprit de nourrir son bétail. Elle dut transporter pour ses chèvres un fagot de feuilles qu'elle alla prendre dans le hangar. Comme elle traversait sa cour, le dos courbé sous son faix, elle entendit derrière elle grincer les charnières du portillon. Elle voulut courir, elle trébucha et tomba dans la neige, son fagot lui griffa la figure comme avec des ongles. Puis elle sentit qu'une main l'aidait à se relever :

« J'espère que vous vous êtes pas fait mal, Mathilde ! » Le ganguester était là, derrière elle, elle reconnaissait sa tête frisée. Et il l'appelait par son nom !

Il empoigna le fagot et le porta à sa place.

« C'est pour vos chèvres ? »

Il savait même qu'elle avait des chèvres ! Dans l'ombre elle distinguait mal sa figure couverte de poils, mais suffisamment pour être certaine qu'elle ne l'avait jamais vue.

« Qui... qui que vous êtes ? balbutia-t-elle, toute secouée par son tremblement.

— Est-ce que vous me reconnaissez pas ? ... Non ? ... Tant mieux. »

Il sourit avec satisfaction.

« Entrons chez vous, à la lumière, je suis bien sûr que vous me reconnaîtrez. »

Elle n'avait guère envie de se trouver en tête à tête avec lui dans sa maison ; mais il la prit par le bras, sous prétexte de la soutenir, et il la tira vers la porte de sa cuisine.

« Avant d'allumer, qu'il ordonna, poussez le verrou et fermez les volets. »

Elle ne pouvait qu'obéir. Ses mains étaient si maladroites qu'elles n'arrivaient pas à tourner l'espagnolette. Derrière elle, il abaissa lui-même le bouton. Il s'assit dans le fauteuil en rotin où elle se plaisait, allongea ses longues pattes devant lui.

« Asseyez-vous donc ! qu'il fit comme s'il eût été le maître de la maison. Ça coûte pas plus cher. »

Elle se laissa tomber sur une chaise, sans le quitter des yeux. Avec toute cette barbe noire et frisée, on aurait dit un nègre. Non, jamais elle n'avait précédemment rencontré une figure pareille.

Et lui : « Alors, est-ce que vous me donnez un nom, cette fois ? »

Elle secoua la tête. Il rit et se montra de face et de profil. Cette devinette avait l'air de son goût, il la faisait durer. Elle secouait toujours la tête sans répondre. Le fait qu'il la connût ne la rassurait point, la terreur lui agitait les lèvres comme si elle avait prié tout bas. Alors, l'intrus se nomma :

« Henri.

— Quel Henri ?

— Henri Dozolme.

— Tu es... celui qui travaille dans les chevaux de bois ?

— C'était des autos tamponneuses. Oui, c'est bien moi.

— Avec toute cette barbe que tu t'es laissé pousser, je risquais pas de te reconnaître ! Et... et tu es revenu au Peyroux ? »

Il eut dans sa barbe un ricanement rapide :

« Ouais, pour quelque temps. Si les gendarmes viennent pas m'en déloger.

— Les gendarmes ! Qu'est-ce que tu as fait ? demanda-t-elle, retrouvant toute la terreur qui l'avait quittée un moment.

— Qu'est-ce que j'ai fait selon vous ? Voyons de quoi vous me croyez capable ? »

Ses yeux ironiques la fouillaient. Est-ce qu'elle savait, elle, pauvre recluse, de quoi les gens sont capables ? Ce gamin, elle l'avait vu en culottes courtes, violent et innocent comme tous les garçons de cet âge ; mais ensuite ? Elle était payée pour savoir à quel point les âmes changent.

« Escroquerie ? qu'il lui suggérait méchamment. Cambriolage ? Vol d'auto ? Assassinat ? Ou peut-être un assortiment de tout ça, non ? »

Elle haussa les épaules : « Ça m'intéresse pas, ce que font les autres. Dis-le si ça te plaît, sinon garde-le sous ton gilet. »

Pour bien lui montrer que ses histoires lui cassaient les pantoufles, elle se leva, étala sur la table une feuille de journal et se mit à éplucher des pommes de terre. Il la regarda faire un moment en se curant le nez. Il vit qu'elle s'efforçait de lui cacher sa peur, que ses mains trébuchaient sur les choses. Soudain, il lâcha son paquet :

« J'ai déserté. Quand j'ai reçu ma feuille d'appel sous les drapeaux, j'ai pris le maquis. J'aime pas qu'on me commande sans qu'on me paye. »

Et comme s'il avait craint qu'elle n'eût pas compris sa profession de foi, il la répéta autrement :

« Je veux bien obéir, mais alors faut qu'on me paye. Sinon, macache. »

Elle se sentit rassurée : déserter en temps de paix ne lui parut pas un si grand crime.

« Est-ce que tes parents sont au courant ?

— De ma désertion, oui, sûrement. Mais ils savent pas où je me planque.

— Tu leur as pas écrit pour les rassurer ?

— Hé !... qu'il fit avec un geste insouciant de la main.

— Veux-tu que je le fasse pour toi ?

— Plus tard. Y a pas presse. Faudra que je me cache des années.

— Et... tu comptes rester comme ça des années au Peyroux ?

— Ça... » Il ne dit ni oui ni non.

Mathilde sentit de nouveau son cœur sursauter, mais cette fois d'espérance. Ainsi, le village pouvait compter un autre habitant qu'elle ! Un gars plein de force et de sang. Oui, bien sûr, y aurait la clandestinité ; mais ça ne devait pas l'empêcher de sortir, en prenant quelques précautions. Il se couperait la plus grande partie de cette barbe qui attirait trop les yeux ; il s'habillerait de vieilles nippes ; si quelqu'un s'étonnait, elle raconterait qu'il s'agissait d'un journalier qu'elle payait pour travailler son jardin et fendre son bois ; ce sont des choses qui se font ; une vieille comme elle n'avait rien à craindre de personne. Voilà ce qu'elle voyait en pelant ses pommes de terre.

Mais il fallait pas précipiter les choses. Fallait engluer la mouche dans du miel.

« Tu dois avoir faim. Tu veux pas partager mon souper ?

— Si vous m'invitez ! »

Une présence masculine dans cette bicoquette solitaire, c'était un sacré meuble ! Pendant qu'ils mangeaient, elle évoquait des souvenirs de son enfance à lui, pour lui prouver qu'ils étaient de vieilles connaissances, qu'elle aurait pu être sa grand-mère. Tu te rappelles ci... ? Tu te rappelles ça... ? Lui avait plus souvent la bouche pleine que vide, se contentant de grogner pour prouver qu'il écoutait. Et quand il avait soif, il demandait :

« On peut avoir un autre canon ? » Ou encore : « Vous buvez pas, Mathilde ? » Ce qui était une façon de s'étonner qu'elle eût laissé son verre à lui vide si longtemps.

Quand il se fut bien rempli, il prononça une espèce d'excuse : « Je bouffe pas tant que ça, d'habitude ; mais y avait pratiquement vingt-quatre heures que je m'étais rien mis dans le kiki. »

Elle voulut l'accompagner chez lui. Il avait dormi tout habillé dans un lit sans draps, sous des couvertures mitées. Elle retourna en prendre une paire dans son armoire.

« Laisse ta fenêtre ouverte, qu'elle conseilla, pour aérer la chambre. Et demain, on mettra le matelas au soleil. Qu'est-ce que tu risques, ici, dans ce désert ? T'occupe pas de ceux qui passent, ils y feront pas attention. Et puis...

— Et puis quoi ?

— Si tu veux me croire, tu te couperas cette barbe de Victor Hugo.

— Ma barbe de Victor Hugo, j'y tiens autant qu'à mes yoyos.

— Tu raisonnes comme mes chèvres. »

Elle le quitta, mécontente. D'une certaine façon, Henri lui rappelait son fils Louis lorsqu'il était rentré d'Allemagne.

Le lendemain, il dut faire la grasse matinée, car il n'ouvrit sa porte que vers onze heures. Il sortit et vint cogner à celle de Mathilde.

« Eh bonjour, qu'il dit.

— Eh bonjour. Tu veux déjeuner ?

— Je dis pas non. »

Elle versa le café chaud qu'elle avait préparé spécialement pour lui et mit sur la table un pichet rempli de lait. Il émietta du pain dans son bol et versa le lait dessus.

« Excuse-moi, dit-elle. Faut que j'aille donner à manger à mes lapins. »

Elle sortit. C'était une preuve : elle avait laissé exprès sur le buffet son boursicot qui contenait quatre billets de mille et un peu de ferraille. C'est un truc que lui avait fait, jadis, la baronne de Barante. En débitant les tranches des betteraves, elle se disait : « Jamais tu pourras t'habituer à cette barbe de Victor Hugo. »

Quand elle revint :

« Hé ! lui dit l'autre, si j'ai besoin d'argent, je vous en demanderai, inutile d'en mettre à ma portée, comme du lard sur une ratière. »

Elle protesta de son innocence, mais elle s'était sentie rougir jusque dans les cheveux. Aussitôt qu'elle put, elle détourna la conversation :

« J'ai quelque chose à te proposer. Des fois que tu aurais envie de te remuer un peu, de te dégourdir les membres...

— Du boulot ?

— Ça m'aiderait. Si tu dois rester ici longtemps, et que je doive te nourrir comme ça...

— Vous avez raison. Faut que je paye mon avoine. C'est normal. »

Elle l'emmena dans le jardin et lui fit arracher les carottes qui, en terre, avaient déjà essuyé les premières gelées.

« Tu les grattes un peu entre tes doigts, tu coupes la racine et le collet, sans gaspiller les fanes qui iront aux lapins. Ensuite, on les mettra en silo... »

Il acceptait d'obéir pourvu qu'on le payât.

« Te montre pas avant que je vienne te chercher, recommanda-t-elle, parce que le facteur va pas tarder à passer. »

Un peu plus tard, elle lui apporta un vieux chapeau et un pantalon rapetassé de son fils.

« Qu'est-ce que c'est que ça ?

— Un déguisement. Tu l'enfileras. Et si jamais quelqu'un te voit et te demande quelque chose, tu réponds que tu es un journalier qui travaille pour moi.

— Et c'est la vérité, non ?

— Crois-tu que je peux te nourrir sans rien faire ?

— Vous avez l'air de faire la charité, mais votre charité, faut qu'on vous la paye, hein ?

— Si tu veux pas de ma charité, qu'elle répondit en haussant les épaules, reste chez toi. Je viendrai pas te chercher. »

Cependant, à la suite de cette explication, il n'y eut pas d'autre bruit entre eux. Après chaque repas pris chez elle, il demandait sans grâce :

« Qu'est-ce que je dois faire ? »

Et elle lui commandait doucement : « Ceci » ou « Cela ». Mais jamais elle ne venait dans son dos jouer à la contrôleuse ; il travaillait doux, il travaillait dur, elle était toujours contente. C'est ainsi qu'agissait autrefois la baronne.

Certains jours, il préférait rester enfermé chez lui et, par la même occasion, il boudait son ventre. « Un peu de carême, de temps en temps, se disait-elle, ça fait du bien au corps. » Le lendemain, il revenait, il mangeait et turbinait comme quatre.

Pendant la journée, il fréquentait le moins possible les rues du village. Le mois de novembre fut assez sec et il en profita pour retourner une partie du jardin. Il vida et nettoya les cages des lapins, cura l'abri des chèvres, décrotta le poulailler, ramona la cheminée et le fourneau, ajouta un siège dans l'abri-commodité, si haut qu'on aurait dit un trône. De temps en temps, il se permettait une remarque ironique :

« Alors, patronne, vous êtes contente de votre ouvrier ?

— Bien sûr, que j'en suis contente, qu'elle répondait, l'innocente.

— Les gages sont pas trop forts ! Et pas besoin de cotiser à la Sécurité sociale ! »

Non, elle ne lui donnait pas d'argent. Mais elle s'efforçait de le gâter de son mieux. Elle ne lui ménageait ni la nourriture ni la boisson. L'épicier ambulant la considérait d'un drôle d'air, quand elle lui prenait une caisse de douze litres de vin ; mais elle payait, et il se gardait bien de la moindre réflexion.

Le dimanche était dangereux, car il risquait d'amener des héritiers. Alors, Henri choisissait une de ces deux solutions : ou bien il restait enfermé chez lui tout le jour ; ou bien il partait à l'aube, un casse-croûte dans la poche, avec sa figure de Victor Hugo, et s'en allait à travers la campagne, évitant les villages et les routes, pour rentrer seulement quand les chouettes hululaient. Mathilde guettait son retour derrière les fentes de ses volets, et elle était contente lorsqu'elle le voyait monter l'escalier des Dozolme et entrer dans la maison froide.

À partir de la fin novembre, elle n'eut plus beaucoup de travail à lui donner.

« Sois tranquille, qu'elle lui dit, je te laisserai pas mourir de faim. Mais en attendant le printemps, tu devrais arranger chez toi, je suis certaine qu'il y a des réparations à faire. »

Il y bricola un peu, pour lui faire plaisir. Mathilde imaginait déjà la maison Dozolme remise à neuf, l'envie qu'aurait Henri d'y rester. Les gendarmes ne le poursuivraient pas toute sa vie. Il pourrait peut-être amener ici une femme, fonder une famille, avoir des drôlets. Et crac ! le

Peyroux repartirait pour une nouvelle existence ! Et c'est elle, Mathilde Dutheil, une femme d'ailleurs, qui l'aurait ressuscité !

Un jour, elle eut une émotion qui faillit l'asseoir par terre : de loin, elle vit ce grand blagand de Clémençon en train de parler avec Henri ; celui-ci sciait une planche, devant la porte de sa baraque, et le facteur, debout à côté, lui tenait le crachoir. Clémençon n'avait rien à faire dans la rue Plate où plus personne n'habitait, officiellement, depuis des années ; mais, fouineur comme un putois, il avait dû remarquer quelque chose d'anormal, avait fallu qu'il aille se rendre compte. Tout par un coup, elle le vit repartir brusquement, en secouant son sac sur son derrière.

« Qu'est-ce que vous vous êtes dit ? demanda-t-elle à Henri.

— Je lui ai raconté que j'étais un menuisier de Saint-Victor. Que j'avais reçu commande de réparer la maison.

— Est-ce qu'il t'a posé des questions ?

— Un troupeau de questions. Comment que vous vous appelez ? Où que vous restez à Saint-Victor ? Est-ce que vous êtes marié ?

— Qu'est-ce que tu répondais ?

— J'ai répondu oui. Ça fait plus sérieux. Est-ce que vous avez des enfants ? — Non. — Vous avez le temps, vous en aurez plus tard. — Sûrement pas, que je lui ai fait. — Pourquoi donc ? — Parce que vous m'avez cassé les yoyos. »

Henri Dozolme parlait aussi souvent, aussi simplement de ses yoyos que d'autres parlent de leur cousine germaine.

Mathilde redouta surtout les conséquences de cet entretien. Le facteur était un homme à s'informer, à demander à qui il fallait si, oui ou non, y avait à Saint-Victor un menuisier comme ci et comme ça, avec une barbe de Victor Hugo, et s'il s'appelait bien comme on lui avait dit. Clémençon était un véritable bureau de renseignements. Avec tous les journaux qu'il lisait gratis au cours de ses tournées et tout le monde qu'il voyait, vous pouviez lui poser des questions sur la Chine et le Portugal, sur l'ONU et la TVA, sur Michel Debré et Jean Gabin, jamais il ne restait sec. C'est lui le premier qui avait découvert l'assassin de la rue de Turenne à Paris, rien que par le raisonnement, sans y avoir jamais porté ses godillots, il le fit remarquer soigneusement à Mathilde quand les enquêteurs eurent confirmé sa solution. C'était un homme redoutable. Aussi craignait-elle qu'il ne mît son point d'honneur à éclaircir l'histoire du menuisier. D'autant plus que celui-ci l'avait vexé sûrement en lui donnant sans nécessité des nouvelles de ses yoyos.

Elle mit en garde Henri Dozolme contre les curiosités de Clémençon. Elle lui en dit tant qu'il finit à son tour par prendre peur : les volets de sa baraque demeurèrent fermés dorénavant tout le jour, ne s'ouvrant que la nuit pour laisser entrer un peu d'air. Mathilde s'arrangea aussi pour se trouver dans sa cour au moment où passait le facteur ; se sentant regardé, il n'osait s'écarter de sa route pour aller renifler les traces dans le village.

« Ce qu'il te faudrait, disait Mathilde, c'est de faux papiers. Comme ça, tu pourrais vivre ici tranquillement, sans te soucier ni de Clémençon ni de Clémentine. Tu ouvrirais ta porte et tes fenêtres quand tu en aurais envie. Tu travaillerais ton jardin, tu cultiverais tes champs, tu pourrais même te marier et tout ce qui s'ensuit. Les gendarmes, ici, on les voit jamais. Y a des années qu'on a plus vu leurs bottes. Pourquoi qu'ils viendraient te chercher des chicanes ?

— Oui, oui, de faux papiers, qu'il approuvait en secouant sa barbe de haut en bas. Trouvez-les, vous !

— Ça doit bien se trouver quelque part ! »

Elle se mit à réfléchir longtemps, se demandant où l'on fabrique, où l'on achète ce genre de marchandise.

Elle continuait de le nourrir chaque fois qu'il se présentait chez elle. Il cognait à la porte, entrait et s'asseyait simplement à la table où l'on mange. Non seulement Mathilde le servait, mais elle éprouvait une étrange satisfaction à remplir son assiette et son verre, au point qu'elle en oubliait souvent de manger elle-même pour contempler le lent travail de ses mâchoires, sous les broussailles de la barbe. Cette joie lui rappelait la joie qu'elle éprouvait jadis en allaitant le petit Louis. Cette fonction nourricière était peut-être, sans qu'elle le sût, l'emploi essentiel de sa destinée. De temps en temps, sans cesser de mastiquer, il levait vers elle ses yeux sombres, l'air de dire : « Si tu renonces à bouffer pour me couper l'appétit, tu te trompes ; j'ai pas besoin qu'on m'accompagne. » Elle souriait un peu pour l'encourager. Il haussait les épaules renonçant à comprendre cette vieille lunatique, et se taillait une autre tranche de chèvreton.

Mais certains jours, il renonçait à sortir de chez lui. Elle, ça ne l'étonnait plus. Les héritiers avaient cessé leurs visites. Le Peyroux se trouvait tranquille jusqu'au printemps.

Un matin, Henri se présenta comme d'habitude, et elle dit :

« Assis-toi, je vas te donner ta soupe.

— Non, qu'il répondit, j'ai pas faim. Aujourd'hui, je sens que j'aurai pas faim.

— Tant d'économisé.

— C'est autre chose, que je veux.

— Quoi donc ?

— De la gnole. Je sais que vous en avez, j'ai vu la bonbonne. Donnez-m'en chopine. C'est tout ce que je demande. J'ai assez bossé pour vous sans payement. Je pense que j'ai gagné chopine de gnole. Vous pouvez pas me refuser ça. J'aurais pu me servir tout seul, remarquez. Mais c'est pas ma manière.

— J'ai pas dit que je la refusais. Qu'est-ce que tu veux en faire ?

— La boire, pardi !

— La gnole est un médicament pour se frotter le corps quand on a pris froid, ou reçu un coup, ou que le sang se refroidit. Mais si on le boit, c'est un véritable poison.

— Pourquoi alors, qu'on l'appelle eau-de-vie, si elle vous fait mourir ?

— Parce que c'est son nom. Pourquoi que tu t'appelles Dozolme, toi ? C'est un nom qui en dit pas plus que le tien. »

Après une longue discussion, elle finit quand même par lui servir sa chopine, comme il l'exigeait, car elle voyait bien qu'autrement il en aurait fait une tour Eiffel. Il l'emporta en la cachant sous sa veste pour la protéger du froid, qu'on aurait dit.

« Et la bois pas tout d'un coup, qu'elle lui cria de loin, ça te tuerait ! »

Elle ne le revit pas de la journée. À midi, elle avait préparé du riz au lait et une fricassée de pommes de terre. Quand elle se trouva seule devant tant de nourriture, ça lui serra le kiki et elle en goûta à peine trois bouchées. Elle comprenait bien pourquoi Henri avait voulu sa *blanche* : ce n'est pas lui qu'il comptait tuer, mais son ennui, cet ennui qui le rongeait comme un ver solitaire. Il lui semblait que, par instants, il regrettait d'avoir déserté :

« En ce moment, vous savez ce qu'ils font à la caserne ? qu'il demandait. Ils sont au réfectoire, ils bouffent en commun, ensuite ils iront à la cantine, paraît qu'ils ont des postes de télé. »

Sa nourriture à lui, dans la seule compagnie de la pauvre Mathilde, lui paraissait amère, pour sûr. « Au printemps, qu'elle se disait, il pourra sortir davantage, les gendarmes l'auront oublié, suffira qu'il se fasse pas remarquer. En attendant, faut passer l'hiver. Ah ! si je pouvais lui procurer de faux papiers ! »

Elle eut envie d'aller lui rendre visite ; mais elle craignit d'être mal reçue, comme cela lui était arrivé une fois ou deux. « Et puis, je dois pas lui montrer trop d'intérêt, sinon il se croira tous les droits. Après la gnole, il exigera autre chose, hé là ! » Elle resta donc chez elle, à brûler son bois, à raccommoder ses vieilles nippes, à se chauffer les pieds dans le four de son fourneau.

Tout par un coup, voilà que la porte du dehors s'ouvre et il paraît devant elle, dans la cuisine. Précipitamment, elle remit ses pieds dans ses pantoufles. Il se tenait debout, les yeux injectés de sang, la lèvre pendante, et quelque peu baveuse, les bras écartés du corps, les mains ouvertes.

« Qu'est-ce que tu veux, mon drôle ? demanda-t-elle en cachant sa frayeur sous des paroles douces.

— Une femme.

— Quoi ?

— J'ai besoin d'une femme. »

Elle s'efforça de rire :

« Hé ! si t'as besoin d'une femme à tes caprices, faut aller à Thiers ou à Vichy ou à Clermont. À Puy-Guillaume, je crois que tu en trouveras difficilement ! »

Avec ses bras écartés et ses mains ouvertes, on aurait dit un singe de cirque, un vrai gorille.

« Maintenant, qu'elle ajouta, si ça presse et si t'es pas trop difficile, y a mes chèvres ! »

Et elle rit comme elle put. Il se balançait sur ses jambes ouvertes et la regardait, aussi haletant que s'il avait couru. Il empestait la gnole.

« Je parie que tu as fini la chopine ? Je t'avais bien recommandé, pourtant, de ne pas la boire toute le même jour ! Ça en a tué plus d'un avant toi. Tu le vois, à présent, si c'est du poison ! »

Il fit un pas en avant, puis un autre, les yeux toujours fixés sur elle.

« Une femme ! répéta-t-il d'une voix rauque. Y a six mois que j'ai plus touché une femme ! »

D'un coup, toutes ses veines se glacèrent. Elle ne pouvait reculer, coincée comme elle était entre le fourneau et le mur. Il allongea des mains rapaces.

« Tu es fou, Henri ! qu'elle cria. Tu es fou !

— Je veux une femme.

— Je pourrais être... ta grand-mère ! J'ai soixante-seize ans ! Y en a bien des jeunes ! Y a l'Annette... Si tu me l'avais dit plus tôt... Me touche pas, c'est un péché ! Un trop gros péché ! À mon âge ! J'irai te chercher l'Annette du Grand-Bois... Je suis certaine qu'elle voudra... »

Elle sentit sa grosse patte se poser sur sa bouche, puis un bras qui la soulevait de terre. Un gorille. Elle était enlevée par un gorille de cirque.

Elle ne sut plus, ensuite, ce qui se passait.

Longtemps après, elle se rendit compte qu'elle se trouvait plongée dans le noir et qu'elle pleurait. Elle devait pleurer depuis des heures car ses joues étaient ruisselantes et même son cou. Jamais elle n'aurait cru qu'elle avait tant de larmes dans le corps. Elle se rendit compte également qu'elle avait froid, qu'elle grelottait. Dans le foyer du fourneau, il restait à peine quelques points rougeoyants au milieu des cendres. Elle se leva pour ajouter du bois. Alors elle s'aperçut qu'elle se trouvait par terre, couchée comme une chienne sur les planches de sa cuisine, la table avait été renversée, son linge piétiné. Elle se sentit des douleurs dans tout le corps. À tâtons, elle chercha le bouton électrique. Et quand elle vit en pleine lumière tout ce désastre, la honte brusquement l'inonda, et elle se remit à pleurer, avec des gémissements de fillette.

Elle se mit à tourner autour de la table, ne sachant plus exactement ce qu'elle faisait : les larmes s'écoulaient d'elle comme d'un robinet. Sans savoir pourquoi, elle ouvrit son placard et vit les restes du dîner qu'elle avait préparé pour Henri plus que pour elle, le riz au lait, les pommes de terre desséchées dans une assiette.

Elle travailla longtemps à remettre la table sur ses quatre pieds, car c'était un poids trop fort pour ses bras. Elle y parvint pourtant. Ses aiguilles éparpillées luisaient dans les fentes des planches. Elle ne se sentit pas assez d'énergie pour leur donner la chasse. « Demain », qu'elle pensa. Son linge couvert de boue, marqué de larges pieds d'homme, resta également là où il était. Elle s'assit sur une chaise et continua de pleurer. On aurait dit qu'elle n'avait réellement aucune autre besogne à faire que celle-là, que rien n'était plus nécessaire.

Au milieu de cette intarissable occupation, elle trouva le moyen de se faire une réflexion à elle-même. Elle ne comprenait pas pourquoi elle s'était retrouvée comme ça dans le noir. Sans vouloir y penser vraiment, car elle préférait ne penser à rien, elle y avait pensé quand même. « Il était pas si saoul que ça, se dit-elle. Il a éteint pour pas se voir en train de violer une vieille guenon comme moi. Il a essayé de se faire croire qu'il en couchait une jeune. » Elle rit un moment. Puis elle se remit à pleurer. Elle songeait à Pierre, son jeune mari qu'elle avait tant aimé. Qu'elle aimait toujours, au-delà de la mort.

Et elle continua de pleurer à peu près toute la nuit. Au petit matin, elle s'endormit sur sa chaise. De temps en temps, elle sortait de son sommeil pour gémir et pleurer.

Le froid la réveilla. Elle fut bien surprise de se trouver sur une chaise, au milieu de tout ce désordre. À travers le mur, elle entendait ses chèvres qui bêlaient de famine. Elle se leva et sortit pour aller les servir. Tout son corps lui faisait mal comme si on l'avait rouée.

Ses membres travaillaient tout seuls sans qu'elle eût à les commander. Ils portaient le foin, les branches feuillues, découpaient les betteraves, distribuaient le grain. Elle les avait dressés longuement et patiemment, c'étaient de bons et fidèles serviteurs. Par contre, sa tête refusait à présent toute participation. Vide mais vide, à ne pas croire. Heureusement, ses jambes la ramenèrent chez elle, le feu fut allumé, la soupe d'oignon entreprit de mijoter et de sentir bon.

Plus tard, beaucoup plus tard, ses pensées reprirent leur doux fonctionnement. Elle s'efforça, suivant une ancienne coutume, de les trier, d'écarter celles qui lui déplaisaient, de n'accepter que les autres. Faut pas toujours se laisser guider par les pensées. Quelquefois, les membres ont plus de sagesse que la tête.

Comme elle traversait sa cour, elle entendit un bruit derrière elle. Elle se retourna, elle n'avait plus peur de rien ni de personne. Elle vit que son voisin fermait soigneusement sa porte. Il descendit l'escalier des Dozolme. À présent, il avait dû digérer sa chopine et tout le reste. Il tenait à la main un cabas bourré de choses. Il avait coiffé ses cheveux de nègre d'une casquette. Il suivit la rue Plate en direction de la fontaine et, donc, de la maison de Mathilde. Elle resta immobile, devant sa porte, tournée vers lui. Il fut bien obligé de la voir. Mais il ne dit rien. Il se contenta de baisser la tête et enfila la rue Qui-Descend. Et il s'en alla comme ça avec sa casquette et son cabas. Et sa barbe de Victor Hugo. Mathilde rentra chez elle, elle retrouva sa chaise du matin et se remit encore à pleurer.

Vers midi, elle s'essuya les yeux et la figure. Son repas était tout préparé : pommes de terre et riz au lait. Elle n'eut qu'à le faire réchauffer tout doucement au coin de son fourneau. Et l'appétit qu'elle se trouva ensuite la surprit elle-même.

Le soleil avait essuyé la neige. Mathilde profita de la tiédeur pour faire quelques pas dehors. « Si je comprends bien, qu'elle se dit en marchant, me voici de nouveau seule dans le Peyroux. Ça fera bien comme ça. Ça durera ce que ça durera. » Non, elle n'avait plus rien à craindre des hommes ni des choses.

Elle gravit à petits pas la rue Qui-Monte pour voir de quelle couleur était le puy de Dôme. Elle le distingua nettement, tout enveloppé de blanc, comme une communiante. Elle fut contente d'avoir encore si bonne vue.

Sur le plateau, elle fit son petit tour, tranquillement. Les arbres avaient déjà perdu toutes leurs feuilles, qui gisaient en tas, à leur pied, attendant que des vents les dispersent. À droite, y avait un pommier appartenant aux Dumousset. Ceux-ci ne manquaient pas de le dépouiller soigneusement pour le cidre. Et voici qu'au milieu, au beau milieu de l'arbre nu, était restée une pomme. Une seule pomme oubliée par les Dumousset, mais qui avait déjà pris la couleur fauve de la décomposition, qui n'allait pas tarder à tomber et pourrir. Mathilde, toute pensive, regarda longtemps cette pomme oubliée.

LE TILLEUL DU SOIR

Tircis, il faut penser à faire la retraite...
Nous avons assez vu sur la mer de ce monde
Errer au gré des flots notre nef vagabonde :
Il est temps de jouir des délices du port.

Racan.

I

Elle se levait, tranquille, comme les autres jours, dans sa longue chemise de toile. Tout à coup, elle se trouva le derrière par terre, sur la descente de lit, et tout ébranlée.

« Oh ! nom de gueux ! »

La chambre tournait la valse autour d'elle : les murs, le plafond, les meubles, la fenêtre. En même temps, Mathilde entendit sonner toutes les cloches du canton. Elle ferma les yeux. Quelque chose la soulevait et l'emportait, une vague de la mer qu'elle n'avait jamais vue, mais qu'elle se représentait fort bien : vaste à occuper l'horizon entier, se gonflant et se dégonflant telle une personne qui respire. La mer était donc venue jusqu'au Peyroux ?

« C'est la fin du monde, ma pauvre ! »

Toujours ce tocsin, qui lui remplissait la tête : balin-balan, balin-balan ! Elle se disait « ma pauvre » comme si, dans cette éventualité, elle eût été seule à en pâtir, seule à devoir périr noyée, avec ses poules, ses chèvres, son oie, ses lapins. Et en vérité elle n'avait pas la force de plaindre les autres. Pour plaindre les autres, faut se sentir les boyaux à l'aise et les pieds au sec.

Elle rouvrit les yeux : la baraque valsait toujours. Ensuite, peu à peu, la musique des cloches parut s'éloigner, s'enfoncer sous terre, les objets cessèrent leur tournoiement, retrouvèrent leur place. Elle constata sa drôle de position, au pied du lit, les jambes en avant, les dix orteils dressés vers le ciel. Elle n'avait pas souvent l'occasion de les regarder, ses orteils. Eux, d'ordinaire, accomplissaient leur petite besogne sans s'occuper de personne ni de rien, sans demander de compliment, sans mériter de reproche ; en sorte qu'elle ne pensait pas à leur existence. Elle fut surprise de les trouver si visibles à cet endroit, et de si bonne mine. Quand elle pensait à tout ce qui fonctionnait mal en elle ! Ses varices, la faiblesse des genoux, les douleurs des épaules, des coudes, des poignets, ces croûtes de rouvieux qui lui poussaient sur les joues, comme les lichens sur les arbres ! Eh bien ! Voilà que du moins les orteils lui donnaient de la satisfaction !

Elle comprit enfin ce qui lui arrivait :

« Tu auras eu quelque vertige. Ça vient peut-être de l'estomac. Ou du foie. Ou de la tension. »

Elle se parlait non point en pensée, mais réellement avec les lèvres, en prononçant les mots d'une voix bien audible, comme si elle avait eu quelqu'un près d'elle, dans la maison, dans le Peyroux. C'était une façon de remplir ce vide où elle habitait, d'être deux et non pas une. Et en vérité, il y avait bien deux personnes en elle : une gourmande, une coquine, une bavarde, une cancanière ; et puis sa sœur, une fausse jumelle, née le même jour, mais combien différente ! Remplie de bons principes, de bons proverbes, elle la regardait agir, la jugeait, la houspillait, riait de ses sottises, l'abreuvait de conseils pas toujours suivis, se moquait d'elle, l'injuriait quelquefois. Le jour où Mathilde dégagea du bois cette grosse branche de châtaignier brisé par la tempête, l'autre était là pour l'encourager :

« Tire ma vieille ! Tire donc !... Tire aussi fort que tu es bête ! »

Et Mathilde, en effet, tirait de toutes ses forces. Le jour où, confondant les bouteilles, elle se versa, au lieu de vin, un verre de vinaigre et en but une gorgée, la jumelle en avala sa part, s'étouffa et cracha dans l'évier :

« Mais tu vois bien que tu es la dernière des bourriques !... Tu n'en fais qu'une par an, mais elle dure trois cent soixante-cinq jours ! »

Le fait est qu'en vieillissant elle se trompait de plus en plus et tombait d'une bêtise dans l'autre.

« C'est la faute du temps, s'expliquait-elle. Y a plus de saisons... Ou peut-être de la bombe atomique... Ou de ces machines qui vont dans la lune.

— C'est la faute surtout des années, répliquait l'autre. Ta cervelle — qui a jamais été bien ferme — est en train de se ramollir comme le pain par temps de pluie. Soixante-dix-neuf ans ! Quatre-vingts au prochain jour de l'été ! Est-ce que tu n'as pas honte ? Tu devrais être morte depuis longtemps ! Pense un peu à tous ces jeunes qui se massacrent en voiture ou en bobinette ! Quelquefois c'est leur faute, oui, je te le laisse dire ; mais pas toujours. Pense à ces pères et mères de famille, emportés par le cancer ou la fluxion de poitrine ! Et te voilà toujours debout, les pieds dans tes galoches ! À qui sers-tu, en ce monde ? À qui fais-tu faute ?

— À personne, bien sûr.

— Y a bien longtemps que tu aurais dû rejoindre le pauvre Pierre.

— Je peux quand même pas me passer la corde au cou ? Ça sera quand le bon Dieu voudra. »

Ainsi, sur le plancher, les pieds en avant, elle pensait à sa mort :

« Si ce vertige t'avait prise une seconde plus tard, tu pouvais tomber à la renverse de toute ta hauteur, te fracasser la tête ou la barre de l'échine. Te tuer, ce n'est rien. Mais suppose que tu te sois estropiée pour le restant de tes jours ! »

Le derrière d'abord, le reste du corps ensuite, elle parvint à se redresser, en se retenant fermement au lit. Elle s'habilla, prenant soin de garder la tête bien droite, s'interrompant quelquefois, fermant les yeux sur un nouveau tournis.

D'ordinaire, elle soignait son cheptel avant que de penser à elle-même. Ce matin-là, pourtant, elle trouva froide sa cuisine, frissonna et s'employa tout de suite à allumer le fourneau. Le feu y prit sans rechigner ; les genêts secs se mirent à pétiller, à encenser la pièce de leur odeur amère et douce, comme le jus de la réglisse. Mathilde posa sur les ronds une casserolette d'eau pour se faire une infusion. Elle se fiait aux vertus des herbes, des racines, des fleurs, des feuilles, des écorces, des pépins. Elle choisit dans son placard un sachet de reine-des-prés pour s'éclaircir le sang.

Assise sur une chaise, elle attendit le chantonnement de l'eau en songeant à ses misères. Ses mains reposaient sur son tablier, la gauche dessus, où luisait la large alliance d'or rouge ; les veines y formaient des ramures bleues et noueuses ; la peau était marquée de plaques brunes, comme des taches de café. Depuis sa fièvre cérébrale, trois années plus tôt, le médecin avait pris l'habitude de la maison. Sa jumelle lui reprochait fréquemment de faire la douillette ; mais elle ne pouvait plus s'en empêcher, maintenant ; en sortant du coma, elle avait eu trop peur au récit de son mal : de ses sueurs, de ses délires, des remèdes qu'on lui avait fourrés dans tous les trous :

« Je vous ai soignée, pas comme une voisine, mais comme une fille ! racontait l'Annette du Grand-Bois. Trouvez-en une autre qui accepte de faire ce que j'ai fait ! »

Puis la fille était remontée avec son baluchon, emportant le cadeau de Mathilde : un chevreau de quinze jours qu'ils avaient mangé aussitôt, tels des loups affamés, elle et ses deux maîtres, les Frompy, père et fils. Deux ans après, le vieux était mort. Alors, on ne sait comment se l'expliquer, une ambition soudaine avait saisi Annette. À Georges Frompy, elle avait un matin présenté cet ultimatum :

« Ou bien tu m'épouses, ou bien je m'en vais.

— Té ! En voilà une autre ! Et pourquoi que je t'épouserais ? Ensemble, toi et moi, on vit bien comme ça. Alors ? Qu'est-ce que ça me rapporterait que je t'épouse ?

— À toi, rien. À moi, si. Je veux la communauté.

— La communauté ?

— Oui. Par contrat, tu m'assures la moitié de tes biens. Voilà.

— C'est donc ça ! Tu désires ma mort ! Oh ! grande salope ! Ensuite, tu me feras boire le bouillon de onze heures ! Compte pas sur moi pour le mariage !

— Dans ces conditions, je pars demain matin, si tu changes pas d'avis en dormant.

— Je trouverai une autre bonne !

— Une comme moi ? Laisse-moi rire.

— Tu dois me donner huit jours. C'est la loi.

— M'en fous, de la loi.

— Je t'attaquerai ! Je t'attaquerai !... »

Elle fit comme elle avait dit et s'en alla sans laisser d'adresse. Quelle mouche l'avait piquée ? Avoir supporté quinze ans le père et le fils ensemble, et ne pas pouvoir endurer le fils seul un jour de plus ! Georges Frompy n'attaqua personne : ce sont des choses qu'on se lance à la figure, mais que font les imbéciles seulement, la justice est bien trop chère. La maison avait mauvaise réputation : aucune femme ne voulut prendre la suite d'Annette. À présent, il vivait seul comme un hibou, ne se lavait plus, puait comme un bouc, se nourrissait de pain, de lard, de fromage, de patates bouillies volées à la marmite des cochons. Bref ! En cas de rechute, Mathilde Dutheil savait qu'elle ne pourrait plus compter sur personne pour la soigner ; les femmes qui restaient dans les hameaux environnants avaient bien trop à faire chez elles. Voilà pourquoi elle se faisait souvent examiner par le médecin de Puy-Guillaume. À côté des sachets d'herbes qu'elle remplissait elle-même, son buffet contenait toute une pharmacie : gouttes, cachets, pilules, suppositoires, pour le cœur, le foie, l'urée, la tension. Elle les prenait de son mieux, les oubliant souvent, parce qu'elle souffrait maintenant de distractions, à cause de sa cervelle ramollie.

Elle songeait à ces choses, assise près du fourneau, les mains sur les genoux. Tout par un coup, elle s'aperçut que l'eau de l'infusion ne chantait pas encore. Elle se leva, ajouta du bois au feu.

« Ta casserole a le derrière bougrement froid, ce matin ! » dit la jumelle.

Quand elle eut bu sa tisane de reine-des-prés, elle s'emmitoufla dans son châle noir et sortit pour appâturer ses bêtes. Le jour naissait à peine, à travers le brouillard épais et suintant qui couvrait comme un cataplasme le village abandonné.

Malgré son nom, le docteur Lenoir avait la tête toute blanche. Mathilde lui avait recommandé, chaque fois qu'il se trouverait à passer au voisinage du Peyroux, de monter jusque chez elle voir si elle avait besoin de ses services. Une sorte d'abonnement, en somme, comme avec le journal. Il arrêtait sa voiture devant la bicoque, poussait le portillon, criait :

« Mathilde ! »

Si elle apparaissait, elle répondait :

« Oui bien !... Pas la peine aujourd'hui, je me sens comme il faut. Merci tout de même. »

Ou, au contraire, elle faisait signe, derrière ses carreaux, d'entrer tout à fait.

Elle lui raconta son vertige, sa chute sur la descente de lit qui s'était trouvée là bien à point, toutes ces cloches qui sonnaient : elle avait cru à la fin du monde.

« La fin du monde, bougonna l'autre en secouant sa tête de poireau, c'est quand on casse sa pipe. Elle vient pour chacun de nous, tôt ou tard. »

Elle eut une curiosité soudaine : pour une fois qu'elle se trouvait en compagnie d'un homme très savant, un spécialiste de la vie et de la mort, qui avait dû au cours de sa carrière en voir de toutes les couleurs, elle se mit à l'interroger sur ce qui se passe *après*.

« Après ? Après quoi ?

— Eh bien !... Après qu'on vous a fermé les yeux, pardi !

— On vous fout dans une boîte, et la boîte dans le trou.

— Ça, je le sais. Mais après ?

— Faut-il que j'insiste ? Votre corps...

— Je sais bien ce qui arrive au corps. Mais... Le reste ?

— Le reste ?

— Oui, le reste... l'âme.

— L'âme ! Des histoires de curés ! Y a pas d'âme à part. L'âme fait partie du corps. Elle est en lui, accrochée à lui ;

sans lui, elle n'existe pas. Tenez, je vais me servir d'une comparaison. Le corps et l'âme, c'est la même chose qu'un livre et son contenu. Il vous est arrivé de lire un livre ? D'ouvrir un livre ? »

Elle chercha dans ses souvenirs, remonta jusqu'au temps de son école à Escoutoux, chez les sœurs qui lui apprenaient *qu'est-ce que Dieu ?* et lui disaient : « Ma pauvre Mathilde ! Ce n'est pas une tête que tu as sur les épaules, mais une calebasse ! » Qu'est-ce qu'une calebasse ? Le monde est plein de mystères et de complications.

« Oui, finit-elle par reconnaître. Je lis mon livre de messe.

— Bon, mettons un livre de messe. Il vous dit quelque chose, n'est-ce pas, ce livre de messe ? De quoi parle-t-il ?

— Il parle de Dieu, et des prières, et de l'âme.

— Tous ces trucs ont un sens, en principe. C'est des idées, des sentiments, une histoire qu'il raconte. L'histoire, voilà l'âme du livre. Le papier, la reliure, voilà son corps. Si vous le jetez au feu, tout disparaît, le papier et l'histoire. Le corps et l'âme. Pour nous, hommes, c'est la même chose. »

Elle fut consternée de ce qu'il lui révélait : cela ne s'accordait guère en effet avec ses croyances profondes. Voyant son affliction, l'autre retrouva son instinct professionnel et voulut la remonter un peu :

« La différence avec le livre brûlé, c'est que, après, nous ne sommes pas entièrement perdus. Nos molécules... je veux dire les petites parties qui nous composent se dissolvent... se mélangent à la terre. Nous revivons ensuite, sans doute, sous la forme végétale. J'imagine que notre âme donne alors aux fleurs leurs couleurs et leur parfum, aux fruits leur saveur. Les bleuets, les coquelicots, les violettes emprunten peut-être l'âme de quelqu'un que nous avons connu. Ça vous chagrinerait de devenir un coquelicot... après ?

— Un coquelicot, moi ? Peuh !

— Enfin, je vous dis ce que je crois être la vérité. Je le crois profondément. Mais il est possible aussi que je me trompe.

— Ah ? ... Vraiment ? ... Ça se peut ? »

Cette éventualité la consola. Elle aurait eu vraiment trop de peine si son âme avait dû s'évaporer comme l'histoire d'un livre brûlé ; si elle avait dû renoncer à l'espérance de retrouver un jour les chères âmes de ses défunts : Pierre, son mari de quelques mois ; Maurice, son frère ; son père et sa mère ; Vatelequerre, le dernier voisin... Ce grand-père Membrun dont elle avait presque oublié la figure, depuis soixante-dix ans qu'il avait quitté ce monde, mais qu'elle revoyait encore sur son lit de mort, adossé à deux oreillers. Tandis que ses enfants inondaient ses mains de larmes, il avait pris sa dernière colère, autant que le lui permettait son agonie :

« Arrêtez de pleurer, imbéciles !... Vous finiriez par me mettre dans l'inquiétude... Où croyez-vous donc que je serai, demain ? ... Au cimetière d'Escoutoux ? ... En enfer ? ... Non, demain... je serai en Paradis... Y a-t-il de quoi pleurer ? Ou au moins au Purgatoire, qui en est le commencement... si le bon Dieu veut... J'ai jamais commis de péché assez gros pour descendre chez le diable. Alors... arrêtez vos larmes ! »

En gardant ses chèvres, les jours de soleil, Mathilde rêvait de ces futures retrouvailles. Ils seraient tous là-haut à l'attendre, dans leur longue chemise de nuit, les bras grands ouverts. Pierre et Maurice avec leur figure de vingt-cinq ans, tandis qu'elle arriverait, elle, plus plissée qu'un porte-monnaie. Plus vieille, même, que son père et sa mère ! À cause de la pénicilline et des remèdes d'aujourd'hui qui te gardent en vie malgré toi, alors que tu as fait ton temps !

Le docteur Lenoir l'examina, la fit tousser, écouta son cœur, mesura sa tension : 22 !

« C'est beaucoup trop, chère Mathilde. Vous ne devriez pas rester seule dans cette maison.

— Si vous voulez me payer une dame de compagnie !

— L'été, passe encore. Mais l'hiver ! À chaque instant, une congestion peut vous terrasser. Qui s'occupera de vous ? Savez-vous ce que vous devriez faire ? Vous avez de bonnes pensions, n'est-ce pas ?

— Oh ! bonnes !

— Suffisantes, je crois savoir, pour que vous vous retiriez dans une de ces maisons où l'on reçoit les vieilles personnes. Elles y sont bien nourries, bien logées, bien chauffées, bien soignées. Libres de sortir à leur fantaisie. Jamais seules, toujours en compagnie de gens de leur âge. La télévision, un jardin, des bancs à l'ombre. Que peut-on désirer de plus ?

— L'hospice ! Vous voulez m'envoyer à l'hospice ?

— Il ne s'agit pas d'hospice ! Ça n'existe plus, les hospices ! Je vous parle d'une maison de repos, d'une maison de retraite, d'une résidence pour le troisième âge. Des sortes d'hôtels.

— Le troisième âge ? Qu'est-ce que c'est, le troisième âge ?

— Celui que vous avez. On trouve de ces hôtels un peu partout dans la région : à Maringues, à Lezoux, à Aigueperse, à Thiers, à Billom, à Pont-du-Château... Voulez-vous que je m'en occupe ? Que je vous cherche une place ?

— Non, non... Pas encore. Il me semble que je peux tenir cet hiver... Quitter ma maison, est-ce que vous vous rendez compte ? Et qui s'occupera du Peyroux quand je serai partie ? Quand il y restera plus que les rats et les araignées ?

— Hé ! Ne vous souciez pas du Peyroux ! Si abandonné qu'il soit, il durera plus longtemps que vous !

— On verra, on verra. Pas tout de suite.

— Comme vous voudrez ! Vous voilà prévenue ! »

Elle reçut d'autres avertissements : les oignons de son potager avaient la pelure épaisse ; les hirondelles s'en allèrent de très bonne heure ; le jour de la Saint-Michel, le vent souffla du nord. Et le plus terrible, le plus solennel de tous : les escargots ! Dès la fin septembre, les escargots s'enfoncèrent sous terre de façon incroyable, et se murèrent sous leur couvercle. En arrachant ses carottes, elle en découvrit à une profondeur de bêche ! Tous ces signes signifiaient la même chose : l'hiver serait précoce et rude. Elle fit mine de ne pas comprendre.

Il fut rude en effet. Elle l'attendait de pied ferme, sa cave bien garnie de charbon, son bûcher rempli jusqu'au goulot du bois tout scié que lui apportait Frompy avec son tracteur. Vers la mi-octobre, il y vint un grand froid, mais qui ne dura guère. Juste assez pour plumer les arbres de leurs dernières feuilles. Elle les ramassait à brouettées, les portait au fond de son jardin, sur le tas des ordures ; avec le fumier de ses lapins et de ses biques, cela deviendrait l'aliment dont elle engraisserait, au printemps, sa terre épuisée par six mois de jeûne et d'abstinence. Puis, saint Martin nous fit cadeau d'un été de trois jours, comme à l'accoutumée.

Décembre et janvier furent des mois neigeux. Chaque matin, elle balayait devant sa porte, s'ouvrait un passage jusqu'à l'abri des bêtes. Elle ne sortait jamais sans ses châles, les mains dans ses mitaines, enveloppée comme une momie. Certains jours, quand le vent soufflait de Puy-Guillaume, aussi affilé qu'une lame de rasoir, elle aurait voulu s'enfoncer sous terre, à la façon des escargots. Les lapins se pelotonnaient l'un contre l'autre au fond de leurs cages ; les poules n'osaient descendre de leur juchoir ; Margarette, son oie, souffrait de neurasthénie ; ses trois chèvres se cotisaient pour lui fournir une bolée de lait. Une fois ses devoirs accomplis, Mathilde rentrait chez elle, frissonnante. Elle se frottait les mains pour les dégourdir, s'installait devant son fourneau, les pieds dans le four. C'est le moment que choisissait Courtaud pour lui sauter sur les genoux. Elle le caressait longuement de la tête jusqu'à sa queue coupée ; elle, ça la réchauffait, et lui, ça lui faisait plaisir. Sous sa main, le poil pétillait.

Le médecin venait de temps en temps constater si elle était vive ou morte. Il apportait quelque échantillon pharmaceutique :

« Prenez ça en cas de rhume... en cas de fièvre... en cas de vertige... »

Puis il repartait en grommelant :

« Ah ! ces vieilles carcasses ! »

Au crayon, elle inscrivait sur les boîtes : *rhume... fièvre... vertige... ;* puis elle les rangeait dans son placard et les y oubliait. Elle préférait ses tisanes dans lesquelles, parfois, elle versait une goutte de *blanche.* Le soir, elle plaçait au milieu de son lit une brique chaude enveloppée d'un vieux bas de laine.

À force de précautions, elle traversa l'hiver presque sans dommage. Seul janvier lui causa du tort, par une toux qui la déchirait et ne l'abandonnait qu'épuisée ; rien n'y faisait, ni le sirop, ni les frictions à l'eau-de-vie, ni les encouragements ironiques dont elle se fouettait :

« Tousse donc, vieille poussive !... Oh ! tousse donc !... Encore un coup !... Une autre fois !... Que le diable te crève ! »

Venue sans invitation, la toux s'en alla seulement quand il lui plut.

Février fut doux et pluvieux ; les premières violettes montrèrent leur nez. Encore un petit mois, se prédit Mathilde, et tu entendras chanter le coucou. Or voici qu'au moment où tout risque semblait écarté, un autre mal la frappa : un terrible lumbago. Elle ne pouvait faire un pas sans gémir, pliée sur sa canne, en chien de fusil.

« Vous devriez être couchée ! s'emporta le docteur. Les reins enveloppés ! Ça ne peut plus durer comme ça ! Je vous emmène ! Je vous fais hospitaliser à Thiers !

— Et mes bêtes, qui les soigne ? Vous les faites hospitaliser aussi ?

— Vous voyez bien que vous ne pouvez plus rester seule ! Liquidez-les, vos bêtes ! Et qu'on n'en parle plus ! Ou alors cherchez-vous un autre médecin ! Est-ce que les bêtes vont passer avant le monde ? »

De la poche de son tablier, elle sortit son mouchoir à carreaux et se mit à pleurer dedans.

« Essayez pas de m'avoir avec vos larmes ! Je marche pas ! »

Recroquevillée dans son fauteuil de rotin, elle continua quand même.

« Je vous répète que vous devez partir ! partir ! partir !

— Ayayaye !

— Quoi, ayayaye ?

— Vous me faites mal, avec ce mot.

— Si vous voulez que je revienne, promettez-moi absolument de les vendre ! Promettez !

— Hé ! Ça se fait pas du jour au lendemain ! Faut que je cherche quelqu'un de convenable, qui leur fera pas de misères !

— Vous connaissez tous les gens de la commune. C'est pas difficile.

— Faut que j'en parle, quand j'aurai l'occasion.

— Promis ?

— Promis. Mais je peux pas fixer une date. »

Ses larmes s'étaient arrêtées. Et, soudain, elles rejaillirent, se dispersèrent dans les rides de son visage.

« Ça vous reprend ? Qu'est-ce qu'il y a ?

— C'est... encore... à cause de mes bêtes. Elles ont rien mangé... depuis hier. J'ai pas pu... m'en occuper. Puisque vous êtes là, si vous vouliez... me rendre ce service...

— Quel service ?

— D'aller leur donner quelque chose. Y a tout ce qui faut dans le hangar. Des betteraves pour les lapins. Vous les coupez en tranches. Y a un couteau. Du genêt vert pour les chèvres. De l'orge pour les poules. »

La stupeur lui fit tomber les bras :

« Vous me demandez... ?

— Puisque vous êtes là ! »

Ensuite, la drôlerie de la chose le fit éclater de rire. Les lapins le reçurent bien ; mais les poules, terrorisées, s'envolèrent jusqu'au toit en criant à l'assassin ! Il découpa les betteraves en tranches, jeta quatre poignées d'orge au milieu des fientes, répartit le genêt vert. Comme les chèvres tournaient vers lui d'un air dédaigneux leur regard égyptien :

« Excusez, dit-il, vexé jusqu'aux oreilles, si je n'ai pas les compétences de la Mathilde ! »

Quand il revint dans la cuisine, il suggéra :

— Vous n'avez pas un parent, une parente, qui pourrait venir passer quelques jours avec vous ?

— Si. Plusieurs neveux et nièces. Je parle pas de mes belles-sœurs, aussi mal fichues que moi. Tous mes frères sont morts.

— Eh bien ! Écrivez-leur. »

Elle réfléchit ; puis :

« Je vais écrire à ma belle-sœur de Randan. C'est la seule qui m'envoie une carte, de temps en temps. Elle a une fille et deux garçons.

— N'y manquez pas. »

La semaine suivante, quand il revint, il trouva sa cliente à peu près dans le même état.

« Ça n'a pas l'air d'aller bien mieux. Je vous ai ordonné la chaleur du lit et des frictions.

— Oh ! je me frictionne ! je me frictionne !

— Vous avez écrit à votre parente ?

— Oui. Pas encore de réponse.

— Et ce bétail, liquidé ?

— Je m'en occupe. Faut le temps, tout de même !

— Comment vous en occupez-vous, alors que vous ne pouvez pas mettre un pied devant l'autre ?

— J'en ai parlé à Clémençon, le facteur. C'est un homme de bonne volonté, et qui me débarrasse bien. Il me fait beaucoup de commissions, en m'apportant le journal. Alors, comme il entre dans toutes les maisons, il lui est facile de dire : Y a la Mathilde du Peyroux qui vend ses chèvres, ses poules, ses lapins, vu que le docteur Lenoir veut l'enfermer à l'hospice...

— Sacrée tête de mule ! Je vous ai dit que l'hospice, ça n'existe plus !

— Peut-être que je me suis mal expliquée. Ce qui compte, c'est que mon cheptel s'en aille, pas vrai ? Et quand Clémençon s'occupe d'une affaire... »

Il haussa les épaules, se prépara à partir, la saluant avec un sarcastique :

« Portez-vous bien ! À la prochaine fois.

— Attendez !

— Qu'est-ce qu'il y a encore ?

— Sans vous commander... puisque vous êtes là... si vous vouliez bien comme l'autre jour...

— Vous vous foutez de moi, Mathilde ? Est-ce que vous me prenez pour votre garçon d'écurie ?

— Clémençon accepte bien, lui, de leur donner à manger, aux pauvres bêtes. Il a même curé la cage des lapins !

— Ah ! non ! Ne me demandez pas ça ! Les betteraves, passe encore ! Mais pas le fumier ! Surtout le fumier de lapins ! Le pire qui soit ! Quand mon père voulait insulter quelqu'un, il criait : Fumier de lapins blancs !

— Il était guère poli, votre père. Mais j'aurais bien dû penser qu'un docteur est moins charitable qu'un facteur des PTT.

— Alors là... si vous me prenez par les sentiments... Je vais être obligé de rivaliser avec Clémençon.

— Le bon Dieu vous récompensera.

— M'en fous, du bon Dieu. »

Il laissa sur une chaise sa boîte à outils, et s'en alla vers la remise, amusé au fond de ce qu'on lui faisait faire. Les poules ne l'accueillirent pas mieux que la première fois : elles en avaient ras le bol de voir entrer chez elles cette tête qu'elles ne connaissaient ni d'Ève ni d'Adam.

La belle-sœur de Randan finit par répondre : *Bien chère belle-sœur, je suit bien fâchée de ce qui vous arrive si je pouvait venir moi même vous soigné je ne manquerait pas de le faire mais comment vouler vous à mon age et avec toutes les douleurs que j'ai toute la misère et pas chez les mêmes vous me parlais aussi de mes garçons et de ma fille on diret que vous avais oublier leur situassion Jean-Claude l'ainé est marié il a un enfant il travail à la briquetterie de Billom il ne lui et pas possible de quitté son travail et de risqué de se faire mètre à la porte Jeanne la seconde et mariée aussi postière à Saint-Germain-des-Fossés ces la même chose il reste le troisième Gaston qui a 32 ans toujours célibatère il et avec moi il exploite la ferme mais s'il va soigné vos bêtes à vous qui va soigné les notres ça serai comme on dit déculoter saint Jean pour culoter saint Pierre je suis bien fachée de votre lombagot mais ces quant même pas si terrible il me semble que vous vous écouter un peu trop dans ce genre de maladie veau mieux se remué un peut enfin espéront que ma lettre vous trouvera mieux je prirer la Sainte Vierge pour qu'elle vous donne son appuit votre belle-sœur qui pense à vous*

Joséphine Membrun

Quand elle eut déchiffré cette feuille, Mathilde la lut une seconde fois ; puis elle entra dans une grande fureur et la déchira en mille morceaux :

« La Sainte Vierge ! Oh ! Nom de gueux de nom de gueux ! La Sainte Vierge ! Votre belle-sœur qui pense à vous !... »

Elle tapa sur la table, s'arracha de son fauteuil, jeta les débris dans le feu. Alors, elle s'aperçut que sa colère lui avait fait du bien ; son échine lui parut un peu moins douloureuse.

Ensuite, le printemps vint et le coucou chanta.

II

Son lumbago évanoui, Mathilde n'avait plus de raison de quitter immédiatement le Peyroux. Elle fit savoir au voisinage, par le haut-parleur de Clémençon, qu'elle n'était plus vendeuse du bétail, que le marché pouvait attendre. Néanmoins, elle savait que ce n'était que reculer pour mieux sauter. Le médecin ne lui laissa aucune illusion :

« Vous avez réussi, par je ne sais quel miracle, à traverser l'hiver sans trop de dégâts...

— C'est la Sainte Vierge, et les prières de ma belle-sœur de Randan.

— Ne vous avisez pas de tenter l'épreuve une autre fois l'hiver prochain. Vous n'y coupez pas pour la pneumonie double, la pleurésie purulente ou la grippe infectieuse. Pour vous, c'est alors l'hôpital d'urgence ; pour vos bêtes, la crevaison dans les plus courts délais. D'autre part, ne croyez pas qu'il soit facile d'obtenir une place dans les hôtels de retraite au dernier moment : ils sont très demandés. Tout le monde aujourd'hui veut aller finir ses jours dans ces établissements. Alors, voici ce que je vous conseille. Passez ici la saison chaude. Mais dès le mois de septembre, vendez tout, cheptel et maison...

— Oh ! non ! Pas ma maison ! Ma maison, je la garde !

— Une fois installée là-bas, dans le confort, vous n'en aurez plus l'usage. Il vaudra mieux en tirer quelques sous qui, plus qu'elle, vous rendront service.

— Si elle ne sert pas à moi, elle pourra servir à quelqu'un d'autre, un jour.

— Quelqu'un d'autre ?

— Oui, on ne sait jamais. »

Il s'aperçut qu'elle rougissait, comme prise en faute, et comprit qu'elle pensait encore à ce mauvais sujet : Louis, son fils, occupé à « faire des affaires » sur la Côte d'Azur, et qui ne voulait plus entendre parler d'elle. Elle avait payé assez cher pour en être sûre. Et voilà qu'elle espérait encore contre toute espérance ! Elle se l'imaginait revenant un jour au Peyroux, dans ce « bled pourri », ce « patelin de cons », pour y passer des vacances, en compagnie d'une de ses nombreuses fiancées ! Ou pour y écouler, beaucoup plus tard, les jours d'une retraite heureuse parmi les pâquerettes et les boutons d'or ! L'espérance est une flamme difficile à éteindre. Le médecin lut tout cela dans la rougeur de Mathilde. Il haussa les épaules et se contenta de dire :

« Comme vous voudrez. En tout cas, vos bêtes, hein ? je n'en veux plus avant la fin de l'été. Je m'occuperai de vous chercher une place. Avez-vous une préférence ? Lezoux ? Maringues ? Thiers ?

— Non, non. De toute manière, dans votre hôtel, je connaîtrai personne. Alors, ici ou ailleurs... »

Elle vécut donc son dernier été au Peyroux. Au lieu d'emmener ses chèvres au plus proche pâtis, comme les autres années, elle marchait aussi loin que le lui permettaient ses genoux. Elle revoyait ainsi des coins de terre, des chemins, des arbres depuis longtemps perdus de vue et quasiment oubliés. Ceux qui passaient s'étonnaient de la rencontrer si loin de sa bicoque :

« Ohé ! Mathilde ! Qu'est-ce que vous faites par ici ? Du camping sauvage ? Vous allez vous perdre !

— Pas de risque ! »

Elle avait naguère connu chaque pierre, chaque pouce de terrain, chaque repli de la montagne. Pas de risque qu'elle s'égarât dans la région ! Certains endroits, elle les aurait devinés les yeux fermés, à l'odeur : sur tel versant, les châtaigniers, avec leurs fleurs fades qui pendent de partout, comme des queues de rat ; ailleurs, les aubépines amères ; l'âcre senteur des orties foulées ; la résine des troncs d'arbres entassés ; les eaux croupissantes ; les fumures épandues. En se vidant de ses hommes, la campagne perdait à présent aussi un peu de ses odeurs. N'importe ! Telle quelle, nom de gueux, elle valait la peine d'être respirée ! Mathilde se remplissait de tout ce que bientôt elle allait perdre.

Elle regardait avidement les maisons du village. Celle de Victor Dassaud : maintenant, tas de ruines envahies par les ronces ; un frêne était en train de grandir tranquillement au milieu. Le toit des Maibert commençait à s'enfoncer. Celle des Jolivet avait déjà perdu le sien ; la nuit, à travers les fenêtres, tu pouvais compter les étoiles. Celle des Plandieu, celle des Dozolme restaient encore bravement debout ; elle vit des lézardes à traiter, des volets à repeindre, des lucarnes à boucher, et les signala aux héritiers, dès qu'elle en eut l'occasion. Qu'allait devenir le Peyroux sans elle ? Qui donc, pour le garder en vie, y entretiendrait la fumée quotidienne ? Qui soignerait ses blessures ?

Chaque soleil levant la rapprochait de son départ. Le combien sommes-nous ? Mon Dieu ! Déjà le vingt-quatre !

Plus qu'une semaine avant la fin du mois ! Clémençon lui envoya des acheteurs. Elle les avertit fermement :

« D'accord, je veux bien vendre mon cheptel. Mais je le garde jusqu'au dernier jour ! Alors, ne venez pas le chercher avant que je vous le fasse dire par le facteur des PTT. »

Un matin, le médecin débarqua, rayonnant :

« Ça y est, Mathilde ! Après je ne sais combien de démarches, j'ai enfin ce qu'il vous faut. À vingt kilomètres d'ici : Entraygues. J'espère que vous êtes contente ?

— Vingt ou quatre, qu'est-ce que ça me fait ? Quand je serai partie...

— Qui vous empêchera de temps en temps, à la belle saison, de venir jeter un coup d'œil au Peyroux ? En taxi, ça ne coûte pas une fortune ! Ça vous fera une sortie. Vous aurez plaisir à revoir votre bicoque. J'ai réservé votre place pour le premier octobre.

— Vous êtes bien pressé de perdre ma clientèle ! Je pourrais tenir jusqu'à la Toussaint. Je ramasserais des châtaignes, je les emporterais...

— Vous aurez là-bas tout le nécessaire. Inutile d'emporter de la nourriture. Quant à la date, on ne m'a pas laissé le choix : c'est le premier octobre ou rien du tout. »

Elle baissa la tête, résignée désormais à ne plus faire que la volonté des autres. Depuis cinquante ans, elle n'avait d'autre maître que la volonté du ciel ; et voici qu'elle allait devoir apprendre à obéir, comme lorsqu'elle était petite fille, ou en service à Barante. Le docteur lui exposait tous les avantages dont elle jouirait à la maison d'Entraygues : logée, nourrie, blanchie, chauffée, soignée gratuitement en cas de maladie. Aucun souci à se faire ! Il la prit par les épaules pour qu'elle le regardât en face, pour qu'elle se laissât éclairer par sa joie à lui :

« Savez-vous, Mathilde, savez-vous comment s'appelle ce palace ?

— Comment que je le saurais ?

— Écoutez bien. Il s'appelle : *Le Doux Repos !*

— *Le Doux Repos ?*

— Oui, *Le Doux Repos.* Qu'est-ce que vous en dites ? ... C'est un programme, ça, non ?

— Ben oui. C'est pas trop mal. »

Elle dut en convenir, avec mauvaise humeur. Elle demanda ce qu'il faudrait emporter.

« Votre linge de corps, simplement ; tout le reste, draps, serviettes, sera fourni par la Maison. N'est-ce pas merveilleux ?

— Et comment serai-je logée ?

— Là se pose un problème. Il existe des chambres communes, pour huit ou dix personnes ; des chambres à deux ; des chambres individuelles. Naturellement, moins l'on est, plus c'est cher. D'autre part, les chambres individuelles sont très peu nombreuses. Moi, je vous conseille la chambre à deux. De cette façon, vous aurez de la compagnie. Chaque personne rend de petits services à l'autre. On bavarde, on ne voit pas le temps passer. »

Elle hocha la tête, consentante, puis tout à coup la redressa :

« Je plains celle qui couchera à côté de moi ! Sauf si elle est sourde. En dormant, je ronfle plus fort qu'une batteuse ! »

Ils évoquèrent le prix de pension. Tant par jour. Multiplié par trente, ça mangerait à peu près entièrement ses deux retraites cumulées, celle de veuve de guerre et le Fonds de Solidarité. Mais lui :

« Qu'est-ce que cela fait ? Puisque tous vos besoins seront couverts ! Vous n'aurez pratiquement rien à acheter. Pour les dépenses imprévues, il vous reste vos économies. J'espère que vous ne les gardez pas pour... vos héritiers ?

— Non, non.

— Vous retirerez de la Caisse d'épargne une certaine somme. Mettons par exemple 100 000 francs. Anciens, bien sûr. Vous les confierez à l'économat de la Maison qui vous les gardera dans son coffre. Quand vous aurez besoin d'un peu d'argent, vous le demanderez à l'économe. Vous voyez : c'est sûr et simple. De cette façon, vous n'aurez jamais sur vous que de petites sommes, et vous ne craindrez pas les voleurs.

— Il y a donc des voleurs ?

— Ma chère Mathilde, des voleurs, il y en a partout. Même au gouvernement. Même à Rome, chez le pape, puisqu'il dispose d'une prison. Alors, il vaut mieux se prémunir. »

Elle entra dans le mois de septembre, qui fut très beau cette année-là ; on aurait dit que la campagne voulait lui donner de plus grands regrets. Dans les jardins abandonnés, les pommiers, les poiriers, les cognassiers étaient chargés de fruits ; les grappes commençaient à rosir. Elle contempla le sien, le cœur serré. Il y restait des légumes que les lièvres seuls mangeraient : des choux, des carottes, des haricots, des salades ; et un potiron qui faisait quasiment un mètre cube ! Jamais elle n'avait produit de potiron aussi gros. Comme pour se moquer d'elle, chaque jour il enflait davantage. L'oie Margarette déambulait dans la cour tristement, sans rien dire. Depuis la mort de Vatelequerre, plus personne ne se souciait de lui donner la réplique, de lui dire : « Margarette ! » pour l'inciter à répondre : « Ha ! Ha ! ». Alors, elle se taisait. Elle n'aimait pas les monologues.

Le 22, jour de la Saint-Maurice (elle avait chaque année ce jour-là une pensée spéciale pour son pauvre frère, celui qu'elle avait préféré), Francis Jolivet descendit de Chautard avec son tracteur et son tombereau à fumier, de bon matin. L'acheteur, c'était lui ; il venait prendre livraison. Elle s'indigna :

« Tu vas mettre tout le monde là-dedans ? Mes chèvres, mes poules, mon oie, mes lapins ?

— Et alors ! Ils ont bien l'habitude de vivre ensemble, non ?

— Ils vont se battre, dans ton tombereau ! Tu aurais pu faire deux voyages !

— Deux voyages ? Et le gas-oil, vous croyez qu'on me le donne à l'œil ? »

Il était venu très tôt pour surprendre la volaille au nid :

« La laissez pas sortir, qu'il recommanda. Je vais charger les lapins d'abord, dans une caisse ; ensuite les chèvres ; les poules en dernier ! »

Les lapins n'opposèrent qu'une résistance symbolique. Il n'en fut pas de même des biquettes. D'abord, elles s'affolèrent dans leur chèvrerie, à la vue et à l'odeur de ce gaillard inconnu, vêtu de bleu, avec une drôle de casquette.

« C'est ta casquette, expliqua Mathilde, qui les rend nerveuses.

— Qu'est-ce qu'elle a, ma casquette ?

— Un pompon. Une casquette avec un pompon. Comme le béret des marins.

— Eh ben quoi ! C'est la mode !

— Oui, mais elles, elles ont jamais vu ça. Moi-même, ça me donne quasiment la berlue. Je veux regarder ailleurs ; et mes yeux, malgré moi, reviennent toujours vers ton pompon. Alors, excuse-les.

— Eh ! mon pompon !... »

Il ne trouva rien d'autre à dire. Quant aux chèvres, elles ne succombèrent qu'avec la complicité et la traîtrise de leur maîtresse. Mathilde les emmena une à une jusqu'au pied du tombereau ; là, Jolivet les saisit à bras-le-corps, malgré leurs contorsions et leurs ruades, et les jeta dedans.

« Doucement ! recommandait la vieille. Doucement, Francis ! Ne leur fais pas de mal ! »

Quand elles furent toutes trois dans la voiture, elles se mirent à bêler, d'une voix désespérée. Mathilde fondit en larmes, ce qui rendit l'acheteur furieux :

« Je crois bien que la plus chèvre des quatre, c'est encore vous ! Allez vous cacher ! Laissez-moi finir tout seul le chargement ! »

C'est ce qu'elle fit. Dans sa cuisine, elle se boucha les oreilles pour ne pas entendre les piaillements de sa volaille pourchassée. Margarette ressortit sa voix des meilleurs jours, lança de grands coups de trompette. Jolivet eut quand même le dernier mot : bientôt tout le cheptel se trouva en vrac dans le tombereau à fumier, piétinant, caquetant, chevrotant. Afin d'empêcher les évasions, il le recouvrit d'une bâche qu'il ficela par-dessous. Il revint satisfait, en s'époussetant les mains.

Mathilde l'attendait sur sa chaise, les siennes abandonnées, les joues humides, la figure en grand deuil.

« Remettez-vous, ma pauvre ! Remettez-vous ! Mieux vaut perdre ses bêtes que perdre ses enfants.

— L'un n'empêche pas l'autre. »

Il se mordit la langue, de la bêtise qu'il avait lâchée. Puis, comme une consolation, il déposa devant elle, sur la table, les billets du prix convenu :

« Rubis sur l'ongle ! Moi, je paye toujours rubis sur l'ongle ! »

C'était une expression luxueuse, qui visiblement lui plaisait. Il insista :

« Vous pouvez compter. »

Elle eut un geste de la main pour signifier : je vous fais confiance. Elle aurait dû alors, selon les bons usages, se lever, offrir une goutte de quelque chose, de *blanche* ou de son eau de coing. Mais elle semblait avoir perdu le sens des convenances. Elle restait là, les yeux dans le vide, sans parole ni mouvement.

« Je comprends, fit Jolivet, gêné de ce silence, qu'un déménagement... à votre âge... ça vous foute un coup. Mais vous en faites pas, Mathilde ! Là-bas, vous serez gâtée... comme un coq en pâte... Et puis, on ira vous voir ! Comme un coq en pâte, vous serez, là-bas ! »

Il avait ainsi des expressions, *comme un coq en pâte, rubis sur l'ongle,* des friandises de bouche en quelque sorte, qu'il roulait sur sa langue. La vieille, elle, semblait aussi devenue sourde. Dans ces conditions...

« Bon. Eh bien ! je m'en vas. Vous restez encore quelques jours ? ... J'aurai sûrement l'occasion de repasser par ici. Ménagez-vous, Mathilde. Nous autres, dans la région, on vous oubliera pas, soyez sûre !... Au revoir. Ménagez-vous. »

Elle ne répondit point. Quand il fut sur la porte, il se retourna, répéta :

« Ménagez-vous ! »

Puis il traversa la cour, à grandes enjambées, vers le tombereau à fumier où c'était toujours la révolution.

Elle perdit également le manger et le dormir. Le jour, une question lui traversait souvent l'esprit : Est-ce que tu as soigné ton cheptel ? Elle ne pouvait retenir ses jambes de la porter malgré elle vers la remise où, naguère, sa venue provoquait toujours un ébrouement joyeux. Une fois à l'intérieur, elle revoyait les places vides, tout son corps se mettait à trembler. Elle ne pleurait plus, ayant fini sa provision de larmes ; il ne lui restait que des sanglots, une sorte de petit hoquet qui la secouait de la tête aux pieds : hup ! hup ! hup !...

Elle errait dans la maison en gémissant. Nom de gueux de nom de gueux de nom de gueux. Elle fit un petit tas des affaires à emporter : camisoles, chemises de nuit, bas, bonnets... Elle les enveloppa d'un vieux drap retenu par des épingles de nourrice. Là-bas, auras-tu la place d'installer tout ça ? Nom de gueux de nom de gueux de nom de gueux. Elle passa de même en revue tous les souvenirs de ses tiroirs : vieilles ordonnances, livret de la Caisse d'épargne, livret de famille, lettres, titres de propriété ; elle entassa ce qu'elle voulait garder dans sa boîte à malices : le coffret du *Caïffa*, avec, sur le couvercle, le joueur de galoubet en train de charmer un serpent à lunettes. À propos de lunettes, n'oublie pas les tiennes ; ni ton fil, tes aiguilles, tes ciseaux ; mais comment feras-tu pour tout installer ?

En fin de journée, elle s'apercevait que son fourneau était resté froid, et qu'elle n'avait rien mangé, hors son chagrin. Par devoir, elle y fourrait quelques bûchettes, se préparait une soupe à l'oignon. Quand elle l'avait trempée dans son écuelle, selon l'habitude, elle se rendait compte qu'elle n'avait pas de lait. Ah ! tu aimes pas la soupe noire ! Faudra pourtant bien t'y habituer. Tu crois qu'au *Doux Repos* on te donnera la soupe blanche ? Elle avalait quelques cuillerées, pires qu'une purge ; elle laissait le reste dans le bol.

Avant de se coucher, par une ancienne habitude, elle se préparait une infusion de tilleul. Elle allait chaque été cueillir la fleur dans les arbres bruissants d'abeilles. Et il n'était guère de malaise, guère de chagrin qui résistât en elle à cette tisane du soir. Si bien qu'ensuite elle se glissait entre ses draps, l'estomac et la conscience soulagés.

La nuit, elle demeurait pourtant les yeux ouverts, songeant à toutes les années vécues dans cette maison. Elle en faisait le compte, depuis 1921, depuis le jour où elle avait signé l'acte d'achat à Puy-Guillaume, chez Me Chadeyrat. Que de monde, alors, au Peyroux ! Des vieux, des jeunes, des enfants. Son fils Louis allait à l'école à Paslières et en rapportait des images et des bons points. Puis, avait éclaté une seconde guerre. Et nous l'avions perdue ! Ce qui fait que tous les pauvres soldats de la précédente qui avaient laissé leurs os sur le front étaient morts pour rien. En commençant par Pierre Dutheil, son mari, et Maurice Membrun, son frère. Voilà ce que c'est, d'être mal gouverné. Un jour, comble de l'horreur, un groupe d'Allemands était monté jusqu'au Peyroux. Ils cherchaient, qu'ils disaient, des terroristes. *Terroristen !* Ils n'en avaient pas trouvé. Alors, pour se consoler, ils avaient raflé tous les œufs et tout le beurre du village. Pire encore ! Trois ou quatre s'étaient éparpillés, s'étaient déboutonnés, et avaient pissé contre les maisons. Leur sale pisse de Boches avait ruisselé le long des murs et avait été bue par la terre ! Voilà une des choses, qui, à l'époque, l'humiliait le plus : l'idée de tous ces ennemis foulant notre pays et pissant dessus à chaque instant. Ensuite, heureusement, on les avait chassés. Toutes les nuits, les avions anglais rasaient les toits pour venir lâcher du matériel sur les maquis des environs. Un jour, les *Terroristen* étaient sortis des bois, et avaient raccompagné les envahisseurs à grands coups de pied dans leurs gros derrières, jusque chez eux, où les survivants pourraient pisser tout leur saoul. Son fils Louis était rentré de sa captivité, avec ces mauvaises manières apprises là-bas, ces mots qu'il leur avait empruntés, *doubiste, chaïze, fertiche,* et ainsi de suite. Il avait vécu quelques mois en sa compagnie ; puis, comme si leur séparation n'avait pas été assez longue, il était reparti. Vers la Côte d'Azur. Vers le Carnaval de Nice.

Petit à petit, le Peyroux s'était vidé de ses habitants ; elle restait la dernière ; et voici qu'elle allait partir à son tour, pour obéir à ces gens qui ne voulaient que son bien : le docteur Lenoir, Jolivet, Clémençon, Frompy, et tous les héritiers. Ils n'auraient pas aimé la trouver morte un matin, dans son lit, ou bien par terre, devant la cage des lapins. Ils craignaient les critiques des uns ou des autres : Vous l'avez laissé mourir toute seule, comme un chien ! En Auvergne, le plus grand malheur qui puisse t'arriver est de mourir tout seul, comme un chien. Alors, la famille, les voisins s'arrangent toujours pour te fournir une compagnie, dans tes derniers moments. Quelqu'un qui pourra les raconter : « Elle a fait *hââââ !...* Et puis ç'a été fini. » Ou bien : « Elle a dit : *Bouno Viedjo ! Adjudo me !* » En Auvergne, on aime les derniers soupirs édifiants. Alors, elle, on la poussait hors de chez elle : Allez mourir ailleurs, ma pauvre Mathilde ; nous, on est vraiment trop occupés pour s'occuper de vous et de votre cheptel.

Au milieu de la nuit, elle écoutait craquer les jointures de la vieille baraque, pleine de rhumatismes. Quand le vent soufflait, elle chantait pourtant comme un violoncelle.

Le dernier jour du mois, le médecin arrêta sa voiture devant la porte et descendit en courant :

« Soyez prête demain à 2 heures. J'ai demandé à Gardette de venir vous prendre, avec vos bagages. N'en emportez pas trop : juste des vêtements et du linge de corps, comme je vous ai dit. À 2 heures ! »

Puis il l'embrassa : « Au revoir, Mathilde. Portez-vous bien. Et donnez-moi de vos nouvelles de temps en temps.

— Vous... ne m'accompagnerez pas ?

— Non, non. Mais soyez sans crainte : vous êtes attendue ! Vous verrez que vous serez reçue à bras ouverts, je vous ai recommandée. Et s'il y a quelque chose qui ne va pas, vous connaissez mon adresse et mon numéro de téléphone. Au revoir. Que le bon Dieu auquel vous croyez vous conserve longtemps.

— Au revoir. Pareillement. »

Elle se laissa embrasser, étourdie de ce qui lui arrivait. Il entra dans sa voiture, puis démarra brusquement ; les pneus labourèrent le sol de la Rue-qui-Monte. Elle vit son bras à la portière.

Dans ce bizarre sac de voyage qui ne lui avait servi qu'une ou deux fois — il était rond comme un boudin et se fermait par le haut en claquant, à la manière d'un porte-monnaie — elle mit ses mouchoirs, la boîte de ses médicaments, ses pastilles de Vichy, le coffret du *Caïffa*, la boîte de sucre entamée, un paquet de café et un autre de biscuits non ouverts. Tu en feras cadeau à quelqu'un, tu trouveras bien une occasion. La dernière nuit, elle entendit des souris gratter au grenier. Faudra que tu mettes les pièges. Puis il se mit à pleuvoir. La pluie tombait doucement sur la toiture, produisait un gargouillis dans les gouttières ; on aurait dit que la maison s'était mise à pleurer aussi. Elles pleurèrent ensemble jusqu'à l'aube.

Ce furent ses dernières larmes. Au petit jour, elle se leva résolument, balaya toutes les pièces, vida les cendres du fourneau, épousseta les meubles, lava sa toile cirée, astiqua la lampe de cuivre qui, sur le manteau de la cheminée, n'éclairait plus que les soirs de panne électrique. À midi, elle mangea du pain et du fromage qui restaient : l'ultime chèvreton de ses biques. Elle mit le nez dehors : le ciel riait bleu sur la terre encore mouillée. Faut que tu t'en ailles courageusement. Va pas te faire remarquer. Si tu pars, c'est bien que tu l'as voulu, on t'a pas forcée. Le monde a autre chose à faire qu'à consoler une vieille pleurarde.

À l'heure dite, Gardette arriva, dans son taxi. Quand il eut chargé son baluchon et le sac de voyage :

« C'est tout ? qu'il demanda.

— Eh oui. Là où je vais, on me fournira toutes mes nécessités. Est-ce que vous avez des carottes ? Des choux ? Des salades ?

— Ben, on en a quand on en achète. »

Elle l'emmena vers son jardin :

« Tenez, servez-vous. Autant vaut que vous en profitiez. Prenez ce qui vous fera plaisir.

— Bien vrai ?

— Oui, oui, allez-y ! »

Pendant qu'il se servait, elle fermait soigneusement volets et fenêtres. Voilà. Quelle main les rouvrira maintenant ? Sûrement pas la tienne. Vint le tour de la porte. Mathilde tourna deux fois la clé. Elle se demanda si elle devait la glisser sous la tuile qui, lorsqu'elle s'absentait, lui servait de cachette, ou bien l'emporter. Elle se moquait des neiges et des pluies à venir, des vagabonds, des souris, des araignées, des pies, des hirondelles ; mais — sans employer jamais ce mot — elle croyait aux symboles : le drapeau, la croix, les alliances d'or. En emportant la clé, elle emportait le signe de sa propriété : un jour, peut-être, elle la remettrait à quelqu'un.

Gardette revint avec une brassée de légumes. Elle s'étonna :

« Et le potiron ? Vous laissez le potiron ?

— Ben... chez nous, on aime pas ça. »

Est-ce qu'on pouvait, nom de gueux, abandonner un potiron de cette taille ? Elle retourna au jardin : tu trouveras bien quelqu'un à qui le donner. A-t-on idée de pas aimer la soupe au potiron ? la purée de potiron ? la confiture de potiron ? la tarte au potiron ? Elle revint, essoufflée, clopinante, portant le potiron prisonnier dans un sac de jute qui lui battait les jambes ; ils l'installèrent entre les poireaux et le baluchon.

« Ce que je vous recommande, monsieur Gardette, c'est d'aller doucement, si vous voulez pas que je vomisse tripes et boyaux dans votre automobile.

— Comptez sur moi. »

Elle employait des mots qui depuis longtemps, comme ses robes, n'étaient plus à la mode. Les estropiant un peu quelquefois. Elle disait : une automobile, un aéroplane, une bobinette, de l'eau oxygénée.

Par prudence, elle se mit à sucer une pastille de Vichy. Puis le taxi démarra. Et ils s'en allèrent sans qu'elle tournât la tête.

III

Entraygues s'appelle ainsi à cause de sa situation presque au confluent de deux rivières, une petite et une pas bien grosse, la Seyche et le Litrou, qui se jette dans l'Allier, qui se jette dans la Loire, qui va porter vers le nord et jusqu'à la mer toute cette eau avec laquelle l'Auvergne s'est lavé les pieds. Entre Seyche et Litrou, les gens de l'endroit cultivent la betterave, le maïs, le blé, les patates. Et aussi l'angélique que la pâtisserie utilise confite. Ils ont des vignes sur les coteaux, des noyers le long de leurs routes et chemins, récoltent les noix que les pies et les promeneurs leur abandonnent.

La blanche bâtisse montrait son nom en écriture fleurie sur une plaque de marbre : *Le Doux Repos.* Gardette sonna à la porte et dit au concierge :

« Je vous amène une nouvelle pensionnaire, qui a retenu sa place.

— Ici, c'est l'entrée d'honneur, expliqua l'autre. Faut passer par-derrière, le portail est ouvert en permanence. Vous traversez la cour, jusqu'au bâtiment en face, où qu'y a écrit *Réception.* Vu ?

— Vu. »

Le garagiste revint à Mathilde :

« On doit faire le tour. Y a un portail ouvert. Ici, c'est l'entrée d'honneur. »

Et elle : « J'ai pas besoin d'honneur. »

Cette cour était en réalité, comme l'avait promis le docteur Lenoir, un jardin, avec des bancs, des bouquets d'arbustes, des pelouses bien tondues entre lesquelles couraient des allées rouges. Le tout encadré par les bâtiments neufs aux innombrables fenêtres, et par les anciens, plus réservés, avec leurs toits de tuiles rondes, surmontés d'une croix. Gardette siffla d'admiration :

« Vous allez mener là-dedans la vie de château ! »

Des vieux, des vieilles, silencieux comme des ombres, erraient à pas traînants sur l'asphalte pourpre ; d'autres étaient répandus sur les bancs, les pieds dans de grosses pantoufles. Tous regardaient la voiture de leurs yeux ronds, sans un sourire, sans un signe, sans un mot.

Il la débarqua devant la *Réception*, elle et sa balle de linge, son sac, son potiron. Mathilde sortit difficilement de la voiture, les entrailles encore remuées par le voyage. Appuyée sur sa canne, elle se dirigea vers la porte vitrée, de cette démarche dandinante qu'elle avait prise depuis quelques années. Elle frappa au carreau, se tint respectueusement devant la porte, attendant que l'on criât : « Entrez ! » Comme rien ne venait, elle frappa un peu plus fort. Gardette, en sentinelle près des bagages, la surveillait de loin.

« Ça répond pas ! qu'elle expliqua.

— Peut-être qu'on vous entend pas. Essayez d'ouvrir. »

Elle tourna la poignée, passa la tête, appela :

« Y a quelqu'un ? ... Y a-t-il quelqu'un ? »

Non, il n'y avait personne. Étrange bureau de réception où l'on ne recevait pas. Ils vont sûrement revenir. Entre quand même. Tu vas pas rester là cent sept ans. Faudra bien que quelqu'un s'occupe de toi. Une chaise du moins l'attendait devant un comptoir vide, pareil à celui de la Poste ou de la Caisse d'épargne. Elle s'y installa, arrangeant ses cotillons autour d'elle. Elle fit bien : au bout d'un moment, une porte s'ouvrit derrière le comptoir, laissa paraître une jeune fille en blouse blanche.

« Bonjour, ma mignonne, dit Mathilde, qui était rusée comme un marchand de toile et connaissait les mots qui attrapent les gens. Je viens sur le conseil du docteur Lenoir, de Puy-Guillaume. Il m'a retenu une place dans votre hôtel.

— Bonjour, madame. Vous vous appelez ?

— Veuve Dutheil, Mathilde, née Membrun. »

La mignonne chercha dans ses papiers, dit : « En effet, on va vous conduire », appela dans son téléphone une certaine Françoise, « Voulez-vous venir s'il vous plaît », puis précisa :

« On vous a mise dans une chambre à deux lits, à Saint-Paul. Ça vous va ?

— Ça m'ira sûrement. »

Arrive Françoise, une grande femme, jeune encore, rieuse, musclée, avec de beaux estomacs, comme disait Vatelequerre, c'est-à-dire le corsage bien meublé. (Il chantait une étrange chanson franco-auvergnate :

On l'appelait Javotte,
La youchka !
C'était une boulotte,
La youchka !
Qu'avait des echtomacs,
Youchka de la digue digon gouya,
d'la machtangouine tanga youchka !)

Françoise commence par embrasser Mathilde sur les deux joues, et annonce :

« Je vous emmène à Saint-Paul.

— Oh ! moi ! Saint Paul ou saint Pierre ! »

Au passage, Gardette s'accroche au convoi et suit, la marchandise dans les bras.

« Qu'est-ce que c'est que ça ? » demande Françoise, désignant le potiron.

Et Mathilde, lui parlant quasiment à l'oreille :

« Une coucourle de mon jardin. Elle allait se perdre. Je vous en fais cadeau, si elle vous plaît.

— Cadeau ?

— Oui, ma mignonne. Parce que je suis sûre que vous serez gentille pour moi. Ça se voit sur votre figure.

— C'est-à-dire... que je prends mes repas ici. Mais, si vous voulez, je la donnerai à ma mère. Je sais qu'elle aime la coucourle.

— Naturellement, que je veux ! »

Françoise prend le potiron, le dépose dans un coin et dit :

« En vous remerciant. »

Ils se dirigent vers une aile ancienne. Les voici chez saint Paul. Trois marches à monter. Un couloir qui sent l'urine : à gauche, la porte des lavabos-cabinets est plus qu'entrouverte, on voit une vieille en train de se recotillonner. Françoise tire le battant sans rien dire. Sur les côtés, à trois endroits, des rideaux verts. Elle écarte celui du fond, à droite :

« Voici votre chambre... madame Sauvagnat, je vous amène de la compagnie. »

Mathilde suit, se dandinant comme une cane ; puis Gardette et le matériel. Quand tout est entré, les gens et les choses, on ne sait plus comment se tourner, la chambre déborde. Le mobilier comprend deux lits, deux chaises, une armoire, deux tables de nuit et un crucifix en bois blanc. Mme Sauvagnat est une femme mince, assez distinguée, le visage marqué de rides profondes. Elle se tient au garde-à-vous, à la tête de son lit, les pieds à l'équerre, couronnée de cheveux étrangement noirs qui la font paraître moins vieille, assurément, que son âge.

« Eh ! bien ! ma pauvre ! dit Mathilde. Nous voilà comme qui dirait mariées ensemble ! »

Elle tend la main ; mais l'autre ne lui rend pas la politesse et demeure raide dans son coin. En voilà une méprisante ! En voilà une manière de recevoir le monde ! Quelqu'un qui doit partager votre chambre jour et nuit ! Mais Françoise explique :

« Excusez madame Sauvagnat. Elle est aveugle.

— Aveugle ? Oh ! ma pauvre ! Une bien triste infirmité ! Pourtant, on le dirait pas : vous avez les yeux tout à fait comme tout le monde !

— C'est le glaucome, dit la vieille aux cheveux noirs.

— Ah ! le glaucome !

— Je me débrouille très bien ! Pour me diriger, je n'ai besoin de personne, sauf s'il faut aller loin, ce qui n'arrive pas souvent ! »

Gardette dépose la valise sur le plancher, le ballot sur le lit, reçoit le montant de sa course et s'en va, laissant une carte avec son numéro de téléphone, pour le cas où... L'armoire étant commune aux deux pensionnaires, chacune dispose d'une moitié et d'un battant. Françoise recommande à sa nouvelle cliente d'y installer ses affaires, sans se presser ; elle reviendra un peu plus tard la débarrasser de la valise vide, qui sera entreposée dans un local spécial avec quelques centaines d'autres.

« La soupe est à 5 heures. Madame Sauvagnat vous conduira jusqu'au réfectoire. »

Puis elle leur sourit à toutes deux, fait un signe de la main et s'en va aussi, en récupérant au passage la coucourle qu'elle presse contre ses estomacs.

La première chose que Mathilde sort de son sac est la petite photo du pauvre Pierre, son jeune mari, tombé à la bataille de la Marne, en septembre 14. Coincée entre deux feuilles de verre, debout sur son pied de métal, elle le représente en tenue de chauffeur, au service du baron de Barante, sa casquette blanche sur les genoux. Depuis près de soixante ans qu'ils ne sont plus ensemble, Mathilde ne s'est pas couchée un soir sans lui adresser un regard et une pensée. Elle le place sur sa table de nuit. La fenêtre de la chambre l'éclaire bien. Ah ! mon cher ami ! Toi, tu ne vieillis point ! Regarde ce que ta femme est devenue ! Ses mains, sa figure, ses jambes, toute sa personne dont le peilleraud ne donnerait pas trois sous en comptant ses doublures ! Elle appelle « doublures » les cotillons, camisoles, robes, tricots dont elle recouvre ses infirmités. Quand elle se déshabille, elle est pareille à ces clowns de cirque qui s'enlèvent un pantalon, puis un second, puis un troisième et en ont toujours un autre en dessous.

Ensuite, elle dispose son linge dans sa moitié d'armoire, qu'elle remplit bien. Les objets précieux, médicaments, cartes postales, papiers, carnets, s'entassent dans la table de nuit. En même temps que ses mains, sa langue travaille ; elle répond aux questions de la voisine, explique qui elle est, comment elle s'appelle, d'où elle vient, pourquoi elle va résider ici. À chaque instant, l'autre qui a l'air d'écouter, mais qui n'écoute rien du tout, interrompt ses confidences pour placer les siennes :

« Nous étions mariés depuis à peine dix-huit mois, ma pauvre, quand la guerre me l'a pris et me l'a tué...

— C'est comme moi. Je suis veuve aussi. Mon homme touchait sa retraite de cantonnier. Nous n'étions pas malheureux. Il est mort y a cinq ans. J'ai deux fils et une fille. Tous bien placés.

— Moi, j'en ai qu'un. Il a une bonne situation aussi, sur la Côte d'Azur, dans les affaires.

— C'est comme moi. Antoine est comptable principal aux chemins de fer, à la gare de Clermont.

— Qui est Antoine ?

— Mon fils aîné. Marie-Louise, elle, est coiffeuse rue des Salins.

— C'est votre fille ?

— Non. Ma première gendresse. Ma fille travaille dans l'enregistrement. La plus heureuse du lot ! Voyez-vous, fonctionnaire, c'est la meilleure des situations. Comme je disais à Gaston...

— C'est votre gendre ?

— Non. Mon second fils. Lui, il aimait l'aventure, comme il disait. Alors, devinez ce qu'il fait !... Vous le devineriez jamais ! Marin !

— Marin... sur l'eau ?

— Sur la mer !

— Oh ! ma pauvre ! Rien qu'en traversant l'Allier tout à l'heure, sur le pont de Limons, ça m'a donné envie de rendre. Si fallait que j'aille sur la mer ! Nos maîtres avaient une résidence à Nice. Et la baronne me disait : "Mathilde, l'été prochain, nous partirons là-bas et vous verrez la mer."

Seulement, l'été d'après, mobilisation ! Et la mer, je l'ai jamais vue. Et je m'en passe bien, ma foi !

— C'est comme moi, en 14... »

Leurs récits se croisent et s'entrecroisent, comme dans un bois font les plantes, cherchant à s'étouffer l'une l'autre. Les deux vieilles tâtonnent dans cet enchevêtrement. Chacune apprend pourtant, malgré elle, quelque chose de sa compagne. À la fin, Mathilde s'adresse mentalement — elle n'ose pas ici se parler à voix haute — une sévère réprimande. Arrête un peu, blagande ! Gardes-en pour les autres jours ! Tu en as plus débité aujourd'hui qu'en trois mois au Peyroux ! La langue va te peler, si tu continues.

Mais voici que d'autres voix prennent le relais. Les voisines. Levant les yeux, Mathilde s'aperçoit que deux murs sur quatre ne montent pas jusqu'au plafond. Ce sont des demi-cloisons ; elles se contentent d'isoler pour l'œil, non pour l'oreille, avec le complément du rideau vert, en guise de porte. Saint Paul ne les gâte pas trop : il leur offre un ancien dortoir partagé en quarts par ces galandages : trois chambres, plus les lavabos-cabinets. À deux pensionnaires par pièce, elles sont six à respirer le même air, à s'entendre raconter leurs histoires ou échanger des aigreurs.

« Ils ont pas laissé refroidir le lit ! fait une voix grave et trombonnante, presque une voix d'homme. Je crois bien qu'il y a une nouvelle.

— Qu'est-ce que vous dites ?

— Je dis qu'il est arrivé une nouvelle, à côté.

— Ah bon. Vous avez l'oreille fine. Moi, j'ai rien entendu.

— Bientôt, ça sera notre tour de déménager. De partir pour la casse.

— Qu'est-ce que vous dites ?

— Je dis qu'on est toutes bonnes pour la casse, comme les vieilles bagnoles.

— Ah oui ?

— Faut dire qu'on est des modèles anciens. Quel âge vous avez ?

— Qu'est-ce que vous dites ?

— Je vous demande votre âge, vieille sourdignole !

— Mon âge ?

— Oui, votre âge.

— Oh ! je me rappelle plus. Au bureau, ils le savent. Demandez-leur. C'est écrit dans les papiers. »

Mathilde écoute malgré elle cet autre dialogue. C'est donc ça, la chambre à deux places, tranquille et tout, avec juste ce qu'il faut de compagnie pour ne pas s'ennuyer ? Mme Sauvagnat cependant n'en a pas l'air incommodée.

« Qu'est-ce que c'est donc, questionne Mathilde, baissant la voix, cette histoire de lit refroidi ?

— Ah ! vous avez entendu aussi ? ... Faudra vous habituer. Moi, quand je veux me sentir seule, je me fourre du coton dans les oreilles.

— Le lit dont elle parle, c'est le mien, pas vrai ?

— Sûr. Mais il est bien froid quand même, soyez tranquille.

— Qu'est-ce que ça veut dire ?

— Celle qui l'occupait avant vous est défuntée il y a trois jours.

— Défuntée ? ... Dedans ?

— Oh ! elle a fait une fin bien propre. Un matin, on l'a trouvée comme ça, la bouche ouverte, elle avait passé pendant la nuit. On l'a emportée, on a secoué le matelas, changé les draps et les couvertures. Pour l'hygiène, ici, ils ne craignent personne. »

Avec frayeur, Mathilde regarde ce meuble dans lequel elle devra dormir à son tour. Et mourir à son tour. Car on a beau dire « une défuntée », ça n'est rien d'autre qu'une morte.

« Elle a eu de la chance, la Pitelet, reprend à côté la voix trombonnante.

— De qui que vous causez ?

— De la Pitelet. De celle qui était là avant.

— La Sauvagnat ?

— Non. L'autre. La Sauvagnat est pas morte encore. Je parle de la Pitelet.

— Ah ! bon.

— C'est une grande chance de mourir en dormant. On s'aperçoit de rien, on passe comme une lettre à la poste.

— Qu'est-ce que vous dites ?

— Je voudrais bien qu'il m'arrive la pareille.

— Hé ! On peut pas tout avoir !

— Tout avoir ? Qu'est-ce que vous racontez, vieille sourdignole ? »

Françoise revient, la fille aux beaux estomacs. Mathilde est soudain heureuse de voir une figure jeune et fraîche, avec des dents blanches qui brillent au milieu :

« Madame Dutheil, quand vous aurez un moment, vous passerez au bureau pour les formalités.

— Tout de suite, si vous voulez, fait Mathilde en se levant.

— Eh bien ! Je vous accompagne. Prenez vos papiers, vos titres de pension, vos livrets. »

Elles quittent Saint-Paul. Comme l'air sent bon dehors, nom de gueux, tandis qu'elles suivent à petits pas une allée rouge ! Mathilde s'excuse de marcher si lentement. Françoise répond qu'elle n'est pas pressée. Elle explique en même temps la disposition des lieux : à droite, l'administration, la bibliothèque, le salon d'honneur, la chapelle ; à gauche, le bâtiment des hommes.

« La chapelle ? On y dit la messe ?

— Bien sûr. Tous les dimanches.

— Oh ! je suis contente ! Au Peyroux, je pouvais plus aller à l'église, vu la distance. Ici, je n'y manquerai pas. Faut pas m'en vouloir, je suis dévote ; c'est sans doute pas dans vos idées ?

— Oh ! je n'ai pas beaucoup d'idées ! »

Elle secoue la tête en riant. Elle a beaucoup de cheveux, beaucoup de dents, mais pas beaucoup d'idées. On peut pas tout avoir, comme dit la sourdignole.

Les personnes du *Secrétariat* aussi reçoivent Mathilde avec beaucoup de grâces. Elles examinent ses papiers, remplissent des fiches, lui demandent l'adresse de quelqu'un à prévenir en cas de difficultés.

« De difficultés ?

— Oui, si vous étiez malade, par exemple.

— Ah ! là là ! Je me demande bien qui ça pourrait intéresser !

— Alors, on n'inscrit personne ?

— Attendez, si... Heu... Qui donc qu'on pourrait mettre ? ... Inscrivez ma belle-sœur, Mme veuve Membrun, Joséphine, Les Étivaux, par Randan. »

Les secrétaires lui font signer plusieurs feuilles. Une destinée au percepteur d'Entraygues. Ainsi, c'est lui dorénavant qui touchera directement les deux pensions et acquittera le montant du doux repos ; les miettes restantes, il les tiendra à sa disposition. On cherche vraiment à la débarrasser de tous soucis.

Le repas du soir est à 5 heures. Mathilde arrive au réfectoire avec dix minutes d'avance ; pourtant, elle constate qu'elle est bonne dernière : toutes les autres occupent déjà leur place. Cent cinquante têtes se trouvent là, pressées les unes contre les autres : décrépites, chauves, borgnes, édentées, échevelées, boursouflées, larmoyantes, grelottantes, baveuses, pustuleuses. Un immense jeu de massacre. Mon Dieu ! Suis-je comme ça, également ? Aussi rouge que celle-ci ? Aussi plissée que celle-là ? Dans son miroir, on triche : on se tire les cheveux en arrière, on lève le menton pour que le cou paraisse plus lisse, on se fait des coquetteries. Mais voici réellement à quoi tu ressembles ! Et une des plus vieilles, encore ! Quelques-unes, cependant, ne sont pas désagréables à regarder, parmi lesquelles Mme Sauvagnat, avec ses cheveux curieusement noirs. Une autre, le front large, la bouche passée au rouge, un collier de perles sombres, pareilles à des grains de chapelet. Les tables sont pour dix, couvertes d'un formica blanc qui donne l'illusion d'une nappe.

Françoise est là — Françoise est partout ! — avec deux de ses collègues. Elle s'avance vers Mathilde, sourit, la prend par le bras qui ne tient pas la canne :

« Je vous ai réservé une place. »

Elle la précède, comme l'institutrice conduisant à son banc une nouvelle écolière, la fourre parmi neuf autres vieilles :

« Je vous présente Madame Dutheil, qui nous vient du Peyroux, près de Puy-Guillaume.

— Non, non. Appelez-moi Mathilde. Je suis pas madame ! »

Les neuf la regardent sans rien dire. Elle s'assoit sur la chaise de fer. Elle attend qu'on lui adresse quelques paroles. Personne ne desserre les dents. Pourtant, alentour, des voix bourdonnent ; elle distingue des mots qui passent :... je me plaindrai au directeur... l'infirmière lui a fait une piqûre... j'ai pas fermé l'œil de la nuit... ah ! la salope !... des tombolas... donnerai mon fromage... pas besoin de ses services... À sa table à elle, silence complet. Sans doute qu'en s'asseyant, elle leur a gelé la langue. Finalement, sa voisine de gauche se penche vers elle. Son visage est plus poilu que celui d'un chien ; sa bouche souffle une affreuse odeur d'entrailles :

« Vous auriez pas un peu de sucre ?

— De sucre ?

— Oui. Un ou deux morceaux. La nuit, j'ai des douleurs d'estomac ; alors, je me fais un peu d'eau sucrée, dans un verre. Y a que ça qui me calme. Seulement, j'ai pas un sou pour en acheter. Alors, si vous pouviez me faire cette charité.

— Ma foi ! j'en ai pas sur moi. Dans ma chambre, j'ai une boîte de pastilles de Vichy. Je pourrai vous en donner quelques-unes, si ça vous fait plaisir.

— C'est pas de refus. Mais ça fait moins d'effet que le sucre.

— Quand j'aurai l'occasion de sortir, j'en achèterai une boîte, et je...

— L'écoutez pas ! intervient âprement la voisine de droite, à qui l'on ne demandait rien. L'écoutez pas ! Elle en mendie à tout le monde ! C'est une gourmandasse ! Et avec ça, même pas française ! Une Italienne ! Faut que notre gouvernement la loge et la nourrisse !... »

Et les voilà qui s'injurient par-dessus la tête de la nouvelle, se traitent de *macaroni* et de *bougnate,* de ceci et de cela, et s'arracheraient la figure si Mathilde ne les écartait des coudes, disant :

« Arrêtez donc ! Mais arrêtez donc votre catéchisme !... Vous m'essourdez ! »

Heureusement, la soupe vient interrompre la chicane. Une soupière en métal est placée à une extrémité de chaque table ; les pensionnaires se servent, à tour de rôle, de leurs mains tremblantes ; et celles qui tremblent trop se font aider par les plus fermes. Alors toutes se mettent à souffler sur les cuillers, à laper le bouillon avec de grands bruits de babines. Les conversations se sont tues ; on n'entend plus que ce gargouillis, et le tintement des cuillers au fond des assiettes.

Vient ensuite un plat de légumes bouillis, carottes, pommes de terre et navets, sans assaisonnement. Celles qui n'ont plus leurs dents les écrasent de la fourchette. Au milieu du repas, soudain paraît un homme vêtu de gris, la figure ronde et rose, portant lunettes ; il lance :

« Bon appétit, Mesdames ! »

Mathilde le regarde un moment aller et venir, se pencher vers certaines, leur chuchoter à l'oreille. Elle interroge une de ses commensales :

« Qui est-ce ?

— Notre aumônier. Enfin, le curé d'Entraygues, qui vient prêcher ici pour celles que ça intéresse. »

Elle hausse les épaules d'un air sceptique. Mathilde n'approuve pas cette manière qu'ont les curés d'à présent de s'habiller en civil ; tu dirais qu'ils ont honte d'eux-mêmes, qu'ils se déguisent pour ne pas être reconnus. Enfin, c'est comme ça, le monde d'aujourd'hui, avec toutes ses révolutions : les écoliers qui mettent le feu à leurs écoles, les ganguesters qui attaquent les gens dans la rue, les poulets qu'on engraisse avec des piqûres, la bombe atomique, les soldats qui veulent plus obéir et réclament d'être payés comme des travailleurs pour jouer à la belote ! Le pauvre Pierre et son frère Maurice touchaient cinq sous par jour, et ils ont donné leur peau à ce prix-là, avec combien d'autres ! Elle soupire à l'idée de tant de folies.

On en vient au dessert : une banane. Les édentées la découpent en rondelles. Alors, l'homme en gris prend la parole :

« Je vous rappelle, Mesdames, que nous nous réunissons deux fois par semaine, le mardi et le vendredi, de 6 à 7, à la chapelle. Nous y parlons de la vie chrétienne, et nous implorons la protection du Seigneur par une prière en commun. Je donne rendez-vous dans un quart d'heure à celles qui me feront l'amitié de venir, particulièrement aux nouvelles arrivées, à qui nous souhaiterons ensemble la bienvenue. À tout de suite ! »

Le repas est terminé. Les filles de salle commencent à débarrasser les tables, tandis que les vieilles les plus lentes mâchouillent encore leurs carottes. Emportez votre banane. Vous la mangerez dehors ou dans votre chambre tranquillement. Mais jetez bien la peau dans les boîtes à ordures. La pendule marque 6 heures moins le quart. À cette heure-ci, au Peyroux, tu rentrais à peine des pâtis, en compagnie de tes chèvres. Tu avais encore à les traire, à t'occuper des lapins et de la volaille, à cailler le lait, à allumer ton fourneau, éplucher tes légumes, préparer ta soupe, laver tes étartuelles, faire ta tournée des fantômes dans le village. À 9 heures seulement, tu allais faire téter les puces de ton lit. Tandis qu'ici, il est pas encore 6 heures, et voilà que ta journée est déjà finie !

Elle regarde ce que font les autres. Quelques-unes, les plus alertes, se risquent hors les murs, pour une petite promenade ; elles se donnent le bras deux à deux, afin de se soutenir mutuellement et peut-être de ne pas se perdre. D'autres traînent la savate dans le jardin, puis se laissent choir sur les bancs, essoufflées. D'autres encore le traversent d'un pas plus décidé :

« Où que vous allez ? s'informe Mathilde. À la chapelle ?

— Non. Au salon d'honneur, regarder la télévision. On vous emmène.

— Moi, je voudrais aller à la chapelle.

— C'est du même côté, on vous montrera. »

Les hommes sortent de leur réfectoire. Ils portent des casquettes trop grandes, des pantalons trop longs et trop larges, dans lesquels ils marchent les genoux mi-fléchis. On a l'impression que si ces culottes ne les soutenaient pas un peu, ils s'écrouleraient. Aux pieds, d'impressionnantes pantoufles. Tous les pensionnaires ici sont en pantoufles. Cela fait partie du doux repos. Un univers en pantoufles. C'est la seule chaussure que puissent traîner encore ces pieds martyrisés. Voilà pourquoi ils ne font pas plus de bruit, en se déplaçant sur l'asphalte rouge, que les âmes du Purgatoire.

« La chapelle, c'est là-bas, cette porte. »

Une porte grande ouverte. Mathilde s'y dirige, avec quelques autres. Voilà une bonne manière de finir ta journée. Drôle de local ! Il ressemble autant à une chapelle que toi à un évêque. Une pièce carrée, des fenêtres ordinaires, une simple ampoule électrique au plafond. Sûrement qu'on la destinait à autre chose. Peut-être à des bureaux, une infirmerie, un réfectoire. Des chaises éparpillées çà et là. On a quand même installé au milieu un petit autel cubique : tu dirais une caisse d'emballage recouverte d'une nappe, surmontée d'un crucifix. Toujours dans son costume gris, l'aumônier bavarde avec les paroissiennes assises en désordre ; il serre les mains ; il sourit ; il dit bonsoir madame Untel, comment va votre jambe ? Peut-être qu'il va nous offrir le café ou la goutte. Drôle de chapelle et drôle de curé ! Et toi, nom de gueux, qui as oublié ton chapelet à Saint-Paul, dans ton placard !

Les choses continuent longtemps ainsi. Des cancans. Nous avons un bel automne, vraiment. Le froid vient toujours assez tôt. Le vin sera bon cette année. Vous portez une bien jolie broche. Et patati, et patata. Est-ce qu'on est ici pour entendre ces sornettes ? Attend-il davantage de clients ? Plus personne ne viendra ; il peut fermer ses portes. Il raconte des histoires amusantes, mais qui ne font rire que lui, vu que tous ces vieux sont à demi sourds et aux trois quarts idiots. En fait de vieux : il y en a un seul. Tout le reste, c'est des vieilles. Celui-là, isolé parmi le beau sexe, branle la tête continuellement, de droite à gauche, comme s'il n'était pas d'accord. D'accord sur rien : non, non, non, non, non, non... Il la branle même quand personne ne parle. Sa bouche toujours ouverte laisse descendre un fil de bave qui dessine des S mobiles et brillants, sous l'effet du branlement perpétuel. Mathilde aime les beaux sermons qui lui font oublier les misères terrestres, la rendent indulgente aux erreurs d'autrui et plus dure envers les siennes, l'aident à croire à la vie éternelle. Elle a tellement peur que rien n'existe après le dernier instant, comme le lui affirmait ce bougre de docteur Lenoir chaque fois qu'ils abordaient le sujet ! Tellement peur que Dieu, diable, paradis, enfer ne soient rien que des inventions, au même titre que le Père Noël, la poule noire, le Bois enchanté ! « Tout va bien pour vous ! Pas de problèmes, puisque vous êtes une croyante ! » disait Lenoir, se moquant d'elle. Oh ! que non ! Elle n'est point une croyante ! Seulement une espérante.

Quand ce binoclard d'abbé en a son plein de parler du temps et des biscuits à la cuiller, il déclare :

« Mes frères, mes sœurs, avant de nous séparer, si vous voulez bien, nous allons réciter ensemble une petite prière pour remercier le Seigneur des grâces qu'il nous accorde — à chacun la sienne, je suis sûr qu'aucun de nous n'en a manqué aujourd'hui — et lui demander de pardonner nos péchés : je suis sûr qu'aujourd'hui aucun de nous n'en a manqué non plus. »

Là-dessus il commence : *Notre Père qui es au Cieux, que ton nom soit sanctifié, que ton règne vienne, que ta volonté soit faite...* Encore une chose qui exaspère Mathilde : les habitudes nouvelles, cette façon de tutoyer Dieu comme si l'on parlait à un enfant, à un jeune voisin, à un chat. Elle disait *vous* à son père et à sa mère, de leur vivant ; et voici qu'il lui faudrait dire *tu* au Père de tous ! Alors elle laisse dire les autres comme ils l'entendent, et récite ses prières à l'ancienne.

L'abbé se tient debout. Quelques paroissiennes l'ont imité ; mais la plupart sont restées tranquillement assises. Vous vous croyez peut-être au cinéma ? Vous pourriez quand même faire un effort, bande de limaces ! Est-ce qu'on parle au bon Dieu dans cette position ? Y en a même deux qui se sont endormies ! Faut que ce soit moi, la plus vieille de toutes, qui vous donne l'exemple !

Au moment où l'aumônier reprend son souffle avant de passer à l'oraison suivante, voici que du fond de la salle, près de la porte, arrive un craquement. Suivi de trois autres, plus petits. Mathilde se demande ce que cela signifie ; puis, lorsqu'elle entend rigoler derrière elle, elle comprend. En voici une autre ! Est-il possible de lâcher des choses pareilles dans une chapelle ! Le curé, lui, fait mine d'être sourd et continue la récitation : *Je crois en Dieu, le Père Tout-Puissant...*

Elle retourne vers Saint-Paul. La nuit est venue. Elle lève les yeux pour compter les étoiles qui, à cette heure-ci, brillent aussi sur le Peyroux abandonné, sur les cheminées éteintes, les volets clos, les trois rues vides. Puis elle brandit son bâton pour écarter ce souci qui frelonne autour d'elle.

Elle aimerait bien, comme au Peyroux, trouver quelque part, en un coin chaud, sa casserolette de tilleul. La découvrir, verser l'infusion bouillante dans une tasse, la humer, la sucrer, la boire lentement. Sentir sa chaleur lui remplir l'estomac d'une douce distillation. Mais personne ne lui en a offert et elle n'ose demander. Ne va pas déranger le monde. Tant pis pour ta gourmandise.

Elle trouve sa compagne de chambre assise, l'oreille collée à une boîte parlante :

« J'écoutais les nouvelles dans mon transistor. C'est un cadeau de ma fille, celle de l'Enregistrement.

— Et elles sont bonnes, les nouvelles ?

— Oh ! ma pauvre ! Je les écoute, comme ça, pour me distraire ; mais j'y prête pas grande attention. Ça entre par une oreille, ça sort par l'autre. Il m'a semblé qu'ils disaient qu'on va avoir de nouvelles élections. À moins que ce soit chez les Anglais ; je ne me rappelle plus.

— Eh ! bien ! moi, je suis allée à la chapelle...

— C'est comme moi. Le dimanche, je suis la messe dans le transistor, quelquefois.

— Dans cette boîte ?

— Oui. Sans avoir besoin de me déplacer. À quoi ça servirait que je me déplace, puisque je peux rien voir ? Je n'en profiterais pas davantage.

— C'est un beau cadeau qu'elle vous a fait, votre fille.

— Oh ! je ne me plains pas de mes enfants. Ils ne viennent pas souvent me voir ; mais ils ne me laissent manquer de rien. L'aîné est comptable principal aux chemins de fer.

— Vous me l'avez dit.

— Pour l'instant, il ne peut pas me prendre chez lui. Vous comprenez : ils travaillent tous les deux, lui et sa femme. Ils ont bien trop à faire. Seulement, il m'a dit : "Aussitôt que j'aurai pris ma retraite, je viens te chercher, et tu vivras avec nous." Et il compte la prendre dans six mois, à cinquante-cinq ans. Alors, vous voyez, je ne vous embêterai pas longtemps. Quant à la pauvre Agnès...

— Qui c'est, la pauvre Agnès ? L'enregistreuse ?

— Qu'est-ce que vous appelez une enregistreuse ?

— Vous m'avez bien dit que vous avez une fille qui enregistre ?

— Oui, Agnès. Elle a deux ans de moins qu'Antoine. Elle est en poste à l'Enregistrement de Moulins, dans l'Allier. Avec trois enfants. Et des rhumatismes. Alors, comment voulez-vous qu'elle s'échappe, la pauvre ? Elle voudrait bien venir me voir ; mais elle ne peut pas. Je la comprends et je l'excuse. Seulement, elle ne m'oublie pas quand même : elle m'écrit, elle m'envoie des cadeaux. La preuve ! »

Elle brandit le transistor irréfutable. Elle parle ensuite de son second fils, le marin, qui lui expédie des cartes postales de tous les coins du monde.

Tout à coup, elle pose une question inattendue :

« J'espère que vous n'allez pas venir me tirer les cheveux pendant que je dormirai ? »

Mathilde en est si surprise qu'elle ne sait que répondre. L'autre s'explique :

« Mes cheveux, vous les avez remarqués ?

— Qu'est-ce qu'ils ont, vos cheveux ?

— Ils sont noirs. On me l'a assez dit.

— Ils sont noirs, c'est vrai, et alors ?

— Ça vous paraît normal que j'aie des cheveux noirs comme ça, à soixante-quinze ans ? Pas un cheveu blanc !

— Pas un cheveu blanc, vous exagérez. Il me semble que j'en vois tout de même quelques-uns. Peut-être que vous vous passez de la teinture ?

— Ah ! vous aussi ! Vous aussi vous croyez que ça n'est pas mes cheveux naturels !

— Qu'est-ce que j'en sais, moi ? Je crois ce que vous me dites !

— Pourtant, je n'y fais rien du tout, vous savez ! Ce sont mes vrais cheveux. Je vous le jure !

— J'en suis bien contente pour vous. Et après ?

— Celle qui était là avant vous, Mme Pitelet, n'arrivait pas à le croire non plus. Elle disait que je portais une fausse perruque.

— Quelle idée ! À votre âge !

— N'est-ce pas ? ... Alors, la nuit, quelquefois, elle se levait. Elle venait me tirer les cheveux pour voir s'ils tenaient sur ma tête. Si vous voulez vous rendre compte, j'aime mieux que vous le fassiez avant que je dorme. Je vous donne la permission.

— Avec moi, vous pouvez dormir tranquille, ma pauvre. Que vous portiez vos cheveux naturels ou une fausse perruque, que vous y passiez de la teinture ou non, je m'en fous comme de l'arcaran. Je peux pas mieux dire ?

— Vous ne voulez pas essayer un petit coup ? Juste pour voir ?

— Bonne nuit. Je suis fatiguée, je me couche.

— Comme vous voudrez. »

Mme Sauvagnat semble vexée d'un tel manque d'intérêt. Sa voisine commence à se déshabiller, en lui jetant des regards gênés. Une chance qu'elle soit aveugle ! Qu'elle puisse pas examiner tes doublures ! Toi qui couches seule depuis soixante ans, à quatre-vingts passés, voilà que tu te mets à dormir de compagnie ! Elle dénoue ses jarretières, fait tomber ses gros bas de laine, regarde avec consternation ses jambes blanches et épaisses, enferme ses cheveux sous une coiffe de nuit dont elle se noue les liens sous le menton, se glisse laborieusement entre les draps. Nom de gueux, tu as oublié d'éteindre ! Elle se relève, tourne le bouton.

« Qu'est-ce qui se passe ? glapit Mme Sauvagnat. Qui c'est qui a éteint ?

— Moi. Je croyais que vous n'y voyiez pas ?

— Je ne vois ni les formes ni les couleurs ; mais je vois la lumière. C'est la seule chose que je voie encore. Laissez allumé ! Je ne me couche pas tout de suite, moi !

— Comme vous voudrez. Alors, vous éteindrez vous-même, quand vous serez disposée.

— Parfaitement !

— Et je vous préviens que je ronfle pire qu'une batteuse ! Vous feriez bien de vous mettre vos tampons dans les oreilles ! »

Elle regagne son lit, contrariée. Pour échapper à la lumière, elle s'enfonce sous les couvertures, tire sa coiffe sur ses yeux. Ça ne l'empêche pas d'entendre les grommellements de l'aveugle : Pour qui qu'elle se prend, celle-là ? Jamais vu ça. Comme si tout lui appartenait ! Me plaindrai à la direction. Elle est jalouse, voilà, jalouse, je l'ai compris tout de suite. Heureusement que je n'aurai pas longtemps à la supporter : dans six mois, au revoir !... Enfonce-toi, Mathilde. Écoute pas cette blagande. De quoi peux-tu bien être jalouse ? Enfonce-toi, je te dis. Cherche le sommeil, Mathilde. Cherche le doux repos.

IV

Elle se réveilla au milieu de la nuit parce que son lit tremblait. Des ombres et des lumières blanches tourbillonnaient au plafond. Tu ouvres les yeux, qu'elle se dit, mais en fait tu dors encore. Tu es en plein cauchemar, ma pauvre. Tu te trouves au fond d'un puits, et tu regardes en haut, vers le jour, si personne vient te chercher. Mais qu'est-ce qui gronde comme ça ? ... Ah ! mais non ! Ah ! mais non ! Entraygues ! L'hospice ! S'agit bien de rêve ! Et de puits ! Et ce qui fait trembler ton lit, c'est le ronflement des voisines ! Toi qui te prenais pour une maîtresse-ronfleuse !

Ils montaient des chambres contiguës, passaient pardessus les demi-cloisons, se croisaient sur sa tête comme des tirs de barrage antagonistes. Ronflements rauques, profonds, qui semblaient jaillir du ventre des dormeuses, entrecoupés de hoquets et de gémissements. Elle écouta leurs modulations différentes pour essayer de les compter, et en trouva quatre. Elle se connaissait : chez elle, le sommeil interrompu ne se recollait pas ; elle ne se rendormirait point. Quelle heure pouvait-il bien être ? Sans ces diaboliques ronflements, elle aurait sans doute pu entendre dehors sonner quelque clocher. Impossible. Elle se trouvait condamnée à la patience. De temps en temps, elle la perdait pourtant, et commandait tout haut :

« Arrêtez donc votre musique, nom de gueux ! »

Cela n'avait aucun effet. Sans plus de résultat, elle tapait du poing contre le galandage, derrière sa tête. Elle se rappela qu'elle aussi était capable de bien tenir sa partie dans ce concert ; les autres auraient pu se trouver à sa place, elle à la leur ; elle finit par accepter la situation et attendit le jour.

Levée la première, elle se dirigea vers le réduit pour se débarbouiller. Un seul robinet, sur une seule cuvette, devait suffire à six personnes. Mieux valait s'en servir de bonne heure pour éviter les chicanes. En revanche, elles disposaient de deux cabinets à siège ; certaines s'y oubliaient si longtemps, qu'il fallait les rappeler à l'ordre. À son retour, elle constata que l'aveugle était également réveillée et qu'elle aussi, assise sur son lit, procédait à sa toilette. C'est-à-dire qu'elle se frottait légèrement le museau et les oreilles avec un coin de serviette mouillé d'eau de Cologne : le parfum dissimulait la fétidité de la chambre. Une toilette royale, comme elle expliqua :

« Moi, je ne me sers jamais du lavabo, sauf pour les mains. J'ai toujours craint l'eau sur le corps, même quand j'étais jeune. Alors, je me nettoie à l'alcool. C'est aussi propre. Dans les temps, les rois de France ne faisaient pas autrement. C'est vous dire !... Je ne suis d'ailleurs pas la seule. Par exemple, ici, il y a des douches ; eh bien ! personne n'y va. »

Et Mathilde : « Le lavabo, d'accord. Mais la douche, j'aimerais pas ça non plus. Je croyais que c'était réservé aux fous ?

— Non, non. Il y en a même pour les pas-fous. Des chaudes, des froides, des tièdes. Faut tourner des robinets, mélanger les températures. Comment voulez-vous que je fasse, sans mes yeux ?

— Moi, je les ai bien, mes yeux, mais j'irai pas, pour sûr ! Sauf si on m'y traîne de force ! Me mettre toute nue ! Merci bien ! Vous m'imaginez toute nue, à mon âge ? Moi, si je me voyais comme ça, vrai, ça me flanquerait une de ces peurs ! Ça me tournerait les sangs. J'aime mieux pas tenter l'expérience. »

À 7 heures et demie, les cent cinquante vieillardes se trouvent en place dans le réfectoire pour le petit déjeuner. Il y flotte une odeur aigre de fond de gamelle, de vaisselle sale abandonnée. Tout est propre cependant en apparence ; il faudrait gratter encore dans les petits coins, curer les rainures. On pense à une personne parée, mais qui a gardé du noir sous les ongles. Bientôt arrivent des brocs de café au lait présucré, des corbeilles de pain. On a le choix de l'émietter dans son bol, ou de faire trempette : tartines sans beurre ni confiture qui les préservent du cholestérol. Celles qui aiment mieux la soupe sont servies à une table spéciale.

Ensuite, les voilà libres jusqu'à 11 heures, pour le repas de midi. Puisque midi sonne ici à 11 heures. Mathilde regagne Saint-Paul de sa démarche dandinante. Ses colocataires pas encore revenues, les lieux se trouvent inoccupés. Profites-en pour aérer un peu, Mathilde ; ça sent rudement le fort, là-dedans ! Elle voudrait bien ouvrir la fenêtre ; mais sa voisine de lit a disposé devant, sur l'appui, un alignement d'objets divers, boîtes de réglisse, bobines de fil, fioles de sirop, flacon d'eau de Cologne, et même une statuette de la Vierge du Puy, incassable, emmanchée dans un socle de plomb ; Mathilde la reconnaît à son Enfant sur le bras droit ; on dit que le sculpteur se précipita du haut de la couronne en s'apercevant de sa bévue ; ce qui était une grande bêtise assurément : est-il obligé qu'une mère porte son bébé sur le bras gauche ? Faudra que tu lui demandes d'enlever toutes ces étartuelles ; en attendant, essaie au moins d'entrebâiller. L'espagnolette tourne, mais le battant ne vient pas, scellé par des mois d'immobilité. Une fenêtre condamnée, pratiquement. La seule aération possible ne peut s'obtenir qu'en laissant la porte d'entrée ouverte, au bout du couloir que parfument les cabinets.

Comme Mathilde s'y emploie, voici qu'elle voit venir à elle un ange blanc, sautillant, battant des ailes, volant en rase-mottes, se posant à peine, bondissant par-dessus les pelouses. Il s'avance vers elle en chantonnant. Il va s'élever vers les nuages ! Disparaître dans le ciel ! Mais non ! Quand il se trouve tout près de Saint-Paul, l'ange aux beaux estomacs fait semblant de lancer une balle contre le mur, et chantonne :

Mathilde, t'as bonn' mine,
Agnès-se, t'as des fraises,
Véronique, t'as des figues,
Eugénie, du pain bénit,
Béatrice, des saucisses,
Marie-Louise, des cerises,
Fernande, des amandes,
Bernadette, des noisettes,
Natacha, t'as du nougat,
Et Charlotte, t'as des crottes !

À chaque prénom, l'ange blanc rattrape l'invisible balle, très haut, très bas, à droite, à gauche, pirouette, bondit, claquant des mains, se baisse, se relève.

« Et Françoise ?

— Françoise, c'est facile :

Françoise, t'as des framboises...

— Eh ! bien ! Vous alors ! Vous alors ! fait Mathilde éberluée.

— Et maintenant, allez vous promener un peu, grand-mère, pendant que je balaie les chambres.

— J'y vais. Mais m'appelez pas grand-mère.

— Pourquoi donc ?

— Parce que j'ai pas de petits-enfants. »

Elle part, toute frétillante quand même.

Elle marche à pas menus dans le jardin rouge et vert. Surprise de n'avoir rien d'autre à faire de ses quatre membres qu'à les promener çà et là. Rentière ! Te voilà rentière ! Au *Doux Repos*, tout le monde est rentier, sauf les employés, le directeur, les infirmières, les secrétaires, le cuisinier, Françoise et ses collègues. Autrefois, chez le baron de Barante, tu servais les maîtres, y compris leurs chiens, leurs chats, leurs oiseaux, leurs poules, leurs lapins. Maintenant, voici qu'on te sert à ton tour ! Si ta pauvre mère te voyait, traitée pire qu'une princesse ! Qui aurait jamais cru une chose pareille ?

Elle peut sortir quand il lui plaît, visiter le village, les alentours. Elle le fera sûrement, demain, après-demain. Lorsqu'elle aura terminé la connaissance de la maison et de ses habitants. En attendant, elle va comme son idée la pousse, admire les fleurs et les arbustes, la blancheur des bâtiments, le scintillement des fenêtres. Autour d'elle, les personnes de service vont et viennent d'un pas précis ; les pantouflards baladent leurs vieux os. Tout ce mouvement, c'est quand même plus gai que le Peyroux !

En marchant, elle passe près d'un petit groupe de rentiers, assis devant la maison des hommes. Quand des gens se réunissent, d'ordinaire, c'est pour parler ensemble. Or, ceux-ci ne disent rien. Faut-il supposer qu'ils ont épuisé leur répertoire ? Ou bien qu'ils se sont rassemblés pour se taire ensemble ? Le passage de Mathilde ne les fait ni ciller ni frémir. Ils restent immobiles, disposés dans tous les sens sur leurs sièges, parfois se tournant le dos, comme s'ils ne se voyaient pas les uns les autres. Certains, appuyés sur leur canne, penchent la tête à la façon des coqs saignés. Ils n'en finissent point de regarder par terre. On dirait des hommes de bois. Elle les dépasse. Beaucoup plus loin, elle se retourne, et constate qu'aucun d'eux n'a bougé l'auriculaire.

Les bancs sont formés d'une grande feuille, verte ou jaune, en matière plastique, adroitement galbée pour les recevoir. Mathilde se laisse choir sur l'un d'eux. C'est un peu froid, un peu glissant. Faut apprendre à s'en servir. À peine est-elle installée qu'une particulière s'avance vers elle, la considère avec des yeux de feu et s'installe à son flanc gauche. Un moment, elles s'examinent en silence. La particulière n'a rien de particulier — les mains jointes au creux de l'estomac, maigre dans sa robe de veuve, toutes les femmes ici sont des veuves — si ce n'est ce regard brûlant.

« Je vous connais pas, commence-t-elle.

— Je suis arrivée d'hier après-midi.

— Alors, ça peut pas être vous.

— Moi qui quoi ?

— Qui m'avez volé mes vingt mille francs.

— On vous a volé vingt mille francs ?

— Oui. Le soir du 14-Juillet. J'étais sortie voir le feu d'artifice. Je suis sûre que c'est à ce moment-là. Mais c'est seulement le lendemain que je m'en suis aperçue. Je les avais pourtant bien cachés, en un endroit que j'étais seule à connaître. Faut-il qu'il y ait du monde canaille tout de même !

— Et depuis trois mois, vous les avez pas retrouvés ?

— Pensez-vous ! Remarquez bien, j'ai mes soupçons. Cependant, je peux pas les dire. Vous comprenez, on n'accuse pas les gens comme ça. Faudrait des preuves. Faudrait être sûre. »

Là-dessus, elle tourne la tête et chuchote dans l'oreille de Mathilde :

« La Mondannel... Ma voisine de chambre... Vous pensez bien que je l'observe la première ! Tout cet été, je l'ai vu manger quelque chose en cachette. Du chocolat ! Oui, ma chère ! Au moins une tablette par semaine ! Et avec quel argent qu'elle s'achète ce chocolat ? Hein ? Avec quel argent ?

— C'est pas moi qui vous le dirai !

— Et du chocolat aux noisettes, encore ! Ça faisait crac, crac, sous ses dents. Vu qu'elle porte un dentier. Je voulais déposer une plainte. Mais la direction m'a dit : "Madame Escalier, ne faites pas de scandale. Nous allons mener une enquête nous-mêmes."

— Et ils ont pas trouvé votre voleuse ?

— Probable qu'ils ont pas bien cherché. »

Ensuite, plus confidentielle encore :

« D'ailleurs, savoir si c'est pas quelqu'un du personnel ? Hein ? Savoir ?

— Oh ! Vous croyez ?

— J'ai mes soupçons, je vous dis. Mais je peux nommer personne. »

Ses lèvres s'immobilisent, se scellent sur le secret ; mais un index crochu émerge des mains nouées, prend l'air, désigne au loin une forme blanche. Mathilde sursaute :

« Heu ?

— Oui, celle-là.

— Celle-là ? ... Françoise ?

— Parfaitement ! Françoise !

— Une personne si gaie ! Si gentille ! Si attentionnée ! Je lui ai donné une coucourle ; et savez-vous ce qu'elle m'a dit ? Je la porterai à ma mère ! Quelqu'un qui a de telles pensées peut pas être mauvais.

— Vous la connaissez pas. Une rien du tout ! Vous savez donc pas qu'elle a un enfant ? Et qu'elle est pas mariée ? Alors, elle a de gros besoins. Voilà pourquoi je la suspecte ! »

Mathilde secoue la tête, incrédule. Puis elle se lève, s'éloigne sans dire au revoir. Elle a un petit ! Tiens ! Tiens ! Tu lui demanderas de te l'amener. Ça, c'est une bonne nouvelle, par exemple ! Une bonne nouvelle !

Les nouvelles, c'est-à-dire les cancans, forment ici la principale occupation des rentiers et des rentières.

Chacun finit par tout savoir sur les autres, le vrai et le faux. Après n'avoir parlé quotidiennement, durant des siècles, qu'à ses chèvres et à son fourneau, Mathilde tombe dans des excès de bavardage. Ainsi le naufragé repêché après un jeûne interminable se jette-t-il sur les nourritures.

Les femmes et les hommes, cependant, ne s'adressent guère la parole. On dirait deux races ennemies. Pour tout dire — maintenant qu'est passée depuis belle lurette la saison des complicités charnelles — ils s'évitent. Comme si chacun avait divorcé de chacune. Quand par extraordinaire il leur arrive de se trouver face à face, ils échangent des regards chargés d'anciennes rancunes. Te souviens-tu de ce que tu m'as fait ? Si ce n'est toi, c'est donc ta sœur. Et toi-même, lorsque tu me revenais plein comme une outre, et prétendais encore que je te fasse des gentillesses. Si tu avais mieux tenu la maison, j'y serai demeuré plus volontiers. Et ce fils que tu m'avais promis, et qui n'est jamais venu. Il me suffisait d'un seul enfant d'ivrogne, sans avoir à en procréer d'autres. Et l'argent de ton père... Et les injures de ta mère... Et ton frère... Et ta sœur... Elle bat le beurre...

Entre eux, les hommes se sentent sur un terrain plus ferme. Ils évoquent leurs gloires passées : le service militaire, leurs campagnes, leur ancien métier, leurs bonnes amies, leurs tours de force, leurs voyages, les bons coups qu'ils ont réussis, flanqués, bus ou tirés. Quand ils les ont racontés à l'un, ils les racontent à l'autre. Ils parlent rarement de leur famille. Ils n'ont ni présent ni avenir ; seul le passé existe encore. Un peu moins chaque jour. De leur mémoire pareille à un tonneau qui fuit, les souvenirs s'échappent goutte à goutte. Vient un temps où ces hommes se taisent, lorsqu'ils ont rabâché deux ans, trois ans, cinq ans les mêmes histoires. Alors, ils penchent la tête et contemplent l'asphalte, sondant ses profondeurs.

La plupart n'ouvrent jamais un journal. Que leur chantent ces problèmes d'étalement, de circulation, de pétrole, de socialisme, de capitalisme, d'inflation, dont certains faibles échos atteignent cependant leurs oreilles, portés par les lamentations du personnel ? Est-ce qu'ils prennent des congés payés, eux ? Est-ce qu'ils roulent voiture ? Est-ce qu'ils doivent défendre leur pouvoir d'achat ? Est-ce qu'on les appelle jamais à manifester dans la rue ?

Berthomieux n'est pas de ceux-là. Il se force à sortir au moins une fois par semaine. Il traverse la petite place encombrée de camions et de tracteurs, se dirige vers l'épicerie-tabac-buvette de Mme Ladoux, et demande un journal hebdomadaire : *La Gazette de Thiers* ou *La Montagne-Dimanche.*

« Bonjour, monsieur Berthomieux ! s'écrie-t-elle. On vient chercher sa petite feuille ?

— Hm.

— Alors, ces vacances, ça se passe bien ?

— Quelles vacances ?

— Les vôtres ! M'est avis que vous êtes en vacances, non ? Veinard !

— Vous avez raison. Vacances à perpète. Donnez-moi *La Gazette,* s'il vous plaît.

— Voilà... À propos de perpète, vous avez vu ?

— Quoi donc ?

— Ces malfaiteurs qui se révoltent dans leurs prisons. Ça devient vraiment une mode !

— Hm. »

Il emporte son journal sous le bras ; il lira dans la solitude, en suisse.

Moi, je me tiens au courant de l'actualité. Sinon, à quoi je ressemblerais ? À un escargot, dans sa coquille : bouffer, baver, dormir. Pour ce qui est de la captivité, je connais. Pas le même genre de prison, certes ! Cinq ans dans un stalag de Westphalie. À manger du boudin de cheval et de la soupe au rutabaga. De toute manière, les prisons — les vraies — finissent par s'ouvrir un jour. Les locataires y vivent dans l'espérance de leur libération. Même les « perpètes », en se tenant sages, pour faire croire qu'ils se sont amendés : on les relâche au bout de dix ans... N'exagère pas, Berthomieux. Qu'est-ce que c'est que ces comparaisons ? ... Le *Doux Repos* n'a ni barreaux ni geôliers : Tu veux sortir ? Tu sors. Tu veux rentrer ? Tu rentres. De quoi te plains-tu, Berthomieux ? Est-il raisonnable d'espérer quand on a TOUT ? De souhaiter une délivrance quand on est LIBRE ? Tu ferais mieux de travailler les mots croisés.

C'est ce que lui répète sans cesse chaque lettre de son fils, le docteur Berthomieux, spécialiste des maladies du tube digestif, installé à Vichy, où il se nourrit, lui et les siens, de foies, de rates, de tripes, de pancréas :... *N'as-tu pas, en vérité, dans cette belle résidence du* Doux Repos, TOUT *ce qui t'est nécessaire ? ... Cite-moi une seule chose qui te manque !... Chauffé en hiver, aéré en toutes saisons, blanchi, éclairé, logé, une nourriture saine, abondante, variée, de l'argent de poche à ta suffisance : que te faut-il de plus ? Sans parler de la compagnie. Celle qui te convient : des personnes de ton âge, celles avec qui tu t'entendras le mieux. Pas de conflits de générations entre vous, puisque,* grosso modo, *vous appartenez tous à la même... et avec ça,* LIBRE ! *Totalement libre ! Tu veux sortir ? Tu sors. Tu veux rentrer ? Tu rentres. Tu as envie de boire un canon ? Le bistrot d'Entraygues est à ton service... Allons, cherche bien ! S'il te manque quoi que ce soit, je te le procurerai...*

Berthomieux se creuse la tête. Non, vraiment, il ne lui manque rien.

Lulu est d'une autre espèce. Le genre optimiste, envers et contre tout. Il raconte à qui veut l'entendre :

« Que voulez-vous, il y a des gens nés pour travailler, et d'autres pour ne rien fiche. J'appartenais à la seconde catégorie. Ma spécialité à moi, c'était de dépenser. Les restaurants, les théâtres, les cinémas, les boîtes de nuit, les casinos. Je ne sais pas si vous voyez ce que je veux dire. Ah ! si l'on me rendait les millions que j'ai croqués, je pourrais acheter tout Entraygues. Y compris le maire, Chazel, et ses quatorze vaches. »

On ignore s'il dit vrai ou s'il brode, avec cette sacrée langue qu'il a dans la bouche :

« Parbleu ! explique-t-il. Savez-vous que j'ai fait jadis des études d'avocat ? ... *Article 12. Tout condamné à mort aura la tête tranchée. L'exécution aura lieu au moyen d'une guillotine. Article 14. Les corps des suppliciés seront délivrés à leurs familles si elles les réclament, à la charge pour elles de les faire inhumer sans aucun appareil. Article 17. Si une femme condamnée à mort se déclare et s'il est vérifié qu'elle est enceinte, elle ne subira la peine qu'après sa délivrance.* Ainsi de suite. Malgré toute cette science, je n'ai jamais plaidé. Ni pour la veuve ni pour l'orphelin. Aux veuves, j'offrais d'autres consolations, pourvu qu'elles fussent jeunes et caressantes. Il y a des personnes, je m'en rends compte, qui souffrent de se sentir inutiles. Eh ! bien ! Je me place parmi les plus inutiles qui aient jamais vécu sur cette terre. Pourtant, je n'en ai jamais souffert : je lève la main droite, et je dis je le jure ! »

Il fait ainsi, et crache par terre. Quand on lui demande d'où lui venait tout cet argent, il répond :

« D'héritages. Mon père, se privant de pain et de sommeil, avait amassé une grosse fortune dans la ferraille, les chiffons, les vieux papiers. Occupé à battre la campagne de jour et de nuit, il eut le tort de ne faire qu'un seul enfant : vous l'avez devant vous ! Or, savez-vous combien je pesais à ma naissance ? ... Deux livres moins le quart !

— Deux livres moins le quart ? Par exemple !

— Comme je vous le dis !

— Ça ne fait pas beaucoup ! Eh bien ! Depuis, vous vous êtes rattrapé ! Vous en avez pris, des livres et des kilos !

— D'accord. Mais en ce temps-là, je pesais deux livres moins le quart. Guère plus gros qu'une pomme. Alors, pour ma santé, on prenait des précautions extraordinaires. Toujours les nourritures les plus fines. Pas d'effort, surtout, pas d'effort ! Ménagez-le, ce petit ! Il pesait deux livres moins le quart à sa naissance ! Pas de service militaire : vous pensez bien, quand on a pesé deux livres moins le quart ! Et voilà comment j'ai pris certaines habitudes. En mourant, mon vieux m'a laissé une douzaine de maisons de rapport. Elles auraient pu assurer mes vieux jours : j'ai préféré les consommer pendant les jeunes, encore en possession de toutes mes facultés de jouissance. »

Et maintenant, comment vit-il ? Du Fonds de Solidarité nationale.

« J'ai toujours été favorable à la solidarité. Quand j'avais de l'argent et que je le répandais autour de moi, beaucoup de Français en profitaient, n'est-ce pas ? Commerçants, hôteliers, garçons de café, croupiers, chauffeurs de taxi, ramasseurs de mégots, que sais-je ? Maintenant que je suis dans le besoin, il est normal que la Solidarité nationale joue en ma faveur. »

Comme il est un des plus jeunes, des plus valides parmi les pensionnaires du *Doux Repos*, il rend de menus services aux uns et aux autres, soutient les éclopées, conduit les aveugles, écrit les lettres des grelottantes, pousse la voiturette des culs-de-jatte, porte les valises d'un poids raisonnable. Il n'oublie pas les deux livres moins le quart de sa naissance. Lorsqu'un rentier vient à avaler sa langue, il veille le corps dans la chapelle, en attendant que la famille en prenne livraison ; il tient à le remettre en main propre :

« Ah ! Madame ! murmure-t-il à la fille éplorée, d'une voix modérément basse, désignant du menton le cercueil en bois blanc, il était mon meilleur ami. Que dis-je ! Nous nous aimions comme deux frères. Castor et Pollux. S'il avait besoin de quoi que ce fût, j'accourais pour le servir. Très souvent de ma poche, avec ce goût dispendieux qu'il avait pris pour les petits gâteaux. Il lui fallait son éclair chaque dimanche ! Au chocolat ! Ah ! je peux dire que j'ai adouci ses derniers instants. Toujours il vous réclamait : ma fille par-ci, ma fille par-là ! Je lui expliquais que, de votre côté, vous aviez votre ménage, vos enfants, votre mari, tous les soucis de la vie moderne. Je le raisonnais, quoi. Les vieillards, c'est égoïste. Si on les croyait, on s'occuperait d'eux tous les jours, d'une façon ou d'une autre !

— Je vous ai bien de la reconnaissance. Vraiment, je suis confuse... Je ne savais pas...

— Tenez. La dernière fois que vous êtes venue... C'était quand ? »

Elle cherche elle-même. Elle demande à son mari. Je ne me rappelle plus au juste. C'était quand ? ... Ben... ça devait être... le jour où qu'on est passés par ici pour aller à Châteldon, voir ces meubles. Y a trois mois. Tu crois que c'est si vieux que ça ? ... Ben... il me semble.

« Bref, reprend Lulu. Le soir de votre dernière visite, il pleurait comme je sais pas quoi. Inconsolable ! Alors, je l'ai sorti, je l'ai promené dans Entraygues, je lui ai payé un verre au café. De ma bourse, naturellement. »

La fille commence à comprendre et lance un regard furtif vers son mari. Celui-ci tâte dans quelle poche il a placé son porte-monnaie. Lulu écrase du pouce une larme au coin de sa paupière gauche. Il complète :

« Et puis, je le tenais propre. Les derniers temps, il me donnait beaucoup de mal, avec cette infirmité de faire pipi dans ses culottes.

— Vraiment ? ... Il faisait... ?

— Et quelquefois, pire que ça !... Vous m'avez compris ! »

Elle se met sous les narines le mouchoir dont elle se frottait les yeux l'instant plus tôt. Le gendre fronce le nez, et croit s'apercevoir qu'en effet le cadavre du beau-père sent la merde.

« Que voulez-vous ! soupire Lulu. Avec les malades, il ne faut pas être délicat ! »

Il écrase une seconde larme du côté droit. Il en a fini : le grain est jeté ; que le vent le porte ; que le sol l'accueille et lui fasse produire ses fruits. Le gendre s'exécute, tire un billet, l'insinue de force dans une main plus que réticente :

« Non, non !... Il me le reprocherait s'il vivait encore !

— Pour vous dédommager de vos frais. Vous ne devez pas rouler sur l'or.

— Je l'accepte en souvenir de lui ! Uniquement en souvenir de lui !

— Bien sûr. Uniquement. »

La plupart des familles ne songent point à récupérer froid un particulier dont elles ne se souciaient guère au temps de sa chaleur. Les transports coûtent à présent les yeux de la tête. Surtout ceux des Pompes funèbres ! Les descendants se résignent donc à confier leur cher défunt à la terre locale, dont les tarifs au mètre carré n'ont rien de comparable avec ceux des villes : on peut encore s'y offrir un petit trou pas cher. Le cimetière d'Entraygues, ainsi approvisionné par *Le Doux Repos*, couvre une superficie disproportionnée avec la population permanente de la commune. Il a fallu l'agrandir deux fois en dix ans.

Jusqu'au dernier instant, Lulu soutient les endeuillés de sa présence fraternelle. Si nécessaire, il donne un coup de main au curé, en répondant *Et avec votre esprit* ; au cocher du corbillard, pour charger et décharger la caisse ; au fossoyeur qui la reçoit. Solidarité, solidarité ! Il est bien rare que ces divers auxiliariats ne soient récompensés de quelques pourboires supplémentaires. En espèces ou en nature. *Le Doux Repos* a coutume, en effet, pour un prix avantageux, d'offrir table d'hôte aux parents venus de loin. Dans une pièce spéciale, loin des réfectoires, on leur sert un menu réconfortant. Et ces braves gens ont souvent la délicatesse d'inviter M. Lulu qu'ils voient aussi abattu qu'eux-mêmes. Il y consent pour ne pas les désobliger.

Voilà par quels moyens il arrondit les prestations du Fonds de Solidarité nationale. Les décès surviennent dans la maison à intervalles réguliers. Il lui suffit d'en être averti à temps : il se renseigne sur le nom, le prénom, la dernière maladie du client, afin de ne pas commettre d'impair. Ainsi, l'argent de poche ne lui manque jamais. Il profite bien des portes ouvertes et se promène dans Entraygues, la mine fleurie, les mains dans les poches. Les gens du village le connaissent, le saluent avec une familiarité mêlée de respect :

« Bonjour, Lulu ! Toujours en pleine forme ? »

Il leur lance quelque craque pesante : de celles qu'on jette aux inférieurs. Les paumes posées côte à côte sur sa panse :

« Comme vous voyez !... J'attends un heureux événement.

— Ha ! ha ! ha !... Sacré Lulu !

— Ce sera bien le premier que *Le Doux Repos* aura jamais connu ! »

Il boit un cognac chez Mme Ladoux. S'il y rencontre un autre pantouflard, il n'hésite pas à trinquer avec lui. Après quoi, il ouvre les journaux exposés, les butine çà et là, les replie soigneusement, les remet en place sans les acheter. La tenancière ne proteste point, pour ne pas risquer de perdre sa pratique.

Certains soirs, après un bel enterrement, si les parents du défunt se sont montrés généreux, il force un peu sur les petits verres. Il s'accroche au premier rentier accessible comme à un bec de gaz :

« Ah ! mon frère de purgatoire !... Si tu avais dans ta poche le quart du dixième de la moitié de l'argent que j'ai flambé, tu pourrais aller loger à l'hôtel Métropole, à Royat !

— Pisque c'est comme ça, rétorque le bec de gaz — ancien porteur durant quarante-cinq ans à la gare de Clermont, à trente sous le paquet — pisque c'est comme ça, paye-moi un autre casse-pattes.

— D'accord. Je te le dois bien. Peut-être seras-tu mon prochain client ! Mon prochain Castor !

— Quel client ? Quel castor ?

— Cherche pas à comprendre. Buvons à notre fraternité. »

Les femmes ont d'autres manières. Certaines, par une ancienne habitude, tricotent des bas, des cache-nez, des pull-overs. Très exigeantes sur la qualité de leur travail, elles n'hésitent pas à le défaire encore. Quand on demande à ces Pénélopes pour qui elles aiguillettent avec tant d'ardeur :

« Pour mon petit-fils, qu'elles répondent. Le plus jeune, qui a douze ans.

— Mais puisqu'il ne vient jamais vous voir !

— Oh ! si, qu'il vient ! Il est venu à Pâques. Et s'il ne vient pas plus souvent, c'est qu'il est trop petit : il ne peut pas prendre le chemin tout seul. Il viendra davantage quand il sera plus vieux... Il me sortira... Je lui donnerai le bras... On fera le tour du patelin... »

Comme le petit-fils grandit lentement, elles ont tout le temps de perfectionner leur tricot. Elles tiennent à donner entière satisfaction au destinataire. Elles sont heureuses que Mathilde soit nouvelle dans la maison ; elles lui montrent sa photo :

« Vous ne trouvez pas qu'il me ressemble ? ... Le nez, surtout. »

Elles racontent ses prouesses, ses farces, ses bons mots, ses accidents, ses maladies. Elles le connaissent comme si elles l'avaient élevé.

« Quand je sais qu'il doit venir, ce gamin me détraque. Savez-vous que j'en rêve la nuit ? Tout pareil que dans les temps, lorsque j'étais amoureuse de mon bon ami ! Faut dire ce qui est : je crois bien que je suis amoureuse de mon petit-fils ! »

Elles rient de leurs gencives roses.

« Alors, concluent-elles, vaut mieux qu'il ne vienne pas trop souvent. »

Au milieu de toutes ces veuves, Mauricette, restée célibataire, forme une exception. On ne sait si elle a trente-cinq ou soixante-cinq ans. Elle ne le sait pas elle-même. La première fois que Mathilde l'a rencontrée, elle n'en a pas cru ses yeux : l'autre poussait un landau d'enfant. Avec des précautions, une tendresse à ne pas croire. Elle est allée s'asseoir à l'ombre du gros robinier, a tendu un voile de gaze sur la bouche de la capote, s'est mise à secouer doucement la voiture. Il y avait mille ans que Mathilde n'avait vu un bébé de près. Sans parler d'en toucher un. Elle s'approche de la gaillarde, demande aimablement :

« À qui est ce petitou ? »

Et Mauricette, offensée d'une telle question :

« À qui que vous voulez qu'il soye ? À moi, pardi !

— À vous ?

— À moi, oui. Ça vous convient pas ?

— Ça me convient. Vous le dites, je vous crois.

— Écartez-vous un peu. J'ai pas envie que vous lui colliez vos microbes.

— Excusez-moi. »

Mathilde se lève, s'en va en se dandinant, confuse et tristouillette. Elle s'assied sur un autre banc. Elle regarde voler les hirondelles. Puis, elle baisse les yeux, et voit sur l'asphalte trois fourmis avancer en direction de ses pieds. Elle a l'idée automatique de les écraser, comme elle a toujours fait au Peyroux : on ne va pas se laisser envahir par cette vermine. Puis, elle se rappelle cet article qu'elle a lu dans un journal : l'équilibre naturel, chaque être vivant utile et nécessaire, même les tigres, même les crapauds, même les scorpions. Eux, les pensionnaires du *Doux Repos*, sont-ils vraiment nécessaires à l'équilibre de la nature ? Est-ce qu'elle serait troublée dans son fonctionnement, la nature, si un pied les écrasait ? Les fourmis sont encore à sa portée, sans méfiance. Deux grosses et une toute petite. Sans doute le père, la mère et la fille. Alors, Mathilde éloigne ses pantoufles et leur fait grâce.

Comme une récompense pour cette bonne action, un moment après elle voit Mauricette, là-bas, se lever et marcher dans sa direction, en poussant le landau. Une fois devant elle :

« Il est réveillé ! qu'elle explique. Maintenant, si vous voulez toujours le voir, je vous le montre.

— Bien sûr. »

Mauricette écarte la gaze, plonge les mains sous la capote en roucoulant : « Viens, mon gros... mon gros patapouf... » Elle en tire un paquet de linges blancs d'où émerge la tête rose d'un baigneur en celluloïd. Mathilde a un choc au cœur. Encore une toc-toc. Tu es vraiment au pays des toc-toc, ma pauvre. Prends garde de ne pas le devenir toi-même.

« Est-il pas beau ? demande la gaillarde.

— Si, si, bien beau. Quel âge il a ?

— Huit mois... Non, treize mois... Non : sept mois dimanche prochain. J'en ai tellement, vous comprenez, je m'embrouille.

— Ah ! oui ? Vous en avez beaucoup comme ça ?

— Comme ça et autrement. Des petits, des grands, des qui miaulent, des qui font pipi, des qui disent *maman*. Et même deux noirs. Des négrillons.

— Ça vous fait une belle famille !

— M'en parlez pas ! J'ai de quoi tricoter ! Celui-là, c'est le numéro soixante-quinze.

— Soixante-quinze ? Nom de gueux !

— Il est pas encore baptisé. Si vous voulez, vous serez sa marraine.

— Marraine, moi ? Oh ! je suis bien trop vieille ! Pour les quatre matins qu'il me reste à vivre ! Faut en choisir une plus jeune que moi ; comme ça, quand il sera grand, il pourra profiter d'elle. Elle lui fera des cadeaux. Les marraines, c'est bon d'abord pour les cadeaux.

— Vous savez comment je veux l'appeler ?

— Dites voir.

— Georges.

— C'est un nom tout à fait convenable. Saint Georges est un saint très puissant. Il a terrassé le dragon.

— M'en fous de saint Georges. J'ai choisi ce prénom à cause du parrain. Et devinez un peu qui ça sera, le parrain ? Devinez un peu !

— Ma foi !... Je connais pas bien la maison encore... »

Mauricette rit dans sa barbe. Ce qui n'est pas une façon de parler. Mathilde cherche :

« Qui donc qui s'appelle Georges, par ici ? ... Je vois pas. »

Mauricette rit plus fort. Son visage enfin se transforme, passe de l'hilare au sérieux, du sérieux au grave, du grave au tragique. Pareil aux figures peintes sur un ballon de baudruche, quand le ballon se dégonfle. Alors, elle révèle :

« Georges !... Le Président !

— Quel président ?

— Tompidou.

— Pompidou ?

— Oui, Tompidou. J'ai voté pour lui, la dernière fois.

— Eh bien ! vous !... Vous avez pas peur ! Et il a accepté ?

— J'attends sa réponse. Je lui ai fait écrire, par Lulu. Mais il acceptera sûrement. On m'a dit qu'il aimait bien être parrain, dans une famille nombreuse.

— Pour ce qui est d'être nombreuse... la vôtre...

— Alors, vous voyez que vous pouvez être marraine !

— On verra, on verra. »

Mme Issartier et Mme Valade sont à Saint-Paul les deux dernières voisines de Mathilde. À longueur de journée et quelquefois la nuit, elles s'entretiennent de leurs diverses maladies et se livrent un duel permanent : aucune ne veut laisser à sa rivale la gloire d'être plus accablée. Quand, par extraordinaire, il leur arrive momentanément de parler d'autre chose, bientôt elles retournent à leur combat. Toutes les conversations y mènent, comme tous les chemins mènent à Rome.

« Maintenant, dit Mme Issartier, dès que je suis couchée, figurez-vous qu'il me vient des fourmis qui me dévorent tout du long dans les jambes. Je me gratte, je me gratte. Impossible de les chasser. Si bien qu'il faut que je me lève pour marcher quelques pas. Alors, elles s'arrêtent un peu. Mais sitôt que je me rallonge, les revoilà qui me renvahissent ! Et gratte que je te gratte !

— Ah ! ma pauvre ! Vous avez de la chance d'en avoir dans les jambes seulement, des fourmis ! Moi, c'est aussi dans les bras ! Sans parler des autres douleurs. Ces frictions que vous m'avez faites, hier soir, je dois vous l'avouer, ça m'a pas soulagée du tout. »

Et l'autre, humiliée de n'avoir que quatre membres :

« Dans ces conditions, c'est pas la peine que je recommence. Les frictions, vous vous les ferez vous-même, si ça vous chante !

— Remarquez bien que je vous accuse pas ! Le responsable, bien sûr, c'est le produit du pharmacien. Mais quelle chose terrible, d'avoir mal partout comme ça !

— Partout, partout ! Vous me faites rire ! Tenez, je suis sûre que je souffre d'un endroit où que vous souffrez pas !

— Dites voir. Ça m'étonnerait.

— D'après le docteur Baraban, je suis atteinte dans le coqueci.

— Le coqueci ? Où c'est donc, le coqueci ?

— Vous voyez bien que vous y avez pas mal ! Si vous y aviez mal, vous sauriez où ça se trouve !

— On peut avoir mal quelque part sans connaître le nom.

— Vous seriez bien trop contente que je vous le dise, pour pouvoir ensuite vous en vanter ! Mais je vous le dirai pas.

— Comme vous voudrez. Si je comprends bien, le coqueci, c'est un endroit que vous vous réservez. Vous voulez être la seule à y avoir mal.

— Ça se pourrait bien. »

C'est comme pour la température. Chacune a son thermomètre médical particulier. Elles se mesurent tous les soirs. Ensuite, elles chaussent leurs bésicles, se placent au jour de la fenêtre pour compter les fines graduations. Mais aucune n'annonce le chiffre, craignant la performance de l'autre. Elles se contentent de secouer la tête, de lever les yeux au ciel :

« Encore plus haut qu'hier !... Ça alors !... Jusqu'où je vais monter comme ça ? ... »

Il existe un petit nombre de pensionnaires privilégiés : les couples. Ils logent dans le bâtiment neuf où les tarifs sont plus élevés à cause de l'ascenseur, des couloirs carrelés, des petits réfectoires (un par étage) avec tables pour deux ou pour quatre, des chambres plus vastes et plus confortables. Des chambres véritables, entourées de murs complets.

M. et Mme Murat ont quatre-vingts ans chacun, et vivent de la pension du gouvernement depuis un quart de siècle. Avec tous ces pauvres diables qui émigrent chez les taupes, à peine leur retraite commencée, il est juste que, de temps en temps, d'anciens serviteurs de l'État lui fassent cracher ce qu'il économise sur les morts prématurés. M. et Mme Murat sont entrés ensemble aux écoles normales de

Clermont ; ils se sont mariés, ont été instituteurs de campagne, pour terminer leur carrière à la ville. Une carrière tranquille, troublée seulement par deux guerres, illuminée par la naissance de trois enfants, couronnée par les palmes académiques.

Selon leurs calculs, ils ont formé ensemble deux mille élèves, parmi lesquels de brillants sujets : professeurs, médecins, avocats, notaires, ingénieurs, officiers, commerçants, hommes politiques. Leur métier était d'enseigner la lecture, l'écriture, le français, le calcul, la gymnastique, le dessin, le travail manuel, l'histoire, la géographie, la musique, la morale. Ils prêchaient la tolérance, la haine du mensonge et de la violence, l'amour de la liberté, de la patrie, des autres hommes, le respect et l'assistance aux parents. Ils ont exercé avec conscience leur profession ; l'État les payait pour cela ; leurs anciens élèves ne leur doivent donc rien ; aucun ne vient jamais leur rendre une simple visite de politesse, ne leur envoie jamais une carte postale. Si l'on devait manifester sa reconnaissance à tous ceux qui vous ont rendu service contre paiement, on passerait la vie à ça.

À cinquante-cinq ans, donc, M. et Mme Murat cédèrent la place aux jeunes. Ils se retirèrent à Bellerive, sur les bords de l'Allier, occupant leurs loisirs au tricot, au jardinage, à la pêche, à la lecture, à la poésie. Mme Murat écrivait des sonnets parnassiens, dans la manière de Heredia. Leurs enfants aussi sont de brillants sujets : un de leurs fils enseigne la linguistique à Rennes ; un autre étudie les antiquités en Égypte ; le troisième court le monde pour un journal parisien. Ils n'oubliaient pas leurs père et mère, leur écrivaient régulièrement, envoyaient des cadeaux, passaient parfois huit jours en leur compagnie. Eux vieillissaient doucement dans la paix bourbonnaise.

Avec le temps, tout se transforme, tout s'use : les corps, les ressorts, les querelles, les semelles, les lames, les âmes. Les anciens maîtres d'école atteignirent un grand âge ; si bien que ce chagrin ne leur fut pas épargné : de voir leurs enfants vieillir à leur tour, grisonner, bedonner, prendre des rides et de la couperose. Écrasés d'importance et de responsabilités, les trois fils tombèrent d'accord un jour sur certain arrangement :

« Nous ne pouvons plus laisser nos vieux seuls à Bellerive. Comme aucun de nous n'a l'appartement nécessaire ni le temps de les prendre chez soi, plaçons-les dans quelque honnête maison de retraite, où ils seront bien soignés, et partageons-nous les frais éventuels, dit le linguiste.

— Oh ! il n'y aura guère d'éventualité. Chacun d'eux jouit d'une pension qui doit largement couvrir leur hébergement, dit l'égyptologue.

— Nous serons là seulement pour leur servir de paratonnerre, en cas de coup dur, opération, soins coûteux », dit le journaliste.

C'est ainsi que M. et Mme Murat ont été transférés un certain jour à Entraygues, dans la partie la plus luxueuse du *Doux Repos.* Ils s'y trouvent, assurent-ils, les plus heureux du monde. L'ancienne institutrice continue de parnassiser. Ce sera mon héritage personnel à mes enfants ou petits-enfants. S'ils les jugent bons, ils publieront mes vers après moi. Peut-être un jour figurerai-je dans les anthologies scolaires aux côtés de Marceline Desbordes-Valmore, de la comtesse de Noailles, d'Amélie Murat, mon homonyme. Ils reçoivent du courrier ; et même, de loin en loin, la courte visite d'un de leurs descendants. Paul et Virginie, les deux petits-enfants de Rennes, viennent de leur écrire : *Pendant les prochaines vacances de Noël, nous comptons aller skier à Courchevel. Nous en profiterons pour faire un détour par Entraygues et venir vous embrasser...* Alors, chaque matin, M. Murat consulte un calendrier de poche et dit :

« Encore soixante-cinq jours... Encore soixante-quatre... »

Toutefois, il nourrit maintenant des idées bien différentes de celles qu'il enseignait jadis. L'assistance aux parents, *qu'es aco ?* Dans une société évoluée comme la nôtre, devons-nous élever des enfants pour qu'un jour ils nous servent d'abord de valets de charrue, d'ouvriers gratuits, plus tard de gardes-malades ? Non, Monsieur ! Non, Madame ! Des père et mère conscients de leurs responsabilités ne peuvent tenir leur progéniture pour un investissement dont ils accumulent le capital pendant la jeunesse afin d'en toucher les intérêts dans la décrépitude. Ils doivent l'élever pour l'amour d'elle-même, pour qu'elle s'accomplisse, s'épanouisse, n'affronte pas ces duretés dont ils ont souffert dans leur enfance à eux. Fort de ces idées, M. Murat — qui, à quatre-vingts ans a gardé toute sa tête — ne se plaint jamais de son sort.

Accrochés l'un à l'autre, ils marchent à tout petits pas dans le jardin ensoleillé. Ils en connaissent chaque fleur, chaque brin d'herbe. Quand leurs jambes sont lasses, ils ne s'installent pas, comme les autres, sur les bancs de plastique dont le contact glissant leur déplaît. Ils ouvrent une petite chaise pliante à dossier, et se disposent où il leur agrée. M. Murat aime avoir l'échine à la chaleur. Il s'arrange donc pour tourner constamment le dos au soleil, le suivant dans sa course comme fait la fleur de l'héliotrope. Alors, bien soutenu par ces rayons, il tire un livre de sa poche ; il lit les philosophes anciens, Épictète, Marc Aurèle, Sénèque. *Notre salut et notre perte sont en dedans de nous-mêmes. Rien n'arrive à personne que la nature ne l'ait fait capable de supporter. Nous descendons et ne descendons pas deux fois le même fleuve.*

Mme Murat chausse ses lunettes, essaye de griffonner un nouveau sonnet sur un calepin. Cela n'avance guère. Elle se plaint de ses mauvais yeux. Prétexte. En réalité, l'inspiration lui manque.

Le courrier leur apporte des cartes postales.

On ne vous oublie pas. Grosses bises de Byzance. Le haut Nil ressemble à l'Allier. Je vous envoie à part un colis de dattes. Jacot vient d'être reçu au bac avec mention BIEN.

Ils se chauffent aussi aux pâles rayons de ces affections lointaines.

Les repas sont les seuls événements des journées. Les vieillardes ont si peu d'emploi pour leurs quatre membres qu'elles les traînent au réfectoire une heure à l'avance. Dès 10 heures, il se trouve quasi plein. Ainsi, le matin, à midi, le soir, elles goûtent un moment d'attente. Heureux, trois fois heureux celui qui a quelque chose à attendre !

Mathilde, cependant, continue d'arriver parmi les dernières. L'appétit ne la pousse point. Elle reconnaît là les cheveux noirs de Mme Sauvagnat, ses autres colocataires de Saint-Paul dont elle ne retient pas le nom, celle qui aime le sucre, celle à qui l'on a volé vingt mille francs, celle qui a un goitre, celle qui en a deux, celle qui se peint la bouche et montre un collier de perles noires. On prétend qu'il s'agit d'une comtesse. Elle a dans le port tant de fierté que la chose n'est pas impossible. Nom de gueux ! Que de beau monde on trouve ici !

Pour ce qui est des menus, personne ne devrait se plaindre : hors-d'œuvre, viande, légumes, dessert. Comme boisson : un litre par table de huit d'un liquide rosâtre que l'administration appelle *vin coupé.* Et pourtant, les plaintes, les chamailleries ne manquent point : les pensionnaires se chipent mutuellement leurs parts ou se disputent les meilleures, comme une troupe de chiennes lapant à la même auge. Les femmes de service doivent souvent intervenir pour les séparer.

V

Toutes les nuits, c'est la même histoire : dès 3 heures, Mathilde se trouve réveillée comme en plein jour. Que d'images alors lui trottent par la tête ! Elle a beau se morigéner, se dire : Endors-toi ! Compte les moutons ! Un lit, c'est fait pour dormir, pas pour battre la campagne ! Et si tu arrives pas à dormir, t'énerve pas, laisse tes membres en repos ! Rien n'arrête le vagabondage de ses pensées. Ah ! si elle avait bu son tilleul, comme au Peyroux !

Les pluies d'automne sont venues. Il pleut aussi sur le Peyroux, à vingt kilomètres d'ici. Sur les tuiles de Saint-Paul, l'eau du ciel fait un doux clapotis : celui d'un chat qui lape son lait. Mais là-bas, elle s'infiltre par les tuiles fendues, par les lézardes des murs, par les vitres crevées. Maintenant que plus personne ne les défend, elle entre dans les maisons comme chez elle. Elle fait ploc, ploc, ploc sur le plancher des galetas, forme des flaques, traverse les plafonds, tombe sur les lits, les chaises, les fourneaux, inonde les placards.

Elle pense à son cheptel, à ses chèvres, à Margarette, qui à présent, sans aucun doute, sont dans le ventre de Jolivet, de sa femme la Jolivette, de leurs trois Jolivetous. Faut bien être de son pays comme elle l'a toujours été pour élever une oie jusqu'à l'âge de la première communion ! Une oie qui n'avait pas d'autre production que ses crottes !

Et ainsi de suite, jusqu'à ce que viennent les bruits du petit matin : portes qui battent, bidons entrechoqués, grincement des poubelles. Alors, Mathilde s'arrache du lit chaud. Ses articulations craquent comme le bois sec. Mme Sauvagnat ouvre ses yeux qui ne voient rien et soupire :

« Encore une nuit blanche !

— Une nuit blanche, vous ? Je vous entendais ronfler y a pas cinq minutes !

— Ce qu'il y a, c'est que vous et moi nous ne dormons pas ensemble. Moi, je suis du matin, vous du soir. Je reste des trois, quatre heures à attendre le sommeil ; mais ensuite, je le garde jusqu'au jour. C'est quand même une nuit à moitié blanche.

— Une nuit grise !

— Vous savez ce que je fais pour m'endormir ? ... Je me récite des fables de La Fontaine. Celles que j'ai apprises dans le temps, à l'école :

Maîtrecorbeausurunarbreperché
Tenaitdanssonbecunfromage,
Maîtrerenardparlodeuralléché...

Ou bien :

Unegrenouillevitunbœuf
Quiluisembladebelletaille,
Ellequin'étaitpasgrosseentoutcommeunœuf...

Vous voyez ?

— Moi, je sais pas de fables. Quelquefois, je me récite des prières.

— Chacune a sa méthode. Je suis contente de la mienne. »

À côté, on tousse, on se racle la gorge, on se ramone les bronches, on crache dans des mouchoirs. La maison commence une autre journée de doux repos.

Françoise est une bonne fille. Elle traite ses vieilles gentiment, les aide à faire leur lit, prend soin de ne pas déranger leurs babioles, écoute leurs plaintes et leurs confidences, apaise leurs chamailleries, répare leurs bêtises. Un jour, Mathilde la prend à part :

« Est-il vrai, ma mignonne, que vous avez un petit ? » Et elle, jouant la sourde, mais rouge comme une cerise :

« Qu'est-ce que vous dites ?

— Il paraît que vous avez un petitou. Mais soyez pas offensée si je vous en parle, c'est seulement un bruit qui court. Peut-être je me trompe. De toute manière, je condamnerai jamais une pauvre fille dans cette situation. Croyez pas non plus que je vous demande ça uniquement par curiosité. Non. Seulement, si par hasard c'était vrai, j'aimerais bien le connaître, bonnes gens. »

Dans l'arrondissement, *bonnes gens* exprime une tendre pitié. Comme ailleurs *peuchère,* ou *pécaïre.* Françoise, qui baissait la tête, la relève à cette goutte de rosée, examine le visage de la vieille femme où s'étale un sourire aussi large qu'un parapluie.

« Vous ne vous trompez pas, avoue-t-elle.

— Quel âge a-t-il, cet ange ?

— Oh ! ça n'est pas un ange ! Un petit diable, plutôt !

— Comment l'appelez-vous ?

— Guillaume.

— Non !

— Si, Guillaume. Ça ne vous plaît pas ? »

Mathilde a beau déguiser, elle ne peut s'empêcher de montrer sa déception :

« Ma foi non, ça me plaît guère.

— Qu'est-ce que vous lui reprochez, à Guillaume ?

— Comment, qu'est-ce que je lui reproche ? Après tous les pauvres garçons qu'il nous a tués !

— Guillaume ?

— Oui, Guillaume ! Avec ses moustaches comme des paratonnerres. Le kaiser.

— Le quésaire ? Qui c'est, ça, le quésaire ?

— On voit, ma pauvre, que vous êtes bien jeune ! Vous pouvez pas vous rappeler la guerre de Quatorze. Guillaume, l'empereur de la Bochie ! Tous ces noms que vous lisez sur nos monuments aux Morts, c'est lui qui les a gravés. »

Françoise rit. Elle explique que tout ça, ce sont de vieilles histoires. Archi-oubliées. Elle ne savait pas que l'empereur de la... comment vous dites ? La Bochie. Qu'est-ce que c'est, la Bochie ? L'Allemagne. Elle ne savait pas que cet empereur-là s'appelait Guillaume. Pour elle, Guillaume est un petit microbe qui mouille encore ses culottes. Mais pourquoi vous avez choisi Guillaume ? À cause de Guillaume Roméo. Qui est Guillaume Roméo ? Un acteur de cinéma. C'est son parrain ? Oh ! non ! Pas du tout ! Seulement, les vedettes, comme qui dirait, lancent la mode des prénoms. En tout cas, il n'est pas question d'introduire l'enfant au *Doux Repos*, à cause du scandale que ce serait. Une fille-mère, pensez donc !

« Si vous voulez, propose Françoise, venez chez moi dimanche prochain. Je vous le présenterai ! »

Elle rit encore. Elle secoue ses cheveux. Elle part en sautillant et ses estomacs sautent aussi dans son corsage.

Le dimanche, arrivent quelques visiteurs. Il n'y en a pas pour tout le monde. Ils apportent un paquet de gâteaux secs, ou une livre de raisin, ou deux tablettes de chocolat, du sucre, des cigarettes, du tabac à priser. Si la température le permet, ils entraînent dehors leur pantouflard, s'installent avec lui sur les bancs de plastique. Sinon, il faut rester dans les chambres. Comme les chaises manquent, ils s'assoient sur le lit. Ils se penchent vers le vieux ou la vieille et lui chuchotent de tout près ce qu'ils ont à dire, afin que les voisins ne profitent pas trop de la conversation ; leurs nez se touchent quasiment.

C'est ainsi que Mme Sauvagnat a reçu son fils, comptable principal à la SNCF. Malgré ses efforts pour faire la sourde, Mathilde a tout entendu de ce qu'ils se sont envoyé dans les narines :

« Je te trouve bonne mine, disait le Clermontois. Vraiment bonne mine.

— Oh ! la mine ! Ça ne signifie pas grand-chose !

— Je te demande pardon ! Une bonne mine vaut mieux qu'une mauvaise. Et toi, tu en as une vraiment bonne. Il est visible qu'ici on vous traite bien.

— Question traitement, je ne me plains pas. Ta retraite, c'est pour quand ?

— Pour le premier avril de l'an prochain. Rien de changé.

— Rien de changé non plus... à mon sujet ?

— Qu'est-ce que tu entends par là ?

— Eh bien ! M'as tu pas dit que tu voulais me prendre chez toi ? »

Et le comptable, d'un ton mou : « Non, non. Rien de changé. »

Puis il a déposé un paquet sur sa table de nuit. L'aveugle le palpait, en répétant fallait pas, fallait pas. Et lui, toujours comme au confessionnal :

« Tu la tremperas dans ton café au lait.

— Fallait pas ! Fallait pas !... Mais je veux que tu y goûtes un peu. Pour moi, ça fait trop.

— Mais non ! Ça se conserve !... Elle est au beurre !

— J'y tiens absolument ! Absolument ! »

Ses mains titubantes ont ouvert le papier, cherché un couteau dans le tiroir, tiré la lame, coupé une large tranche de la brioche. Même si Mathilde avait été aveugle aussi, elle aurait reconnu l'odeur. Honteusement, le comptable s'est mis à bâfrer, en tournant un dos rond et opaque à la voisine. Pas besoin de prendre tant de précautions, allez, nom de gueux ! Votre brioche, vous pouvez vous la mettre quelque part, si la bouche ne suffit pas ! Est-ce que je vous demande quelque chose ? Est-ce que j'ai l'air de la mendier ? Quand j'en voudrai, de la brioche, j'irai chez le boulanger d'Entraygues. Les deux Sauvagnat se sont donc bourrés sans rien lui offrir. Probablement pour lui faire entendre qu'elle était de trop, qu'ils ne l'avaient pas invitée. Ensuite, le fils s'est levé, s'est essuyé la bouche, a frotté ses joues contre celles de sa mère en faisant pch, pch, lui laissant croire ainsi qu'il l'embrassait ; et il est reparti. Elle a tenu à l'accompagner jusqu'au portail, accrochée à son bras.

Un autre dimanche, Mathilde est allée chez Françoise, comme convenu. Celle-ci habite derrière le bureau de poste — *Agence postale* — au fond d'un long corridor, dans une chambre, une cuisine et deux placards. Le lit de

Guillaume est en fer et se plie comme un accordéon. On transporte ce meuble le lundi matin chez la grand-mère (celle qui a mangé la coucourle) ; il revient ici le samedi soir. On tire dessus, il s'allonge. Plus tu tires, plus il s'allonge. Guillaume est condamné à coucher dedans jusqu'à son service militaire.

Devant le drôlet, tout de suite Mathilde entre en extase comme si elle voyait l'Enfant Jésus :

« Oh ! le beau bébé ! Qu'il est mignon ! Quelle merveille du Ciel ! »

Françoise, rouge cette fois de plaisir, pousse le petit kaiser vers la vieille femme :

« Dis : Bonjour, Mathilde ! Et embrasse-la !

— Non, non ! proteste-t-elle, effrayée. Lui dites pas ça ! Il va se piquer !

— Se piquer ?

— Dans les temps, j'avais les joues douces comme des pommes. À présent, avec ma barbe, elles sont pareilles que du fil de fer barbelé. Mais moi, je vais l'embrasser, si vous voulez bien. »

Elle se penche, prend la tête de Guillaume entre ses bonnes mains un peu tremblantes, et le baise longuement sur les cheveux. Tout de suite, elle sait ce qu'il faut faire pour l'apprivoiser :

« Tu veux que je te raconte une histoire ? ... Alors, viens sur mes genoux ! »

Et la voilà partie : tu dirais que de sa vie elle n'a fait autre chose. Le visage tourné vers elle, la bouche ouverte, l'enfant boit sa parole comme du sirop :

Pimperlou gardait ses biquettes,
Pimperlou était pastrassou.

« Mais ce berger était si minuscule que les jours de pluie il s'abritait sous une feuille de rave. Or voici qu'une fois une vache gourmande mange la feuille et, d'un coup de langue, avale Pimperlou en même temps. On le cherche partout, derrière les balais, au fond des sabots du dimanche, sous les armoires et le buffet :

« — Pimperlou ! Où es-tu ? Où te caches-tu ?

« Pas trace de Pimperlou. À force de fouiller, on entend venir de l'étable une voix pas plus grosse qu'un fil à coudre :

« — Je suis là, dans le ventre de la Clermonte !

« On ouvre la vache — sans trop lui faire de mal, juste comme on ouvre un tablier sur le devant — on va laver les boyaux à la rivière. Soudain, passe un tourbillon qui entraîne le pauvre petit. Qu'est-ce que c'est, un tourbillon ? De l'eau qui tourne. Un peu plus tard, le loup vient boire et lape Pimperlou à son tour. Alors, quand la méchante bête s'approche des troupeaux avec l'idée d'attaquer une brebis, Pimperlou hurle de toutes ses forces :

« — Prends garde, pastrassou ! Le loup en veut à tes moutons !

— Les chiens accourent, et le loup doit se sauver, toujours emportant son ennemi dans son ventre :

« — Qu'as-tu à crier comme ça, bougre d'enragé ?

« — Hé ! Si tu n'es pas content, fais-moi sortir !

« C'est ce qui arrive au bout d'un moment. Le loup se coince entre deux arbres rapprochés, il force, il force et réussit à chasser son locataire. Comment ? Comme toi, pardi ! quand tu as avalé un noyau de cerise ! Pimperlou se débarbouille dans la rosée. Les jours suivants, il voyage encore sur l'échine d'un lièvre, puis sur celle d'un âne qui le ramène chez ses parents... Et après ? Après, c'est fini. Alors, sais-tu ce que je te conseille ? De jamais te cacher sous une feuille de rave quand il pleut. »

Françoise sort des tasses. Elles boivent le thé — comme les madames ! — en grignotant des petits fours et bavardant. Elles parlent de leurs familles. Mathilde raconte qu'elle n'a qu'un grand fils ; très occupé par ses affaires, dans le Midi ; elle ne s'attend pas à recevoir sa visite souvent. Françoise étale des photos sur la table :

« Moi, le jour de ma première communion... Mon frère Alexandre... Ça, c'est un bon ami, pendant qu'il faisait son service militaire... Ma sœur Antoinette... Guillaume, à quatre pattes... Ça, c'est son père : il m'avait promis le mariage. Et voilà... Ici, un autre bon ami.

— Vous avez eu beaucoup de bons amis ?

— Oui. Je ne vaux pas cher !

— Ayayaye ! Qu'est-ce que vous allez dire ?

— La vérité !

— Je sais bien comment sont les hommes. Le meilleur vaut pas la corde pour le pendre ! »

Ensuite, elles passent en revue les autres pensionnaires du *Doux Repos.* Et patati et patata. Comme ça pendant deux heures d'horloge.

Quand elle se décide à partir, Mathilde met la main à la poche de son tablier, en sort un boursicot.

« Je suis venue les mains vides, explique-t-elle. Vous m'avez fait un grand plaisir de me recevoir chez vous et de me montrer votre petit. Je vous en ai bien de la reconnaissance. Alors, maintenant, si vous voulez me faire un autre plaisir, vous allez accepter ça... »

Et elle veut placer dans la main de Françoise deux billets de mille, tellement pliés en quatre et en huit qu'ils ne semblent pas plus larges que des timbres-poste. Françoise pousse un cri :

« Vous voulez rire, Mathilde !

— Non, non ! Faut absolument que vous les preniez !

— Jamais de la vie ! Gardez-les pour vous ! Vous en avez plus besoin que moi !

— Qu'est-ce que vous en savez ? Est-ce que vous connaissez le compte de ma fortune ? Peut-être que je suis millionnaire !

— Et moi, peut-être que je suis Mireille Mathieu !

— D'ailleurs, cet argent n'est pas pour vous, mais pour votre fils. Vous le placerez sur son livret de Caisse d'épargne.

— Il en a pas.

— Bonne occasion de lui en offrir un. Vous avez pas le droit de le refuser !

— Dans ces conditions... »

Elles s'embrassent. Malgré les barbelés. Puis Mathilde s'en va, frétillante comme un gardon. Jamais de sa vie elle n'a usé en deux heures tant de salive. Quand elle rentre à Saint-Paul, elle file tout droit devant la glace du lavabo, et se tire la langue, pour constater si elle pèle ou non.

VI

Tous les mardis et tous les vendredis soir, Mathilde retourne à la chapelle. Elle le fait pour le plaisir d'être en la compagnie du bon Dieu, beaucoup plus que pour l'amour des sermons. Car l'abbé continue de les entretenir de la pluie et du beau temps. On dirait qu'il a peur d'impressionner ces vieillards en traitant le seul sujet qui devrait à présent les intéresser : la mort et la vie éternelle. Heureusement, après une heure de cancans divers, on récite des prières. Encore sont-elles gâtées par cette sale qui s'assoit au fond, près de la porte, et choisit toujours ces minutes pour lâcher des pets de jument. On se demande le plaisir qu'elle trouve à venir à la chapelle dans cette intention. Mathilde croit l'avoir identifiée : une grande maigre, qui ricane tout le temps, avec des yeux noirs comme le péché. L'aumônier fait le sourd ; mais quelques paroissiennes poussent des rires pointus ; ce qui encourage l'artiste à répéter ses exercices. Faut croire qu'elle met tout son esprit là, et qu'elle n'a rien d'autre à dire.

Pour varier les plaisirs, Mathilde s'est aussi laissé inviter à une séance de télévision par sa voisine, Mme Valade. Celle-ci distrait par ce moyen ses innombrables douleurs.

« Dépêchons-nous, fait-elle dès la sortie du réfectoire, si nous voulons avoir une bonne place. »

La salle se tient au rez-de-chaussée, non loin de la chapelle ; elle attire beaucoup plus de monde. Le tabac y est interdit ; mais il y a toujours quelque vieux pipeur qui ne peut se retenir d'allumer une cigarette.

« Éteignez ! Éteignez ! lui crie-t-on. La fumée empêche de voir. »

Il accepte difficilement ce sacrifice, faut lui corner dans les oreilles.

Mme Valade fait asseoir Mathilde près d'elle. Depuis le temps que j'entends parler de cette télévision, je vais voir enfin à quoi ça ressemble. Pour le moment, l'écran montre un ours et une poule en grande conversation. Seulement, on ne comprend rien à ce qu'ils se racontent, parce que, dans la salle, tout le monde jacasse à la fois. De temps en temps, l'ours secoue son gros ventre et fait : « Ho, ho, ho, ho, ho !... » Ce qui doit être sa manière de rire. Ensuite, viennent les informations, le temps qu'il fera demain. Derrière la personne qui cause, on aperçoit le puy de Dôme en peinture. Facile à reconnaître, avec ce crayon qu'il tient en équilibre sur la tête.

« Maintenant, dit la Valade, ça va-t-être le feuilleton. Faut que je vous raconte un peu le début, pour que vous compreniez. C'est une fille de la haute. Elle en pince pour un garçon qu'elle a failli tamponner en voiture, et elle veut l'épouser. Mais les parents d'elle s'y opposent vu que lui est jockey sur un champ de courses, et que c'est une profession qu'ils considèrent pas des tas. Le frère de Jacqueline intervient. Il voudrait bien la voir disparaître de la circulation, à cause de l'héritage. Il envoie des lettres anonymes au maire. Sa bonne amie achète un fusil, on se demande pour quoi faire. Et tout par un coup voilà qu'on trouve le jockey estourbi. Mort, si vous préférez. Son patron, qui est un planteur de café je sais pas où, paye un policier pour chercher l'assassin. Ou l'assassine. Et puis voilà que quelqu'un s'amuse à tuer ses chevaux, malgré la surveillance d'un vieux boiteux qui a d'ailleurs qu'un œil, l'autre est en verre... »

À mesure que se déroule ce résumé, Mathilde sent sa tête qui enfle. Où prennent-ils toutes ces histoires ? Est-ce qu'y en a pas assez dans le monde sans qu'il soit besoin d'en inventer d'autres ?

« Taisez-vous, bande de blagandes ! crie Mme Valade. Voilà le feuilleton ! »

Rentiers et rentières mettent une sourdine à leurs conversations. Le téléviseur reprend la parole. Mathilde écarquille les yeux, essaye de reconnaître les personnages. Pour l'aider, sa voisine les lui présente au fur et à mesure :

« Ça, c'est le patron. Ça, c'est Jacqueline à cheval. Ça, c'est l'assassin...

— Mais non, proteste une autre pantouflarde, c'est l'inspecteur.

— L'inspecteur, ça ? Allons donc ! Moi, je vous dis que c'est l'assassin. Vous avez pas vu la tête qu'il a ? Le petit qui court en boitant, c'est le boiteux.

— Taisez-vous donc !

— Ma voisine est nouvelle ! Faut bien que j'y explique ! »

Mais Mathilde n'a plus besoin d'explications. Ces gens qui se pressent là-bas, derrière la vitre bleutée, qui marchent, se poursuivent, s'embrassent, montent des escaliers, tous lui donnent le tournis. Les yeux lui picotent comme dans la fumée. La télévision... Oui, oui, ces antennes qui étrillent les nuages. Et le crayon au sommet du puy de Dôme. Maintenant, elle sait en quoi cela consiste. Pour cette invention-là, elle ne fera jamais de folie. Ce qu'il y a de bien, c'est qu'on est ensemble, qu'on a chaud, comme les vaches dans l'étable. Avec les jacassements en plus : et barbouilli, et barbouilla.

« Hé ! crie la Valade, en la piquant du coude. Réveillez-vous ! Maintenant, va y avoir Guy Lux !

— Non ! Mettez la troisième ! Y a Jean Gabin !

— Vous nous les cassez ! On a la première ! Et la première restera !

— Écoutez cette commandante ! Le poste vous appartient, peut-être ? Y a jamais moyen de faire entendre sa voix !

— Vous vous en privez bien ! »

Franchement, j'aime mieux les vaches. Elles, du moins, se supportent. Il y en avait quatre chez mon père, comme chez Pimperlou. Et une s'appelait réellement Clermonte. On avait pris la capitale du département pour en faire un nom de bête. Et de même certaines s'appelaient Parise, Lyonne, Romaine. Beaux noms qui allaient bien à ces vaches aussi fières que des reines.

« Réveillez-vous, bon sang ! Vous êtes encore partie ? Quand on est dans le lit, on dort. Quand on est à la télé, on regarde.

— Pouèèèèèh !

— Quoi, pouèh ?

— Tous ces barbus !

— Vous craignez les barbus ?

— Ils font peur. Je suis sûr qu'ils ont des poux.

— Faudra vous y habituer : c'est la mode.

— Les poux ?

— Savoir si vous allez la fermer, là derrière ?

— On la fermera si on veut, grande malhonnête !

— C'est pas la peine d'avoir une télévision pour rien entendre !

— Ma foi, madame Valade, je crois bien que ça me suffit pour aujourd'hui. Je reviendrai une autre fois.

— Comme vous voudrez ! »

Ces barbus ! Ces chevelus ! Des Juifs errants ! Pourvu qu'ils te flanquent pas des cauchemars, cette nuit ! Ah ! Vous n'êtes pas près de me reprendre, madame Valade !... Ouf ! L'air sans fumée ! Ouf ! La chambre de Saint-Paul ! Le bon visage du pauvre Pierre, dans son cadre métallique. Tel qu'elle le porte aussi dans son cœur. Le lit qui s'affaisse sous sa charge. La couverture jusqu'au nez. Que le diable emporte les barbus !

Dans le hall d'honneur, un grand meuble vitré s'offre à la vue des visiteurs : la bibliothèque. Elle contient au moins deux cents volumes : des jaunes, des rouges, des blancs, des noirs, des gros, des petits. Un écriteau manuscrit précise : *Pour l'emprunt des ouvrages, s'adresser à Mme Spagnoli au secrétariat.* Mme Spagnoli est une personne constamment plongée dans les calculs. Si par hasard quelqu'un lui adresse la parole, elle secoue la tête en remuant les lèvres ; et s'il insiste :

« Laissez-moi finir mon addition, tout de même ! »

Alors, il va de soi que, pour ce qui est des livres, personne n'a le courage de la déranger. En fait, ils ne sont pas destinés à l'usage des pantouflards, mais aux regards des familles.

Pour sa part, Mathilde Dutheil ne manque pas de lecture. Françoise la comble de journaux et de revues. Même s'ils ne sont pas de la dernière fraîcheur, ils apportent des nouvelles du monde : ce qui se dit, ce qui se fait, ce qui se porte, ce qui se mange. Quand elle les a épuisés, à son tour elle en fait don à quelque autre pensionnaire encore capable de lire. Cependant, elle doit reconnaître une chose : le monde l'intéresse de moins en moins. Elle a l'impression qu'il s'éloigne d'elle, un peu chaque jour, emporté sur un grand bateau, vers un horizon inconnu. Tandis qu'elle reste sur la rive. Et là-bas, aucun mouchoir ne s'agite pour elle.

Or voici qu'un jour, à la troisième semaine de sa vie au *Doux Repos*, elle s'aperçoit de son erreur.

Françoise arrive tout excitée :

« Quelqu'un vous demande, Mathilde !

— Moi ? Quelqu'un ? C'est sûrement une erreur.

— Oui, vous ! Un homme, avec un petit garçon.

— Un homme ? ... Un petit garçon ? ... Pas possible ! Mon Dieu ! Si c'était...

— Je vous les amène ici ?

— Naturellement. »

Ton fils ? Se serait-il marié sans t'avertir ? Aurait-il eu un enfant ? Mais non ! Mais non ! Tu te le figures ! Ne va pas te monter la tête. Pourquoi reviendrait-il après tant d'années de silence ? Mathilde, méfie-toi de la figuration !

Et la jumelle avait raison de lui donner d'aussi sages avertissements. Car, lorsque les deux visiteurs se trouvèrent devant elle, rougeauds, embarrassés, leur casquette à la main, elle ne reconnut ni l'un ni l'autre.

« Bonjour, tante, fit le plus grand.

— Vraiment, je ne... vous remets pas. »

Et lui, avec un sourire niais :

« Faut dire qu'on s'est pas vu bien souvent... Jean-Claude... Jean-Claude Membrun. Le fils de votre frère Benoît, de Randan. »

Elle leva les bras au ciel, puis les lui jeta autour du cou :

« Mon neuveu Membrun ! Jean-Claude ! Qui est venu me voir ! Eh bien ! Eh bien ! Ça, c'est une belle surprise ! Si je m'attendais à celle-là ! Et ce petit garçon est ton fils ?

— Oui. Il s'appelle Jeannot. Embrasse la vieille tata Mathilde, Jeannot.

— Et ta femme, tu l'as pas amenée ! Tu en as bien une, je suppose ?

— Elle a pas osé.

— Pas osé ? Elle a donc peur de moi ?

— Ben, elle vous connaît pas. Mais elle viendra un autre jour... Tenez, je vous ai apporté un petit quèque chose. »

Il tira de sa poche un paquet de biscuits. Le cadeau traditionnel.

« Fallait pas te déranger. Ici, j'ai ce qu'il faut.

— Oui. Vous avez l'air bien installée. »

Il désignait de la main le lit étroit, la table de nuit, le crucifix épinglé au mur. Elle leur avança les deux chaises disponibles, la sienne et celle de Mme Sauvagnat : « Asseyez-vous donc.

— Et puis, ajouta-t-il de même que tous les visiteurs (ça leur faisait vraiment chaud au cœur de constater que leurs chers vieillards jouissaient de toutes les commodités possibles, qu'il n'y avait aucun souci à se faire pour eux), je vous trouve bonne mine. Vous devez être bien nourrie.

— Je me plains pas.

— Bien chauffée aussi ?

— Oui, oui. Le chauffage central, s'il te plaît ! Dès les premiers froids, crac ! on l'allume.

— Beaucoup voudraient être à votre place.

— Sûrement, sûrement. Parle-moi un peu de toi, et de ta famille. Comment va ma belle-sœur Joséphine, à Randan ?

— Elle se fait vieille, elle aussi. Et puis, dévorée par les douleurs. Huit mois de l'an, elle quitte pas le coin du feu. Y a quatre ans, elle s'est cassé une patte en descendant l'escalier. Lui a fallu six mois pour se remettre. Et depuis, elle boite.

— Pauvre Joséphine ! Quel âge ça lui fait, à présent ?

— Heu... ben... je sais pas trop. Dans les soixante-dix, soixante-quinze.

— Attends. C'est simple : elle a cinq ans de moins que moi. Donc, soixante-seize.

— C'est bien ce que je disais.

— Et toi, maintenant ?

— Trente-cinq. Je travaille à la briqueterie de Billom. Ma mère m'a appris que vous étiez à Entraygues. Alors, je suis venu vous voir. C'est pas très loin de chez moi : vingt kilomètres, à peu près. J'ai une voiture. Une Deux-Chevaux.

— Une voiture, nom de gueux ! Tu dois gagner de bons mois !

— Pas trop. Il en faut tellement pour vivre !

— Tu gagnes pas trop et tu as une voiture ?

— Aujourd'hui, tout le monde a la sienne. Même les plus misérables. Je l'ai achetée d'occasion.

— Qu'est-ce que tu fais, au juste, à Billom ?

— Ben, je vous l'ai dit : des briques.

— Et tu aimes ce travail ?

— Je surveille la cuisson. On chauffe les fours au mazout, comme les boulangers, en somme.

— Et ça te plaît ?

— Ça me plairait mieux si je gagnais davantage.

— Alors, si je comprends bien, tu fais un travail que tu aimes pas beaucoup, et qui te rapporte guère. Mais alors, pourquoi es-tu parti de Randan ? »

Et lui, avec une grimace expressive : « Oh ! vous savez ! La terre !

— La terre, la terre ! Et tes briques, elles sont pas en terre ?

— Pas le même genre de terre. Et puis, là-bas, y avait mon frère Gaston qui a toujours eu du goût pour la culture. Alors, je lui ai cédé la place. On pouvait pas tous vivre dans le même trou, comme des rats. »

Tout cela se débitait en présence de Mme Sauvagnat, qui restait muette au bord de son lit, mais écoutait attentivement, en ayant l'air de compter ses doigts. Sans parler des autres voisines, derrière les cloisons : elles devaient aussi en prendre leur part. C'était ainsi, on n'y pouvait rien. Les six de Saint-Paul se trouvaient condamnées à tout faire ensemble. Mathilde posa des questions sur le petit. Allait-il à l'école ? Réussissait-il bien ? Et pendant qu'ils parlaient, elle examinait ce neveu et cet arrière-neveu qui lui tombaient des nuages, au bon moment, pour diminuer un peu sa solitude. Faut-il que la Sainte Vierge soit bonne pour toi ! Ce qui se décide là-haut, les orages, les maladies, les guerres, les accidents de toutes sortes, il est bien sûr qu'elle n'y est pour rien. Ce n'est pas elle qui décide. Les hommes ont toujours porté les pantalons, même dans le Ciel. Mais ensuite, elle intervient pour soigner les plaies, raccommoder les pots cassés, secourir les victimes. Ainsi, au moment de ton veuvage, rappelle-toi, Mathilde : elle t'a donné la compagnie du Peyroux, et de tout ce brave monde du voisinage. Quand ton fils est parti pour ne plus revenir, elle t'a donné l'amitié de Vatelequerre et de Victor Dassaud. Quand tu as eu ta fièvre cérébrale, elle t'a envoyé en guise d'infirmière l'Annette de chez Frompy. Sans elle, y a bien longtemps que tu examinerais les pâquerettes par-dessous. À présent, elle te regarde, elle se dit : « Y a cette pauvre couraude de Mathilde Dutheil qui peut plus courir, justement, comme elle avait l'habitude. Et qui, au milieu de tous ces rentiers et rentières, se sent aussi malheureuse qu'un crapaud sous une herse. » Et elle t'expédie ces beaux neveux que tu te connaissais pas, pour ainsi dire. Ce soir, tu pourras la remercier !

En attendant, elle les écoutait de toutes ses oreilles, elle les mangeait des yeux. Jean-Claude était un homme robuste, les cheveux solidement plantés sur la tête, le nez rouge et brillant, les dents larges, un peu jaunes, le menton partagé d'une fossette. À qui ressemble-t-il ? À ton pauvre frère ? Non : à la Joséphine, plutôt. Ce menton, principalement. Et ces yeux ronds comme deux lunes. Le nez m'inquiète : je me demande s'il a pas un peu de goût pour la bouteille. À moins que ce soit l'habitude du four ; la chaleur qui cuit les briques peut bien lui avoir cuit le nez ; il devrait moins l'approcher, ça lui donnera un jour mauvaise façon.

Jeannot avait également hérité du menton fendu. Chaque fois qu'on le regardait, il souriait, mais d'un sourire mécanique, un peu niais, qui n'exprimait pas la joie. Au bout d'un moment, Mathilde s'en trouva gênée. Qu'est-ce qu'il a, ce petit, à sourire tout le temps comme ça ? C'est pas normal devant une vieille guenon de ton espèce. Il devrait plutôt se sentir gêné. Faut croire que tu lui plais. Mais non, il sourit même à la Sauvagnat. Est-ce qu'elle lui plaît aussi ? Il sourit aux mouches. Ça doit être une sorte de tic. Vlan ! Il sourit encore ! En somme, il n'a qu'un sourire, mais qui dure tout le temps. Faudrait sans doute le faire voir à un médecin. On en reparlera plus tard. En revanche, quand on l'interrogeait, il n'ouvrait guère la bouche. Il se contentait de secouer la tête pour dire oui ou non. Mathilde se fit des reproches : tu n'as pas même un bonbon à lui offrir ! Sauf des pastilles de Vichy. Dorénavant, arrange-toi pour ne jamais en manquer, en cas de besoin.

La visite dura ainsi presque deux heures. Quand les Membrun manifestèrent l'intention de partir :

« Quel bon après-midi vous m'avez fait passer ! s'écria la vieille tante. J'espère que vous reviendrez de temps en temps, puisque vous avez une automobile.

— Oui, oui, soyez tranquille, on reviendra.

— Embrasse bien ta femme pour moi, en attendant que je fasse un jour sa connaissance. Et aussi ma belle-sœur Joséphine. Et ton frère Gaston. Et ta sœur Jeanne. N'oublie personne.

— J'y manquerai pas.

— Et maintenant, je vous accompagne un bout de chemin. »

Elle marcha, toute dandinante, à leur côté. Ils traversèrent la place, remplie de voitures.

« Voici la mienne, fit le briquetier, la désignant du doigt.

— Attends ! Je veux vous amener quelque part. Suivez-moi. »

Ils obéirent. Jeannot souriait. Ils allèrent jusqu'à la boulangerie-pâtisserie, derrière l'église.

« Donnez un beau gâteau à cet enfant, commanda-t-elle. Choisis-le toi-même, mon mignon... Et aussi un sachet de bonbons. Et un second pour moi, que j'emporterai. »

Puis, s'adressant au père :

« Prends quelque chose, toi aussi.

— Oh ! moi ! Les gâteaux !... J'aimerais mieux un canon. »

Quand ils furent revenus à la Deux-Chevaux, elle prit un billet dans son boursicot, et l'avança vers la main de Jean-Claude :

« C'est pour boire ce canon dont tu as envie. Pardonne-moi de ne pas t'accompagner au café. »

Il feignit des scrupules :

« Vous croyez que je dois accepter ?

— Bien sûr, puisque je te le donne de bon cœur !

— Alors, je dis pas non. Il en faut tellement pour vivre !

— Seulement, attention ! T'approche pas tant du four, quand tu cuis tes briques. Je trouve qu'il te rougit le nez.

— D'accord, j'y prendrai garde. »

Ils s'embrassèrent. Puis, les deux Membrun s'installèrent dans la voiture et démarrèrent en agitant les bras. Mathilde resta sur place jusqu'à ce qu'ils eussent disparu.

Elle s'en revenait vers le *Doux Repos*, le sachet de caramels dans sa poche, quand elle se crut suivie par un troupeau de canards. Elle se retourne, et qu'est-ce qu'elle voit ? Trois gamins d'Entraygues, un clair, un brun, un fauve. Comme trois marrons inégalement mûrs. Alignés en procession, ils avancent en tanguant sur leurs hanches, la regardent d'un air effronté et poussent à pleine gorge des « coin ! coin ! coin ! » Pour mieux se faire comprendre, le rouquin s'appuie sur une baguette. Et tous ensemble :

« Coin ! Coin ! Coin ! »

Nom de gueux ! Dirait-on pas qu'ils sont en train de te copier ? Elle lève son bâton :

« Allez-vous-en, petits mauvais sujets ! A-t-on idée de copier le monde comme ça ? Vous avez-t-y envie que j'aille vous dénoncer aux gendarmes ? »

Ils s'écartent légèrement, mais vont se remettre en file un peu plus loin, toujours imitant sans vergogne la pauvre vieille cane qui a osé sortir de sa basse-cour :

« Coin ! Coin ! Coin !

— Vous en foutrai, moi, du coin-coin-coin ! Bande de malappris ! Galapiats ! Vauriens ! »

Ça les fait crever de rire. Et cancaner de plus belle. Et même, se faufilant entre les voitures, ils osent se rapprocher, tandis que Mathilde reprend sa marche dandinante. Bientôt, elle les sent de nouveau sur ses talons. Alors, elle change de tactique. La voilà qui soudain leur fait face, sans un mot. Eux s'arrêtent pareillement, interdits, prêts à détaler. Un long moment, ils s'examinent. Puis, doucement, la vieille cane porte la main à sa poche, en tire le sachet de caramels (elle les destinait au petit kaiser), le déchire de ses mains cahotantes, le tend vers eux :

« Tenez, drôlets ! Prenez quand même un bonbon ! »

Pas si bêtes ! Ils flairent un piège grossier. Le coup du lard dans la souricière ! Mais eux ne se laisseront pas pincer comme des souris. Tout de même, ces bonbons, c'est bien tentant. Ils les aperçoivent par transparence, dans leurs papillotes multicolores. Sans dire oui ni non, ils demeurent immobiles. Elle devine leurs craintes :

« Vous avez peur que je vous attrape, hein ? »

Alors, elle puise dans le sac de cellophane, leur jette à la figure les caramels enveloppés. Tout d'abord, ils reculent, comme si elle lançait des cailloux. Ensuite, le plus audacieux se baisse, puis les deux autres.

« Y en a deux chacun ! » qu'elle crie.

Déjà, ils mastiquent en la regardant. Sans chercher à comprendre les raisons de cette générosité. Avec l'espoir visible qu'il en pleuvra d'autres.

« Surtout, vous écorchez pas la langue à dire merci ! »

Cela n'entre pas dans leurs intentions. Ils ont la bouche pleine. Alors, elle hausse les épaules et se remet en route vers sa basse-cour. Au bout de quelques pas, elle entend les « coin ! coin ! coin ! » qui recommencent.

VII

Depuis des semaines, Mauricette bassinait l'aumônier Crépin :

« Quand est-ce qu'on baptise mon dernier, monsieur le Curé ? »

Et lui, qui connaissait la paroissienne :

« Pourquoi voulez-vous, Mauricette, qu'on baptise celui-là plus que les autres ?

— Justement, les autres, vous me disiez : Attendons qu'on soit à cinquante, et on les baptisera tous ensemble. Y a joliment longtemps que les cinquante sont dépassés ! Et toujours pas de baptême. Faut croire qu'elle vous coûte cher, votre eau bénite !

— À combien donc en êtes-vous ?

— D'après mes calculs, Georges a le numéro soixante-quinze. Alors, qu'est-ce que vous attendez ?

— Peut-être on pourrait aller jusqu'à vingt mille, comme pour Clovis et ses guerriers. Je ferais mon petit saint Remi !

— Vingt mille. Vous voulez rire ! Où c'est-y que je les mettrais ?

— Bien sûr, ça poserait un problème de logement. Mais soixante-quinze parrains, soixante-quinze marraines, ça sera aussi difficile à trouver.

— J'ai écrit à Tompidou. Il m'a pas répondu. Il doit pas répondre aux filles-mères.

— Et les dragées ? Avez-vous pensé aux dragées, Mauricette ? »

Ainsi, subtilement, sans qu'elle le sentît, il se moquait d'elle. Sans doute parce qu'il n'osait pas lui dire non. La fois d'après, elle revenait à la charge :

« Alors, ce baptême de Georges, c'est pour quand ? ... Si vous me baptisez celui-là, les autres, j'y renonce, monsieur le Curé... Mais si vous refusez, je penserai que vous n'êtes pas un bon chrétien. Vous pouvez croire que je vous ferai pas de réclame ! »

À la fin, ne sachant plus quelles raisons avancer, pris de remords, sans doute aussi, pour cette comédie qu'il jouait depuis si longtemps :

« Amenez-moi, lui dit-il, un parrain et une marraine consentants, et je vous le baptise dans toutes les règles de l'art. »

Voilà donc Mauricette en quête du compère et de la commère, implorant l'un, implorant l'autre. Tous trouvaient de bonnes raisons pour refuser :

« Je suis trop vieille... Je suis sourd... J'ai pas d'argent à jeter par la fenêtre... J'ai des douleurs dans les genoux, ça m'empêche de m'agenouiller... »

Seul Lulu accepta le titre et les responsabilités, après avoir précisé ses exigences :

« Parrain ? Je ne dis pas non. Qu'est-ce qu'on gagne ?

— Y aura à boire, à manger et à fumer.

— Je marche. »

Mauricette pouvait se permettre de telles promesses. Elle était la sœur d'un gros marchand de bois de Chabreloche, qui l'avait jetée au *Doux Repos* comme on jette à la poubelle une patate tarée ; tirant profit d'un héritage commun, il prenait en charge ses frais d'hébergement, y ajoutait quelque menue monnaie pour l'achat et l'entretien de ses poupées, à la condition expresse de n'entendre jamais parler d'elle, de ne recevoir de ses nouvelles que sous la forme de factures et de quittances.

Une pantouflarde, enfin — l'éternelle quémandeuse de sucre ; on lui en promit six morceaux — voulut bien servir de marraine. Un lieu, une date, une heure furent choisis : la chapelle, le premier mardi de décembre, l'après-midi.

Durant les semaines d'attente, l'heureuse maman lança ses invitations aux rentiers et rentières. Beaucoup l'accueillirent avec faveur, se promettant pour ce jour-là une belle partie de rigolade. L'économat ne refusa pas son concours : un réfectoire serait mis à la disposition de l'arrosage traditionnel ; il fournirait, à des prix avantageux, le vin, la limonade, les gâteaux secs, payables sur le dépôt du marchand de bois. Mathilde se trouva invitée comme les autres :

« Dans la chapelle, tel jour, telle heure, précisa Mauricette. Et y aura l'aumônier. Il me l'a promis.

— Oui, oui, sûrement, fit Mathilde en riant sous cape. Peut-être aussi le président de la République ?

— Celui-là, non, il m'a pas répondu. J'ai choisi un autre parrain.

— Comptez sur moi, j'y serai ! »

Lorsqu'elle revit l'abbé Crépin, elle ne put s'empêcher de lui rapporter les paroles et les projets de la gaillarde :

« Ce qu'il y a de drôle, monsieur le Curé, c'est qu'elle raconte partout que vous la recevrez à la chapelle avec son mannequin, et que vous avez promis de venir !

— Elle a raison, pour une fois : je veux lui faire ce plaisir. »

Et elle, indignée : « Vous n'allez pas me dire que vous avez l'intention de jouer la comédie dans la maison du bon Dieu, et de baptiser à l'eau sainte sa marotte ?

— Pas tout à fait, pas tout à fait, ma bonne madame Dutheil. Il ne s'agira pas en effet d'un véritable baptême. Je me contenterai de le bénir.

— De le bénir ? Son guignol ?

— Pourquoi pas ? J'ai béni toutes sortes de choses dans ma vie : des maisons, des outils, des champs, des médailles, des bonbons (je parle de ces branches de buis, ornées par les enfants, qu'ils me présentent le dimanche des Rameaux). Pourquoi ne bénirais-je pas une poupée. Si cela peut apporter un peu de joie à une malade !

— Tout de même, tout de même ! »

Elle s'en alla mécontente. Quand elle fut sur le chemin, toutefois, la jumelle lui reprocha son intransigeance. De quoi tu te mêles ? Voilà qu'à présent tu veux donner des leçons au curé, vieille blagande ? Tu veux lui apprendre son métier ? Ah ! là ! là ! Tu deviens de plus en plus insupportable, ma pauvre ! Tu sais bien que tout change, de nos jours. Que la messe se chante en français, que les curés portent des pantalons, que les fidèles tripotent l'hostie avec leurs doigts. Alors, pourquoi te tracasses-tu si l'on bénit un guignol ? Occupe-toi de tes cotillons.

Le premier mardi de décembre, dès l'aube, Mauricette endossa toutes ses fanfreluches.

« C'est un peu tôt ! lui disaient ses intimes. Le baptême est prévu pour l'après-midi seulement.

— Moi, je veux être de fête toute la journée. C'est pas de trop. Et encore, j'ai pas mis ma bijouterie ! »

Un vent d'allégresse soufflait dans toute la maison : depuis que ses murailles étaient sorties de terre (dix ans plus tôt les récentes, deux ou trois cents ans les anciennes), c'était sans doute la première fois qu'on se préparait à célébrer un baptême parmi ses locataires. On aurait aimé un carillon de cloches ; mais la chapelle n'en comportait pas.

« Un baptême sans cloches, se lamenta le parrain, ça fait vraiment trop triste. La Bistouille, va chercher ton clairon ! »

La Bistouille avait dû tellement souffler dedans, au cours de sa vie, que les yeux lui sortaient de la tête, prêts à tomber. Une tête avec un nez de canard qui lui donnait, au sommet de son cou immense, la silhouette d'un parapluie fermé. Il s'ouvrit, se précipita vers le pavillon des hommes, revint avec l'instrument rutilant.

« Joue-nous quelque chose de religieux, demanda Lulu.

— De religieux ? Je connais rien de religieux.

— Alors, joue-nous ce que tu sais. »

Il empoigna le clairon par le corps, fit voltiger les pompons, serra les lèvres en fente de tirelire, les lubrifia de la langue, gonfla la poitrine, devint tout rouge, puis exécuta *L'as-tu vue, la casquette, la casquette ?* À ces notes glorieuses, les pantouflards accoururent de tous côtés. La plupart avaient chaussé des souliers et revêtu leurs meilleurs habits. L'un d'eux, cependant, appelé Lipovitch, descendit en pyjama : il ne voulait rien changer à ses habitudes. On applaudit La Bistouille, qui joua un autre morceau dont les anciens militaires, autour de lui, fredonnaient les paroles :

La France est notre mère,
C'est elle qui nous nourrit,

Avec des pomm' de terre
Et des fayots pourris.

Nouvelles ovations. Alors, parut l'heureuse maman, Mauricette, adornée comme une madone, cliquetante de pendeloques, de broches, de bracelets, de boucles d'oreilles, de médailles, de colliers de bois. Elle portait dans le creux du bras gauche le dénommé Georges, noyé sous les dentelles. Les cantinières se penchèrent sur lui, poussèrent des exclamations, tandis que, pour saluer la mère et l'enfant, La Bistouille exécutait *La cantinière a du poil aux genoux.*

Tout ce monde se pressait devant la chapelle dont les portes demeuraient fermées ; il ne manquait plus que l'abbé Crépin. Les invités sains d'esprit faisaient marcher Mauricette, poussant des gloussements à ses réponses :

« J'espère que ce mignon ne vous empêche pas de dormir la nuit ?

— Oh ! Pas du tout ! Il se réveille une seule fois, pour sa tétée de 11 heures et, aussi sec, il roupille.

— Vous n'avez pas amené ses frères et sœurs ?

— Non, pasqu'on les a vaccinés, et qu'ils ont de la température.

— Et que comptez-vous faire de ce gros garçon, plus tard ?

— Je sais pas bien encore. Mais sûrement un inteltuel.

— Un intellectuel ?

— Oui, un inteltuel. Ça gagne davantage et ça se fatigue moins. Peut-être un curé, pareil que notre aumônier. Comme inteltuel, y a pas au-dessus. En attendant, l'abbé est en retard. Il avait dit : 3 heures. Quelle heure qu'il est ?

— 3 heures moins 10.

— Vous voyez bien ! Déjà dix minutes de retard ! »

Lulu, le parrain, disposa les invités par paires et, pour les empêcher de se refroidir, les fit processionner autour du jardin, derrière La Bistouille qui continuait sa fanfare. Après ce premier circuit, il y en eut un second, puis un troisième. Du seuil de Saint-Paul, Mathilde assistait à ce cirque. Aux fenêtres, d'autres pensionnaires regardaient de même. En queue du cortège roulait dans sa voiturette Charvillat, qui avait les deux jambes coupées aux genoux, et se moquait lui-même de son infirmité chaque fois qu'on lui demandait son nom :

« Comment vous appelez-vous ?

— Icharvalha. *(C'est-à-dire : Abîmé.)*

— Icharvalha ?

— Non, pardon, je me trompe. Je veux dire : Charvillat. »

Si bien que, comme il semblait le souhaiter, personne ne le désignait autrement que par ce sobriquet.

Après le troisième tour, on prit un moment de repos. « Je boirais bien un coup », fit La Bistouille.

Et Lulu : « Après ! Après la cérémonie. »

Pour faire patienter son monde, il tira de sa poche un paquet de dragées en vrac, achetées au nom de la famille, et se mit à les distribuer parcimonieusement.

« Une par tête ! Formez le cercle ! Et pas de resquille ! »

Obéissants, les rentiers tendirent une main. Dans chacune, le parrain déposait une dragée blanche ou bleue, que le vieux recevait avec autant de dévotion que la sainte hostie, dont il régalait longtemps ses yeux, qu'il élevait ensuite en douceur vers sa bouche, déposait sur sa langue pointue.

À 3 heures et demie, toujours pas d'aumônier. Alors, Mauricette s'écroula sur un banc et se paya une crise de nerfs. Les larmes jaillissaient de sa figure et atterrissaient sur ses genoux, rondes, lourdes, serrées comme des petits pois.

« Il viendra pas ! Il viendra pas ! Il s'est moqué de nous !

— Vous savez, intervint le cul-de-jatte, on peut très bien faire un baptême sans curé ! Suffit de dire : je te baptise au nom du Père, du Fils et du Saint-Esprit. N'importe qui. Je me propose, si vous voulez.

— Non, non, non ! Un baptême sans curé est un baptême de chien !

— Elle a raison, clama le chœur des processionnaires. Qu'est-ce que c'est que ce curé qui promet, et qui ne tient pas ?

— Est-ce qu'on ira boire quand même ? s'enquit La Bistouille.

— Le voilà !... Le voilà ! »

En effet, l'abbé Crépin arrivait, tout courant, tout suant, tout soufflant. Excusez-moi ! Des ennuis mécaniques ! Il était temps ! On allait venir vous chercher dans votre église, et vous sonner les cloches ! Bon, qu'est-ce que j'ai fait de la clé de la chapelle maintenant ? Je crois bien que je l'ai laissée dans ma voiture. Ah ! la voici ! Quelles émotions vous nous donnez ! Vous voulez notre mort, ou quoi ?

Les portes furent enfin ouvertes. On se bouscula pour entrer. Mathilde vint aussi, quoique se disant : Grande curieuse ! Crois-tu qu'ils ne joueront pas sans toi leur guignolerie ? Justement, je veux voir ce qu'ils oseront faire. La Bistouille se tenait au garde-à-vous près de cet autel qui ressemblait à une caisse à savon, son clairon à la main, prêt à jouer le *Salut au drapeau.* Le chœur échangeait des chuchotements. Vous avez remarqué ? Pas de fonts baptismaux ! On ne les a pas prévus. Comment qu'il va faire ?

Peut-être sur le bénitier. Pas de bénitier non plus. N'allez pas le signaler à Mauricette, elle piquerait une autre crise. La marraine réclamait :

« Et mon sucre, quand c'est donc qu'on me le donne ?

— Chut ! Un peu plus tard ! Vous êtes dans une église. Tenez-vous comme il faut. »

L'abbé endossa un surplis ; ses pantalons dépassaient par-dessous. Assise au bord d'une chaise, Mathilde tournait vers lui de gros yeux réprobateurs qu'il ne sembla pas apercevoir. Je parie qu'il va encore nous parler de la pluie et du beau temps.

« Voilà, commença-t-il, une bien belle journée... »

Qu'est-ce que je disais ? Ça, c'est pas un curé : c'est un baromètre.

« ... Une bien belle journée en vérité. Car je sais pourquoi, mes chers frères et mes chères sœurs du *Doux Repos*, vous vous êtes rassemblés en cette chapelle autour de notre amie Mauricette...

— J'aurai-t-y du sucre, oui ou non ? répéta la marraine.

— Foutez-nous la paix ; je vous ai dit : quand tout sera terminé !

Putain que j'ai soif ! soupirait La Bistouille. Je me demande s'il y aura vraiment « à fumer », s'interrogeait Lulu l'Avocat. Ma voleuse est sûrement au milieu de ce monde, supputait la vieille aux vingt mille francs ; et savoir si ça serait pas Mauricette elle-même, avec toutes ces dépenses en poupées et fourniments ?

« ... notre amie Mauricette. Non point pour participer à une farce grotesque, comme le voudraient certains mauvais esprits ; mais pour exprimer à votre sœur la chaleur de votre affection. Oui, vous avez voulu lui prouver — et son cas est aussi celui de beaucoup d'entre vous, je le sais

— qu'entre la mer de la solitude et elle-même, vous étiez capables d'édifier une digue. Une digue de cœurs ! Une digue de mains jointes ! J'ai longtemps différé cette petite fête, car je redoutais l'influence des mauvais esprits. Je les entendais déjà : “Ah ! Notre aumônier se prête à une jolie mascarade !” Mais à présent que je vous vois autour d'elle, partageant sa joie, je ne regrette rien, si ce n'est mes atermoiements. Merci donc de votre présence. Pardonnez mes hésitations. Et pour que la digue soit plus épaisse, je vous prie de recevoir mon cœur et mes mains parmi les vôtres. »

Il fit le geste de le saisir au fond de sa poitrine et de le leur jeter. Du premier rang, Mauricette radieuse lui tendit son guignol. Sans que personne l'en sollicitât, La Bistouille remboucha son clairon, en tira un barrissement terrible ; mais Lulu, d'une bourrade dans les côtes, lui coupa le souffle. L'aumônier reçut donc le poupon et ses dentelles, le coucha à son tour sur son bras gauche, le bénit en latin, le rendit à la mère qui l'arrosa d'une autre averse de pois chiches.

« Vive la mariée ! » cria de l'entrée Lipovitch, toujours en pyjama.

On sortit alors de la chapelle, en grande bousculade : chacun craignait de ne pas trouver de place assise au réfectoire. Les serveuses canalisèrent le troupeau tumultueux :

« Patientez ! Patientez devant la porte ! On fera un second service ! »

Des bouteilles, des assiettées de gâteaux secs attendaient les processionnaires, réparties sur les tables de formica. Ils se jetèrent dessus comme des chiens affamés. Tout de suite, les mâles accaparèrent le vin, laissant l'eau gazeuse aux femmes, malgré leurs protestations et leurs insultes :

« Gourles ! Ivrognes ! Argauds ! Charognes ! Malappris ! »

Pour venger son sexe, une rentière se leva même, fit sauter un bouchon automatique et arrosa de limonade les rentiers qu'elle put atteindre. Ce qui fit bien rire tout le monde.

Lulu se dressa à son tour, remplit un verre d'eau pétillante et dit :

« Je lève cette coupe de champagne à la santé de Mauricette et à la longue vie du petit Georges !... Mais où est-elle donc ? ... Mauricette ! Mauricette ! »

Au-delà de l'affluence qui obstruait la porte, on entendit une voix aiguë :

« Je suis ici !... Je peux pas entrer ! »

Et Lulu, avec indignation :

« Laissez passer la reine de la fête, voyons !... Venez, Mauricette ! Venez, Majesté ! »

À l'exhortation de l'avocat, la masse grommelante et insatisfaite refusait de s'entrouvrir. Jouant des coudes, Mauricette pourtant réussit à se faufiler jusqu'à la place d'honneur.

« Longue vie à la mère et à son enfant ! » répéta le parrain.

Puis, se penchant vers elle :

« Et les cigarettes ?

— Demain.

— Et mon sucre ? dit la marraine.

— Demain. »

Plusieurs fois de suite, elle répéta : demain, demain, demain. Le baigneur toujours serré contre sa poitrine plate, les yeux brillants, elle souriait à une longue file de jours à venir, débordants d'amitié et de limonade.

VIII

Pour les commerçants d'Entraygues, les rentiers du *Doux Repos* sont une bénédiction. Même si l'économe achète aux grossistes éloignés ses conserves, ses légumes secs, son épicerie, eux l'avitaillent en fruits de saison, légumes frais, lait, vin, viande, pain, pâtisserie. Car chaque dimanche, au repas de midi, les pensionnaires ont droit à une tranche de tarte ou une allumette. Les corps de métiers locaux y trouvent également leur profit. Le coiffeur qui les tond à domicile un jour par semaine. Le cordonnier qui leur vend des pantoufles et recoud les chaussures crevées. Le pharmacien, le médecin. Les maçons, plâtriers, électriciens, plombiers-zingueurs qui entretiennent les bâtiments. Le menuisier qui cloue les cercueils. Le fossoyeur et ses aides. Le curé qui chante ses messes pour eux et leurs intentions particulières.

Mais celle qui profite le mieux de leur pratique est sans conteste Mme Ladoux, propriétaire de l'épicerie-tabac-buvette. Dès 7 heures du matin, elle a déjà du monde. Lulu commande un canon de blanc :

« À jeun, ça me donne des vitamines. C'est mon huile de foie de morue. »

D'autres préfèrent le petit verre de gnole. Pour mieux le savourer, ils l'absorbent à coups minuscules, avec une lenteur de papier buvard. D'autres se fournissent en cigarettes, tabac de chique ou de prise. D'autres encore viennent pour les journaux. Certains, impécunieux, se contentent de humer l'odeur des boissons, avec l'espoir que quelqu'un leur offrira une goutte ; ils rôdent çà et là, feuillettent les revues, entament des conversations. Une demi-heure plus tard, tous se replient en masse vers la Maison, pour le petit déjeuner obligatoire.

C'est en fin de matinée ou au cours de l'après-midi qu'arrivent les vieilles. Celles qui ont des moyens et l'envie de s'offrir de modestes douceurs : un paquet de *Petit Lu*, un kilo de sucre, un sachet de pastilles vertes à la menthe, qui ressemblent aux *Valda*, n'en sont point, mais coûtent beaucoup moins cher, un flacon d'eau de Cologne, une tablette de chocolat, trois grappes de raisin. Elles achètent aussi des timbres-poste, par paires ou à l'unité.

Après le repas du soir, les amateurs de gros rouge s'installent aux tables disponibles, se serrant, se chauffant à la même chopine. Ils parlent ; ils ont l'air de converser ; en fait, ils entrecroisent des monologues. Chacun pour soi évoque le passé, sans entendre les autres, jusqu'à l'instant où l'avenir s'impose et les rapproche :

« Quand j'étais porteur à la gare de Clermont...

— Moi, quand je préparais les matrices d'estampage, pour les marteaux-pilons...

— Ma spécialité, à moi, c'était de ferrer les chevaux. Et les vaches à l'occasion...

— ... je tombais quelquefois sur une de ces filles qui sentent bon et qui pètent dans la soie. Elle me refilait de bons pourboires...

— ... je sais pas si tu te rends compte de ce que c'est qu'une matrice. Comme qui dirait, le moule qui sert à découper l'acier. T'as vu une bonne femme quand elle fait des guenilles ? Avec son verre, dans la pâte, hein ? Eh ! bien ! une matrice, c'est kif-kif...

— ... Heureusement que me voilà à la retraite ! Maintenant qu'y a plus de canassons, censément, comment je ferais pour gagner ma croûte ?

— Moi, je vais te dire une bonne chose. Tu m'écoutes ?

— Oui, oui, je t'écoute. Une bonne matrice, c'est ouvrageux ! Finement limé et ciselé. Faut quelquefois une semaine de boulot.

— Madame Ladoux ! Portez une autre chopine !

— Et toi, tu m'écoutes ?

— Sûr !... Et un fer à cheval, tu crois que ça se fait tout seul ? Que ça se tord comme du chin-chin-gomme ?

— Oh ! le chin-chin-gomme ! J'en ai mâché ma part, quand j'étais gosse !

— Mais non, tu m'écoutes pas !

— Mais si que je t'écoute, sacré bon Dieu ! Alors, parle donc ! Qu'est-ce que tu veux dire ? Faut toujours que tu coupes la parole !

— Ben... je me rappelle plus.

— Oh ! face de pet !

— Pourquoi tu me dis face de pet ?

— Pasque t'es une face de pet. À ta santé !

— À la tienne !

— À la vôtre !

— Qui c'est donc qu'on a enterré hier ?

— Un nommé Gouttequillet. Celui qui marchait toujours la tête sur le côté. T'aurais dit un dépendu.

— Un dépendu ?

— Oui. Les pendus ont la tête sur le côté... comme ça.

— J'ai jamais vu de pendu.

— Moi, ça m'embêterait d'être enterré à Entraygues.

— Pourquoi donc ?

— T'as vu comment qu'ils les mettent, les ceusses du *Doux Repos ?* Ils font une tranchée. Une sorte de silo à betteraves. Ils les couchent au fond, les uns à côté des autres. Ils les recouvrent à peine, en attendant le suivant. Ça leur économise de la place et de l'ouvrage. Un numéro pardessus, sur un bout de planche, et te voilà catalogué. Je trouve que de dormir comme ça, c'est pas marrant.

— Qu'est ça peut te fout', quand t'auras les pieds froids, la façon que tu seras couché ? Moi, y peuvent bien me balancer aux ordures, s'ils veulent. Je m'en tape l'œil.

— Moi, je suis comme lui. J'aimerais pas le silo. Alors, j'ai pris mes précautions.

— Quelles précautions ?

— J'ai acheté une concession, au cimetière de Combronde, vu que je suis de là-bas. Pour dix ans. Alors, me voilà tranquille.

— Et au bout de dix ans ?

— Ah ! ben... au bout de dix ans, ils feront de moi ce qu'ils voudront. De toute manière, je serai plus bien gros.

— Et combien que t'as payé ça ?

— Trente mille.

— Trente mille francs ? ... T'as payé trente mille balles pour remiser tes os ?

— Oh ! C'est pas encore entièrement réglé. Il me reste trois versements.

— T'aurais mieux fait de nous payer pour trente mille balles de champagne !

— Moi, je le comprends. Si j'avais les moyens, je m'achèterais aussi une concession. Mais à Thiers, elles sont hors de prix... »

Dans les conversations pantouflardes, les histoires de cimetière occupent une grande place.

Mme Ladoux va de table en table, selon les ordres : « Portez chopine !... Portez pinte !... » Elle frôle les vieux de ses hanches ; d'un geste maternel, elle caresse les nuques ligneuses et chenues. Pas émoustillés pour un liard, ils lèvent vers elle leurs yeux noyés, où nage une étincelle de reconnaissance. Autour d'eux, les marchands de vaches, les courtiers en grains parlent de leurs commerces. Peu à peu, l'atmosphère s'épaissit, devient savoureuse, nourricière comme la mayonnaise. Les rentiers se sentent soulevés : bientôt, ils ne touchent plus le sol. À leur âge, un verre de vin suffit à les rendre aussi légers que des plumes ; que dire alors d'une chopine ? De deux ? De trois ? Car chacun tient honnêtement à payer la sienne. Parfois, quand ils ont avec peine rassemblé leur monnaie, ils s'aperçoivent que quelques centimes manquent au compte :

« Ça fait rien ! dit Mme Ladoux. Ce sera pour la prochaine fois ! »

Les voici accrochés au plafond, comme des mouches. De là-haut, ils embrassent un univers scintillant, tournoyant, tonitruant. Un manège de chevaux de bois. Ils montent et descendent, accrochés à la barre de nickel, tandis que Mme Ladoux perçoit le prix des parties et que l'orgue moud sa musique :

Sous les ponts de Paris, tagadagada,
Lorsque descend la nuit, tagadagada...

Dieu ! que la vie est belle, contemplée de cette altitude ! Qui donc prétendait qu'ils étaient vieux ? Ils ont huit ans, neuf ans, dix ans. Les poches remplies de billes. Quarante sous dans leur boursicot. La permission de descendre à la Foire du Pré qui attire à Thiers toute la population du département. Où le vin de Dallet coule comme la proche rivière. Où les balançoires emportent dans le ciel les filles et leurs cris d'alouettes. Où Bamboula se fait, pour cinquante centimes, bombarder la figure à coups de tomates pourries. Où la voyante, pour moins encore, te prédit tout le bonheur de la terre et de la lune. Où les enfants pleurent d'avoir lâché leurs ballons rouges. Où les pétards font aboyer les chiens et braire les ânes.

Une voix émerge de la cohue :

« Il va être 10 heures. Il est temps que vous partiez. Mais c'est pas que je vous chasse !

— Quoi ?

— Les portes du *Doux Repos* ferment à 10 heures, vous le savez bien. Alors, si vous voulez pas coucher dans la rue...

— 10 heures ? Le... *Doux... Repos ?*

— Allez ! un peu d'énergie ! »

Mme Ladoux les tire par les pieds : ils redescendent du plafond. Elle les aide à se mettre debout, les accroche l'un à l'autre trois par trois, comme font les alpinistes : ou bien ils s'empêcheront mutuellement de tomber, ou bien ils se casseront la gueule ensemble.

« Accompagne-les ! » ordonne-t-elle à son homme, qui est grand, large et voûté comme un ours.

« C'est pas difficile, qu'il explique : je me mets au milieu, vous vous retenez à moi. »

Il avance ainsi doucement, une grappe de pantouflards agrippée à ses grègues. Quand ils ont réussi à atteindre la porte, il les pousse à l'intérieur :

« Maintenant, démerdez-vous ! J'en ai d'autres à m'occuper. »

Ils dégringolent tels des quilles, roulent sur l'asphalte. Alors, Casse-Noisette, le concierge, s'occupe d'eux. On l'appelle ainsi à cause de ce bruit bizarre qu'il produit, avec son dentier. Il claque du bec, comme une cigogne. Casse-Noisette, donc, les relève l'un après l'autre, les pousse vers leurs dortoirs à grands coups de pompe et de gueule :

« À la niche ! Couchez ! Chiens d'ivrogne ! »

Ladoux accomplit autant de voyages que nécessaire, et lui amène le reste du contingent. Lulu rentre dans les derniers. Il s'arrange toujours pour sauvegarder un reste d'équilibre et pousse des glapissements de putois si on ose l'effleurer d'un index :

« Bas les pattes !... Je suis avocat ! Maître Larivaille !... Défense de toucher à la justice française !... Tout condamné à mort aura la tête tranchée... au moyen d'une guillotine ! »

En dépit de son assurance, il lui arrive parfois de s'étaler. Ce n'est pas une mince affaire, alors, que de remettre debout son énorme masse. Ladoux et Casse-Noisette ensemble ne sont pas de trop pour tenir dans le droit chemin cette boiteuse de justice française.

Le dimanche matin, le bar-tabac-épicerie se permet un peu de grasse matinée. C'est-à-dire qu'il ouvre une heure plus tard. Mais les licheurs du *Doux Repos* ont un réveil dans l'estomac qui les arrache du lit sans souci de dimanche ni de semaine. Dès 7 heures, comme à l'accoutumée, ils stationnent devant la porte. Ils tambourinent aux volets :

« Ho ! Ladoux !... Lève-toi, grand feignant !... Y a du monde qui te demande ! Du monde qu'a soif !... Ladoux ! Ho ! Ladoux !... »

Un moment, le mastroquet fait la sourde oreille ; les coups redoublent. Descends, sinon ils vont tout casser.

Quelle colique, ce monde-là ! Quand il est en bas, il doit bien ouvrir :

« Et alors ! Vous pouvez pas laisser roupiller un peu ceux qui travaillent, non ?

— De qui que tu causes ? Ici, on voit personne qui travaille.

— Je me suis couché à 2 heures, cette nuit !

— Qui donc t'a obligé ? Nous, on paie : on a le droit d'être servis !

— On veut des nouvelles fraîches, dit Lulu. Donne-moi *La Montagne-Dimanche.*

— *La Montagne-Dimanche,* elle arrive seulement à 9 heures, tu devrais le savoir, depuis le temps !

— Eh ! bien ! On patientera. En attendant, verse-moi un concentré de vitamines. C'est les vitamines qui m'ont sauvé. En naissant, je pesais deux livres moins le quart ! »

Avec les pensionnaires de la Maison, les commerçants, les paysans, les artisans font de bonnes affaires. Les fonctionnaires ne se plaignent pas non plus : les postiers et postières qui s'occupent de leur courrier ; le percepteur qui touche les pensions à leur place, règle les frais d'hébergement, administre les résidus ; le secrétaire de mairie, qui délivre des attestations et comptabilise les décès.

En somme, la population d'Entraygues ne lâcherait pas sa Maison de Retraite pour un boulet de canon.

Le maire Chazel la dorlote particulièrement. Grâce à lui, grâce aux crédits votés par son Conseil, Mathilde Dutheil a pu participer au premier arbre de Noël de sa vie. On l'avait planté dans la salle de télévision, débarrassée de ses chaises : orné de bougies, d'étoiles en papier d'aluminium, de fils de la Vierge en strass, poudré de neige en naphtaline. Le directeur en personne est descendu du

Ciel, avec un manteau rouge et une barbe blanche. Il a tiré de sa hotte un sachet pour chaque client : orange, papillotes, pâtes de fruit. Casse-Noisette, qui est électricien sur les bords, a mis en marche un piqueupe ; on a entendu Tino Rossi susurrer *Petit Papa Noël*, bientôt couvert par les pantouflards qui la connaissaient mieux que lui. C'était à qui braillerait le plus faux. Les uns chantaient le premier couplet pendant que d'autres entamaient le second. À la suite de quoi, Casse-Noisette a annoncé :

« Et voici les Petits Chanteurs à la Croix de Bois. Mais je vous conseille de la boucler un peu, si vous voulez entendre quelque chose. »

Ils ont suivi le conseil : personne ne tenait à se mettre mal avec le concierge. Dans le disque, il y avait au moins cent gamins :

Douce nuit,
Sainte nuit
Tout repose, rien ne luit...

Et un miracle s'est produit, inattendu comme tous les miracles. Ces voix fraîches d'enfants ont transpercé les vieux. Chacun s'est senti le besoin de les voir, ces petits anges ; tu les cherchais du regard sans les trouver : ils étaient là, et ils n'étaient pas là. Tu ne découvrais autour de toi, comme dans une salle aux miroirs, que ta propre figure multipliée, hideuse, plissée, poilue, avec des jointures qui lui sortaient de partout. Des femmes se sont mises à pleurer. Les hommes restaient la bouche ouverte, comme s'ils avaient avalé une balle de ping-pong. Puis, tous se sont senti une grande lassitude. Ils ont commencé de se disperser.

« Ne partez pas ! criait Casse-Noisette. La fête est pas finie ! On va danser ! Je mets de l'accordéon ! »

Danser ? Leurs genoux n'étaient pas d'accord. Sans parler de l'envie qui leur manquait. Mathilde s'est dirigée vers Saint-Paul en serrant le sachet sur son cœur. Tu en feras cadeau au petit kaiser. Ou au drôlet de Jean-Claude. C'était quand même une jolie cérémonie.

Elle s'est déroulée dans l'après-midi du 24 décembre. Le soir, les portes du *Doux Repos* sont restées ouvertes jusqu'à une heure du matin, pour permettre aux pensionnaires qui le désiraient d'aller entendre la messe de minuit dans l'église d'Entraygues. Bien peu ont profité de la permission. Ils n'ont plus la force de veiller si tard. En compensation, l'abbé Crépin est venu le 25 au matin dire une messe rapide dans la chapelle, précédée d'une confession collective, à l'intention de ceux et celles qui voulaient communier.

« C'est un procédé permis en cas d'urgence, a-t-il expliqué. Je suis seul, je ne peux me partager en huit. Si quelqu'un d'entre vous tient absolument à une confession en privé, je l'entendrai demain, qu'il ne communie pas aujourd'hui. Qui se trouve dans ce cas ? Qui refuse la confession collective ? »

Ils étaient une soixantaine de pénitents et pénitentes. Ils se sont regardés mutuellement : Voyons, lequel d'entre nous a commis des péchés si monstrueux qu'il n'ose les avouer devant ses frères en Jésus-Christ ? Lequel ? Laquelle ? Personne n'a levé le doigt. Alors, la lessive communautaire a commencé :

« Répétez tous après moi : *Bénissez-moi, mon Père, parce que j'ai péché.*

— *Bénissez-moi, mon Père, parce que j'ai péché.*

— Récitons ensemble le *Confiteor : Je confesse à Dieu Tout-Puissant, à la bienheureuse Marie toujours Vierge, à saint Michel-Archange, à saint Jean-Baptiste, aux saints Apôtres Pierre et Paul...* »

La plupart de ces vieux avaient depuis longtemps oublié les termes de la longue prière et se contentaient de grommeler *me, ne, me, ne, me, ne*, pour faire croire à leur participation. De loin en loin, cependant, un mot, une expression sautait hors de leur mémoire, comme une carpe de la vase. Ils l'articulaient ostensiblement : ... *c'est ma faute, c'est ma faute, c'est ma très grande faute... saint Michel-Archange...* Puis ils retournaient au *me, ne, me, ne, me, ne.*

L'abbé Crépin a paru satisfait du bredouillage.

« Et maintenant, voici comment nous allons procéder. Je passerai en revue la liste des commandements de Dieu et de l'Église. Et chaque fois, ceux qui auront commis le péché correspondant, lèveront le doigt. Pour faciliter les choses et ménager la pudeur de tous, je vais éteindre les lumières. Ainsi, enveloppés d'ombre, le pécheur n'aura pas à affronter les regards du voisin, mais seulement le regard de Dieu, infiniment bon et indulgent. »

Il a donc coupé l'électricité. Dans le jour cendreux que tamisait la fenêtre, la masse des pensionnaires agenouillés formait un troupeau grommelant, d'où montait souvent une quinte de toux.

« Êtes-vous prêts ? ... Examinons les commandements de Dieu, et passons tout de suite le premier : il n'est pas en cause, puisque vous voilà dans sa maison. Le deuxième : avez-vous d'une manière ou d'une autre, juré le nom du Seigneur ? Qui l'a fait ? Qui a blasphémé depuis sa dernière confession ? »

Beaucoup d'index se sont levés.

« Vous voyez comme les vieilles habitudes, les mauvaises, sont difficiles à perdre ! À votre âge, jurer encore le nom du Seigneur, quelle imprudence ! Alors que bientôt, demain, ce soir peut-être, vous allez comparaître devant Lui ! C'est comme si, sonnant la nuit à la porte d'une auberge, vous commenciez par insulter copieusement l'hôtelier qui va vous recevoir ! Croyez-vous que ce soit le bon moyen de gagner sa faveur ? ... Venons-en au troisième. Qui parmi vous a manqué exprès la messe du dimanche ? »

Et ainsi de suite. Qui a souhaité la mort de son prochain ? Qui a l'habitude de trop boire ? Qui a nourri des pensées impures à l'égard de l'autre sexe ? L'âge, oui, je sais bien ; mais l'âge n'empêche pas d'avoir des idées... Bon. Maintenant, qui a volé ? Je parle d'une chose importante, naturellement. Pas d'une pomme, pas d'un morceau de sucre.

« On m'a volé vingt mille francs ! crie une voix.

— C'est donc que le vol se trouve bien parmi nous. Allons ! Un peu de courage : qui a volé une fois ou l'autre ? »

Deux doigts ont émergé, inidentifiables, à peine visibles : deux cornes d'escargot. Rendez ce que vous avez pris, le Seigneur l'exige. Pour finir, il leur a fait répéter une dernière prière, bien commode : *Je m'accuse aussi de tous les péchés dont je n'ai gardé aucune souvenance. Mon Dieu, j'ai un très grand regret...* Vient enfin la distribution des pénitences :

« À ce sujet, mes frères, un problème se pose à moi. Vous comprenez qu'il m'était impossible de demander à chacun le nombre de fois qu'il a commis les péchés dont il s'accuse. Qu'il mesure donc lui-même, toujours devant Dieu qui ne le quitte pas du regard, la longueur de sa peine : combien de jours de suite il devra réciter une dizaine de chapelet. Qu'il fasse plutôt bonne mesure. Et maintenant, je vous donne l'absolution. »

Pour sa part, Mathilde Dutheil s'est infligé deux semaines de prières. Pendant que tu t'occuperas à ça, tu penseras pas du mal de tes voisines.

M. et Mme Murat attendent leurs petits-enfants de Rennes, Paul et Virginie, qui doivent aller faire du ski à Courchevel. Excellentes activités physiques pour les étudiants. Ah ! l'oxygène des cimes ! *Mens sana in corpore sano.* Entre eux, cependant, ils ne parlent guère de ce voyage, si ce n'est par allusions. La tiédeur de la saison les inquiète. De temps en temps, ils examinent le ciel, et l'un d'eux lâche :

« Pourvu que revienne le froid ! Que nous ayons un hiver enneigé ! Comme dit le proverbe :

Sous la neige, il y a le pain ;
Sous la pluie, il y a la faim. »

En réalité, ils se moquent bien des semailles, des gels et de la germination. Quant au pain, ils en consomment si peu ! Et si la France vient par hasard à en manquer, elle mangera des biscottes. Mais la France ne manque de rien ; il suffit de se promener le samedi, jour de marché, sur la place de l'église pour s'en rendre compte. Elle a au contraire des problèmes de surproduction. Si les Murat souhaitent la neige, c'est qu'ils se tiennent le raisonnement suivant : sans neige, pas de sports d'hiver, pas de voyage à Courchevel, pas de Paul et Virginie. Dans leur transistor, ils écoutent les prévisions météorologiques et les nouvelles des stations. Aussi leur joie est-elle grande quand, le lendemain de Noël, ils découvrent qu'Entraygues a blanchi durant la nuit. À présent, ils osent se découvrir mutuellement leurs pensées :

« Les skieurs seront contents ! Même s'ils ont perdu un jour ou deux. Les nôtres, par exemple, doivent avoir hâte de se trouver dans les Alpes. Alors, ils ne vont pas attendre une minute de plus, et risquer de la voir s'évaporer. Ils iront à Courchevel directement. Et c'est au retour qu'ils passeront par ici.

— Certainement, certainement.

— Sans doute vont-ils confirmer leur venue.

— C'est très probable. »

Chaque matin, ils attendent la confirmation. Qui n'arrive pas. Mais qu'importe ! Ces enfants savent bien que nous sommes liés au *Doux Repos* comme les serfs à la glèbe. Qu'ils ne peuvent nous manquer. Ils préféreront débarquer à l'improviste et nous faire la surprise.

La neige tombe encore. Les pistes de ski seront confortables. Paul et Virginie voudront en profiter jusqu'à la dernière minute. Quoi de plus normal ? L'aube du 31 décembre en est tout embellie. Une année de plus, une année de moins. *Le Doux Repos* s'agite : certaines familles viennent emprunter leur vieillard pour le réveillon. Soyez tranquilles, on vous le rendra demain ! Ceux qui restent fêteront aussi la Saint-Sylvestre. Le repas du soir sera corsé d'un plat de volaille, d'un double dessert, d'une bouteille de mousseux pour huit ; on pourra danser dans la salle de télévision et à minuit s'embrasser sous le lustre empendouillé. En fait, les participants sont clairsemés. Après 11 heures du soir, il ne reste guère que des intrépides, comme Mauricette, Lulu, La Bistouille, quelques membres du personnel. Les autres passent d'une année à l'autre sans s'en apercevoir : entre leurs draps. À minuit, Mme Sauvagnat travaille encore à réciter :

Sansmentirsivotreramage
Serapporteàvotreplumage
VousêtesleFélixdeshôtesdecesbois...

Ce qui lui donne l'avantage d'entendre les douze coups s'envoler du clocher, les braillements des fêtards, l'orchestre des klaxons, le rugissement des voitures. En même temps qu'elle, tous les pensionnaires insomniaques se posent une seule question : « Cette année qui commence, est-ce que tu en verras le bout ? »

Au petit matin, M. et Mme Murat se réveillent dans leurs lits jumeaux. Lui se lève, va embrasser sa femme et ils se souhaitent :

« Bonne année !... Bonne santé !... »

Comme ils l'ont dit plus de soixante fois au cours de leur vie commune. Ah ! les jolis jours de l'An de jadis, dans la petite école de montagne, dont ils composaient à eux deux l'équipage ! La visite des élèves : leurs joues roses et froides comme de la glace aux fraises, leurs bras chargés de cadeaux agricoles, aussitôt rendus en cadeaux éducatifs : crayons, plumiers, albums à colorier, livres à lire. L'apéritif à la mairie. Les embrassades permises, fleurant un soupçon d'adultère : à la pharmacienne savamment maquillée, au brigadier de gendarmerie revêtu de son uniforme. Les invitations à dîner, pleuvant de partout. Ce que c'est que d'avoir de l'importance ! Ce que c'est que de l'avoir perdue !

Ce jour de l'An nouvelle manière s'écoule comme les autres jours. Afin de faciliter sa fuite, M. Murat ouvre son

Marc Aurèle, Mme Murat compose un sonnet de plus, que personne sans doute ne lira jamais, excepté son mari.

Le lendemain, le surlendemain, aucune nouvelle. Maintenant, les vacances universitaires sont terminées. Paul et Virginie ne passeront point. Mon Dieu ! Pourvu qu'ils ne soient pas malades ! Seigneur, protégez ces enfants ! Que rien de grave ne leur arrive, nous vivants ! Les jeunes sont tellement exposés au malheur, de nos jours ! Les mauvaises fréquentations, les mauvaises lectures, l'anarchie, la drogue, la violence, les accidents de voiture. Quel monde diabolique ! Pauvres petits ! Comment passeront-ils au travers de tous ces dangers ? S'ils sont allés à Courchevel, ma foi, ils ont bien eu raison de profiter de leurs vacances jusqu'au dernier instant ; de quel droit les aurions-nous privés d'une journée d'oxygène ? Ils en ont tant besoin, avec ce qu'exigent d'eux leurs professeurs !

Rien non plus le 4 ni le 5. La poste en ce moment ne sait où donner de la tête. Pas étonnant si les plis ont du retard. Le 6 arrivent les vœux de l'égyptologue, par télégramme : *Vous souhaitons à tous deux bonne et heureuse année. Paquet suit. Jean, Renée, les enfants.* Le 7, en même temps, ceux du linguiste rennais et du journaliste. Aucune allusion à Paul et Virginie ; mais si quelque malheur avait eu lieu, ils en parleraient, non ? Le 10, par avion, une boîte bardée de timbres égyptiens ; à l'intérieur, une très jolie statuette d'ivoire représentant Néfertiti. Une copie, naturellement, mais exécutée avec beaucoup d'art. Le 12, enfin, une carte postale espagnole. *Tarjeta postal. Correos españoles. Reproduccion prohibida.* Signée *Paul et Virginie.* Elle explique qu'au dernier moment les projets de neige sont tombés à l'eau ; que le frère et la sœur ont accompagné deux copains en voiture « pour une longue virée » qui les a conduits jusqu'à Séville ; grâce à cet arrangement, les frais de transport se sont trouvés « coupés en quatre » ; quant à la visite à Entraygues, « ce sera pour une autre fois, à la première occasion ».

Comme on fait en Angleterre, les Murat ont exposé ostensiblement dans leur chambre le télégramme, les enveloppes, les cartes, la statuette d'Égypte. Quand une femme de service ou une voisine passe la porte, ils désignent la petite exposition et disent en souriant, l'air heureux :

« Vous voyez ! Nos enfants ne nous oublient pas ! »

IX

Mathilde n'est pas oubliée non plus. Le neveu du miracle, Jean-Claude Membrun, briquetier à Billom, lui rend des visites régulières, toutes les trois ou quatre semaines, en compagnie de l'enfant aux sourires. Elle s'est acheté un pliant pour lui permettre de s'asseoir sans avoir à emprunter la chaise de la voisine. Il lui fournit de précieuses informations sur la cuisson des briques, l'emploi des briques, le commerce des briques. Elle l'écoute au moins d'une oreille, pour lui faire plaisir. De l'autre, avec émotion, elle reconnaît dans sa bouche le timbre d'une voix jadis familière. Non pas celle du père ou de la mère, ce qui serait une chose banale, mais celle de Maurice. Du pauvre Maurice décédé en Allemagne. Son frère à elle, son frère préféré ; son oncle à lui. Quelle chose extraordinaire, cette voix perdue depuis soixante ans et qui lui revient à présent d'au-delà de l'espace, d'au-delà du temps, d'au-delà de la mort ! Aussi fraîche qu'autrefois. Passée au pouvoir de ce neveu inconnu comme un objet abandonné sur un rayon : une montre d'argent, un rasoir qui coupe encore. Enfant de mon frère, je te donne ma voix ; fais-en bon usage. De qui l'ai-je reçue moi-même ? De quel autre oncle lointain, de quel aïeul ? Tu la transmettras à ton tour. Une voix Membrun. Ainsi, la vieille Mathilde écoute lui parler ce jeune frère dont la poussière, mêlée à la terre allemande, produit depuis longtemps des patates ou des betteraves allemandes. Jadis, elle le tenait par la main ; elle le protégeait de tout : de la pluie, des chèvres, des serpents. Elle n'avait pu le protéger de la guerre. Il l'appelait *Milde*. Milde, descendons jusqu'au moulin. Milde, j'ai déchiré mes brayes ; s'il te plaît, raccommode-les. Milde par-ci, Milde par-là.

Et maintenant, cette voix lui parlait de briques. Jeannot tout le temps a ce sourire en celluloïd qu'elle n'apprécie pas. Quand ils se lèvent, elle glisse un billet entre les mains du père, des bonbons entre les mains du fils. Ils se quittent satisfaits les uns des autres.

En février, la grippe asiatique tombe sur Entraygues. On se demande comment une épidémie a pu venir de si loin, franchir mers, océans, montagnes, douanes pour s'intéresser à une capitale de cette importance ! Bientôt, à la Maison de Retraite, l'infirmerie est pleine à craquer : les lits se touchent ; c'est à peine si les aides soignantes ont l'espace de se faufiler. Le bacille insatiable, sans souci des places disponibles, attaque chaque jour d'autres rentiers. Le directeur aimerait bien évacuer son stock de tousseux vers les hôpitaux du voisinage : ceux de Thiers, de Maringues, de Lezoux. Impossible, répondent ceux-ci : nous en avons nous-mêmes à revendre ; on pourrait plutôt vous en passer quelques-uns. Il faut donc les garder ; on laisse les derniers atteints dans leurs chambres, où ils contaminent le reste. En fin de compte, tout l'asile est au lit, grelottant, suant, graillonnant, le thermomètre au bon endroit.

Atteinte parmi les premières, Mathilde a dû déménager, s'envelopper d'une couverture, se traîner jusqu'à la salle des femmes. Pendant quinze jours, elle y vit au milieu des agonisantes. Chaque matin, on en évacue une ou deux qui ont craché leur âme pendant la nuit. Ici, la mort a ses habitudes : elle vient de préférence après l'extinction des lumières. Comme un voleur de poules. Plusieurs jours de suite, elle choisit les numéros pairs ; en sorte que les grippées en instance prévoient leur tour pour le surlendemain, ou le samedi d'après. Mais, soudain, voici qu'elle change de tactique, retourne en arrière saisir quelqu'une qui se croyait oubliée et se réjouissait déjà. Évidemment, elle cherche à dérouter le monde ; désormais chaque malade tremble pour sa vieille peau.

Certaines se révoltent :

« Qu'est-ce que j'ai ? demandent-elles au médecin, le docteur Baraban.

— Je vous l'ai dit : une grippe.

— Une grippe ! Une grippe ! Je vous crois pas. Est-ce que la grippe fait mourir tant de personnes ? Encore une hier, et une ce matin ! Avouez que c'est le choléra ! Ou la peste ! Ou le béri-béri !

— Les grippes sont mauvaises, cette année, pour les vieillards.

— Vous dites ça pour ne pas me soigner comme il faut ! Ah ! si j'étais une jeune, de celles qui sentent bon, vous y mettriez davantage d'énergie ! Vieux cochon ! Vieux putassier ! »

D'autres se résignent :

« Avertissez ma famille... Appelez mon fils : je veux le voir une dernière fois avant de mourir... Envoyez-moi le curé... »

L'abbé Crépin a fort à faire, lui aussi, pour administrer les mourantes ou seulement les inquiètes, pour bénir celles qui n'ont pas eu le temps de prendre les ultimes précautions. Dans les enterrements, préservé par sa robuste nature, Lulu se partage en quatre :

« Ah ! Madame ! Ah ! Monsieur ! Vous pouvez pleurer votre sainte mère ! Quelques jours avant d'être atteinte par le mal, elle me répétait son affection pour vous. Je n'étais pas auprès d'elle dans ses derniers instants ; mais je sais par une infirmière qu'elle est morte en prononçant votre nom. Nous étions les meilleurs amis du monde. C'est pourquoi je la réconfortais, je lui rendais de petits et de grands services... »

La grippe asiatique est son bouillon de culture : il y prospère et s'y arrondit. Il aimerait bien qu'elle dure jusqu'au printemps, voire au-delà. En fait, elle s'éteint au bout de quatre semaines. Celles-ci auront du moins suffi à résorber nombre de vieillards en souffrance que plus personne ne réclamait depuis des années. La mort a aussi du discernement : entre un malade abandonné, sans ressources, et un malade encore reconnu par les siens, presque toujours elle choisit d'abord le premier.

Un grand coup de balai purifie donc les maisons de retraite. La clientèle s'en trouve renouvelée. Beaucoup de candidats attendaient avec impatience, souvent depuis des mois, qu'on voulût bien prendre en considération leur demande d'admission. La grippe asiatique leur ouvre des portes jusque-là obstinément fermées. Aussitôt accomplies les désinfections, on les voit accourir, entourés de leur descendance réjouie.

Quant à elle, Mathilde Dutheil regagne Saint-Paul aux approches du printemps. Amaigrie, vacillante, mais la tête encore claire. Qui aurait cru ça ! Tu en as vu partir qui avaient dix, quinze ans de moins que toi, et te voilà toujours vivante ! Les marmites fêlées durent plus longtemps que les neuves. Elle retrouve avec satisfaction son lit de fer, son crucifix de quatre sous, sa demi-armoire. Et aussi sa coéquipière, Mme Sauvagnat.

« Oh ! je suis contente de vous revoir, ma pauvre ! avoue-t-elle franchement. Je me demandais si vous n'auriez pas levé les pieds, comme tant d'autres.

— Levé les pieds ?

— Ben, avec cette grippe asiatique... le massacre qu'il y a eu.

— Vous pensiez que je serais défuntée ?

— Je le craignais. Je vois que vous avez tenu le coup aussi. On s'entend pas toujours, toutes deux. Il arrive qu'on se chamaille. N'importe. J'aurais pas aimé changer de voisine. On sait ce qu'on perd, on sait pas ce qu'on gagne.

— Vous avez bien raison. »

Il ne faudrait pas les pousser beaucoup pour qu'elles s'embrassent. Dans toute la maison, ce sont des retrouvailles émouvantes. Ainsi, après une guerre sanglante, les soldats épargnés retournent au pays ; rentrent dans leurs anciennes habitudes ; reconnaissent avec joie dans la rue d'autres survivants, même s'ils n'avaient ensemble pas été dans les meilleurs termes avant la mobilisation ; pleurent les absents avec eux.

« Toutes n'ont pas eu notre chance, dit l'aveugle. Par exemple, la pauvre Mme Roddier, notre voisine.

— La sourdignole ?

— Oui. Elle répétera plus : Qu'est-ce que vous dites ?

— C'est comme ça, ma pauvre. Est-ce qu'on l'a déjà remplacée ?

— Pas encore.

— Pourvu qu'on nous mette quelqu'un de pas trop embêtant ! »

Le remplacement a lieu trois jours après. La nouvelle protégée de saint Paul est une petite vieille au teint de bougie que ses enfants amènent un dimanche matin. Par-dessus la demi-cloison, on assiste à son installation :

« Comment que vous vous appelez ? demande l'autre occupante, avec sa voix de gendarme.

— Elle s'appelle Amélie Tournadre, répond la fille, craignant sans doute que sa mère n'ait pas assez de souffle. Y a longtemps qu'elle attendait une place. Elle vient de Riom.

— Je connais.

— Tu vois : la dame connaît Riom. Tu te sentiras moins dépaysée, vous pourrez parler ensemble du pays.

— Oui. Mon défunt était greffier à la cour d'appel.

— Greffier à la cour d'appel ? Quelle coïncidence ! Ma mère a servi trente ans aussi dans la magistrature !

— Dans la magistrature ?

— Oui. Bonne à tout faire. Rien que chez des magistrats. Comme qui dirait, vous faites partie de la même famille.

— Pas tout à fait. Et vous aussi, vous êtes... dans la magistrature ?

— Oh ! non ! Mon homme et moi, simples ouvriers chez Michelin. On aurait bien aimé la prendre avec nous. Mais on habite en ville un tout petit appartement, de location, bien sûr, avec deux gosses. Alors, vous comprenez ! »

La femme-gendarme explique qu'elle est demi-paralysée, qu'elle a tout juste assez de force pour se traîner aux cabinets, qu'on lui sert ses repas dans la chambre.

« Seulement, précise-t-elle, j'ai besoin d'aide, à chaque instant. Pour prendre mes lunettes, pour les reposer, pour ouvrir le journal. Alors, si vous voulez m'aider, je ne manquerai pas de vous récompenser. Dans mon malheur, j'ai du moins la chance de posséder quelques ressources. »

Et la fille-interprète :

« Mais naturellement, qu'elle vous aidera ! Vous pensez si elle a l'habitude de servir ! Ça l'occupera un peu, de se rendre utile. N'est-ce pas que ça te distraira ? ... Tu ne dis pas non ? »

Elle ne dit pas non. Elle ne dit pas oui davantage. Ce doit être une muette ! Mais au fond, mieux vaut une qui ne parle guère qu'une trop bavarde.

Sa voix, on l'entend quand même les jours suivants, lorsqu'elle n'a plus personne pour répondre à sa place. Si sa voisine lui commande quelque chose : « Allez me chercher ci... Allez me chercher ça... Et tâchez de faire vite ! », elle murmure : « Oui, madame... Tout de suite, madame... » Tu croirais qu'elle se trouve encore devant la Magistrature. Sans doute a-t-elle grand besoin de ces quatre liards que l'autre lui octroie de temps en temps, selon son bon plaisir.

La greffière est une gaillarde dure et exigeante. Dans sa vie ancienne, elle dut commander à des domestiques ; mais elle traite Amélie plutôt en esclave. Toute la force qui a quitté ses membres a tourné en méchanceté. Les injures, les cris étaient sans effet sur la sourdignole. À présent qu'elle dispose de quelqu'un qui entend et qui accepte, elle se rattrape :

« Emportez cette vaisselle... Mettez-moi le bassin... Qu'est-ce que vous attendez pour m'essuyer ? »

Jamais un s'il vous plaît, jamais un merci.

Un jour, elle ordonne :

« Allez m'acheter *Tricots d'aujourd'hui.* Chez le marchand de journaux. Voici l'argent. »

Amélie trottine au bureau de tabac. Plus de *Tricots d'aujourd'hui.* Faudra attendre la semaine prochaine. Mon Dieu ! qu'est-ce que je fais ? Que va-t-elle dire si je reviens les mains vides ? Croyez-vous que je peux le trouver ailleurs ? Ailleurs ? Pas question. À moins que vous ne vouliez aller jusqu'au Puy-Guillaume. Comment vais-je lui annoncer ça ? Savez-vous ce que je vous propose ? Vous prenez *Mon tricot,* c'est kif-kif. Kif-kif ? Oui, le même genre de périodique. Vous croyez ? J'en suis sûre. Est-ce que c'est également le même prix ? Exactement. Vous verrez qu'elle sera satisfaite. Amélie rentre au *Doux Repos* :

« Mme Ladoux avait épuisé votre journal. À la place, elle vous envoie celui-ci. Elle dit que c'est le même genre. Que vous serez contente pareil : *Mon tricot.*

— *Mon tricot* ? Êtes-vous idiote ? Croyez-vous que je veux tricoter, dans l'état où je suis ? Êtes-vous aussi sourde que la Roddier ?

— Je pensais...

— Chaque semaine, je lis l'horoscope de *Tricots d'aujourd'hui.* L'horoscope ! Voilà ce qui m'intéresse. C'est comme si je vous commandais du beurre, et que vous m'apportiez des clous à vache ! Que voulez-vous que j'en foute, de vos clous à vache, hein ? Vous ai-je demandé des clous à vache ?

— Mais madame... s'agit pas de clous à vache...

— Et ne répliquez pas ! Rapportez-les où vous les avez pris.

— Jamais je n'oserai !

— Très bien ! Dans ce cas, j'en retiendrai l'argent sur ce que je vous donne.

— Oui, madame. »

Quand elle en a assez entendu, Mathilde Dutheil cogne du poing contre la cloison :

« Arrêtez un peu votre catéchisme, nom de gueux ! Vous avez pas honte ? »

La greffière suffoque d'indignation :

« Comment ? Comment ? ... À qui que vous croyez que vous causez, vous ? Vieille malapprise ! »

L'instant d'après, tout Saint-Paul devient un enfer :

« Mais c'est vrai, ça ! Quand aura-t-elle fini, celle-là, avec ses clous à vache ? Où donc qu'elle se croit ? Elle se rend donc pas compte qu'elle dérange les voisins ?

— C'est comme moi quand j'habitais Maringues, où mon homme était cantonnier. À côté de chez nous, vivait une enragée toute pareille.

— Enragée vous-même ! Allez vous faire vacciner !

— Écoutez-la ! Mais écoutez-la ! Cette vipère !

— Je vous souhaite à toutes la même paralysie qu'à moi !

— La langue n'est pas paralysée !

— Je vous enterrerai toutes, vieilles pourries que vous êtes ! Je veux vous voir pisser dans votre cercueil !

— Oh ! la grande malhonnête ! Le bon Dieu la punira, pour sûr ! Est-il possible d'entendre des choses pareilles ?

— Faudrait avertir la direction !

— Avertir le curé, plutôt, qu'il vienne lui chasser le diable du corps !

— Foutez-moi la paix !

— Foutons-lui la paix, comme elle dit. Elle mérite pas qu'on lui adresse la parole.

— C'est comme moi quand j'étais à Maringues...

— Vieilles bourriques ! Cessez de me casser les pompons !

— Vieille galapiasse !

— Vieilles péquenaudes !

— Vieille calamastre !

— Vieilles charognes !

— Vieille arcandière !

— Vieilles mendiantes !

— Vieille essargaillée ! »

Peu à peu, elles arrivent cependant au bout de leur répertoire, et finissent par se taire, essoufflées. Quand le silence est à peu près revenu chez Saint-Paul, on distingue encore de petits hoquets répétés : les sanglots d'Amélie Tournadre. On dirait des couinements de souris.

X

Une nouvelle calamité s'abattit sur Entraygues.

Les semailles d'automne et de printemps avaient eu lieu comme à l'accoutumée. Les froments, les orges, les avoines naissaient bien ; les maïs se faisaient grandelets. Quand il leur arrivait de passer en bordure des champs, le derrière calé sur le tracteur, les Entraygois arrêtaient un moment leur machine et regardaient ces milliers de têtes vertes qui seraient les blés enfants, les blés adolescents, les blés adultes. Puisque, à la différence des hommes, le blé ne connaît point la décrépitude. Ensuite, ils repartaient avec, dans les entrailles, une douce chaleur paternelle. Vingt dieux ! C't' année, y aura d' la récolte ! Pourvu qu' les cours ils s'effondrent pas ! Avec tout's les trait's qu'on a à payer, et qui s'effondrent jamais, elles, les garces ! Si t'oublies d'en payer une, les intérêts s'ajoutent, et c'est tout l' contraire qu'arrive ! L' gouvernement, il devrait faire quèqu' chose pour empêcher ça. Mais va t' fair' voir ! Il est l' promier à compter les majorations, la saleté d' gouvernement ! Et y a bien des assurances cont' la grêle, cont' les incendies, cont' les inondations ; mais y en a point cont' la chute des cours. C'qui fait que le pauv' cul-terreux, s'il a la foi catholique — et il a intérêt à l'avoir ! — il lui reste plus qu'à r'commander ses récoltes à la Providence, créputain de bon Dieu !

Or, vers la fin d'avril, plusieurs agriculteurs découvrirent avec consternation leurs emblavures pillées, comme si une troupe de Huns avait campé dessus. On ne tarda pas à identifier les coupables : les corbeaux. Depuis des siècles, Entraygois et corbeaux vivaient en bonne intelligence. Carnassiers par nature, grands amateurs de charognes diverses, nettoyeurs de nids, de gîtes, de terriers, ces volatiles acceptaient, faute de mieux, les nourritures végétariennes qu'ils trouvaient encore sur les arbres après la récolte, sur les composts et les fumiers, dans les vignes vendangées. Ils restaient des mois entiers invisibles, pendant la belle saison, mais reparaissaient aux premières gelées, fruits noirs de l'hiver. Ils nichaient aux sommets des arbres les plus hauts de la paroisse, en des nids volumineux, que de loin tu pouvais prendre pour des boules de gui. Certains, particulièrement familiers, n'hésitaient pas à s'approcher des maisons ; les fermiers les reconnaissaient et leur donnaient des noms : Jules, Charlot, Fernand, Bibendum. La plupart atteignaient la taille d'une poule bien nourrie. Un corbeau, racontait-on, peut devenir centenaire.

Soudain, leur nombre se multiplia. On en vit des moyens et des petits, pas plus gros qu'un boulet d'anthracite, ce qui ne s'était jamais remarqué auparavant. Ils prirent d'étranges habitudes. Celle, par exemple, de se rassembler sur le même champ d'avoine jeunette, qui disparaissait entièrement sous leur couche noire et palpitante. Les cultivateurs horrifiés empoignèrent leurs fusils, tirèrent dans le tas, en tuèrent quelques-uns, suspendirent les cadavres à une perche. Le lendemain, la troupe revenait, compacte, achevait ce qui restait de vert et de sec, et, pour compléter ce festin sans viande, brifait les pendus à leurs balançoires.

Les paysans coururent se plaindre à la mairie :

« Je peux recommencer toutes mes semailles ! Reste plus rien ! Et qui qu' c'est-y qui va m'rembourser ma semence ?

— Moi, ils m'ont attaqué trois agneaux petitous, trois agnelets de quinze jours, au milieu du troupeau ! Y z'y ont bouffé les yeux et tout' la figure ! De vrais cannibales ! Jamais vu une chose pareille !

— Mais d'où que c'est-y qu'y sortent, tous ces corbaques de malheur ? D'où que c'est-y, créputain ?

— Pour moi, c' qui les a multipliés comme ça, c'est les désherbants. Ces drogues aux hormones qu'on fout un peu partout. Les hormones, hein ? Vous voyez-t-y ce que j' veux dire ? Ça leur produit en somme l'effet contraire de la pilule qu'on donne aux femmes !

— Moi, je croirais plutôt que ça vient d' la bombe atomique, de leurs expériences dans l'atmosphère.

— Moi, j'ai n' autre idée.

— Qu'est-ce que t'as, comme idée ?

— Laiss'-moi causer. J'ai idée qu' tous ces corbaques, y proviennent du r'membrement.

— Du r'membrement ?

— Laiss'-moi causer. Oui, du r'membrement. Avec leurs bull-dozers, y z'ont abattu les arbres, détruit les haies, comblé les fossés. Tout chamboulé, quoi, censément. Alors, où qu' ous voulez-t-y qu'y nichent, les corbaques, vu qu'on a supprimé leurs nids ? Y z'habitent pus en l'air, y z'habitent par terre. C'est pourquoi qu'y s' multiplient comme les doryphores, à présent. Tout ça, c'est la faut' au r'membrement. Moi, j'ai toujours été contre. Sans parler qu'y en a qui s' sont bien sucrés, su' l' dos des pauv' couillons qu'ont accepté la manœuvre. M' faites pas causer là-dessus, j'aurais trop de choses à dire ! »

Chazel, le maire, qui ne se sentait pas à l'aise dès qu'il était question de sucre et de remembrement, intervint avec énergie :

« Qu'est-ce que tu veux dire par là ? Cause donc si t'en as envie !

— J' nomme personne. Mais j'ai mon idée.

— Sors-la donc, ton idée !

— Mon idée, c'est que les corbeaux, y viennent du r'membrement. Point final.

— J'en souffre, aussi, moi, des corbeaux, pisque je suis cultivateur comme vous autres. Vous croyez-t-y qu'ils m'ont épargné ? Ce qui compte, à présent, c'est de prendre des mesures. Qu'est-ce que vous proposez ?

— Première chose, faut demander une subvention au gouvernement.

— À quel titre ?

— Faut qu' le préfet, y déclare l' département sinistré. Pour cause de corbeaux.

— Je suis pas sûr qu'il y ait ailleurs autant de corbeaux que chez nous.

— Eh bien ! Qu'il déclare sinistrée au moins not' commune. Les autres, on s'en fout.

— Faut démolir le remembrement, et r'venir comme avant.

— Dis donc pas de bêtises ! Est-ce qu'on va replanter les arbres, supprimer les chemins, recreuser les fossés ?

— Exactement ! C'est c' qui faut faire ! Et enlever l' sucre à ceux qu'en avaient trop reçu ! J' nomme personne !

— Faut alerter la Fennesséa.

— La Fennesséa, d'accord. Mais c'est encore un peu tôt. On verra plus tard ? Y a sûrement des mesures plus urgentes.

— Moi, j' tue les corbaques à coups de fusil !

— T'as pas le droit ! La chasse est pas ouverte !

— M'en balance, d' l'ouverture ! J' vas pas laisser détruire toutes mes brebis, créputain !

— T'en tues deux, t'en tues trois, et il en vient cinq cents ! Y a qu'une chose qui peut vraiment les zigouiller : l'empoison.

— L'empoison ? Quelle empoison ?

— Faudrait demander au vétérinel, pour pas risquer d'empoisonner en même temps les betteraves, les maïs et tout l' reste. Y a sûrement une empoison appropriée.

— Et qui c'est qui va payer son empoison, au vétérinel ? Crois-tu qu'y va t' la donner pour des prunes ?

— D'autant plus qu' c'est pas guère la saison des prunes non plus !

— Faut qu'on nous vote des crédits ! Sinon, moi, je mets la clé sous la porte et j' vas travailler chez Bibendum ! Et je serai pas l' seul ! »

Très sensible aux menaces de désertion, Chazel consulta un vétérinaire de Maringues. Celui-ci exposa les armes diverses dont il disposait : le *DDT*, le *TTX*, le *H 230*, le *ZX 21*, le *KLK*, le *KKO*.

« Le *H 230* vous permet une destruction définitive des prédateurs. Il a la particularité de donner un goût de saucisse aux grains que vous trempez dedans, ce qui attire beaucoup les corbeaux. Naturellement, vous risquez aussi d'empoisonner par la même occasion vos chiens, vos chats, votre volaille... Au contraire, le *ZX 21* se contente d'endormir ses victimes. Elles se réveillent au bout de vingt-quatre heures. À vous de profiter de ce délai pour les ramasser à pleins tombereaux, les jeter au feu ou à la rivière... Le *KLK* les rend stériles. Mais c'est une opération dont les effets ne peuvent se faire sentir qu'à la longue ; en attendant, les corbeaux restent là, aussi nombreux, aussi gloutons. Ceux qui échappent au produit continuent de procréer, naturellement... Le *KKO* les rend enragés : ils se jettent les uns sur les autres en bavant... Le *TTX* les rend idiots... »

Le maire demanda un devis détaillé des frais prévisibles à l'hectare, afin d'en parler à son conseil municipal.

XI

Vint le joli mois de mai que garçons et filles chantaient jadis sur les fenêtres, avant l'aube, en présentant leurs paniers aux offrandes :

Jouez pipeaux, jouez musettes ;
Voici le joli mois de mai !
Oh ! qu'il est beau !
Oh ! qu'il est gai !
Il est rempli de vïolettes !
Oh ! qu'il est beau !
Oh ! qu'il est gai !
Il est rempli de vïolets !

Dans les gazons du *Doux Repos,* les violettes furent présentes au rendez-vous.

Une rentière découvrit la première, la montra aux autres du doigt :

« Regardez ! Regardez !

— Quoi donc ?

— Là... derrière cette racine... une violette !

— Une violette ? C'est-y Dieu possible ! »

Les pensionnaires accoururent, firent cercle autour d'elle, n'en croyant pas leurs yeux, qu'une violette eût accepté de pousser chez elles, spontanément, au royaume des pantouflardes !

« Quelqu'un a dû la semer, dit l'une, en secouant la tête.

— Semer ? Est-ce que ça se sème ? J'ai jamais vu graine de violette. Non, non ! Elle est venue toute seule, croyez-moi. Toute seule ! »

C'était réellement inconcevable. Dire que — apportée par le vent — elle aurait pu choisir un des nombreux jardins d'Entraygues : celui du curé, celui du directeur d'école, celui du maire, et qu'elle était tombée chez elles ! Et celle-ci ne fut pas unique ! Les jours suivants, beaucoup d'autres ouvrirent dans l'herbe leurs cornettes.

« J'en ai compté cinquante !

— Et moi, soixante-sept ! »

Un bonheur non plus ne vient jamais seul : le 15 mai, l'asile fêta sa centenaire. Et avec lui, tout Entraygues, l'arrondissement et presque le département. La dernière a être informée de l'événement fut l'intéressée elle-même, Mme Escorias, logée à Saint-Benoît. Une petite vieille encore valide, capable de s'habiller et de se déshabiller toute seule, de subvenir à ses nécessités, de marcher jusqu'au réfectoire et même plus loin, sans autre appui que ses deux bâtons. La nouvelle lui fut apportée par Françoise, dès 7 heures du matin :

« Réveillez-vous, madame Escorias !

— Oh ! je suis réveillée depuis un bon bout de temps !

— Vous savez ce qui vous arrive ?

— À moi ? Il m'arrive quelque chose ?

— Oui ! Le 15 mai, ça ne vous dit rien ?

— Le 15 mai ? Qu'est-ce que c'est, le 15 mai ?

— C'est aujourd'hui !

— Et alors ?

— Votre anniversaire ! Vous avez cent ans aujourd'hui, madame Escorias !

— Cent ans ? Aujourd'hui ? ... Ah !

— C'est tout ce que ça vous fait ?

— Vous êtes sûre, que j'ai cent ans ?

— Pardi ! Vous êtes bien née le 15 mai 1872 ?

— Ça se pourrait.

— Et qu'est-ce que vous en dites ?

— Ce que je dis de quoi ?

— D'avoir cent ans.

— Je dis que j'aimerais mieux en avoir vingt-cinq. »

La nouvelle se répandit dans l'établissement : nous avons une centenaire, Mme Escorias, va y avoir une fête en son honneur. Les consignes circulèrent aussi :

« Mesdames, Messieurs, prenez vos vêtements du dimanche, chaussez des souliers, rasez-vous, peignez-vous, faites-vous aussi beaux que possible. Nous comptons recevoir la radio, la télévision. Et aussi la visite du Conseiller général, du sous-préfet qui viendront saluer notre glorieuse centenaire. À midi, repas de gala, sous la présidence du maire d'Entraygues, M. Chazel. »

Tous les vieux obtempérèrent. Ceux et celles, du moins, qui possédaient une tenue numéro Un. Seul, malgré insistances et menaces, Lipovitch refusa de quitter son pyjama :

« Vous n'allez pas vous présenter devant le sous-préfet en pyjama, voyons !

— M'en fous, du sous-préfet. S'il est pas content, il se tournera de l'autre côté.

— Puisque c'est comme ça, on ne vous admettra pas au réfectoire ! Vous mangerez dans votre chambre !

— M'en fous, du réfectoire ! »

Vers 11 heures, une voiture bleue entra dans la cour. Les pensionnaires accoururent, croyant qu'il s'agissait du sous-préfet. Mais il en sortit trois ou quatre Landrus, avec des barbes à faire peur aux enfants. J'ai compris, se dit Mathilde, c'est la télévision. Pendant qu'ils déballaient leur matériel, on alerta le directeur qui accourut tout essoufflé :

« Attendez ! Ne vous pressez pas ! Ne gâchez pas de la pellicule ! Je vais vous guider, vous montrer ce qu'il y a de plus intéressant dans la Maison. »

Les rentiers se pressaient autour d'eux, comme des poux sur une croûte de lait. Les Landrus voulurent les braquer avec leurs bazookas ; mais le directeur s'interposa, les bras levés :

« Une minute ! Il n'est pas souhaitable de tout montrer ! »

Il choisit un certain nombre de baveux et de baveuses particulièrement repoussants, les confia aux aides soignantes : emmenez-les, s'il vous plaît, donnez-leur des bonbons, éloignez-les autant que possible. Les hommes de la télé filmèrent le reste, s'attardant sur Lulu qui faisait plaisir à voir, avec sa figure et son ventre. Ensuite, le directeur les orienta vers les bâtiments neufs.

Les pompiers entrèrent à leur tour, s'alignèrent en une double haie, le clairon sur la hanche, prêts à accueillir les autorités. Elles arrivèrent à l'heure prévue, en un petit paquet, le sous-préfet au milieu, entouré de Chazel et de Champrodon, marchand de vins à Puy-Guillaume et conseiller général. Les pompiers lancèrent aussi vers les nuages *La France est notre mère, c'est elle qui nous nourrit* ; mais ça sonnait autrement juste que par la bouche de La Bistouille ! On voyait que les joueurs étaient comme qui dirait des spécialistes.

Le directeur revint avec les barbus qui projetèrent leur phare dans les yeux des visiteurs. Le sous-préfet salua de la main et du sourire ; Chazel et Champrodon se bousculèrent un peu, pour se disputer le premier plan. Toute la troupe ensuite se dirigea vers Saint-Benoît d'où sortit bientôt, sous les applaudissements, Mme Escorias, pomponnée, bichonnée, enrubannée, mais toujours en pantoufles ; elle prétendait ne pas savoir marcher en d'autres chaussures. Le directeur lui offrit son coude, qu'elle ne put accepter : elle avait besoin de l'appui de ses deux cannes ; c'est donc lui qui la saisit légèrement par l'anse, tandis qu'elle clopinait sur ses quatre pieds. Ils avancèrent ainsi dans les éclairs de la presse et de la télévision. Tu aurais dit la rosière de Montferrand quand elle débarque place de la Rodade.

« Vive la mariée ! » cria de loin Lipovitch.

On progressait vers le grand réfectoire. À mi-distance, la centenaire exprima le désir de s'asseoir un instant. On avait prévu cela : Casse-Noisette, le concierge, n'était pas loin derrière, avec un fauteuil sur la tête. Elle se reposa ; puis l'on repartit.

En vue de la réception officielle, le réfectoire avait été vidé de tous ses meubles, remplacés par la longue table du vin d'honneur. Les pensionnaires qui ne pouvaient rester debout se replièrent vers leurs chambres, vers les bancs du jardin. Seule l'héroïne de la fête avait droit, naturellement, à son siège, près du micro qui répandrait les discours. Chazel parla le premier :

« Monsieur le Représentant du Gouvernement, Monsieur le Conseiller général, Monsieur le Directeur, Mesdames et Messieurs, chers Amis,

« En la personne de Mme Escorias, ce sont tous les pensionnaires de cette maison que la Municipalité veut honorer par ma bouche ici présente. Nous sommes une petite commune rurale aux ressources modestes, qui doit faire face à des dépenses et des difficultés considérables : adductions d'eau, remembrement, chemins vicinaux et tout le saint-frusquin. Et maintenant les corbeaux ! Pourtant, voyez un peu ce que nous faisons pour nos vieillards et ceux des communes environnantes ! Voyez comment ils sont traités ici, puisqu'ils y deviennent centenaires ! Et je vous déclare que nous ferons davantage encore, et qu'ils deviendront encore plus vieux si, aux prochaines élections — qui auront lieu dans un mois, comme vous savez — nous obtenons les suffrages de nos concitoyens et de tous les électeurs d'Entraygues ! À bon entendeur, salut !... Maintenant, je dis simplement à Mme Escorias, qui pourrait être ma grand-mère : Mme Escorias, joyeux et heureux anniversaire ! »

Là-dessus, il s'approcha du fauteuil et embrassa la vieille ; elle se laissa faire sans protester, mais demanda ensuite autour d'elle :

« Qui c'est, çui-là ? Qui c'est, ce pèlerin ?

— Le maire, voyons ! Le maire d'Entraygues !

— Ah ! bien ! »

Champrodon, qui appartenait au même parti que Chazel, fit un grand éloge de celui-ci. Fils de paysan et paysan lui-même. Enfant du peuple jusqu'aux moelles. D'un dévouement à toute épreuve. Organisateur remarquable. Avare des deniers publics, mais généreux envers les plus modestes de ses électeurs. C'est grâce à lui que l'ancien hospice d'Entraygues, agrandi, embelli, modernisé, était devenu ce *Doux Repos* qu'enviaient tant de communes plus importantes.

Pour finir, le sous-préfet exalta l'action du Gouvernement en faveur du troisième âge, promit des retraites plus confortables, des actions diversifiées, une sollicitude accrue, des soins médicaux entièrement gratuits. Il leva son verre à la prospérité de la centenaire, imité par les autres Puissances. Tout cela fut vigoureusement applaudi.

Les Landrus s'approchèrent alors de la vieille rentière, afin de lui poser des questions.

« Qui sont ces autres pèlerins ? demanda-t-elle.

— Ceux de la télévision et de la radio. Soyez gentille, répondez-leur.

— Qu'est-ce que je dois répondre ?

— Vos impressions, Mme Escorias ? Qu'est-ce que ça fait, d'avoir cent ans ? »

Elle branla la tête un moment, chacun suspendu à ses lèvres.

« Qu'est-ce que ça fait ? qu'elle répéta.

— Oui. D'avoir cent ans, qu'est-ce que ça vous fait ?

— Ça fait... ça fait que j'ai cent ans.

— Et alors ? Qu'est-ce que vous ressentez ?

— Cent ans, c'est un siècle, n'est-ce pas ?

— C'est un siècle, y a pas d'erreur.

— Je viens de finir mon premier siècle, donc. Alors, je commence aujourd'hui le second. »

Ce fut un bel éclat de rire. Chazel reprit possession du micro :

« Ben vous... ben vous... »

D'avance, le bon mot qu'il allait faire lui coupait le souffle, il n'arrivait pas à le placer :

« Ben vous, madame Escorias... on peut dire... hi ! hi ! hi !... on peut dire que vous êtes... une coriace ! »

Il se plia en deux, suffoqué ; les rentiers l'imitèrent avec la meilleure volonté du monde.

Mais elle : « Qui est encore ce pèlerin ?

— Le maire d'Entraygues, on vous l'a déjà dit ! » Les barbus n'en avaient point fini avec leur questionnaire.

« À quoi attribuez-vous votre longévité ?

— De quoi ?

— Ils vous demandent comment vous avez fait pour devenir aussi vieille. Si vous avez un secret.

— Un secret ?

— Oui, un secret de longue vie. »

Elle branla encore la tête, grommelant : « Ma foi... ma foi... » Puis elle parut avoir trouvé :

« Vous voulez savoir mon secret ? ... J'étais épicière à Luzillat. J'avais succédé à ma mère. Pendant cinquante ans... je vendais... qu'est-ce que je vendais ?

— Du sucre ? Du café ?

— Oui, c'est ça. Du sucre, du café, des bougies, du chocolat... Bon... Et maintenant... Qu'est-ce que je voulais dire ?

— On vous demande votre secret, pour devenir centenaire.

— Ah ! oui !... Eh bien ! mon secret... je crois bien... c'est que je suis jamais sortie de mes pantoufles. Sauf pour entrer dans mes sabots. »

Les barbus se regardèrent avec stupeur :

« Vos pantoufles ? Vos sabots ?

— Oui, c'est comme ça.

— Vous voulez dire... que vous n'êtes jamais sortie de votre maison, sauf pour aller, sans doute, jusqu'à votre jardin ?

— Vous avez compris. Mon plus grand voyage, je l'ai fait à Maringues. J'ai pas d'autre secret. »

Et elle rit toute seule, en secouant ses rubans. Les Landrus parurent ravis de cette réponse. Les pensionnaires, considérant leurs pieds, regrettèrent qu'on les eût contraints, eux, à quitter leurs pantoufles quotidiennes.

Appelé ailleurs par d'autres obligations, le sous-préfet serra des mains, s'excusant de ne pouvoir rester davantage. Dès lors, la foule fut admise à la sainte table, où elle liquida les boissons. Il n'y en eut pas pour tout le monde. La santé des vieillards était trop chère à l'administration pour qu'elle la compromît par des excès. Sobriété, sécurité.

On évacua le réfectoire des hommes et, tandis que serveurs et serveuses le rendaient à sa destination première, les vieilles se dirigèrent vers le leur, salivant déjà à la pensée du repas de gala qu'on leur avait promis. Comme à l'aller, Casse-Noisette suivit la centenaire en portant le fauteuil à bout de bras. Les Landrus remontèrent dans leur voiture bleue.

Des fleurs sur les tables attendaient les rentières : elles n'en croyaient pas leurs yeux. On servit trois hors-d'œuvres au lieu d'un seul : saucisson, tomates, œufs mimosa. Ensuite : vol-au-vent, rôti de bœuf, pommes boulangères, salade, fromage. Les quantités furent telles qu'il en resta. En dessert : un large triangle de tarte à la bouillie. Gâteau préféré des édentés. Café. Une bouteille de vin par table. Eau à discrétion. Toutes firent honneur au festin, Mme Escorias la première. Chazel la complimenta de son appétit :

« C'est vrai, qu'elle reconnut. Ça descend encore bien, faut pas que je me plaigne de ce côté-là. J'ai pas de bonnes dents, mais j'ai un bon trou ! »

On rit. Chazel ajouta qu'elle avait aussi une bonne langue ! Puis il se leva :

« Et maintenant, au nom de la municipalité d'Entraygues dont j'ai l'honneur d'être le représentant ici présent, chère madame Escorias, j'ai le plaisir et la joie de vous offrir un cadeau en souvenir de votre premier siècle. Pour le second, nous avons encore le temps d'y penser. Envoyez le paquet ! »

À cet ordre, les deux battants de l'entrée s'écartèrent sur un équipage formé de Casse-Noisette, d'un serveur anonyme et d'un volumineux carton. Celui-ci fut déposé sur une table.

« Ouvrez le paquet ! »

Après un long déballage, le cadeau apparut dans sa magnificence : un téléviseur !

« Avec les deux chaînes ! précisa Chazel. C'est pour vous, madame Escorias !

— Vouah ! Vouah ! firent les vieilles, suffoquées d'admiration.

— Qu'est-ce qu'il raconte ? demanda la centenaire.

— Que cette télévision est pour vous ! Un cadeau de la mairie !

— Une télévision ? Pour moi ?

— Oui, oui ! Pour vous !

— Et qu'est-ce qu'il veut que j'en fasse ? Je suis quasiment sourde et aveugle !

— Vous exagérez, madame Escorias ! Vous exagérez !

— Qu'il la garde, sa télévision ! J'en veux pas. »

Le maire sembla prendre très vite son parti de ce refus. Il se tourna vers le directeur :

« Qu'est-ce que je fais, monsieur le directeur ? Je la retourne au marchand ? »

Et l'autre, non moins préparé :

« Il y a une solution, si Mme Escorias est d'accord. Ce téléviseur, on pourrait l'installer ici, sur une console adéquate. De cette façon, toutes les amies de Mme Escorias, celles qui ont encore bonne vue et bonne ouïe, pourront en profiter. On évitera ainsi les chamailleries continuelles qui se produisent dans le salon, lorsque les unes veulent suivre le premier programme, et les autres le second. Que pensez-vous de cette idée ?

— Merveilleuse ! fit Chazel.

— Et vous, madame Escorias ?

— Qu'est-ce qu'il dit ?

— Il demande, votre cadeau, si vous voulez en faire cadeau à la communauté ?

— La télévision ? Qu'il en fasse des choux ou des raves, ça m'est égal.

— Bravo, madame Escorias ! Merci de votre générosité ! C'est un geste que les pensionnaires du *Doux Repos* apprécieront, j'en suis sûr !

— Pour Mme Escorias, cria le maire, un triple ban ! Un, deux, trois, quatre, cinq ! Un, deux, trois, quatre, cinq ! Un, deux, trois, quatre, cinq ! Un, deux, trois !...

La salle se vida peu à peu, les rentières retournèrent vers leurs pantoufles. Eh bien ! grommelait Mathilde. Y avait pas assez d'une armoire à barbus, en voici une seconde ! Mais moi, ils ne m'attraperont pas, nom de gueux !

XII

De temps en temps, Mathilde retournait chez Françoise, la fille aux beaux estomacs. Elle y buvait du tilleul en mangeant de ces biscuits qu'on trempe dans l'infusion et qui fondent ensuite dans la bouche. Elle y goûtait surtout la joie de rencontrer le petit Guillaume, avec ses yeux bleus, son rire explosif, sa bouche aussi pleine de dents qu'une grenade de ses grains. (Pardi, si elle connaissait les grenades ! La baronne de Barante en recevait une caisse, d'Espagne, chaque hiver.) Avec aussi ses cheveux blonds bien peignés, partagés d'une raie, dans lesquels elle enfonçait ses lèvres, pour ne pas lui piquer les joues.

« Mathilde, raconte-moi une histoire ! Une très longue et que je connais pas ! »

Or, il se produisit une chose incroyable : en même temps, Françoise et le petit kaiser disparurent soudain de sa vie. Comme ça, du jour au lendemain. Sans laisser de trace. Tout d'abord, Mathilde crut à une maladie. Elle alla se renseigner auprès des secrétaires.

« Non, non, lui fut-il répondu. Elle n'est pas malade. Simplement, elle ne fait plus partie de la Maison. Elle nous a donné ses huit jours, et à la fin du mois elle est partie.

— Partie ? Où ça ?

— À Clermont. Nous avons là une adresse.

— Et pourquoi elle est partie ?

— Elle ne nous a donné aucune raison.

— Pas de raison ?... Ça par exemple ! Ça par exemple !... Sans m'avertir ! Sans me dire un mot ! »

Elle eut l'impression que les secrétaires souriaient, et trouva qu'il n'y avait pas de quoi, en vérité. Mais à Entraygues, tout finit par se savoir. La remplaçante de Françoise se chargea de la renseigner : une certaine Mme Dosgilbert, raide, maigre, tranchante comme la guillotine.

« Comment, s'étonna-t-elle, vous n'êtes pas au courant ? Vous ne connaissiez donc pas cette fille ?

— Il lui est arrivé quelque chose de grave ?

— Il lui est arrivé qu'elle est partie avec un homme. Ah ! c'était une belle coureuse, on peut le dire !

— Elle s'est... mariée ?

— Mariée, oui ! Derrière l'église !

— Pauvre Françoise !

— Vous la plaignez ?

— Je dis pauvre Françoise, parce que je prévois qu'il lui arrivera d'autres malheurs. Et elle a emmené son petit ?

— À ce qu'il paraît. Drôle d'exemple, qu'elle lui donne ! Ça fera une belle espèce, lui aussi ! Ah ! la jeunesse d'aujourd'hui ! Quelle chiennerie ! »

Mathilde baisse le front, comme si elle était responsable de la jeunesse d'aujourd'hui. Mme Dosgilbert est une personne de grande vertu, sûrement. Pas une tache sur la conscience. On comprend son indignation. Avec elle, il faut filer doux. Dans les chambres, au réfectoire. Quelle est la cochonne qui a encore sali ce cabinet ? Est-ce que vous me prenez pour une vidangeuse ? Et ouvrez-moi cette fenêtre ! De l'hygiène, s'il vous plaît, de l'hygiène ! Qu'est-ce que vous faites ici, une heure à l'avance ? Vous me gênez pour mettre les couverts ; allez vous promener... où vous voudrez... allez faire le tour du pays, ça vous fera circuler le sang. Secouez-vous ! Bande de mollasses !

Pendant trois jours, le petit kaiser occupe toutes les pensées de Mathilde. Pourquoi elle ne t'a pas avertie de ce qu'elle mijotait ? Pourquoi ce départ si brusque ? Elle craignait, sans doute, que tu la retiennes, que tu l'empêches de commettre une nouvelle folie. Pauvre malheureuse ! Pauvre petit Guillaume ! Mon Dieu, faites qu'il ne leur arrive rien de mal ! Même si, en paiement, vous exigez que je ne les revoie jamais. Ainsi, elle divague, elle pleure, elle gémit sous ses couvertures. Un matin, Mme Sauvagnat le lui reproche :

« Qu'est-ce que vous aviez, cette nuit ? Je venais juste de m'assoupir, et tout par un coup vous m'avez réveillée en cerceau.

— Moi, je vous ai réveillée en cerceau ? Comment ça ?

— Vous faisiez : ha !... ha !...

— Je me rappelle ! J'ai eu des coliques. Ça m'a prise brusquement. Mais ensuite, ça m'a passé. Excusez-moi, ma pauvre. »

L'autre hausse les épaules, mal convaincue. L'aveugle n'a pas non plus les satisfactions qu'elle espérait. Son fils, le premier comptable de la SNCF a bien pris sa retraite à la date prévue ; mais il ne se presse pas de venir la délivrer. Tu comprends, faut qu'on déménage. Notre appartement actuel est trop petit ; on a besoin d'une chambre de plus pour te recevoir. Dès qu'on aura trouvé quelque chose de convenable, tu viendras nous rejoindre. C'est entendu. Après Pâques, vient la Trinité. M. Murat, l'ancien instituteur, explique que le monde présent est en état de guerre permanente : ouvriers contre patrons, fonctionnaires contre État, petits commerçants contre gros, jeunes contre vieux, femmes contre maris, piétons contre automobilistes, citadins contre paysans, Europe contre Amérique, Paris contre province, et ainsi de suite. Alors, à ces hommes qui doivent se battre sur tous les fronts, comme fonctionnaires, comme provinciaux, comme administrés, comme automobilistes, comme piétons, comme citadins, comme consommateurs, comme contribuables, il ne faut pas demander des soucis de paix. Quand je commandais ma compagnie sur la ligne Maginot, pouvait-on me reprocher de ne pas penser suffisamment à mes vieux ?

Berthomieux est une autre victime de la situation. Il a donné pratiquement tout ce qu'il possédait, économies, maisons, terrains, à son fils au moment où celui-ci s'est installé à Vichy dans les tubes digestifs. Il fallait payer l'appartement, le cabinet, les appareils de radio. Ça tombait à pic : Mme Berthomieux venait de mourir, et lui ne pouvait plus supporter la vue de ces lieux où ils avaient vécu ensemble tant d'années. Seul lui est resté l'indonnable : sa petite retraite de « travailleur indépendant », d'ancien chauffeur de taxi. En revanche, le Vichyssois lui a prodigué ses garanties :

« Pour ce qui concerne tes nécessités matérielles, tu n'as aucun souci à te faire. Je ne souffrirais pas que mon père unique manquât d'une allumette seulement ! Veux-tu que nous signions un papier à ce sujet ? Comme quoi je m'engage solennellement à subvenir, jusqu'à ton décès...

— Un papier entre nous ? Tu plaisantes ?

— Si, si ! Ça me fera plaisir !

— N'insiste pas ! Ou je t'envoie mon pied dans le derrière, tout diplômé que tu es ! »

Et le fils tient parole. Pour lui entretenir aussi le moral, de Vichy arrive de temps en temps une feuille d'ordonnance sur laquelle le spécialiste a griffonné, avec cette écriture particulière qu'ont les médecins, une page d'encouragements. C'est peu ; mais elle vaut un texte bien plus long si l'on tient compte des heures que met le destinataire à la déchiffrer. *Tâche d'écrire plus lisiblement,* répond-il. *Ou bien tape ta lettre à la machine. Sinon, je serai bientôt obligé de la porter au pharmacien pour qu'il me la traduise. Ce n'est pas la peine d'avoir reçu tant d'instruction pour écrire si mal.* Puis il ajoute en *post-scriptum,* comme un détail sans importance, qu'il a failli oublier, qui lui est revenu au dernier moment : *Pour ce qui est de l'estomac, des intestins, ça va. Rien à dire là-dessus. Mais le moral est à zéro, malgré tes ordonnances. Est-ce que je vais rester toute ma vie dans cette maison ? Ne pourriez-vous pas me prendre avec vous de temps en temps ? Huit jours par-ci, huit jours par-là ? Je ne demande pas la lune. Et si ce n'est pas possible, venez au moins me voir.*

Le Dr Berthomieux est trop pris par sa clientèle, la permanente et la saisonnière. *Tu ne te rends pas compte,* gribouille-t-il, *de ce qu'est l'existence d'un médecin. Constamment au service des autres, de jour et de nuit. Pas un repas régulier. Aucune vie de famille normale. Et le meilleur moment de l'année pour les autres, l'été, est celui où je travaille le plus. Les ouvriers ont bien de la chance, avec leur semaine de quarante heures ! Songe que j'en fais presque le double ! Quand je pense que tu oses te plaindre, alors que tu as le loisir d'occuper chacune de tes heures comme tu l'entends ! J'ai presque envie d'employer le mot d'ingratitude !... Enfin, nous tâcherons de faire un saut jusqu'à Entraygues pour Pentecôte, profitant du week-end prolongé...*

Quand elle voit ce qui se passe autour d'elle, Mathilde se sent privilégiée et en éprouve quelque honte. Après avoir gagné et perdu l'amitié de Françoise, il lui reste encore la satisfaction de recevoir la visite de son neveu Jean-Claude, accompagné ou non de sa femme et de leur fils. Avec une bonne nourriture, un bon chauffage, des voisines qui, si elles ne sont pas toutes bonnes, ne sont pas non plus toutes mauvaises, elle se sentirait presque heureuse, par moments, si elle avait seulement son tilleul du soir.

Docilement, le petit du briquetier embrasse la « vieille tata » quand on le lui commande ; il lui présente les menus cadeaux, raconte ce qu'il apprend à l'école : la règle de trois, le périmètre, l'imparfait et le futur. Et voici qu'un jour il lui récite une étrange leçon.

Assise au bord de son lit, Mathilde s'apercevait qu'ils ne l'écoutaient ni l'un ni l'autre. Tu vois bien que tu les ennuies, avec tes balivernes d'il y a cent ans ! Laisse-lui plutôt débiter ses histoires de briques. De temps en temps, le père enfonçait le coude dans les côtes de son rejeton. Une fois ou deux, Jeannot ouvrit la bouche, la referma, toussota. Voilà qui était assez clair. Mathilde finit donc par arrêter son prône, et attendit ce qui allait suivre. L'enfant cessa de sourire, toussota encore, sourit de nouveau.

« Vieille tata...

— Oh ! Tu peux m'appeler tata, simplement.

— Vieille tata....

— Bon, comme tu voudras.

— ... j'ai une commission à te faire.

— Ah ! oui ? De la part de qui ?

— De... de lui. »

Et son index désigna le briquetier qui, en ce moment, faisait mine de se chercher des épines dans les doigts.

Drôle d'idée, de prendre son gamin pour interprète ! Est-ce qu'il pourrait pas s'expliquer lui-même ?

« Vas-y. Je t'écoute.

— Il voudrait que tu lui donnes ta maison.

— Ma maison ? Quelle maison ?

— Tu as bien une maison... où que t'étais avant ?

— Au Peyroux ? ... Oui, oui, j'avais une maison.

— Il voudrait que tu la lui donnes, pour y passer ses vieux jours.

— Tiens donc ! Ses vieux jours ! Il y pense bien tôt ! Que je la lui donne, comme ça ? De la main à la main ?

— Puisque tu t'en sers pas ! Puisque tu habites ici, maintenant ! »

Sourd à ce qui se dit à un mètre de lui, mais rouge comme une saucisse, Jean-Claude se presse toujours les paumes pour en tirer des épines. Les briques, c'est plein d'épines. Mathilde sent dans son estomac toutes sortes de sentiments qui remuent.

« Tu comprends, poursuit l'enfant en reprenant son curieux sourire, lui... il est pas riche. Il gagne pas beaucoup d'argent, à la briqueterie. Alors, jamais on pourra avoir une maison à nous, si tu nous donnes pas la tienne.

— Ah ! mais alors ! C'est pas seulement pour ses vieux jours ? C'est pour tout de suite ?

— Ben... peut-être qu'on l'arrangerait, qu'on la réparerait, en attendant. Qu'on irait l'habiter le dimanche, et pendant les vacances.

— Je comprends. »

Elle regarde vers le neveu du miracle. Rien à faire : il demeure obstinément plongé dans ses travaux épineux. Et en elle, toujours cette vinaigrette de sentiments, si bien qu'elle se sent un peu envie de rendre. Alors, elle pose une main sur la tête du drôlet. Une tête rase, doucement râpeuse : celle d'un ourson en peluche.

« Je te félicite. Tu es très bon commissionnaire... Oui, oui, très bon. »

À son tour, elle toussote. Il sourit.

« Et maintenant, moi aussi je vais te charger d'une commission. Tu lui diras simplement qu'il faut que je réfléchisse. La vieille tata, faut qu'elle réfléchisse, rapport à la maison. Et je te donne des bonbons. »

Elle sort la petite réserve ; il puise dedans. Qu'est-ce qu'on dit ? Merci, vieille tata. À la bonne heure. Ils s'embrassent comme si de rien n'était. Puis les deux Membrun s'en vont, le père baissant le nez, le fils mastiquant ses caramels.

Elle y réfléchit toute la nuit, pendant que Mme Sauvagnat récite ses fables. Voilà donc pourquoi il t'est tombé du ciel, ce neveu que tu ne connaissais point ! Comme le corbeau, il t'a vu dans le bec un fromage, et il attend que tu le lâches. Ah ! c'est bien le fils de sa mère Joséphine, qui a toujours eu les yeux plus grands que le ventre ! Rappelle-toi : le jour où l'on enterrait ton pauvre père, elle pleurait le drap neuf : on n'a pas idée d'envelopper un mort avec un drap tout neuf ! Pour pourrir dans la terre, un usagé ferait aussi bien, même avec des trous ! Elle est comme ça, la Joséphine ! Et lui tout pareil. Il te savait cette maison. Peut-être même, avec sa Deux-Chevaux, qu'il est allé la voir en cachette. Alors, le voilà qui se lance dans les sacrifices : les bananes, les biscuits, les oranges, les visites deux fois par mois. Tout ça, avec l'espoir de te dépouiller.

Un moment, la colère l'étouffa et lui remplit les yeux de larmes, comme une moutarde extra-forte. Par la fenêtre, elle voyait briller la lune au-dessus des toits. Ensuite, des sentiments moins aigres recouvrirent les premiers. Il est bien vrai, pourtant, qu'il ne gagne pas gros à la briqueterie, si ce qu'il dit est exact. Pauvre bougre ! Il a pas osé te présenter la demande lui-même, trop timide, au fond, avec ses grosses mains et sa figure cuite. Il a pensé que tu écouterais mieux le petit. Je sais ce que tu espères, Mathilde : que Louis reviendra un jour de sa Côte d'Azur, de ton vivant ou après toi, qu'il s'installera au Peyroux avec sa femme, qu'il habitera ta maison et y élèvera des chèvres. Permets-moi de te dire, ma pauvre, que tu raisonnes aussi bien de la tête que du derrière. Tu le vois, lui, élevant des chèvres ? ... Oui, d'accord, on peut changer de goûts et d'opinions ; mais quand on a mené trente ans des commerces sur la Côte d'Azur, on ne va pas choisir le cimetière de Puy-Guillaume pour s'y faire enterrer. Là-bas, ils ont des cimetières grand luxe. Et puis, en somme, qu'est-ce qu'il a fait, ce Louis, pour mériter ton héritage ? À part naître de tes entrailles. Est-ce qu'il t'offre le moindre secours ? Tandis que ce pauvre Jean-Claude prend quand même la peine de venir t'apporter des *Petit Lu.* Depuis plus de six mois, tu lui fais perdre son temps et user ses pneus ; pourquoi n'aurait-il pas droit à une récompense ?

Pour finir, sa jumelle lui donna un conseil : Réfléchis bien, ma chère, avant de dire non. Réfléchis bien.

Depuis longtemps, la lune avait quitté le champ de la fenêtre. Mathilde s'assoupit au petit matin, tandis que les étoiles commençaient de s'effacer.

XIII

Le conseil municipal se réunit sous la présidence de Chazel pour trouver une solution au problème des corbeaux.

« T'as-t-y l' devis du vétérinel ?

— Oui, je l'ai. Le voilà... Il demande 650 000 francs anciens pour empoisonner toute la commune, en faisant le travail lui-même, sous sa seule responsabilité. Il propose le *H 230*, qui assure une destruction totale et définitive.

— Il a pas besoin de faire le travail. Et nous, alors, à quoi qu'on est bon ? 650 000 francs ! On va pas accepter ce prix-là ! Votez-moi des crédits. Et moi, pour 650 000 francs, je me charge d'empoisonner tout le département !

— Et si tu fais périr aussi les bêtes ? Les vaches, les poules, les cochons, les chevaux ? T'en prends-t-y aussi toute la responsabilité ?

— Pisqu'on connaît le nom du produit... *H*... comment tu dis ?

— *H 230.*

— Bon. Pisqu'on connaît l'empoison, y a qu'à l'acheter chez un droguiste. Et chacun s'arrange pour la placer lui-même sur ses terres, là où ce qu'y a pas de risque pour son bétail. Ensuite, il se fait rembourser la facture par la mairie. Et le vétérinel aura son devis dans le baba ! »

Certains conseillers proposèrent d'organiser simplement des battues aux corbeaux, bien que la chasse fût hermétiquement fermée : à situation exceptionnelle, mesures exceptionnelles. D'autres parlèrent de disposer sur les arbres les plus fréquentés par ces oiseaux des charges d'explosif : la déflagration leur ferait péter les poumons, et ils tomberaient raides morts. D'autres suggérèrent des pièges, cent mille pièges éparpillés. En attendant les corbaques poursuivaient leurs ravages.

Ils devinrent bientôt une affaire publique qui divisa l'opinion. Naturellement, tous les agriculteurs se montrèrent favorables à la destruction. Chez les autres, se forma un courant contraire pour protéger les volatiles. M. Robinet, l'instituteur écologiste, en prit la tête :

« De même que la nature a créé l'âne, la vache, le cochon, elle a créé le corbeau. Si nous permettons que les nôtres soient supprimés, nous rompons l'équilibre naturel. »

Et il racontait à ses élèves l'histoire de ce roi de Prusse irrité contre les étourneaux qui viennent manger les cerises de son jardin. Il charge un jour ses serviteurs de les détruire. L'année suivante, les cerisiers envahis par la vermine ne donnent plus de fruits.

« Croyez-moi, si les corbeaux sont parmi nous, c'est qu'ils ont leur utilité. Il faut, mes enfants, que vous preniez leur défense. Montrez à vos parents qu'ils se trompent. Empêchez-les de massacrer ces oiseaux. Préservez l'environnement d'Entraygues et nos récoltes futures. »

Les écoliers s'élancèrent dans toutes les directions pour répandre la bonne parole.

En juin, eut lieu le renouvellement des assemblées municipales. Deux équipes se disputaient les suffrages entraygois : une *Liste de Défense des Intérêts Communaux*, dont Chazel portait la bannière ; et une *Liste Républicaine et Sociale*, animée par l'horloger Méravil.

Le dimanche matin, les pensionnaires du *Doux Repos* eurent la surprise de trouver dans la cour le car du ramassage scolaire, mis ce jour-là à leur disposition.

« Tous aux urnes ! vociférait Gidon, le chauffeur, beau-frère d'un conseiller sortant. Le transport est gratuit ! Profitez-en ! Tous aux urnes ! C'est votre droit et votre devoir ! »

Beaucoup de pantouflards ne comprenaient rien à cette nouveauté, et se demandaient les uns aux autres ce que vendait ce camelot. Ils finirent par lui poser la question :

« En somme, qu'est-ce que vous vendez ?

— Rien du tout ! Je donne ! »

Et il distribua des bulletins où figurait la *Liste de Défense des Intérêts Communaux*. Vous n'êtes pas obligés de la mettre dans l'urne. Vous en trouverez une concurrente dans la salle de vote. Mais vous devez savoir si vous voulez oui ou non le maintien d'un maire et d'un Conseil qui se donnent tant de mal pour vous faire plaisir. Rappelez-vous l'arbre de Noël, la centenaire et tout le reste. Alors, vous montez ou vous ne montez pas ? Je vous ai déjà dit que le voyage est à l'œil, aller et retour. Ça vous fera toujours une petite sortie. En voiture ! En voiture ! N'oubliez pas votre carte d'électeur.

Eux finissaient par se laisser convaincre. Il acceptait les boiteux, les unijambistes, les paralytiques sur le dos des valides. À regret, il devait renoncer aux agonisants. Il alla chercher lui-même Charvillat, le cul-de-jatte, quand il sut que sa voiturette était en panne ; il le saisit et l'apporta entre ses bras, comme un vase de géraniums.

Devant la mairie, galamment, Gidon tendait la main aux rentières, les aidait à descendre, les poussait vers la salle de vote. Perdez pas le bulletin. À moins que vous ne vouliez changer. Changer ? Pourquoi changer ? Autant Chazel qu'un autre.

Un cas se présenta pour Mme Sauvagnat, aveugle.

Gidon la prit à part et insista :

« Les aveugles ont le droit de vote comme les autres.

— Comment je voterais, sans voir clair ?

— Suffit que vous vous fassiez assister par une personne de confiance.

— J'en ai pas, de personne de confiance.

— Qu'à cela ne tienne : la mairie peut vous en fournir.

— Me fournir une personne de confiance ?

— Certainement. Nous en avons plusieurs. Assermentées et tout. Par exemple, vous demandez Marchepoil, le garde champêtre. Il se fera un plaisir de vous aider.

— Vous croyez ?

— J'en suis sûr. »

Tout se passa très bien. Dans la salle de vote, Marchepoil se donnait un mal fou pour accueillir les pantouflards. Il prenait sous une aile les plus impotents, les faisait passer devant les deux piles de bulletins :

« La première, expliquait-il doucement, est celle de M. Chazel. La seconde, celle des autres. Servez-vous... Mais peut-être vous êtes déjà servi ? ... Dans ce cas, prenez seulement une enveloppe. »

Il les accompagnait jusqu'aux isoloirs, les récupérait à la sortie, les pilotait vers l'urne :

« Présentez d'abord votre carte.

— *Ernestine Valade*, lisait l'assesseur.

— Maintenant, fourrez l'enveloppe dans la fente. Non, pas la carte, l'enveloppe.

— A voté !

— Vous pouvez retourner vers le car. »

C'est avec beaucoup de tact qu'il prit en charge Mme Sauvagnat.

« Je sais pas pour qui je dois voter, avoua-t-elle. On m'a dit que vous étiez une personne de confiance. Alors, qu'est-ce que vous me conseillez ?

— Ah ! Madame ! Vous êtes entièrement libre !

— Je le sais bien, que je suis libre. Mais ça ne vous empêche pas de me donner votre avis.

— Vous désirez savoir ce que je ferais, à votre place ? Voilà une question délicate !

— Je ne voudrais pas commettre une erreur, qui ensuite me porterait tort.

— Je vous comprends. Êtes-vous satisfaite du *Doux Repos* ? Bien logée ? Bien nourrie ? Bien chauffée en hiver ? Bien soignée ?

— Ma foi...

— Dans ce cas, puisque vous êtes satisfaite, gardez donc M. Chazel. Vous avez déjà son bulletin entre les doigts. »

La *Liste de Défense des Intérêts Communaux* fut entièrement réélue. Quoique son nom eût été rayé de très nombreuses fois par les partisans de son équipe, Chazel conserva son fauteuil de maire. Malgré sa faible vue, la centenaire, Mme Escorias, avait voté aussi. Ce fut son dernier scrutin : elle s'éteignit quelques jours plus tard. Brisée par toutes ces émotions, prétendirent les mauvaises langues.

« Ben, constata-t-on généralement, elle n'aura pas profité longtemps de sa télévision ! »

Quant à Mathilde Dutheil, elle n'eut pas à se poser de questions. Ce début de juin se montrait exceptionnellement froid : on se serait cru en février. Le vendredi matin, quand elle voulut se lever, une faiblesse la prit, elle tomba sur les genoux. Mme Sauvagnat, entendant le bruit, demanda :

— Qu'est-ce qui se passe ? ... Vous avez renversé quelque chose ? »

Mathilde ne trouvait pas le souffle de répondre, si bien que la voisine ne s'occupa plus d'elle. C'est l'aide soignante, Mme Dosgilbert, qui la ramassa et la remit dans son lit. Elle haletait de fièvre.

Quelques heures plus tard, le docteur Baraban passa l'examiner. C'était un homme rapide, habitué aux consultations de masse. Il lui posa une main sur le front, lui scruta le fond de la gorge, lui tâta le pouls, lui fit tirer la langue. Tout cela sans même la découvrir.

« Un coup de froid. Pénicilline. Restez au chaud. Dans trois jours, ce sera fini. »

Lui, il eut fini en trois minutes.

Elle réclama une couverture supplémentaire. En fait, on lui apporta un édredon rouge sous lequel elle se pelotonna, bien décidée à guérir. Elle n'avait guère la force de parler ; mais ses pensées fonctionnaient encore. La peste asiatique t'a ratée, et maintenant, voilà autre chose ! Tiens bon : faut que tu règles tes affaires. Un testament. Voilà la solution, pour cette maison que le neveu t'a demandée. Sitôt que tu pourras mettre un pied devant l'autre, tu écriras ton testament. Tu feras appeler Me Chadeyras, de Puy-Guillaume. T'as pas le droit de partir avant. Alors, cramponne-toi.

Les vieilles marmites ! Le dimanche, elle retrouva la parole. Dans la maison, on allait, on venait, comme si tous les rentiers jouaient aux quatre coins.

« C'est les élections, expliqua Mme Dosgilbert. Tout Entraygues est sens dessus dessous. »

Mathilde se réjouit d'échapper à la cérémonie. Pour qui tu voterais ? Hein ? Dis-moi donc un peu pour qui tu voterais, vieille bête, qui as jamais rien compris à la politique ! Elle avala du potage et un peu de compote. Puis, elle se plaignit de l'édredon :

« Qu'est-ce qu'il a, cet édredon ? Il est trop lourd ?

— Non. Il m'empêche de voir clair.

— De voir clair ? Et que diable voulez-vous voir ?

— Les choses. Ce qu'il y a. Tant que j'aurai des yeux, je veux m'en servir.

— Quelles choses ?

— La lune, par exemple.

— La lune ?

— Oui. La nuit, quand je dors pas, nous nous regardons à travers la fenêtre, elle et moi. »

Mme Dosgilbert s'en alla en haussant les épaules, mais sans emporter l'édredon. Celle-là, avec toute sa vertu, se dit Mathilde, ne vaut pas la pauvre Françoise.

La *Liste Républicaine et Sociale* de l'horloger Méravil comptait parmi ses membres l'instituteur Robinet et parmi son programme la « préservation de l'environnement et de l'équilibre naturel ». Une fois Chazel et les siens réélus, les corbeaux s'attendirent au pire. On les vit se rassembler en congrès, couvrant une surface de plusieurs hectares afin, sans doute, d'envisager une tactique de résistance ; après quoi — croâââ ! croâââ ! croâââ ! — ils décidèrent, pour commencer, de prendre des forces en se jetant sur les récoltes dépendant de la *Liste de Défense des Intérêts Communaux.* Il se trouvait en effet que l'équipe au pouvoir se composait presque exclusivement d'agriculteurs, l'équipe battue uniquement de Jean-sans-Terre.

La guerre corvine se développa, ardente et noire, opposant les voisins aux voisins, les familles aux familles, le frère au frère, le père à ses fils. C'est alors que Robinet décréta la mobilisation générale des forces dont il disposait : les enfants. Pendant des semaines, il les intoxiqua de propagande :

« Le sol de notre petite Patrie est en danger ! Les conseillers municipaux ont décidé d'empoisonner la faune et la flore, sous prétexte de détruire quelques corbeaux en excès ! Qui retiendra les autres animaux de goûter aux appâts ainsi répandus ? D'ici peu, non seulement la commune n'aura plus de corbeaux, mais elle verra disparaître tous les oiseaux, merles, pies, bouvreuils, rouges-gorges, moineaux, mille espèces qui enchantaient nos jours et nos nuits. Disparaître les insectes : abeilles, papillons, hannetons, cerfs-volants, fourmis, cigales, sauterelles, criquets, perce-oreilles. Disparaître aussi, naturellement, escargots, limaçons, lézards, taupes, rats des champs... »

Beaucoup de ces bestioles étaient le gibier des enfants. Ou des compagnons de jeu. D'autres peuplaient les poésies, les fables, les chansons dont le maître les bourrait : *Monsieur le Merle à son réveil... Maître Corbeau sur un arbre perché... Limaçon, limaçon, sors de ta coquille... La cigale ayant chanté... Saute, saute, sauterelle...* Après leur disparition, tout cela n'aurait plus aucun sens. Les élèves de M. Robinet pleurèrent, se mouchèrent, s'essuyèrent les yeux, jurèrent de combattre pour empêcher le génocide. Mot d'origine grecque signifiant massacre d'une race. Insecticide, massacre des insectes.

Fils de terriens ou fils de fonctionnaires, conscients de leur rôle historique, ces jeunes partisans se répandirent dans les campagnes, relevant les appâts et les enfermant dans des sacs, désarmant les pièges, affrontant les tueurs de Chazel :

« Assassins ! Génocides ! Corbicides ! Insecticides ! Escarguicides !

— De quoi je me mêle ? répliquaient les empoisonneurs. Toi, là-bas, Maurice, je te reconnais ! Je le dirai à ton père ! Les fesses te cuiront !

— Merlicides ! Raticides ! Lézaricides ! Taupicides !... »

Des paroles, les enfants passaient aux actes : ils ramassaient des pierres, les jetaient à la tête de l'ennemi qui fuyait en criant :

« Je porterai plainte ! Je vous dénoncerai à la gendarmerie ! À la mairie ! À la préfecture !

— Cigalicides ! Moinicides ! Papillonicides ! Abeillicides !... »

Ainsi, peu à peu, toute la population d'Entraygues et de l'arrondissement, pour ou contre, s'intéressa au sort et au bonheur de l'espèce en question.

Ses défenseurs formèrent une association régie par la loi de 1901 : l'ADC (les Amis des Corbeaux.)

Elle distribua des affichettes autocollantes destinées aux vitres des voitures :

DÉFENDEZ NOS CORBEAUX !!!

Au-dessous, un dessin représentait tous les gars du monde se donnant la main et formant un cercle protecteur autour d'une famille corbaque, tandis que des horizons s'avançaient des péquenots armés de fourches et de fusils.

On fit des quêtes dans la rue :

« Pour nos chers corbeaux, s'il vous plaît ! »

Des manifestants promenèrent des pancartes :

NOS CORBEAUX AUSSI,
LAISSEZ-LES VIVRE !!!

Tandis que des jeunes gens — probablement gauchistes — scandaient un slogan, sur l'air habituel :

« Nous sommes tous... des corbeaux !... Nous sommes tous... des corbeaux !... Nous sommes tous... des corbeaux !... »

XIV

Parmi tous les idiots, grands ou petits, qui pantouflaient à la Maison d'Entraygues, Lalouette était certainement un des mieux servis. On ne savait rien de lui, car il ne parlait pas, sans cependant être sourd. Certains prétendaient que sa mère avait coutume de l'emporter aux champs, dans ses langes, de le déposer sur un tas d'herbe fraîche, à l'ombre d'un arbre, tandis qu'elle piochait autant qu'un homme. Et un matin qu'il dormait ainsi, la bouche ouverte, une buse était tombée du ciel et lui avait mangé la langue.

C'était un garçon doux, l'œil tendre et humide. Quand elle passait près de lui, Françoise avait coutume d'effleurer sa nuque en chantonnant :

Lalouette, gentil Lalouette,
Lalouette, je te plumerai...

Il répondait par un grognement, en ouvrant son four vide et noir : sa manière de sourire. Il se serait laissé plumer sans résistance, car une de ses folies consistait à donner le peu de bien qu'il possédait. Les profiteurs de sa prodigalité ne manquaient point :

« Lalouette, tu me refiles ton morceau de viande ? ... Lalouette, tu me passes tes cigarettes ? »

Il aurait donné ses chaussures, sa chemise, ses culottes si elles avaient tenté qui que ce fût. Pour donner ainsi, il faut vraiment être idiot. Savez-vous ce qu'on devrait faire ? suggéraient les malicieux. Le marier avec Mauricette ! À eux deux, quelle belle race ils engendreraient ! Pressentie, Mauricette ne se montra pas favorable : elle s'accommodait d'un célibat que remplissaient assez soixante-quinze poupons.

Lalouette était un des souffre-douleur préférés de la gaminaille entraygoise. Des petits paladins de la corbaquerie. Sitôt qu'il s'aventurait hors de l'asile, avec sa canne sinueuse, sa démarche flottante, sa casquette de travers, ses pieds en dedans, comme si l'un surveillait l'autre, les morveux jaillissaient de leurs tanières, l'entouraient en chantant :

Lalouette a pas de femme !
On lui en f'ra une en paille,
Et en carton pour la tête :
C'est la femme à Lalouette.

À tour de rôle, ils s'élançaient vers lui, s'efforçaient de lui tirer la veste par-devant ou par-derrière, de lui botter le train, de faire voler sa coiffure, de lui crocheter les pattes. Il baissait le front, faisait mine de foncer vers eux, comme s'il avait eu des cornes. Tu aurais cru une de ces vaches fleuries qu'on enferme par jeu entre des palissades : pour montrer leur audace, les jeunes gens la taquinent et lui chipent ses rubans. Quelques badauds se mettaient aux fenêtres ; ils regardaient la corrida avec un sourire amusé.

Vint le temps des premiers fruits. Les rentiers roublards suggéraient à Lalouette :

« Ho, Lalouette ! Tu nous paies des cerises ? »

On lui savait un peu d'argent de poche, rente parcimonieuse de son héritage. Comme on ne tenait pas à ce qu'il se fît dépouiller par les vauriens, un garde du corps l'accompagnait : Lulu, de préférence, toujours volontaire pour ce genre de missions. Devant l'étalage de Mme Ladoux, le muet tendait l'index vers les plus rouges : « Hou.

— Des cerises ? À quatre francs ?

— Hou.

— Combien ? Une livre ?

— Hou.

— Il dit : un kilo, traduisait Lulu.

— Un kilo ?

— Hou. »

Protégé et protecteur revenaient tranquilles vers *Le Doux Repos*, les paladins n'osant les attaquer. Comme ils arrivaient dans la cour, les clients habituels de Lalouette accouraient de toutes parts. Alors commençait la distribution : deux cerises à chacun. Très vite, les bénéficiaires se les fourraient dans la bouche. Elles se trouvaient ainsi à l'abri des mains maraudeuses. Les queues sortaient. Ils les gardaient au chaud un long moment, pour les faire durer, sachant qu'après elles il n'en viendrait pas d'autres. Lalouette se contentait des deux dernières : lui les balançait en riant devant ses yeux, ne se décidant pas à les engouffrer.

Plusieurs semaines s'écoulèrent avant que Mathilde ne revît son neveu briquetier. Peut-être qu'il n'osera plus se montrer, après la réponse que tu lui as faite, vieille calamastre. Et maintenant, plains-toi de ne jamais recevoir de visites ! Plains-toi, je te le conseille ! Comme elle n'avait cependant pas dit non, elle espérait qu'il reviendrait quand même. L'odeur du lard attire les rats. Elle avait honte pour lui d'un retour qui n'aurait que ce motif, et pour elle qui accepterait quand même de le recevoir. Satisfaite de son avidité. Plutôt un neveu avide qu'aucun neveu du tout.

Il revint en effet, son paquet de *Petit Lu* sous le bras. Seul, sans le commissionnaire, comme s'il avait voulu montrer qu'il pouvait se passer d'interprète. Elle ne souligna point cette absence. Quand il eut parlé du temps, donné des nouvelles de sa famille et du commerce des briques, il se racla la gorge et commença :

« Hm... tante Mathilde, faites pas attention à ce qu'on a dit la dernière fois.

— Qu'est-ce qu'on a dit ?

— À propos de votre maison. L'idée m'était venue, comme ça. Mais c'était pas une bonne idée. Vous avez un fils ; c'est à lui qu'elle revient, quand vous aurez disparu.

— T'occupe pas de mon fils. Il est trop riche pour avoir besoin d'héritage. Mon bien, je peux en disposer à mon plaisir.

— Si c'est comme ça que vous voyez les choses...

— Vivante, je me dépouille de rien. Mais je ferai mon testament ! Et ceux qui se seront montrés gentils pour moi auront pas à le regretter ! Voilà ce que je dis !

— Ma foi... ma foi... »

Visiblement, il hésitait entre le contentement et la déception. Si la vieille tata lui parlait de la sorte, c'est qu'elle pensait le payer de ses visites et de ses gâteaux secs. Mais il comprenait en même temps que le paiement se ferait attendre. Pour mieux ferrer la carpe, il jugea bon de protester :

« Croyez surtout pas que je viens vous voir pour que... vous me comprenez ? ... C'est par amitié, uniquement...

— Te tracasse pas non plus là-dessus : je sais ce que je dois croire.

— Pardi !

— D'ailleurs, un testament, c'est comme une chaussette : ça se fait, ça se défait. »

Image qui le plongea dans la perplexité. Qu'est-ce qu'elle raconte, avec sa chaussette ? Ça a pas de sens. Elle devient rabuseuse. Elle sait plus ce qu'elle dit. Il espéra qu'elle préciserait sa pensée ; mais elle n'en fit rien, se contentant de l'épier du coin de l'œil, d'un air malicieux. Quand il décida de partir, une heure plus tard, elle le vit si tourmenté qu'elle l'accompagna jusqu'à la porte :

« Rappelle-toi ce que je t'ai dit !

— Qu'est-ce que vous m'avez dit ?

— À propos de ceux qui seront gentils pour moi.

— Oui, oui, je me rappellerai.

— À bientôt ?

— À bientôt. »

Elle le regarda s'en aller vers sa Deux-Chevaux.

D'habitude, il marchait sans se retourner, puis, làbas, allumait une cigarette avant de s'installer dans sa voiture. Ce jour-là, il la gratifia d'un salut du bras supplémentaire.

Elle tint à se mettre en paix avec elle-même.

« Est-ce que vous pourriez, ma mignonne, demanda-t-elle au secrétariat, téléphoner à Me Chadeyras, de Puy-Guillaume, pour qu'il vienne me voir ? Je payerai la taxe, naturellement. »

Le notaire débarqua donc un matin au *Doux Repos*, avec sa pipe et sa serviette. La rencontre eut lieu dans le salon d'honneur.

« Bonjour, madame Dutheil ! Il y a bien longtemps que nous ne nous sommes vus !

— Vous devez me trouver bien changée ?

— Je vous trouve surtout bonne mine. »

Tous les mêmes, ceux de l'extérieur, avec leur bonne mine ! Toi, par contre, mon bonhomme, qu'elle se disait, tu es bien toujours pareil ! Avec ton menton en galoche et ta barbiche, tu ressembles de plus en plus au bouc de Jouquet, à qui j'amenais mes chèvres quand j'habitais le Peyroux. Et tu pues quasiment autant, à cause de ta bougresse de pipe !

« La fumée ne vous dérange pas ? s'enquit-il, pour la forme.

— Alors, comme ça, vous avez pris la peine de venir ? fit-elle, évitant de répondre. Je vous suis bien obligée.

— Le métier commande, madame Dutheil. En quoi puis-je vous servir ?

— Question testament.

— Sage précaution, madame Dutheil. Sage précaution ! Je vous reconnais bien là !

— Expliquez-moi ce que je peux faire. »

Avant de l'appeler, elle avait sa petite opinion à elle. Quand il eut parlé — dix minutes d'horloge ! — moitié français, moitié latin, et un peu turc de temps en temps, le cujusse, le légataire universel, la quotité disponible, l'indivision, le réservataire, et encore le cujusse, la représentation, l'olographe, et toujours le cujusse, elle se sentit aussi abasourdie que s'il avait passé ce temps à jouer du tambour. Il appelait ça « expliquer » ! Si bien qu'à la fin elle sortit son grand mouchoir à carreaux et se moucha dedans avec un bruit de trompette, plusieurs fois de suite, avec l'espoir que ça l'arrêterait. Il s'interrompit en effet. Dès qu'il voulut repartir, elle se moucha encore.

« Excusez-moi, fit-elle. Ces jours-ci, j'ai les tuyaux de la tête bouchés. Je crois que je vous comprends pas bien.

— En somme, que souhaitez-vous, madame Dutheil ?

— J'ai un neveu, à qui je voudrais laisser ma maison. C'est-y possible ?

— Vous avez aussi un fils vivant, n'est-ce pas ?

— Oui... vivant... je l'espère, si le bon Dieu veut.

— Eh bien, vous pouvez disposer librement de la moitié de vos biens. Si la maison ne représente pas plus de la moitié de ce que vous possédez, vous pouvez la léguer à ce neveu. Avez-vous d'autres biens, mobiliers ou immobiliers ?

— Ben... y a les meubles. Mais j'aimerais qu'ils restent dans la baraque. J'ai aussi quelques économies, à la Caisse d'épargne, si je les dépense pas avant de mourir. Et enfin, deux terres, sur la colline du Peyroux, entre la Pique et la Grande-Goutte, où doivent en ce moment pousser les genêts.

— Croyez-vous que l'ensemble de tout ça vaille autant que la maison ?

— Je sais pas. Je me rends pas compte.

— Pas de dettes ? »

Elle se sentit rougir, comme s'il lui demandait : avez-vous les pieds sales ?

« Non, non, pas de dettes. J'ai jamais su ce que c'est qu'une dette.

— De toute manière, rien ne vous empêche de faire ce legs par testament. Au décès du *de cujus*...

— Qu'est-ce que c'est, le cujusse ?

— Vous.

— Moi, le cujusse ?

— Donc... quand vous en viendrez... à quitter ce monde, vos deux héritiers, le neveu et le fils, se débrouilleront entre eux. Si le fils se trouve lésé, il demandera, à l'amiable ou en justice, une indemnité compensatoire.

— Oh ! Je le connais ! Il est tellement riche, maintenant, qu'il ne demandera rien du tout ! Ma bicoque ne l'intéresse pas.

— Vous avez sans doute raison. »

Elle lui remit ses titres de propriété, il promit de revenir prochainement avec un texte qu'elle recopierait de sa main et signerait.

Une belle page d'écriture, nom de gueux !... *Je soussignée, Mathilde Dutheil, née Membrun, veuve de Pierre Dutheil mort pour la France... saine de corps et d'esprit... déclare pardevant Maître Chadeyras Simon, notaire à Puy-Guillaume... vouloir léguer à mon neveu Jean-Claude Membrun...*

« Ces dispositions, confirma-t-il, vous pourrez à tout moment les annuler ou les modifier. »

Quand tout fut écrit, signé, paraphé, tamponné, elle en fit la révélation à son neveu de la briqueterie :

« Ces jours-ci, j'ai rédigé mon testament, par-devant notaire.

— Ah ! oui ?

— Ainsi, j'ai rempli mon devoir de cujusse. Il reste aux autres à remplir le leur. »

Il la considéra fixement, de ses yeux éberlués :

« Qu'est-ce que ça veut dire, ça ?

— Ça veut dire ce que j'ai dit.

— C'est-y par hasard que vous m'auriez fait donation de votre maison ?

— Pas impossible. Qui vivra verra. Qui donnera, recevra. Comme on fait son lit on se couche. »

Il glissa une main sous sa casquette et se gratta le crâne.

« J'aimerais mieux savoir, insista-t-il. Au moins pour vous remercier.

— Me remercie pas. Tu sauras, quand je serai morte. »

Le lundi de Pentecôte, fidèle à sa promesse, le docteur Berthomieux descend de sa voiture au milieu d'Entraygues. Une DS dernier modèle ; mais il a pris soin de conserver la boue et la poussière qui l'enrobent pour en atténuer le lustre. En certaines circonstances, il vaut mieux ne pas trop briller. Les badauds du voisinage se posent quand même des questions. Le caducée, 03 : un médecin de l'Allier. Qui ça peut-il être ? Quelque spécialiste appelé en consultation ? Tout de même pas le fils d'un pensionnaire, avec le pognon qu'il gagne ! Sait-on jamais ? On trouve de tout monde au *Doux Repos* : une comtesse dédorée, un avocat, un ancien ténor du Châtelet, des instituteurs, une garde-barrière, des commerçants, un retraité du chômage.

On avertit Berthomieux que quelqu'un le demande au salon d'honneur. Les cloches sonnaient ce matin : Pentecôte ! Pentecôte ! Alléluia ! Alléluia ! Quel grand jour ! Quel heureux jour ! Sa mère, paysanne des Combrailles, prétendait que les pivoines choisissent la Pentecôte pour s'ouvrir ! Il descend précipitamment de son étage, sûr de trouver au rez-de-chaussée tout un parterre de Berthomieux, grands et petits. Son cœur en lui s'étale comme une pivoine ouverte. Du dernier palier, il reconnaît son fils, carré dans un fauteuil, avec ce visage plein sans replétude, ces lunettes sévères, ce début de calvitie qui inspirent confiance à la clientèle. Il s'élance, prend possession de lui, le serre dans ses bras convulsifs. Le docteur lui tapote le dos, faisant là, là, là ! Le geste professionnel dont il calme les patients trop nerveux. Le vieux a honte de son émotion, et reste un moment la tête cachée contre la joue de son fils.

Enfin, ils se séparent.

« Le beau groupe que nous formions ! dit le Vichyssois, avec un petit rire. Ça méritait une photo !

— Les autres... sont restés dehors ?

— Quels autres ?

— Ta femme, tes enfants ?

— C'est-à-dire, je... j'ai voulu venir d'abord tout seul.

— Tout seul !

— Comprends-moi, je vais t'expliquer. Je connais ce milieu : les asiles... les maisons de retraite. Tu penses bien, ce n'est pas la première fois que j'ai l'occasion de me mêler à leur population. Tous ces pauvres vieux, ces tordus, ces monstres, ces demi-fous, ces fous complets, drôle de spectacle à mettre sous les yeux de deux gosses qui n'ont encore que trois et cinq ans ! Bref : j'ai craint de les traumatiser. Je sais de quoi je parle : n'oublie pas que j'ai fait une année de pédiatrie ! Alors, je préfère attendre encore un peu, avant de les amener ici.

— Mais... je pouvais les rencontrer dehors ! Au café ! Dans le jardin public !

— On voit bien que tu connais mal mes petits diables ! Curieux comme des furets ! Ils auraient voulu visiter ta maison, ta chambre, et tout le toutim. Non, sincèrement, je crois plus raisonnable, pour leur santé morale et physique, de leur épargner le plus longtemps possible la vue de certaines horreurs. Les impressions du premier âge ont une importance énorme sur l'évolution de la personnalité. Toi, le grand-père, tu dois avoir souci autant que moi de leur équilibre, non ?

— Bien sûr... Bien sûr... »

Il dodeline de la tête et répète mécaniquement :

« Bien sûr... Bien sûr... »

Puis, sans se fâcher, sans devenir pourpre, il dit doucement :

« Et le mien ?

— Le tien quoi ?

— Mon équilibre, qui s'en occupe ?

— Ton équilibre !... Tu ne vas pas... tu ne vas pas comparer... ! »

Le Vichyssois ne précise pas sa pensée davantage : il reste le souffle coupé, la bouche ouverte, les yeux béants d'indignation. De sorte que sa pensée s'y lit comme dans un livre. Tu ne vas pas comparer ta vie et la leur ! Ton importance à toi, homme fini, usé, vidé, et leur importance à eux, boutons de rose, sourires du matin, herbes d'avril ! On ne peut être et avoir été. Tu as eu ta part du festin : laisse la table aux autres. Deuxième service ! Troisième service ! Combien de fois naguère je t'ai entendu répéter : les parents doivent se sacrifier pour leurs enfants ! As-tu oublié tes principes ? Moi aussi je me sacrifie pour les miens : toujours à turbiner comme un bagnard, en pensant à eux, à leur bien-être, à leur avenir dans ce monde difficile où je les lâcherai.

« Alors, dit Berthomieux, il reste une solution.

— Oh ! toi ! Tu as des solutions pour tout ! Des solutions simplistes !

— Tu ne vas pas, des années encore, me priver de la vue de mes petits-enfants ? Est-ce que tu crois que j'ai tant à vivre ? ... Puisque tu refuses de les amener ici, emmène-moi. Prends-moi chez toi quelques jours. À Vichy, y a pas de vieux, pas de débris, pas d'horreurs... Et si tu peux pas m'accepter dans ta maison, paie-moi l'hôtel. Ils ne manquent pas, les hôtels, à Vichy ! Juste une petite semaine !

— Tu plaisantes ? D'abord, en cette période, ils sont déjà pleins ou réservés du grenier à la cave, les hôtels. Ensuite, que dirait-on de moi, lorsqu'on apprendrait que je reçois mon père de cette façon ? Là-bas, je suis connu comme le loup blanc. Puisque tu insistes, une fois achevée la saison thermale, tu viendras chez nous, voilà. »

Et le vieux, n'osant y croire :

« C'est vrai, ça ? ... Pour de bon ? Chez vous ?

— Promis. Une semaine, selon tes désirs.

— Une semaine en votre compagnie ?

— Mais oui ! N'insiste pas, voyons ! »

Pentecôte ! Pentecôte ! Alléluia ! Alléluia ! Quel jour heureux ! Comme elles avaient raison de s'ouvrir cette journée-là, les pivoines de la Combraille !

XV

Mme Issartier et Mme Valade, deux voisines de Mathilde, menaient bon train leur championnat de maladies. Il fallait bien qu'en fin de compte l'une d'elles l'emportât. Et la palme est revenue à celle qu'on croyait la moins douée. Une nuit, les insomniaques de Saint-Paul entendent une sorte de gémissement :

« Non, non !... Pas toi !... Pas toi !... Pas... toi ! »

Et au matin, on trouve Mme Valade déjà raide, dans son lit, les yeux béants, la bouche ouverte, les mains écarquillées, comme si elle voulait repousser l'embrassade de quelque audacieux.

« Encore une qu'est passée comme une lettre à la poste ! conclut la greffière de l'autre compartiment. C'est pas moi qui aurai cette chance ! »

Deux hommes en tablier blanc pénètrent dans les lieux, s'emparent de la particulière, la roulent dans son drap comme un poisson dans la farine. Ah ! On peut dire qu'ils ont le tour de main ! Poussant leur chariot, ils traversent la cour fleurie en direction du dépositoire, et bavardent tranquillement comme s'ils revenaient de la pêche :

« ... J'ai vu le match à la télé. Minables ! Minables !... Si nos gars sont pas capables de taper dans un ballon, pourquoi qu'ils jouent pas au ping-pong ?

— Non. Pasque le ping-pong est un jeu trop correct : il donne pas l'occasion d'envoyer des coups de pied en vache !

— Ah ! j'te jure ! Ça m' fait mal aux tripes, de voir ça ! »

Cependant, les tripes de Mme Valade tressautent doucement sous le drap, aux légers cahots de la charrette. Les pantouflards qui la voient rouler devinent la nature du chargement :

« Encore un — ou une — qui n'a plus mal aux dents. Lulu va y gagner des pourboires. »

En ouvrant les yeux, Mathilde constate de l'agitation. Mme Dosgilbert vient et va, emporte des brassées de vêtements et de linge. Privée de sa partenaire, Issartier sanglote à petits hoquets.

« Qu'est-ce qui se passe, donc ?

— Notre voisine, Mme Valade, est défuntée, explique la Sauvagnat. On l'a déjà enlevée.

— Par exemple ! Dire que je me suis aperçue de rien ! Pour une fois que j'ai dormi un peu tard !... J'irai lui jeter de l'eau bénite.

— Vous lui en jetterez pour moi. »

Le dépositoire est un sous-sol tout en longueur, qu'éclairent aussi mal que possible deux soupiraux. Pénombre et fraîcheur. Une porte latérale doit donner accès aux caves où l'on conserve le vin, les pommes de terre, les fromages. Une légère odeur de saint-nectaire se mêle au formol prépotent. Cinq lits alignés : on a prévu largement. Les besoins cependant devaient dépasser les prévisions à l'époque de la grippe asiatique. Mme Valade occupe le premier, les mains réunies sur la poitrine, la mâchoire calée par une boîte d'allumettes vide, plus discrète que ce mouchoir noué sur le crâne, qui donne aux défuntés l'air de revenir de chez le dentiste. Sur une tablette, un verre où trempe un rameau de buis. Mathilde le secoue légèrement sur le corps. Elle récite mentalement un *Notre Père* et un *Je vous salue.* Puis, elle secoue une deuxième fois le rameau mouillé, au nom de Mme Sauvagnat.

Personne n'est là pour faire à la morte un peu de compagnie. Sur trois cents pensionnaires, sans compter le personnel ! Pas même Issartier. Toi seule, ma pauvre. Voilà ce qui t'attend aussi, quand le bon Dieu voudra. Comme elle a l'air triste, de se voir abandonnée dans cette cave ! J'espère qu'au moins y a pas de rats ! Manquerait plus que ça : qu'ils viennent lui ronger les oreilles !

Mais elle se trompe. Au moment où elle se lève de sa chaise pour partir, la porte s'ouvre, et entre un gros homme. Lulu !

« Je viens veiller cette chère Mme Valade, en attendant l'arrivée de la famille. »

Il s'est muni de journaux, Mathilde ne répond pas ; mais elle ne peut s'empêcher de regarder la figure de ce particulier, bourgeonnante comme un chou-fleur. Son tour venu, c'est lui qui sans doute la veillera, en lisant le journal. Et il déclarera au neveu Membrun, aux deux ou trois pelés qui voudront bien suivre son enterrement :

« Cette chère Mme Dutheil ! Nous l'aimions bien, tous ! Si aimable ! Toujours de si belle humeur ! Ah ! Je lui ai rendu de grands services ! Naturel ! Pour moi, elle était une seconde mère !... »

La Valade est partie. Tout Saint-Paul attend avec inquiétude l'arrivée de sa remplaçante, qui ne saurait tarder : on ne va pas laisser ce lit sans occupante, alors que les candidates font la queue. Pourvu que ce ne soit pas une mauvaise femme ! Ni une folle ! Ni une sale ! Ni une orgueilleuse !

Mme Issartier combat ses douleurs en silence, humiliée, au fond, de devoir reconnaître que sa rivale avait plus qu'elle raison de se plaindre ; la greffière continue de houspiller la Tournadre, son esclave ; la Sauvagnat attend que son fils, l'ex-premier comptable, ait découvert l'appartement qui lui permettra de la prendre ; Mathilde s'étonne de se trouver la plus vieille de la compagnie, de constater qu'une fois encore la Mort a frappé à la porte à côté, comme si elle l'oubliait. Puis elle se reproche ces pensées. Qu'est-ce que tu as à critiquer le bon Dieu, qui n'a besoin ni de tes étonnements ni de tes conseils ? Jusqu'au dernier instant, tu resteras la même grincheuse !

Le 14-Juillet arrive à point pour leur changer les idées. Entraygues pavoise. Le ciel pavoise aussi. Les pantouflards valides se répandent dans le bourg pour assister au défilé. Ils regardent de tous leurs yeux. Adossés aux murailles. Assis au bord des trottoirs. Pliés sur leurs cannes. Les pompiers marchent en tête, avec leur drapeau, le fracas de leurs tambours et de leurs clairons. Derrière, les Puissances : Chazel et son Conseil. Enfin, les majorettes. Car Entraygues a maintenant ses majorettes, coiffées de shakos en carton. Une douzaine de gamines qui lèvent la jambe en cadence et manœuvrent une canne enrubannée. Les vieux bavent en regardant ces cuisses roses.

Tout à coup, une chose terrible se produit : Mauricette passe à l'action. On ne sait comment elle a accepté ce jour d'abandonner sa progéniture. Voici qu'elle s'élance derrière les hussardes entraygoises, retrousse à pleines mains ses cotillons, aussi haut que possible, se met à défiler à leur suite en s'efforçant de lever la jambe de la même façon :

un, deux, trois, quatre... un, deux, trois, quatre... Des spectateurs applaudissent, d'autres se tordent de rire. Les pantouflardes crient avec indignation :

« Veux-tu te cacher, vieille sale !... Tu as oublié de prendre des culottes ! »

Les mères de famille mettent la main sur les yeux de leurs enfants. Appelez le garde ! Le garde-champêtre ! C'est inadmissible ! Attentat à la pudeur ! Drôle de 14-Juillet ! On n'a jamais vu une chose pareille ! Oh ! mais si ! On l'a vue bien souvent ! De quoi parlez-vous, espèce de cochon ? Ben, ma pauvre dame, vaut mieux voir ça que d'être aveugle.

Mais le garde marche en tête du défilé, parmi les Puissances. Il n'entend rien que les clairons et les tambours. Il ne veut rien entendre d'autre. Derrière lui, les majorettes imperturbables poursuivent leurs mouvements d'ensemble : un, deux, trois, quatre... un, deux, trois, quatre...

Entraygues est un pays plat, mais calme, verdoyant, riche de deux rivières pas encore polluées, la Seyche et le Litrou. Aussi reçoit-il en été un assez grand nombre de touristes, amateurs de pêche à la ligne, de fenaisons, de cuisine à l'ancienne, de vins aigrelets. Les paysans mettent à leur disposition des logis neufs en de vieilles maisons, avec eau froide et chaude, douche, chambres, cuisine : les gîtes ruraux. Le samedi, jour de marché, les étrangers refluent sur le bourg où s'offrent à leurs marchandages les richesses de Messidor : pêches, poires, melons ; carottes, tomates, salades ; œufs, beurre, fromages ; poulets aux pattes liées ; canards ébahis ; lapins aplatis dans leurs paniers, les oreilles coites, avec l'espoir qu'on ne les remarquera point.

Ici comme partout, le garde champêtre, la gendarmerie ont reçu des consignes sévères : défense de toucher au touriste. Il peut, si tel est son bon plaisir, pétarader de jour et de nuit, entrer dans les églises sans se signer, piétiner les blés mûrissants, fouler en voiture prairies et plantations, marauder les fruits verts, piller les jardins, sauter les barrières, souiller les forêts, les rivières, les lacs, faire razzia sur les jonquilles, les pissenlits, les escargots. Le touriste est la vache sacrée des campagnes françaises.

Ceux d'Entraygues jouissent d'une particulière vénération, à cause de leur nombre encore modeste. La municipalité se livre à des contorsions budgétaires pour en attirer chaque année davantage. Or, un samedi matin, tandis que le marché met la place en effervescence, les touristes sont frappés par un spectacle qui les fait reculer d'épouvante. Il faut dire qu'au *Doux Repos* les deux larges fenêtres du réfectoire féminin s'ouvrent au ras du sol ; si bien que de la rue chacun peut embrasser du regard l'intérieur de la pièce. Longtemps avant 11 heures, comme à l'accoutumée, cent cinquante rentières s'y trouvaient réunies ; les unes sagement assises, tricotant, attendant les hors-d'œuvre ; les autres, le nez collé à la vitre. Cent cinquante vieilles grelottantes, ricanantes, tordues, poilues, étiques ou hydropiques, exhibant sans pudeur leur décrépitude, leurs difformités, leurs gencives nues. Cent cinquante fées Carabosse. Un musée des horreurs !

Et les tics ! Chacune a le sien, parasite pervers logé dans un sourcil, une paupière, le nez, une pommette, la joue, le menton, la langue, le goitre. Certaines en possèdent deux. Ainsi réunies, ces figures échangent leurs grimaces, leurs rictus, leurs clignements, comme pour jouer une farce muette.

Les touristes ont reflué en désordre vers leurs voitures, oubliant d'acheter pêches, poireaux, salades. Ensuite, une délégation a marché sur la mairie où Chazel s'est empressé de la recevoir. Ils ont fait part de leur émotion, dépeint le choc subi par leurs enfants :

« Mais quel est ce rassemblement obscène ? ... Tous ces monstres en un même lieu, on aurait dit, je vous jure, une séquence de Fellini !... Mes gamins en ont eu des cauchemars !... Est-ce ainsi, monsieur le maire, que vous cherchez à appâter les touristes ? ... Alors, sachez que nous ne voulons plus voir cela ! Choisissez : ce sont elles ou nous ! »

Et lui, bien embarrassé :

« Mesdames, messieurs, personne ne vous comprend mieux à Entraygues que son maire ici présent. Ces vieilles sont pensionnaires à la maison de retraite *Le Doux Repos.* Nous ne pouvons quand même pas les tuer ! Les jeter au dépotoir ! Que voulez-vous que j'en fasse ? »

Les touristes se sont consultés ; ensuite leur réponse est venue :

« Les tuer, non, la loi ne le permet pas. Alors, cachez-les !

— Les cacher ? De quelle façon ?

— En disposant des rideaux. En leur interdisant de sortir, sinon toute la saison d'été, du moins le samedi. »

Chazel pousse un grand soupir : il s'attendait à des suggestions plus exorbitantes. D'accord, on va installer les rideaux. Bien épais, bien opaques, ne craignez rien. On laissera juste entrer un peu de jour par le haut, ça ne gênera pas les passants. Pour ce qui est de l'interdiction de sortir, on ne peut aller jusque-là. Mais on fera des *recommandations.* Des recommandations pressantes !... *Il est recommandé aux pensionnaires d'éviter de sortir les jours de marché, à cause de la cohue et du trafic intense susceptible de provoquer des accidents... La Direction décline toute responsabilité...*

« Vous le voyez, mesdames et messieurs, la municipalité d'Entraygues fait tous ses efforts pour donner satisfaction aux touristes et améliorer chaque année la qualité de l'accueil. Ne manquez pas de le signaler à vos amis et connaissances. »

Puis l'été passe, les touristes s'en vont. Les enfants retournent à l'école où M. Robinet les prépare à d'autres luttes, pour le bonheur des grenouilles, des lézards, des perce-oreilles. Sans parler des petits Biafrais à qui l'on envoie des sous et des pensées émues.

Le bonheur des pantouflards n'intéresse personne. Du moins, peuvent-ils sortir librement, désormais, chaque jour de la semaine, jusqu'à l'heure du couvre-feu. Après le grand tohu-bohu estival, ceux qui ont les jambes encore marchantes retrouvent avec plaisir leurs petites promenades, dans le bourg et la campagne. Même si, comme les chats, ils ne s'éloignent guère de leur chatière. Parfois, il arrive cependant que l'un d'eux s'écarte un peu trop et s'égare. Les gens du voisinage ont l'habitude de ces rencontres :

« Où que vous allez comme ça, grand-père ?

— Au *Doux Repos.*

— Vous n'êtes pas dans la bonne direction, vous lui tournez le dos !

— Ah ! oui ? ... Aussi, je me reconnaissais plus... »

On ramène en voiture, ou dans le tombereau du tracteur, ces brebis égarées.

Il y a aussi les fugueurs systématiques, qui prennent n'importe quelle route et marchent droit devant eux, sans souci de la destination, pourvu qu'ils s'éloignent de l'asile. On les connaît bien. Toute porte ouverte les attire : ils foncent vers elle tête basse, comme le bourdon vers la vitre. Solution : on les retient de force à la Maison dans une pièce appropriée. C'est-à-dire vide de tout meuble, excepté de chaises en fer, incassables. Ils ne sont pas sous clé, non ; mais on leur défend de sortir. Pas surveillés non plus ; mais une aide soignante vient souvent leur répéter les consignes. On ne sort pas ! Mais je veux aller aux cabinets ! Hé ! Toujours vos cabinets ! Vous passez votre temps à aller aux cabinets ! C'est la quatrième fois depuis ce matin !

Octobre vient. Les Entraygois vendangent leurs raisins violets, dont les grains semblent givrés ; ils arrachent leurs betteraves et leurs patates ; ils dépanouillent leur maïs. Berthomieux se dit que là-bas, à Vichy, la saison thermale s'achève, que son fils va pouvoir le prendre enfin avec lui. Il écrit, pour lui rappeler sa promesse... *D'accord,* répond le docteur sur une feuille d'ordonnance. *J'aimerais venir te chercher ; mais j'ai vraiment trop à faire. Les transports en commun n'ont pas été inventés pour les chiens, et tu n'es pas invalide. Prends donc le train ou le car, nous t'attendons. Nous serons heureux de t'avoir avec nous un certain temps. Envoie seulement un mot pour nous prévenir de ton arrivée.*

Berthomieux délire de joie. Oui, oui, je prendrai le car Citroën ! Je viendrai à pied s'il le faut ! Ah ! monsieur Murat ! Ah ! madame Murat ! Savez-vous ce qui m'arrive ? Je quitte *Le Doux Repos !* Pour toujours ? Sûrement pas, ce serait trop beau ! À moins que mes petits-enfants n'insistent pour me retenir !... Mais du moins, pour... un certain temps. Je ne sais pas combien. Deux semaines, trois semaines, peut-être davantage. On verra. Enfin, je vais pouvoir jouer avec mes petits-enfants ! Heureux grand-père !

Et le voilà qui part réellement, le 28 octobre, avec sa valise et sa casquette noire de chauffeur de taxi, comme s'il était encore en service. Ses amis l'accompagnent au car de Vichy, l'aident à s'installer, le recommandent au chauffeur. Ayez bien soin de lui ! C'est le père du docteur Berthomieux, spécialiste des tubes digestifs ! Une des sommités de la science française ! Et il va voir ses petits-enfants ! Tâchez d'arriver à l'heure, et de ne pas avoir d'accident ! Ne versez pas ! Ils disent « verser » au chauffeur du car, comme s'il menait un char de foin ! La voiture s'en va, emportant Berthomieux qui, derrière la vitre, les larmes aux yeux, leur jette des baisers à pleines mains. Envoyez-nous des cartes postales !... Brave Berthomieux ! Comme il est heureux de retrouver les siens ! Ah ! On aimerait bien être à sa place. Peut-être l'avons-nous perdu pour toujours.

À la Toussaint, rentiers et rentières pensent à leurs morts, dispersés dans des cimetières inaccessibles. Mathilde comme les autres : son père et sa mère, à Escoutoux ; son frère Benoît, à Randan ; Jacques, à Clermont ; Maurice, en Allemagne ; son mari, le pauvre Pierre, à Cléry, dans la Somme, s'il est resté quelque chose de lui. Baste ! Prends un peu patience, cher ami : prochainement, où que tu sois, je saurai bien te retrouver.

Mme Issartel, au contraire, est une privilégiée. Originaire d'Entraygues même, elle possède sur place une concession en terre où dorment déjà ses deux parents, son mari et un enfant emporté en bas âge par la fièvre typhoïde. Tous dans le même lopin. L'avantage de ces sépultures, c'est qu'au bout de quelques années corps et boîtes se dissolvent dans la terre, puis se mêlent intimement, brassés par la bêche des fossoyeurs. C'est alors, peut-on dire, qu'on forme une famille unie ! Mme Issartel ira elle-même les rejoindre un jour, et ils se pousseront gentiment afin de lui laisser une petite place. Voilà pourquoi, le matin du 1er novembre, elle tire de son demi-placard une ancienne cuiller aplatie au marteau et s'en va, malgré ses maux infinis, rendre ses devoirs à ses défunts. Toute la matinée, elle bine, sarcle, désherbe, ratisse. Un peu avant 11 heures, elle rentre à Saint-Paul, les mains boueuses, le cœur satisfait :

« Je suis très contente, dit-elle, parce que j'ai mis ma tombe bien propre. »

Le lendemain, à la surprise de tous, Berthomieux rentre de Vichy, par le même car. Tel qu'il était quatre jours plus tôt, la valise, la casquette, mais la joie en moins sur la figure.

« Ça par exemple ! Si on s'attendait à vous voir revenir si vite ! Vous aviez dit : un certain temps...

— Alors, quatre jours, c'est pas un certain temps ?

— On pensait...

— Pensez ce que vous voulez.

— Est-ce que vous n'avez pas été... bien reçu ?

— Fichez-moi la paix. »

Il regagne sa chambre. Il rechausse ses pantoufles. Le soir, au réfectoire, il touche à peine à la soupe et pas du tout aux nouilles. Qu'est-ce qu'il y a, Berthomieux ? Pas d'appétit ? Le voyage m'a fatigué, ça passera. Et puis, là-bas, ils m'ont tellement bourré... Ça passera.

Les jours suivants, il ne mange pas davantage. Une rumeur se répand dans la maison : Berthomieux fait la grève de la faim. La Directrice n'aime pas ça du tout. Pourvu que l'histoire n'atteigne pas les oreilles des journalistes !

Le directeur se dérange, monte jusqu'à la chambre que Berthomieux occupe seul. Il le trouve assis près du lit.

« Qu'est-ce qu'il y a, monsieur Berthomieux ? Ça ne va pas ?

— Mais si, ça va. Qui a dit que ça n'allait pas ? Ça va très bien. J'ai mal nulle part.

— Vous savez ce qu'on raconte ? ... Que vous faites la grève de la faim !

— Moi, la grève de la faim ? Allons donc ! Je mange peu, mais je mange.

— Bien peu, en effet, à ce que me rapportent les femmes de service. Peut-être n'appréciez-vous pas nos menus ? Désirez-vous quelque chose de spécial ? Du jambon blanc ? Des asperges ?

— Rien du tout. Ça va comme ça.

— Avez-vous quelque chose à nous reprocher ? Vous n'aimez pas cette maison ?

— Rien à dire contre la maison. Elle fait ce qu'elle peut. Rien à dire.

— Alors ? ... Pourquoi refusez-vous la nourriture ?

— Je la refuse pas. C'est seulement qu'il ne m'en faut guère en ce moment. Ça passera.

— Vous devriez vous remuer. Rencontrer des amis. Sortir.

— Vous avez raison. Je vais aller acheter le journal.

— À la bonne heure ! Excellente idée ! »

Mme Ladoux n'en revient pas non plus, lorsque Berthomieux se présente devant elle :

« Monsieur Berthomieux !... Je vous croyais à Vichy !... » Mais il lui lance un tel regard qu'elle n'insiste point.

« Enfin, c'est comme ça... Que désirez-vous ? »

Il baisse les yeux, il réfléchit :

« Un billet pour la mort.
— Pardon ?
— Un billet pour la mort. »

Elle s'efforce de rire :

« Nous avons pas cette marchandise. Prenez plutôt *La Montagne.* Ou *La Gazette.* »

Elle lui fourre un journal entre les mains. Il paie, machinalement. Il s'en va sans saluer.

Cela devient un rite. Chaque fois qu'il reparaît, il demande :

« *La Montagne... La Gazette...* Et aussi un billet pour la mort. »

Au bout de quinze jours, le docteur Baraban ordonne son transfert à l'hôpital de Thiers. Là-bas, on le nourrira à coups de perfusions. On l'empêchera bien de mourir d'inanition ! Soyez tranquilles : nous le reverrons. L'appétit lui reviendra !

XVI

Beaucoup de saisons ont passé. Des chaudes et des froides, des mouillées et des sèches.

On n'a pas revu Berthomieux. Son appétit s'était enfui ; personne n'est parvenu à le rattraper.

XVII

Le neveu briquetier s'était longtemps astreint à des visites fréquentes et régulières. À la longue, il se lassa de cette assiduité et ne vint plus que de loin en loin. De deux choses l'une : ou bien elle t'a légué sa maison dans son testament, ou bien pas. Si c'est non, je vois pas pourquoi tu t'esquinterais le corps et la bourse à lui apporter des biscuits tous les quinze jours. Si c'est oui, suffit que tu viennes par-ci, par-là, juste assez pour lui montrer ton affection. À la longue, avec l'essence, le temps perdu, les gâteries, cette baraque finirait par te coûter plus cher qu'elle ne vaut. D'autant que la vieille a la vie dure. L'avantage du système, c'est que chacune de ces irrégulières visites causait maintenant à la « vieille tata » une surprise heureuse. Depuis longtemps elle avait cessé de demander quoi que ce fût au Ciel ; elle prenait les choses qui lui venaient, bonnes et mauvaises, sans applaudir ni protester.

Elle eut très peur cependant la nuit où elle perdit le souvenir des figures. Ne pouvant dormir, elle occupait les heures, selon une ancienne habitude, à revoir en esprit les personnes qu'elle avait connues et aimées, ses parents, son mari, ses voisins, ses bonnes relations. Une sorte de lanterne magique qu'elle allumait à sa fantaisie.

Or, cette fois-là, tout à coup, la lampe de la lanterne s'éteignit. Plus d'images ! Mathilde se rappelait exactement qu'elle avait eu jadis un père, une mère, des frères, ainsi de suite ; mais elle ne parvenait plus à retrouver les contours de leur visage. Mon Dieu ! Est-ce que vous voulez me les prendre une seconde fois ? Même le pauvre Pierre avait disparu. Comment était son front ? Comment étaient ses yeux ? Comment était sa bouche ? Comment était sa voix ? Car elle n'entendait pas davantage ces voix qui depuis quarante ou cinquante ans, hier encore, continuaient de parler en elle à son commandement. Vous me quittez ? leur cria-t-elle. Pourquoi ? Qu'est-ce que je vous ai fait ?

Soudain, elle se trouva seule au monde, telle une enfant perdue au milieu d'une ville étrangère. Afin de ne pas déranger le voisinage, elle enfonça ses pleurs et ses gémissements sous les couvertures. Tu es trop vieille ! Beaucoup trop vieille ! Bientôt quatre-vingt-cinq ans ! Tu devrais avoir honte ! Ton père, rappelle-toi, est parti à soixante, ta mère à soixante-douze, tes frères à soixante-six, soixante-quatre et vingt-cinq, ton mari à vingt-huit. Pourquoi t'accrocher à une vie inutile et qui ne fait plaisir à personne ? Et toi, quels plaisirs trouves-tu dans cette maison ? Ah ! tu n'as pas l'air pressée de les rejoindre ! Regarde autour de toi : les autres s'en vont, et tu restes ! Peut-être souhaites-tu devenir centenaire aussi, comme Mme Escorias, et recevoir une télévision ? ... Est-ce ma faute si je deviens vieille ? Est-ce ma faute ?

Sitôt qu'un peu de jour fut entré dans la chambre, elle se précipita sur la photographie du chauffeur Pierre Dutheil, de faction sur la table de nuit. Elle fut heureuse de retrouver ses traits, son front, ses yeux, sa bouche. Elle fouilla aussi dans ses papiers, exhuma des portraits jaunis : Maurice en 1913, sa mère, en 1920. Les autres manquaient.

Ils lui revinrent la nuit suivante ; mais après, ils disparurent de nouveau. Désormais, ils jouèrent en elle un interminable cache-cache, tout en lui jetant des réprimandes : Honte à toi, qui es si vieille !... Faudra-t-il que ton joli neveu t'apporte des biscuits empoisonnés ? De la mort-aux-rats ? De l'ersénique ! Le temps doit bien lui durer de te voir partir, à présent que tu lui as laissé comprendre que tu l'avais couché sur ton testament !

Le jour revenu, l'idée lui resta dans la tête : des biscuits empoisonnés ! Elle attendit impatiemment la venue de Jean-Claude, pour essayer de comprendre s'il était capable d'une chose pareille.

Trois semaines plus tard, le briquetier, assis sur la chaise pliante, posait des questions au lieu de fournir des réponses :

« Vous croyez pas que votre maison, au Peyroux, doit être en train de pourrir, abandonnée comme elle est ?

— Ça se pourrait bien.

— Supposez que quelqu'un aille lui rendre visite, ouvre les portes et les fenêtres, pour l'aérer un peu, vous pensez pas que ça lui ferait du bien ?

— Ça lui ferait pas de mal. Quelqu'un ? Qui ça, quelqu'un ?

— Ben... vous, si vous voulez. Je pourrais vous y transporter dans ma Deux-Chevaux.

— Moi ? Ah ! mon pauvre Jean-Claude ! Je serais morte en arrivant là-bas. À mon âge, un voyage en voiture ? Voilà le vrai moyen de me tuer ! »

Elle le considéra d'un air soupçonneux. Il se tortillait sur la chaise.

Puis il reprit, en rougissant :

« À moins que...

— À moins que quoi ?

— Que vous me chargiez, par exemple, d'y aller à votre place.

— Te tracasse pas pour la maison, va. Celui qui en héritera fera les réparations nécessaires. Il a plus beaucoup de temps à attendre.

— Si vous croyez... »

Il baissa le front. Puis, machinalement, comme si les deux idées avaient un lien entre elles, il tira de sa poche l'habituel paquet de gâteaux secs, le lui tendit.

« Oh ! Pourquoi ! protesta-t-elle. Faut pas te croire obligé ! Tu fais des frais inutiles ! »

Elle prit quand même l'étui, remercia, le tourna un moment entre ses mains. C'est facile de savoir, qu'elle se dit. Elle l'ouvrit, le lui présenta :

« Tiens, prends-en un, tu me feras plaisir.

— Non, non ! Je les ai apportés pour vous !

— Je sais. Mais tu peux bien y goûter.

— Moi, les sucreries ! J'aimerais mieux un canon.

— J'ai pas de canon à t'offrir. Allons, tu vas pas me refuser ! »

Il se décida, avec répugnance, tira un seul biscuit, le garda entre ses doigts, en parlant d'autre chose. La pluie, le beau temps, la chasse qui allait bientôt ouvrir, le travail des briques, sa femme, son fils. Au bout d'un moment, elle lui fit remarquer :

« Alors, tu le manges pas, ce biscuit ? ... Peut-être qu'il est empoisonné ? à l'ersénique ? »

Il rigola : « Oui, oui, à l'ersénique ! »

Et il se le fourra dans la bouche. Du moins, il fit le geste. Elle se demanda si, par quelque tour de passe-passe, il ne l'avait pas glissé dans sa manche. Elle tendit l'oreille, et l'entendit craquer entre ses dents. Il refusa absolument le second.

Après son départ, elle offrit des biscuits à ses voisines, surprises d'une telle largesse. Il n'est pas d'usage, dans la maison, de partager les chagrins ni les cadeaux. Chacun les garde tout entiers. Seul Lalouette se répand en prodigalités, car c'est là sa folie particulière. Par exception, les autres rentières de Saint-Paul mangèrent donc des biscuits de Mathilde. Aucune n'en mourut. Alors seulement elle se sentit rassurée. Quelles idées imbéciles tu vas te mettre en tête ! Un malheureux que tu amuses depuis si longtemps ! Faudra lui donner cette permission qu'il te demande. Qu'il te demande avec la voix du pauvre Maurice !

Entre Mme Sauvagnat et l'ex-premier comptable, il y eut une scène affreuse, à laquelle Mathilde dut assister malgré elle. L'aveugle avait fini par y voir clair :

« Cet appartement, quand est-ce donc que tu le trouves ?

— Quand je pourrai.

— Tu ne me feras pas croire que, dans une ville grande comme Clermont, pleine de maisons neuves qui ont jusqu'à dix étages, y a pas d'appartement à ta convenance !

— Il y en a. Seulement, sais-tu le loyer qu'on me demande ? Cinquante, soixante, soixante-dix mille ! Et moi, je n'ai pas les moyens de payer des sommes pareilles avec ma petite retraite.

— Eh bien ! Va habiter la campagne ! Les loyers y sont moins chers. Pourquoi Clermont ?

— Parce que ma femme y a son travail, tu le sais. Tu la vois faisant la coiffeuse à Nébouzat ?

— Pourquoi pas ! Les filles de la campagne se coiffent comme les autres !

— Y en a plus, de filles, à la campagne ! Tu es vraiment au courant de rien ! C'était pas la peine que je t'achète un transistor ! »

Jusque-là, la discussion s'était menée à voix basse, si bien qu'on pouvait alentour faire semblant de ne rien entendre. Tout à coup, la cantonnière haussa le ton :

« Tout ça, c'est des prétextes ! Tantôt tu me dis une chose et tantôt une autre ! Quand tu m'as amenée ici, c'était du provisoire. Et voilà un provisoire qui dure depuis sept ans ! J'en veux plus de cette maison ! J'en veux plus ! Fallait pas me promettre que tu me retirerais ! »

Et lui, effrayé :

« Calme-toi, voyons ! Crie pas comme ça ! À quoi ça sert ? Je suis pas sourd ! Tout le monde va t'entendre, et on te chassera !

— C'est ce que je veux, qu'on me chasse !

— Et où iras-tu ?

— D'ailleurs, c'est bien simple. Je te donne encore un mois pour trouver un appartement et m'enlever d'ici. Dans un mois, si rien n'est changé, je me jette par la fenêtre ! »

Moment de silence et de stupeur. Toutes les oreilles de Saint-Paul attendent la suite. Le premier comptable a un gros rire bête, pour laisser croire qu'il prend la chose à la plaisanterie :

« Par la fenêtre ? ... Ha ! ha ! ha ! Elle est bien bonne ! Tu habites au rez-de-chaussée ! »

Et elle, stridente : « Je monterai au dernier étage de la baraque ! Sois tranquille : je trouverai une fenêtre assez haute !

— Ne dis pas de bêtises ! Je vais chercher encore... Faire l'impossible. Calme-toi... Pour aujourd'hui, vaut mieux que je te laisse. Je reviendrai la semaine prochaine... Au revoir... Calme-toi. »

Il s'est sauvé, minable, sans saluer personne, pour échapper à la crise de nerfs dont il entendait derrière lui les éclats.

Il y eut encore de longs jours et de longues nuits.

Mathilde s'intéressait de moins en moins à ces gens qui passaient autour d'elle : pantouflards et pantouflardes, femmes de service, curé, médecin, infirmières, visiteurs. En les côtoyant chaque jour, c'est à peine si elle les voyait. Ta vue baisse, ma pauvre, ta vue baisse. En fait, non, il ne s'agissait pas de cela. Elle avait l'impression qu'ils perdaient de leur épaisseur qu'ils devenaient des formes de brouillard. D'elle-même, elle ne parlait plus à personne ; et quand on lui adressait la parole, on devait répéter, et c'est à peine si elle répondait. Elle oubliait de se rendre au réfectoire ; Mme Dosgilbert la prenait par le bras, l'emmenait de force. Elle oubliait même de se lever, se faisait secouer les puces :

« Encore couchée ? ... Voulez-vous sortir, grande paresseuse !

— J'ai rien qui presse !

— Vous avez à faire votre lit ! Et moi à balayer la chambre. Allez, raouss !

— Qu'est-ce que ça veut dire, raouss ?

— Ça veut dire de vider les lieux. »

Une fois sur sa chaise, elle enfilait un bas, laborieusement ; puis, elle demeurait rêveuse, jusqu'à ce que l'aide soignante vînt la malmener de nouveau. Peu à peu, elle perdait cette précieuse habitude, gardée toute sa vie solitaire, de se parler à elle-même, de se conseiller, de se gourmander. Cette sœur jumelle qui habitait en elle et lui avait toujours tenu compagnie devint muette, puis déserta. Quel vide ce fut, de ne plus s'entendre traiter de blagande, couraude, gourmandasse, calamastre, vieille cane, et ainsi de suite ! Elle s'habitua aussi à ce silence. Elle était moins sensible maintenant au froid et au chaud, au sucré et à l'amer, au lourd et au léger. Petit à petit, le monde lui échappait.

Les seules heures encore belles, de temps en temps, étaient celles de la nuit. Même si elle ne dormait pas. Surtout si elle ne dormait pas. Elle convoquait tous ses fantômes, à tour de rôle. Ils venaient généralement, vagues peut-être dans leurs lignes, aisés quand même à reconnaître selon ce que lui disait son cœur. Comme on devine derrière une porte une présence aimée. En leur compagnie, elle revivait tout à coup des événements oubliés depuis un siècle. La cruche cassée. La pipe du grand-père. Le vagabond secouru. Le déménagement de Néronde à Escoutoux : dix-huit kilomètres, tout le monde à marcher sur la route, veaux, vaches, cochons, couvées. Les devinettes de sa mère :

« Quel est ce portefeuille plein de porte-plumes ?

— ...

— Un arbre plein d'oiseaux. Qu'est-ce qui sort d'un four pour entrer dans un autre ?

— ...

— Le pain. Qu'est-ce qui va à la fontaine en criant et revient en pleurant ?

— ...

— Le seau. »

Ainsi, le présent perdait de sa substance, mais le passé en gagnait chaque nuit.

Quand il lui arrivait de dormir, ses fantômes n'en profitaient pas pour s'éclipser : ils peuplaient ses rêves. Tous merveilleusement rajeunis. Son frère Maurice avait douze ans et elle dix. Il l'entraînait dans toutes ses escapades. Il surprenait les oisillons au nid, empoignait les écureuils par la queue, capturait les vipères avec une branchette fourchue, retournait les salamandres en leur soufflant sur l'échine, sentait en automne la poussée des champignons sous les feuilles, en juin celle des artichauts sauvages. Sachant qu'il n'en profiterait pas longtemps et voulant sans doute le rassasier, la nature l'avait comblé de ses dons. À présent, son nom, *Maurice MEMBRUN*, figurait à Escoutoux sur la plaque de marbre du monument aux Morts. Leur mère lui disait avec tristesse :

« Toi, tu es trop fin. Tu ne deviendras pas vieux. »

Les voix, toutes les voix de l'ombre chuchotaient maintenant autour d'elle. Mathilde, pauvre Mathilde, tu es née pour en voir ! J'ai eu grand tort de te mettre au monde... Mais non, ne courons pas ! À quoi sert de courir ? Nous allons tous derrière l'église, sous les arbres noirs. Certains ventre à terre ; d'autres gentiment, sans se presser... Voici que je vous présente Mathilde Membrun, pour qu'elle devienne ma femme et votre fille... Merci, madame la Baronne... Nous ne vous oublierons pas. Nous vous aiderons à élever votre enfant, fils d'un glorieux martyr !... Savez-vous, Mathilde, je suis seul et vous êtes seule ; nous devrions nous marier ensemble... Madame, votre fils est un mauvais sujet... Notre âme devient un coquelicot... Je vous demande votre âge, vieille sourdignole !... Raouss !...

Une certaine nuit, elle entendit une plainte : *Mathilde, Mathilde, pourquoi m'as-tu abandonné ?* Quel choc lui donnèrent ces mots, pareils à ceux de N.-S. Jésus-Christ sur la croix ! Dormait-elle ? Veillait-elle ? Elle n'aurait su le dire. Il lui arrivait souvent, de jour aussi bien que de nuit, de flotter entre la veille et le sommeil. *Mathilde, Mathilde, pourquoi m'as-tu abandonné ? Pourquoi m'as-tu fait malédiction ?* Elle n'en parla à personne. À quoi bon ? Dans cet étrange magasin où trois cents vieux se trouvaient entreposés, chacun ne s'intéressait qu'à ses propres misères, totalement indifférent à celles d'autrui. S'en réjouissant plutôt, comme si elles avaient diminué les siennes.

Et toutes les nuits, désormais, le même reproche : *Mathilde, Mathilde...* Elle consulta ses fantômes. Qu'est-ce donc qui m'appelle comme ça, nom de gueux ? Comment, qu'est-ce donc ! Es-tu devenue sourde ? Sourde et oublieuse ? Ben, aidez-moi un peu ; faites comme si je l'étais devenue. Rappelle-toi ce que tu as abandonné : ta maison où les vents se réfugient ; ton jardin qu'envahissent les ronces ; le Peyroux tout entier que plus personne ne protège. Mais, vous le savez, je ne pouvais plus vivre là-bas ; je me suis ramassée sur la descente de lit ; je donnais de l'embêtement à tout le monde. C'est vrai, tu ne pouvais plus y vivre ; du moins pouvais-tu y mourir. Tu le peux encore : cela ferait réfléchir un peu les autres lâcheurs. Qu'est-ce que ça veut dire, y mourir ? Penses-y, Mathilde, penses-y dans ta tête, avant qu'il ne soit trop tard. Sur les épaules, disait la sœur d'Escoutoux, je n'ai pas une tête, mais une calebasse. Penses-y dans ta calebasse.

Elle y pensa longtemps. Puis, elle prit sa résolution.

Ses promenades ne l'avaient jamais conduite très loin du *Doux Repos*. Elle connaissait pourtant fort bien la position d'Entraygues, entre la Seyche et le Litrou. Celui-ci, on l'a devant soi en tournant le dos au soleil couchant.

On suit sa pente, et il vous amène nécessairement à l'Allier. On suit alors l'Allier qui vous amène jusqu'au pont de Limons. De là, on n'a que quatre pas à faire pour atteindre Puy-Guillaume. Une fois à Puy-Guillaume, on est presque au Peyroux. L'itinéraire était simple. Toujours suivre la pente des eaux, jusqu'à Limons. Mais d'abord, partir au soleil couchant. Quand on s'apercevrait de son absence, elle serait impossible à rejoindre.

Ce soir-là, elle fit bien honneur à la soupe, aux lentilles, au fromage. Elle but son verre de vin coupé. Puis, à Saint-Paul, elle chaussa ses souliers à tige, se couvrit les épaules de sa pèlerine, prit son cabas de cuir où elle glissa la clé de sa maison, son boursicot, ses papiers et la photo du pauvre Pierre. Elle disposait encore d'une heure de jour.

« Je sors un moment, expliqua-t-elle à Mme Sauvagnat.

— Vous avez bien de la chance de pouvoir sortir. »

Avec sa démarche de vieille cane, elle passa devant l'église, longea le cimetière, prit le chemin du Litrou, emprunté plusieurs fois aux mois chauds pour aller se mettre au frais sur ses rives. Les choses s'arrangeaient bien, car elle ne rencontra personne. Dans son dos, le ciel flamboyait comme un feu de Bengale. Il avait plu les jours précédents ; des flaques luisaient dans les creux qu'elle ne voyait pas toujours à temps, et où elle jetait ses brodequins. Au loin, des vaches meuglaient leur veau.

Enfin, elle atteignit ce sentier de pêcheurs qui suivait le ruisseau. Litrou : drôle de nom de baptême ! Comme si, en certaines saisons, il contenait à peine un litre !

Du moins, n'était-ce pas le cas pour l'heure présente : il coulait gonflé à ras bords. Elle n'eut aucune peine à reconnaître le sens du courant.

Le sentier montait et descendait, toujours glissant et penché du côté de la rivière. Ce qui la fatiguait beaucoup. Elle chercha un bâton, une branche sèche pour s'appuyer. De temps en temps, elle s'asseyait sur une souche, une pierre, le revers d'un talus, afin de reprendre haleine. Puis elle remettait en marche sa mécanique, trébuchant sur les racines, griffée par les ronces, giflée par les feuilles. N'importe. Elle irait jusqu'au bout, à l'appel de son village crucifié : *Mathilde, Mathilde, pourquoi m'as-tu abandonné ?*

La fraîcheur de la nuit tomba très vite. Elle se réjouit d'avoir pris sa pèlerine. Une vapeur se forma sur les eaux, comme celle d'une lessive qui se prépare à bouillir, monta, s'épaissit, déborda sur les rivages. Mathilde avançait maintenant en plein brouillard. Si tu suis bien la rivière, aucun risque que tu te trompes. Marche donc sans te soucier. En arrivant, tu allumeras le feu, et tu te feras un bon tilleul. Un tilleul bouillant ! Et plein de parfum ! Mon Dieu ! Donnez-moi seulement la force de marcher. Et toi, mon pauvre Pierre, si tu peux faire quelque chose pour moi, interviens auprès des Puissances du Ciel. Et vous aussi, ma mère. Et vous, mon père. Et toi, Maurice. Vous tous qui m'avez connue, soutenez-moi, pour que mes jambes et mes genoux me portent jusque là-bas. *Mathilde, Mathilde...*

Quelque chose fila entre ses jambes, la secoua d'une grande frayeur. Un lièvre, sans doute, débusqué du gîte. Ou quelque autre bête sauvage. Plusieurs fois, elle glissa dans la boue visqueuse, tomba, s'embrenna les cotillons, puis se redressa, repartit, accrochée à son sac et à sa canne. Des grenouilles se mirent à chanter alentour. Souvent aussi, elle devait faire un détour, parce que des barrières, des fils de fer barbelés coupaient son chemin. Elle s'enfonçait dans des sables, arrachait ses pieds comme des carottes. *Mathilde, Mathilde, pourquoi m'as-tu abandonné ?*

Le brouillard, moins épais que large et que long, n'empêcha pas la lune de se lever. Elle parut là-haut pour lui tenir compagnie. Bien coupée en son milieu, telle une tranche d'orange. Les chouettes s'interpellaient : hou-hou-hou-hououououou... Le Litrou ruisselait sans hâte, mais obstiné, contournant ses rochers et ses îlots, avec des gargouillements brusques et profonds. D'étranges épaves y flottaient, pareilles à des échines de crocodiles. *Mathilde, Mathilde...*

La fraîcheur devint froid. Elle sentit mille lames de glace la transpercer. Les arbres se tordirent comme des fumées folles. Toutes les grenouilles en même temps embouchèrent leur flûteau. La lune rouge se boursoufla, se fit énorme, puis creva dans le ciel, répandant son contenu sanglant jusqu'aux limites invisibles des horizons. Sous ses pas, la terre se gonflait et se dégonflait traîtreusement... Mon Dieu ! Donnez-moi suffisamment de chaleur !... Un tilleul, peut-être... Je vous avertis que je ne sens plus mes jambes... Combien de jours faudra-t-il que je marche ? ... Un peu de chaleur, s'il vous plaît... *Mathilde, Mathilde, pourquoi m'as-tu abandonné ?* ... Je reviens, je reviens... Prends patience... Me voilà.

DANS LA MÊME COLLECTION

Adam Olivier, *Des vents contraires*
Amouroux Henri, *La vie des Français sous l'Occupation*
Aubrac Lucie, *Ils partiront dans l'ivresse*
Avril Nicole, *La disgrâce*
Bedel Paul, *Testament d'un paysan en voie de disparition*
Bellemare Pierre, *Les grands crimes de l'histoire*
Boileau-Narcejac, *Celle qui n'était plus*
Boissard Janine, *Histoire d'amour*
Boissard Janine, *Une femme en blanc*
Bordes Gilbert, *Le roi en son moulin*
Bordonove Georges, *Napoléon*
Bourin Jeanne, *La chambre des dames*
Cauvin Patrick, *Rue des Bons-Enfants*
Cesbron Gilbert, *Chiens perdus sans collier*
Chapsal Madeleine, *Le foulard bleu*
Charrière Henri, *Papillon*
Clavel Bernard, *Meurtre sur le Grandvaux*
Connelly Michael, *Le Poète*
Connelly Michael, *Echo Park*
Deforges Régine, *La bicyclette bleue*
Delpard Raphaël, *Ils ont vécu dans l'Algérie en guerre*
Diwo Jean, *Le printemps des cathédrales*
Dorin Françoise, *Les vendanges tardives*
Drucker Michel, *Mais qu'est-ce qu'on va faire de toi ?*
Dubos Alain, *La mémoire du vent*
Duperey Anny, *Allons voir plus loin, veux-tu ?*
Duperey Anny, *Les chats de hasard*
Duperey Anny, *Une soirée*
Duquesne Jacques, *Marie*
Fischer Elise, *Les pommes seront fameuses cette année*
Frain Irène, *Secret de famille*
Gallo Max, *La baie des Anges*
Giraudeau Bernard, *Le marin à l'ancre*
Gray Martin, *Au nom de tous les miens*
de Grèce Michel, *La femme sacrée*
Hébrard Frédérique et Velle Louis, *Tant qu'il y aura des chats ... dans une famille*
Higgins Clark Mary, *Une seconde chance*

Higgins Clark Mary, *La maison du clair de lune*
Higgins Clark Carol, *Bien frappé*
Indridason Arnaldur, *La cité des jarres*
Jacq Christian, *La franc-maçonnerie*
Jacq Christian, *La reine soleil*
Japrisot Sébastien, *Un long dimanche de fiançailles*
Jeury Michel, *L'année du certif*
Laborit Emmanuelle, *Le cri de la mouette*
Le Carré John, *Notre jeu*
Lenoir-Etchegoin, *La saga des francs-maçons*
Lenteric Bernard, *Les maîtres du pain*
Magnan Pierre, *La maison assassinée*
Malroux Antonin, *L'enfance inachevée*
Mankell Henning, *Les chiens de Riga*
Mankell Henning, *L'homme qui souriait*
McKinley Tamara, *Éclair d'été*
Michelet Claude, *Les défricheurs d'éternité*
Michelet Claude, *Rocheflame*
Michelet Claude, *Histoires des paysans de France*
Mille Raoul, *La Belle Otero*
Miquel Pierre, *La Grande Guerre au jour le jour*
Montagné Gilbert, *J'ai toujours su que c'était toi*
Montupet Janine, *Quatre saisons parmi les fleurs*
Dr Moody Raymond, *La vie après la vie*
Murakami Haruki, *La course au mouton sauvage*
d'Ormesson Jean, *Voyez comme on danse*
Pancol Katherine, *Encore une danse*
Pelissier Patrice, *L'ange et le loup*
Peyramaure Michel, *Le bal des célibataires*
Provis Martine, *La soupe aux cailloux*
Ryan Cornelius, *Le jour le plus long*
Segal Erich, *Love Story*
Shariff Samia, *Le voile de la peur*
Signol Christian, *Mes romans de l'enfance*
Signol Christian, *Les chênes d'or*
S.S. le Dalaï-Lama, *Conseils du cœur*
Tatilon Claude, *La soupe au pistou*
Vincenot Henri, *La Billebaude*
Wieviorka Olivier, *Histoire du débarquement en Normandie*
Williamson Penelope, *La passion d'Emma*

Imprimé en France par

CPI
BUSSIÈRE

à Saint-Amand-Montrond (Cher)
en janvier 2015

Mise en pages :
Patrick Leleux PAO
14000 Caen

Dépôt légal : février 2015
N° d'édition : 2015-02-0
N° d'impression : 2013183

ISBN : 978-2-36559-102-7

Imprimé en France